KB079552

Françoise Sagan
리틀 블랙 드레스

프랑수아즈 사강이 만난 사람들 김보경 옮김

열화당

일러두기

- 이 책은 프랑수아즈 사강이 1950년대 후반에서 1980년대 후반 사이에 『보그』 『엘르』 『팜』 『에고이스트』 『르 몽드』 『르 누벨 옵세르바퇴르』 『렉스프레스』 등의 잡지에 발표했던 마흔여덟 편의 글을 수록한 에세이집이다.
- 번역은 2009년에 출간된 *La Petite Robe noire et autres textes*를 저본으로 삼았다.
- 원서는 모두 4장으로 구성돼 있으나, 한국어판은 글의 성격과 내용에 따라 6장으로 재구성했다.
- 각 글의 도입부와 말미에 작은 활자로 처리된 글은 첫 발표 당시 해당 잡지의 '편집자의 말'인데, 이 중에는 사강의 말도 포함되어 있다.
- 주(註)는, 지은이의 주는 각주로, 옮긴이의 주는 미주로 처리했다.

차례

리틀 블랙 드레스

무대 뒤의 고독

극장에서

정말 좋은 책에 대하여

스위스에서 쓴 편지

대화 그리고 그 밖의 이야기

리틀 블랙 드레스

리틀 블랙 드레스는 1926년 코코 샤넬이 발표한 여성복의 상징적인 패션 아이콘으로, 당시까지 주로 상복으로 사용되던 검정색을 여성의 일상복에 도입하여 오늘날에도 그 기능을 다하고 있다는 점에서 패션디자인사상 혁신적 의미를 갖는다.('little black dress'라는 영어로 고착화된 용어이지만, 원어 'petite robe noire'는 의미상 몸에 딱 붙는 '블랙 미니 드레스'에 가깝다)—옮긴이

『보그』 크리스마스 특별호에 대한 나의 생각

내가 1969년도 『보그(Vogue)』의 크리스마스 특별호 구성을 짜 보라는 이 막중한 임무를 맡기로 한 것은 사실 대단히 깊이 생각해 보고 결정한 일인데, 그런 결정을 내리기까지에는 네 가지 이유가 있었다.

첫째, 내가 패션에 무척 관심이 많은 사람이라는 사실과, 둘째, 『보그』가 예술적인 패션 전문잡지로서 발전할 가능성이 많다는 사실, 셋째, 다른 사람들에게 내가 결단력 있고 경험이 많고 아주 노련(사실은 그 어느 쪽도 아니면서)해 보이고 싶어 한다는 사실, 넷째, 이 일이 우리 집 실내장식업자의 시공비가 되어 준다는 사실이다.

이 외에도 애독자들에게 상기시키고 싶은 점이 두 가지 더 있다.(내가 이 이야기를 할 수 있는 것은, 수많은 만찬 자리에서 획일화된 드레스 하나로 순식간에 평범해져 버리는 여자들만큼이나 넓은 챙 모자 하나로 몰라볼 정도로 아름답게 변신에 성공하는 여자들을 숱하게 봐 왔기 때문이다)

우린 다른 여자들의 눈을 휘둥그레지게 하고 넋을 잃게 하거나, 아니면 그녀들을 바싹 샘이 나서 약 오르게 하려고 옷을 입지 않는다. 그저 벗기 위해 옷을 입었다가 또 벗는 것이다. 드레스란, 남자가 여자의 드레스를 벗기고 싶은 욕정을 느낄 때에만 의미가 있는 것이다. 분명히 밝혀 두는데, 드레스를 벗겨 준다는 것이지 무섭게 소리를 지르고 난리를 부리며 억지로 벗긴다는 뜻은 아니다….

바로 여기에, 내가 이번 특별호를 위해 여섯 명의 남자에게 도움을 청했던 이유가 있다.

남자들은 여자들이 입고 있는 드레스에 이끌려 여자들을 사랑하지 않는다. 어떤 어긋난 약속, 어떤 말 한마디, 어떤 시선… 등에 이끌려 남자는 여자를 사랑한다. 다만 어느 날 그가 "그런데 당신, 그 파란 드레스 말이야…" 하면서, 아무리 생각해도 그가 본 것 같지 않은(이 년 전에 산 쐐기풀 무늬가 있는) 드레스에 대해 신랄하게 비판할 날이 있을 것이다. 남자들은 드레스를 '기억'한다. 하지만 그들의 기억은 선별적이다. 따라서 그때그때 아무렇게나 이야기하고 보는 남자는 피해야 한다. 그런 남자들은 눈으로 '보는' 것이 먼저… 기억은 그다음이기 때문이다.

이렇게 대수로울 것도 없는 설교를 마치면서, 작업하는 내내 우리 『보그』의 안주인들과 내가 그 모든 과정을 즐겼던 것처럼, 여러분도 이번 호를 즐거운 마음으로 봐 주길 바란다. 메리 크리스마스! 그리고 다른 사람들에게도 메리 크리스마스가 되길 빌어 주고 싶다면, 116쪽에 선물거리가 한가득 실려 있다는 사실을 기억하시길!

젤다 피츠제럴드

10월 초, 자크 들라에(Jacques Delahaye)[1]는 생-쉴피스 가(街)에 온통 유리와 네이비블루 일색인 자신의 의상실을 연다. 드작과 맥더글라스, 안 마리 부티크에서 쌓아 온 다년간의 경험을 바탕으로, 마침내 그곳에서 자신의 이름을 단 제품을 판매하게 될 것이다. 표백이나 염색 과정을 거치지 않은 생마포 바지 속에 우람한 다리를 감춘 채, 점퍼 앞여밈에 맨 빨간 실크 행커치프 위로 끝을 뾰족하게 말아 올린 짧은 금발의 수염과 꿈을 꾸는 듯한 눈빛을 한 자크 들라에는, 아주 여성스럽고 화려한 드레스는 물론이고, 일상생활 속에서도 편하게 입을 수 있는 코트(그중에는 1960년의 디자인으로 지금까지 계속해서 제작되고 있는 대단히 유명한 코트도 있다)도 만들 줄 아는 재능이 있다. 다음의 글은 바로 그런 그의 옷들을 통해 그와 가장 가깝게 지낸 친구들 중 한 친구를 회상하는 이야기이다.

1925년쯤의 어느 날 아침 일곱시경, 동 페리뇽 와인 한 병이 삯마차를 탄 두 사람 사이에 던져져 있다. 그 두 사람은 당대 가장 뛰어난 미국 작가 중 한 사람이었던 스콧 피츠제럴드(F. Scott Fitzgerald)[2]와 그의 아름다운 아내 젤다(Zelda)[3]로, 리츠 호텔로 돌아오는 길이었다. 내 생각이지만, 어떻게 보면 사람들이 잘못 생각하고 있었던 것은, 사실 그녀는 특급호텔도 그랑 크뤼[4]도 불같은 사랑도 그다지 좋아하지 않았던 것 같다는 점이다. 그럼에도 불구하고 곧 스러져 버릴 것처럼 덧없던 그날의 여명 아래, 그 두 사람은 분명 젊고 부유하고 아름답고 즐거웠다.

젤다, 그녀는 미쳐서 입원했던 한 정신병원에서 일어난 화재로 사망했다. 그리고 스콧, 그는 절망에 빠져서 그녀보다 더 유명한 또 다른 정신병원, 바로 할리우드에서 알코올 중독으로 사망했다. 젤다는 일류 재단사도 좋아하지 않았던 게 아닐까. 그녀는 옷을 입어 보고 가봉하고 할 사람이 아니었다. 평생을 발을 동동거리며 살았던 그녀였고, 그런 의상실에서라면 더더욱 발을 동동거리며 안달했을 것이기 때문이다. 하지만 그런 그녀도 자크 들라에의 최근 컬렉션은 마음에 들어 했을 것이다. 그들이 직접 발로 뛰어 찾아낸 코트다쥐르[5]와 어울릴 만한, 반쯤만 몸을 가리거나, 그때 막 모습을 드러내기 시작한 그녀의 광증과 그런 그녀의 옆모습이며 다리를 과시하면서 남자들의 정신을 이미 반 이상 흐려 놓을 디자인이기 때문이다. 분명히 그녀는 아주 만족스러워 했을 것이다. 그녀는 모조 보석도 금붙이도 잘 재단된 옷도 열망하지 않는다. 다만 꿈을 꾸게 되길, 아니면 누군가가 자신을 꿈꾸게 해 주길 열망하고 있을 뿐이다, 그게 그것 같은 얘기지만.

바로 거기에 들라에 컬렉션이 만들어진 이유가 있다. 사람들은 낮이면 낮대로 밤이면 밤대로 하루 중 시간대에 따라, 하늘거리는 검정색 옷을 입고 낯선 바 카운터에서나, 그렇지 않으면 앞자락이 겹쳐진 줄무늬 옷을 입고 기차 창가에서 팔꿈치를 괴고 앉아 있거나, 아니면 베이지색 옷을 입고 똑같은 베이지 톤의 바다를 바라보며 서 있게 될 것이다. 그렇지만 하나같이 비현실적인데… 젤다 정도까지는 아니길 바라지만, 그러니까 내 말은 헐렁헐렁하고 흐느적거리면서 이상하게 자꾸 눈길이 가는 그런 드레스의 매력이 당신을 향한 남자들의 눈빛도 똑같이 묘하게 만들 거라는 것이다. 그건 기대감에 부풀어 무척이나 들떠 있으면서도 약간의 불안감이 묻어나는 눈빛이다. 당장은 멋진 정장으로, 이후에는 언제라도 누군가의 가슴을 불태울 준비를 하고 있는 옷, 평생 동안 사랑받을 준비가 되어 있는 옷, 더 이상 무얼 바랄 수 있을까. 그 시작이 바로 자크 들라에인 것이다.

이브 생 로랑

열일곱의 나이에 슬픔과 사회적 관념에 얽매이지 않은 자유연애에 관한 이야기로 프랑수아즈 사강은 그 세대 모든 이들에게 정신적 충격을 줌과 동시에 그들의 마음을 사로잡아 버렸다. 스물다섯의 나이에 몇 벌의 드레스와 세 개의 스카프로 이브 생 로랑(Yves Saint Laurent)[1]은 동시대인 모두의 마음을 사로잡았다. 그리고 흘러가는 세월에 그때의 명성을 잃어버리기엔 너무나도 시대를 앞서갔던 두 사람은 각자의 길에서 더욱더 탄탄한 명성을 쌓아 가고 있었다. 그렇게 이십 년이 지난 지금, 그들이 다시 만났다.

내가 이 금발의 훌륭한 젊은 남자를 알게 된 것은 이십 년 전이었는데, 난 그에 대해 아무것도 아는 것이 없다. 하지만 내가 그에 대해 잘 알고 있기도 한 건, 실은 몇몇 사교모임에서 만나게 되면 그가 나와 똑같은 순간에 눈을 말똥거리면서 먼 산을 보거나(사실이다) 아니면 웃음을 터뜨리는(내심) 것이 내 눈에는 보이기 때문이다. 그렇기는 하지만, 어쨌든 우리는 십오 년 전부터 이 인터뷰 기사를 쓰게 된 덕분인 바로 그저께까지, 단 한 번도 이야기를 나눠 본 적이 없었다. 서로 이야기를 나눈 적은 없었지만 그럼에도 불구하고 이따금씩 우린 하나로 뭉쳐 의기투합하곤 했는데, 둘 다 똑같이 심한 말라깽이인 우리 두 사람에 관해서라면 합심해서 이야기를 거들 수 있었던 것이다. 그런 저녁이면 우리는 파티 도중에 우리 친구들이며 거기에 모인 지인들을 향해, 그와 나는 이십오 년 전부터 개처럼 일해 온 것이 이젠 너무 지긋지긋하고, 우린 각각 마흔네 살과 마흔다섯 살이며, 그러다 보니 몇 년 전부터 우리 어깨에는 삶에 대한 우리의 생각과 성격에 맞지 않는 어마어마한 중책과 책임이 떠맡겨져 있고, 다음 주에 우린 함께 뜨거운 태양이 내리쬐는 밀짚 파라솔 아래로 낮잠을 자러 떠날 것이며, 거기서 다시는 돌아오지 않을 거라고 선포라도 하듯 의기양양하게 말하곤 했다. 그가 웃기는 사람도 걱정스러운 사람도 아님에도 불구하고, 그런 이야기는 매번 사람들을 웃게 만들거나 걱정스럽게 만들었다. 지금 다시 생각해 봐도, 어딜 보더라도 그가 웃기는 사람이 아니라는 건 틀림없는 사실이다. 그리고 그가 걱정스러운 사람이 아니라는 건, 이브 생 로랑도 나도 무언가를 창작해낼 수 있고 우리의 작품이 동시대 사람들의 마음을 사로잡을 수 있다는, 이 호화로운 선물인 동시에 운명이 우리 목에 걸려 있는 평형추들을 회피하는 일은 결코 없을 것이기 때문이다.

일요일 오후 우리 서로가 자인했던 건 그런 막연한 의무감이었다. 많은 비가 내리던 그 일요일, 이브 생 로랑과 피에르 베르제(Pierre Bergé)[2]가 함께 사는 대단히 멋진 집에서 우린 처음으로 단

둘이 마주 보며 앉아 있었다. 세세한 부분 하나하나가 예술작품인 그곳에서 어두운 색의 양복 정장과 넥타이를 한 이브 생 로랑이 나를 맞이해 주었다. "이것이 마흔이 넘어 맬 수 있는 유일한 넥타이군요"라고 하면서.

그렇게 우리는 그냥 웃어넘기고 싶어도 그러지 못하는 겸연쩍고 약간은 어색한 분위기 속에 멀뚱멀뚱 앉아 있었고, 나는 속으로 '이브'는 잊어버리고 브랜드인 '생 로랑'만을 생각하기로 마음먹었다. 그리고 분명 그가 마흔을 넘긴 젊은 남자인 건 맞지만, 이 젊은 남자가 하나의 제국을 거느리고 있다는 사실을 잊어버리지 말자고 다짐했다. 그 제국이란 바로 그의 손에서 만들어진 것으로, 미국과 유럽, 오스트레일리아 등등의 중심도시 거리 곳곳에 그의 이름이 걸려 있고, 그곳에서 그는 동세대 디자이너 중에서 가장 유명하고 가장 재능이 많은 재단사이자 패션디자이너다. 또한 지금 거리 곳곳에서 그의 이름을 과시하고 있는 파리만 해도 그렇고, 저마다 날을 세우고 있는 냉혹한 오트 쿠튀르[3] 세계에서 가장 악명 높은 곳에서조차 생 로랑의 재능을 부인하는 건 불가능한 일이었다. 물론 매년 시즌 한 달 전이 되면 사람들은 입을 모아 "전만 못하다" "이제 그는 끝났다" "추락하는 새다" "그도, 디자이너로서의 그의 생명력도 다 됐다"는 말들을 하기 시작한다. 그러면서 매년 그가 그의 친구들과 오트 쿠튀르를 위해 목숨을 바쳤다고 생각하고 있다가 매번 그의 첫번째 시즌 컬렉션을 보고 나면 얼떨떨한 나머지 넋이 빠지고, 솔직한 사람이라면 황홀한 표정이 되어 나오는 것이다.

그처럼 단 두 시간 만에 사람의 감정을 급변하게 만드는, 보통 사람은 하기 어려운 일을 그는 일 년에 네 차례나 되풀이하지 않으면 안 된다. 우선 프레타 포르테[4]가 두 번으로, 일 년에 두 번의 컬렉션을 처음으로 공식화하면서 관행으로 정착시킨 그는 진정한 의미의 선구자였다. 그리고 나머지 두 번은, 그에게 성공을 안겨다 주었고 가공할 만한 예술작품의 극치를 보여 주기도 했던 오트 쿠튀르다. 바로 그런 오트 쿠튀르를 통해 그는 세상에서 가장 기상천외하고 가장 막대한 돈이 들어가는 가장 아름다운 옷감들 속에 파묻혀, 자신은 물론 자신의 손까지 마음껏 즐기게 해 줄 수가 있는 것이다. 그가 말했다. "그런 게 제가 누리는 호사인 겁니다." 그는 그런 호사 없이 살고 싶지 않을 것이다. 하지만 지금 그에게 만일 말할 수 없이 값비싸고 사치스럽고 늘 그와 함께하는 오트 쿠튀르 컬렉션과 늘 그의 곁에 있는 프레타 포르테 중에 선택하라고 한다면, 십중팔구 이브 생 로랑은 조금도 주저하지 않고 프레타 포르테를 택할 것이다. 이유는 무엇보다 요즘의 흐름이 그러하고, 그리고 어마어마하게 값비싼 그의 오트 쿠튀르 의상은 거리를 지나다가 볼 수 있는 옷이 아니라 리셉션이나 특별 공연, 파티, 만찬회 때가 아니면 만나지 못하는 것들이기 때문이다.

스퐁티니 가(街)[5]는 바로 그런 이브 생 로랑이 지나온 역사인 셈이다. 그곳은 그의 생애 최악의 쓴맛을 톡톡히 본 곳이기도 했다. 이십 년 전 크리스티앙 디오르 사(社)를 나온 그는 자신의 생각을 관철시켜 —모든 것을 자신에게 걸고— 회사 설립을 위해 투신했다. 그때 그는 자신의 생애에서 그 첫 시도가 일대 걸작이 되어야만 한다는 사실과, 잘못해서 실패라도 하게 되면 그것이 처음이자 마지막이 되고 말 거라는 사실을 알고 있었다. 모두들 그 무분별한 남자를 완전히 산산조각 내려고 컬렉션에 왔다가 넋을 잃고 나갔다. 그 후 생 로랑은 두 번의 '실패'만 맛보았을 뿐이다. 그중 심각했던 건 1971년의 일로, 그가 1940년대 유행했던 패션을 재현했을 때였다. 여자 모델들이 당시로 돌아가 모두 어깨에 가방을 비스듬히 메고 초미니스커트에 통굽 구두를 신고 나타난 것이다. 그리하여 그날 많은 품위있는 여자들이 패션쇼가 시작되자마자 살롱을 떠나는 초유의 사태가 벌어졌다.[6] "창녀들과 가까이 있고 싶지 않다고들 했죠." 하지만 거기에 마음이 끌린 다른 여자들, 소위 노출하길 좋아하고 칭찬하길 좋아하며 자신이 후원하는 —간혹 구두쇠 후원자는 있지만— 디자이너를 바꾸길 좋아하는 사교계 여자들이 와서 대단히 훌륭한 컬렉션이라는 결론을 내리자 너도나도 앞다투어 그들을 따라 하기에 바빴다. 하지만 이브 생 로랑은 두려웠다.

그가 두려워한 건 실패 하나하나가 그에게는 치명적일 수 있으며, 그 실패가 연이어 네 번이 되고 다섯 번이 되다 보면 그건 바로 파멸이 될 것이며, 다시 말해 그건 자신에게 허용되는 막대한 자금력으로 오트 쿠튀르를 제작할 수 없게 됨을 의미하는 것이기 때문이다.

무엇보다도 그건 작업할 때 느끼는 그만의 직감과, 우리나라 혹은 다른 나라 여자들이 그토록 바라 마지않는 그만의 감각, 그가 파리에서 그리고 자신의 머릿속에서 매일같이 발견하고 마침내 자신의 취향과 맞아떨어지게 될 때 느끼는 감정, 사실 엄청난 노력을 요구하지만 결코 헛되지 않은 영감을 얻을 때 느끼는 그런 감정, 일상생활에서 끊임없이 일어나는 새로운 변화며 반전 그리고 끊임없는 자극을 더 이상은 느끼지 못한다는 말이 될 것이기 때문이다.

해를 거듭하면서 그가 알게 된 사실이 있다면, 여자들이란 늘 자신이 밝고 천진난만한 장난꾸러기 같으면서도 뭐라고 한마디로 단정할 수 없이 복잡 미묘해 보이고 싶어 할 수 있다는 것과 마찬가지로, 언제까지나 풋풋한 십대 같아 보이면서도 성숙하고, 어딘지 슬퍼 보이면서 조신한 비극의 여주인공이 될 수 있거나 아니면 그렇게 되길 바랄 수 있다는 것이다. 그리고 궁극적으로 여자들이 바라는 자신의 모습이 생 로랑이 여자들에게 바라는 모습이라면, 그건 여자들도 그의 그런 독창적인 발상과 참신함의 이면에는 지칠 줄 모르는 그의 절대적이고 불가결한 정신력과 타고난 솜씨, 훌륭한 안목, 상상력, 자신감, 세련됨, 간단히 말해 일에 있어 자신이 가진 기술력과 맞아떨어지지 않는 이상 제아무리 기상천외한 상상이라 하더라도 그 속에 뛰어들지 않을 이 금발의 젊은 남자가 있다는 사실을 알고 있다는 뜻이다.

자신의 최근 컬렉션에 대해 이야기하며 이브 생 로랑은 안도의 미소를 짓는다.

"처음 몇 달 동안은 정말 끔찍했어요, 늘 그렇지만 말이죠. 아무것도 떠오르지 않았고, 독창적이고 내가 처음이라고 할 건 아무것도 없었습니다. 모델의 아름다운 몸에 되는 대로 아무렇게나 천을 걸쳐 볼 뿐이었고, 그 멋진 모델들이 하나같이 시시하게만 보이고, 무얼 어떻게 해도 흥미로운 게 나오질 않았습니다. 정말 미칠 지경이었어요…. 내가 생 로랑을 무기력하고 매력이라곤 없는 것으로 만들어 버린 것이었습니다. 보통 때 같으면 준비를 다 마치는 데 한 달 반이 걸립니다, 그런데 한 달이 지났는데도 아무것도 없는 거예요. 그러다 하루는, 우연히 뒤로 물러서다가 말입니다, 봤어요, 이거구나 하는 걸 말입니다. 드레스가 무슨 말을 하고 싶어 했어요, 무언가를 닮아 있었죠. 특히 그 드레스를 입고 있는 모델과 닮아 있었어요. 단번에 그런 직감이 들었는데, 그건 모델도 마찬가지였죠. 보통 사람들은 한 사람의 디자이너와 한 사람의 모델 사이에 생기는, 뭐랄까 지극히 개인적이면서도 굳이 말하지 않아도 알 수 있는 유대 관계에 대해서는 상상이 안 될 겁니다. 모델들은 자신의 상상력을 동원해서 느낌으로 이해합니다. 자신들의 몸이며 몸짓, 생긴 얼굴 모습 하나하나가 내게 그런 창조적 직감을 불러일으킨다는 사실에 자부심을 느끼죠. 모델들은 어느 누구보다도 그런 점을 자랑스러워하고 희열감에 젖어 어쩔 줄 몰라 해요. 그래서 작업할 때 나는, 아닌 게 아니라 자주 녹초가 되곤 하지만, 그런 순간이 되면 나를 돕는 일이라면 무엇이라도 해 줄 그런 모델들과는 다른 사람을 통하는 일 없이 직접 대면하고 이야기를 나눕니다.

이 일에는 열정이 있어야 해요. 예컨대, 일이 잘돼 가지 않으면 배기지 못하고 최고가 되기 전에는 결코 그 어떤 것에도 진정으로 만족하지 못하는 나라는 사람 말고도, 우선 양재사(洋裁師)라는 사람들도 있는데요, 모든 작업을 일일이 손으로 하는 사람들이죠. 그랑드 쿠튀르[7]의 비법(그 사람들의 어머니와 할머니, 그들의 할머니의 할머니 등등 대대로 전해 내려오는 비법을 말합니다)의 보유자이자 최후 전수자인 분들이에요. 그분들 외에도 점점 사라져 가는 직업 중 하나로, 미래 사회에서는 존재 이유가 없어지게 될 사람들이 있죠. 바로 낮이고 밤이고 기계를 돌리는 여공들입니다. 그들 모두를 완전히 초죽음이 될 때까지 일을 시킬 때는 있어도, 난 한 번도 그 사람들에 대한 믿음 없이 일을 시키면서 그들의 감정을 상하게 한 적은 없습니다. 혹시라도 그랬더라면 그들이 먼저 느끼고 나를 경멸했을 테죠. 회사 내의 모든 부서며 모든 팀들이 창작 작업에 매달려야 하는 순간이 다가오면, 지시에 지시를 거듭하고 일거리 위엔 또 일거리가 쌓여 가는 가운데, 그처럼 걸쇠가 풀려 버린 것 같은 흥분과 뭔가에 홀린 듯 일에 빠져 있는 상황이 과연 내가 원하는 곳으로 나를 데려가 줄지는 나 자신도 알지 못하죠. 그렇게 작업실에 서 있다 보면 이 세상에 나 혼자 있는 것만 같은 고독감이 밀려옵니다. 모두가 하나같이 내가 없으면 아무것도 안 되며, 나만 보고 있고, 내 입에서 지령이 떨어지고 내 목소리가 커지기만을 기대하고 있는 그런 순간이 그래요. 바로 그 순간 그 모든 사람들에 대한 책임감이 전율처럼 서늘하게 내 등골을 타고 내립니다. 그런 게 힘들었어요, 처음 몇 년간은 말이죠. 불과 열흘밖에 남지 않았는데, 그때서야 주제며 아이디어가 떠오를 정도였으니까요. 그 열흘 동안에는 정말, 다들 제정신이 아니었습니다. 난 완전히 탈진한 상태로, 대개는 상냥하지만 그런 만큼 더 부담스러워서 무섭게 느껴지는 모든 모델들이 지켜보는 앞에 서 있었어요. 네 차례의 컬렉션과 맞물리는 그런 달이면, 월초부터 누구보다도 나 자신이 먼저 자제력을 잃어버리죠. 무슨 감옥에라도 갇혀 있는 것 같고, 가슴이 아주 텅 비어 버린 것 같거든요. 그러다 어느 날 그 모든 걸 버티고 이

겨내면, 그때 나는 세상 모든 디자이너 중에서 가장 행복한 디자이너가 됩니다. 아이디어를 내놓고 모든 걸 직감으로 아는 그 녀석이 내 눈앞에서 분주히 돌아다니며 일하고 있는 것을 바라보고 있는 거예요. 녀석은 내 안에 있는 나의 일부일 뿐이지만, 가끔씩 나 자신도 깜짝 놀라게 하는 쾌거를 이루어내죠. 안타까운 건 그 녀석이 일을 하지 않으면 나 혼자서는 한 사람 몫의 일밖에 하지 못한다는 사실입니다. 하지만 녀석이 꿈틀거리기 시작하면 우린 언제나 두 사람이 되어 있는 거죠."

그 마지막 이야기가, 비가 내리고 느긋하게 게으름을 피우는 바로 그런 일요일에 끔찍한 여운을 남기며 공기 중에 맴돌았고, 우린 중압감에 시달린 시선으로 서로를 바라보았다. 난 황급히, 보다 즐겁고 보다 바보 같은 주제로 되돌아와 물었다.

"하나의 드레스의 시작은 어디서부터인가요?"

그러자 생 로랑은 또랑또랑한 어조로 말했다.

"몸놀림이죠. 내가 만든 드레스들은 모두 하나의 몸놀림에서 나옵니다. 사람의 몸놀림이 반영되어 있지 않거나 연상되지 않는 드레스는 훌륭한 드레스가 아닙니다. 일단 예의 그런 몸놀림을 찾아낸 다음에, 색상이나 최종적인 디자인이며 옷감을 선택할 수가 있게 되는 거죠, 그 전에 미리 정해 놓는 건 아닙니다. 사실은 이 일을 하면서 끝이 없는 것이, 바로 배우는 일이에요. 예를 들어, 식서 방향[8]으로 재단한 옷과 바이어스 방향[9]으로 재단한 옷이 있다고 한번 생각해 보세요. 몇 년 동안 내가 만든 모든 의상이 식서 방향이었던 이유는, 그것이 내 머릿속의 구상과 맞아떨어지기 때문이었어요.

물론 바이어스 방향으로 작업해 본 적도 있지만, 난 그걸 유효적절하게 제대로 활용하질 못했어요, 뭐랄까 마치 올림표(#)를 모르는 작곡가 같았다고나 할까요, 그렇다고 부정적으로 '봤던' 건 아닙니다. 삼 년 전이었는데요, 우리 회사에 입사한 한 여직원이 내게 바이어스에 대한 모든 걸 가르쳐 주었습니다. 내가 모르고 있던 바이어스 방향으로 재단한 의상의 잠재적 가능성과 그 파생 효과가 어떤 것인지 알게 해 준 것이죠. 그 첫해가, 아시다시피 하나같이 민속적이고 풍성한 디자인에 러시아풍 등으로 제작된 드레스들을 선보였던 해였습니다. 기자들은 입을 모아 러시아의 영향을 받아 이국적 향취가 느껴지는 바로크양식이라 보도했어요. 실은 그저 바이어스 방향에 대한 실습을 했을 뿐이었는데 말이죠. 러시아와는 완전 거리가 멀었죠. 작업은 훨씬 더 어려웠습니다. 그런데 소위 인위적이라고 하는 이 직업이 가진 모든 기교를 결코 그만두지 못할 거라는 사실을 난 알고 있어요.

옷에 있어서, 내가 결코 자유자재로 쓰지 못할 것이 하나 있는데요, 그건 나의 상상력과 창조능력에 대한 부분이에요. 어디까지나 내 의지력과는 무관한 별개의 것이지만, 내가 그걸 잃어버리는 마지막 순간까지도 그건 변함없이 나에게 믿음을 줄 거라는 건 알고 있습니다. 내가 변하지 않을 거라는 사실은 처음에만 두려울 뿐이지, 그건 슬픈 일이며 결국에는 공허함이니까요. 글을 쓸 때도 같을 거라고 생각되는데요, 마지막 핀까지 다 꽂고 모든 것이 끝이 나면, 나는 내가 고아 같다는 느낌이 듭니다. 내 머릿속의 생각은 다 없어져서 바닥을 드러내고 있고, 눈앞의 모든 건 곧 그 이전처럼, 늘 그렁듯이 그 이후처럼 흔적도 없이 사라져 버릴 테죠. 남아 있는 건 하나도, 아무것도 없게 될 것입니다. 그 모든 숱한 노력과 그토록 하얗게 지새웠던 그 숱한 밤들이 말입니다…. 바로 그런 게 잔인한 것이죠. 다시는 보지 못할 어떤 것들을 탄생시키는 것, 그러고 나면 그것의 본질조차 흔적도 없이 사라져 버릴 운명이라는 것 말입니다. 원래 유행이란 유행을 타는 것이니까요….

막연하긴 하지만, 지금 나한테는 새로운 유행의 기준이 될 것들과 내가 하고 싶은 것과 내가 할 수 없는 것이 무엇인지 느껴집니다. 사실 그건 여기서 모든 것을 포기하고 다른 곳에서 모든 것을 다시 시작하는 일과 같은 말일 겁니다. 앞으로 다가올 유행을 만들어내고, 그것으로 기존의 것과 완전히 차별되는 놀랍고도 엄청난 것을 만들어낼 수 있게 될 프레타 포르테로 향한, 그런 거대한 문 같은 것이 예감되는 것이죠.

아직은 뭘 어떻게 해야 할지 방법은 모르겠어요. 하지만 말입니다, 너나없이 다 똑같은 옷차림을 하려는 젊은이들의 그런 열성과 획일성, 바로 거기에 착안점이 있다는 건 알고 있습니다, 어떤 느낌이 들어요. 비록 그것이 내가 해야 할 일은 아니라 하더라도, 결국은 내가 찾아내고 말 어떤 것이에요. 뭐, 어쨌든 여태까지 살아 있고 날이 가고 세상이 다할 때까지 변함없이 살아 있을 것은, 여성복에 남성복으로부터 끌어온 것을 접목시킨 그런 파생적 디자인일 겁니다. 지금은 남성복에서 바로 따온 디자인의 여성복이 유행이죠. 그건 편안하고자 하는 욕구 내지는, 남자와 비슷해지고 싶고 남자들의 옷을 입고 남자들의 스타일로 해 보고 싶은 욕구를 반영한 것으로, 남자 역할을 하고 싶어서도, 모방하고 싶어서도, 남자들의 남성성을 잃게 만들고 싶어서도 아닙니다. 그저 남자들과 함께하기 위함인 거예요. 남자들이 여자들보다 더 편한 옷을 입는 이유는, 남자들에겐 구세대 여성들처럼 그렇게 자주 행동이 자유롭지 못한 역할을 맡아야 할 일이 없기 때문이죠. 아주 헐렁하고 두툼한 스웨터나 허리 부분을 잘록하게 묶는 그런 여성화된 와이셔츠처럼, 여자를 남자로 만들어 주면서 여자들에게도 대체로 썩 잘 어울리는, 남성복에서 유래한 그 모든 차용 속에 내재되어 있는 건 평등에 대한 관심이지 보상심리가 아닙니다. 그런 만큼 이러한 추세는 앞으로도 지속될 것으로 보입니다. 요즘은 편안함이 보기에 좋은 미적인 가치만큼이나 결정적인 가치 기준이 되어 있으니까요. 그리고 그건, 그런 것에 대처해야 하는 디자이너에겐 나쁘지 않은 일이죠. 일상생활을 하고 일을 하는 사람들이 시행착오나 실현 불가능한 환상에 빠지지 않게 해 주니까요.

그런데 말이죠, 최근에 와선 패션이란 것이 완전히 쇼가 되어 버렸습니다. 무엇보다도 무대 위에서 사람들을 깜짝 놀라게 하고 보다 더 강한 인상을 심어 주기 위해, 음악이 연주되고 연극 무대를 방불케 하는 장치를 위시하여 무대 위에서 폭죽이 터집니다. 더 이상 옷이 아니라 쇼인 것이죠. 디자이너와 디자이너 사이의 관계 내지는 디자이너와 평론가, 고객과 디자이너의 관계가 감정이 지나치게 얽히고설켜서 부풀려져 있어요. 그렇기는 하지만 종종 그런 걸 통해 쇼가 완벽해질 수 있고, 드레스가 과연 입을 만한 것인지 아닌지 결론이 나기도 합니다. 그런 무대 위에서 매년 수많은 디자이너의 이름들이 마치 열기구처럼 떠오르기도 해요. 그러다 이듬해가 되면 그런 열기구들은 이미 다른 열기구들에게 자리를 내주고 사라지고 없는 거죠."

"그런데…(여기까지 말한 이브 생 로랑은 갑자기 고양이처럼 기지개를 쭉 펴더니 마치 꿈에 부푼 아이 같은 눈동자가 되어 두 눈을 반짝인다) 말은 그렇게 했지만 그런 무대 말인데요, 난 정말 그런 무대 장치를 해 보고 싶습니다! 그렇지만 이탈리아 영화도 좋아합니다, 〈센소(Senso)〉[10]도 정말 좋아요. 붉은 벨벳의 휘장, 어두운 색조의 보석들, 펠리니(F. Fellini)와 비스콘티(L. Visconti)와 오페라의 무대가 되었던 19세기의 호화찬란함과 충격적으로 다가오기까지 하는 호사스러움… 그런 거죠. 내가 오페라광이거든요. 무대 장치를 하고 무대 의상을 만들고 연극을 하는 사람들, 아무튼 그런 사람들과 함께 무대 위에서 살면 정말 좋겠는데, 그럴 수 없군요, 지금으로선 더더욱 그럴 수가 없습니다. 그건 지금까지 내가 해 왔던 모든 것들을 놓아 버리고, 내가 존경하고 대단히 소중하게 여기는 만큼 내게 그에 대한 보답을 해 주고 있는 우리 오백 명의 식구들을 길거리로 내모는 일이 될 것이기 때문이에요. 안 되죠, 안 돼, 두 가지 일을 하는 건 불가능하니까요…." 내가 묻지도 않은 질문에 그가 대답했다. "두 컬렉션 기간 동안 내가 잠을 잘 수 있는 날은 기껏해야 한 달이거든요…. 그리고 또 난 무척 게으른 사람이어서 말이죠…." 소파 끝에서 기지개를 쭉 펴면서 그가 말했다. 그렇다고 내가 보는 앞에서 그가 소파에 드러눕거나 하는 일은 없을 것이다. 이따금씩 풍기는 너무도 고혹적인 매력과 유쾌한 말투 덕분에 스스럼없어 보일 수는 있다 하더라도, 그는 너무도 교육을 잘 받았으며 다른 사람이 보는 데서 해이해지는 사람이 아니기 때문이다. 이브 생 로랑은 재능 이외에도, 실제로 정말로 매력적이며 정말로 세련된 외모의 소유자이기도 하다. 다만 수줍음을 많이 타는 성격 탓에 정작 자신은 그런 사실을 인식하지 못하고 있는 것 같다.(그리고 그런 그의 매력은 감추어져 있어서 더욱 매력적이다) 그는 마흔을 넘긴 여전한 청년, 아니 그 이상이다. 나한테는 이십 년 전과 조금도 다르지 않아 보인다. 기다랗게 쭉 뻗은 팔다리를 하고 노르망디의 잔디밭 위에서 머리카락은 단정히 빗어 넘긴 채 재미있게 생략법을 가미해 가며 이야기하면서, 그 머리카락 뒤로 애써 웃음을 감추려 하던 그 시절과 말이다. 그 일요일 전까지 내가 알고 있던 그는, 의지가 강하고 수줍음이 많고 과묵하고 재능으로 똘똘 뭉친 사람이었다. 다시 말해 그날 이후로, 나는 명석하고 열정적이며 타협이라곤 모르는 동시에 관대하기도 한 그를 알게 된 것이었다. 그건 모든 걸 단번에, 한꺼번에 알아낼 뻔하디뻔한 발견이 아니다, 그것도 어느 일요일 오후 단 두 시간 만에…. 하지만 살면서 겪는 지극히 드문 일이라는 사실 못지않게, 지극히 유쾌하고 마음이 편안해지는 발견임에는 틀림이 없다.

빨간 머리의 배후 조종자, 내 친구 베티나

파리에서 활동하는 프랑스 디자이너들에게는 대체로 라신(J. Racine)의 작품 속 인물과 같은 면모가 있다. 페드르처럼 그들은 항상 오이노네 뒤꽁무니를 졸졸 따라다닌다.[1] 여기서 오이노네라 함은 나이가 지긋한 부인에 해당하는데, 애매모호한 성격으로 디자이너들을 대신하여 회계사이자 시아이에이(CIA), 메가폰의 역할과, 그리고 그들의 보모이자 친밀한 적의 역할을 동시에 하고 있다.[2] 그런 회색의 배후 조종자들은 다재다능한 반면 대체로 상처를 잘 받는 사람들이다. 그리고 그런 그들이 섬기어 마지않는 위대한 교주의 광신도이기도 하고 때론 어리석다 못해 웃음거리가 되어 버리기까지 할 때도 있는데, 그 교주란 바로 유행, 패션이다. "유행이란 유행을 타는 것이다"라고 한 장 콕토의 말은 잊어버린 채, 매 시즌 모든 컬렉션을 비극으로 만들어 버리면서도 그녀들에게는 웃기는 점밖에 보이지 않는다. 바로 그런 부분이, 소피 리트박(Sophie Litvak)[3]과 함께 세상에서 가장 유명한 모델이자 알리 칸의 연인이면서 말 그대로 진정 쾌활하고 우아한 내 친구 베티나 그라지아니(Bettina Graziani)[4]가, 이 한심한 무리에 합류하겠다고 말했을 때 내가 그녀를 그토록 어이없어 하며 바라보았던 이유다. 베티나는 그럴듯한 온갖 이유를 들어 나를 설득시켰지만 나는 도무지 마음이 놓이지 않았다. 나의 이십 년 지기로, 삶을 사랑하고 사람들과 야외의 신선한 공기를 사랑하는 베티나가 호박단[5]과 속물근성으로 가득 찬 그 한심한 곳에서 도대체 무얼 하려고 그러는 것일까. 결국 그녀는 성격이 우울해지거나 환멸을 느끼게 될 것이다, 다시 말해 본래의 그녀와는 정반대의 사람이 되고 말 것이다. 베티나가 에마뉘엘 웅가로에서 일한 지 이젠 일 년이 지났다. 그리고 그런 회색분자인 배후 조종자가 되기에는 너무도 거리가 먼 그녀는 결국, 언제나 유쾌한 빨간 머리의 배후 조종자가 되었다. 말이 나온 김에 하는 이야긴데, 많은 여러 재능 중에서도 심각함과 진지함을 혼동하지 않는 재능이 있는 에마뉘엘 웅가로(Emanuel Ungaro)[6]에게 감사할 일이다.

자신의 친구에 대해 누군가에게 설명하기란 참 여러모로 쉬운 일이 아니다. 특히 그 친구가 지금 이미 이름이 많이 알려진 유명한 사람이라면 더욱 그렇다. 이를테면 베티나는 아주 건강하고 대단히 매력적이며, 여름이면 주근깨투성이—그러니까 주근깨는 여름에 더욱 도드라진다는 말이 된다—가 되며, 일 년 삼백육십오일 내내 웃음을 그칠 줄 모른다. 이십 년 전부터 그녀는, 옛날엔 '화류계'라고 불리었다가 지금은 이름하여 '호화 부유층'이라 불리는 저 야만인들의 세계에서 살고 있다. 그럼에도 불구하고 그녀는 그곳에서 여전히 자유로운 영혼인데, 내가 느끼기엔 무슨 아슬아슬한 곡예라도 하고 있는 것만 같다. 사실 그런 '호화 부유층'의 일원이 되려면 돈이 많고 포크와 나이프 등 식기 사용과 같은 테이블 매너만 잘 알면 된다. '화류계'에선 아름다움과 입담 내지는 낭비벽도 요구되지만 말이다. 세상의 가치관을 무시하는 집단이 다 그렇듯이, 그들은 금기사항을 준수하고 가장 엄격한 규칙을 세워서 이를 고수했고, 베티나는 한결같이 거기에 순종하길 거부했다.

사실 베티나는 비록 '관습'에는 관심이 없었지만 '바람직한 것'에 대해서는 관심이 많았다. 여기서 내가 하고자 하는 말은, 그녀가 좋아하고 그녀가 자신의 인생 속으로 기꺼이 받아들인 사람들은 하나같이 의리로 똘똘 뭉치게 된다는 뜻이다. 그녀가 자신의 가장 친한 친구들과 함께 그녀의 연인의 남자다움이라든가 행동거지에 대해 수다를 떤다는 건 있을 수 없는 일이며, 단 한순간이라도 그에 대해 의구심을 품지도 않으며, 이따금씩 혼자서 만찬 약속 자리에 가기 위해 그를 집에 두고 나올 리도 없다. 그녀에게 남자란 어떤 장난감도 변명거리도 그녀를 먹여 살리는 부양자도 아닌, 한 사람의 동반자일 뿐이다. 그리고 그 동반자란 그가 가진 재산이나 사회적 지위, 혹은 그녀의 주변으로부터의 지지와는 무관하게 그녀가 선택한 사람일 것이다. 그녀가 그에게서 보는 것은 과거도 미래도 아닌, 현재다. 그것도, 낙관해 마지않는 따뜻하고 즐거운 현재로, 비밀을 캐내기 좋아하는 자신의 친구든 미용사로 전락해 버린 새로 온 정신과 의사들이든, 외부사람들에게 그녀는 그 어떤 속내도 털어놓길 철저히 거부한다. 그것과 마찬가지로 일단 그 사랑이 끝나면, 베티나는 그에 대한 어떠한 이야기도 이러쿵저러쿵 입에 담지 않는다. 그냥 잊어버린다. 잊어버리거나, 아니면 충실한 친구가 된다. 그런데 바로 그런 점에서, 안타깝게도 그녀는 정형화된 틀에서 완전히 벗어나 있는 것이다. 아닌 게 아니라 곧잘 잊고 곧잘 친구로 남을 수 있는 바로 그 점이 그녀가 도덕관념이 없다고 사람들이 쉽게들 이야기하는 근거가 되는데, 늘 그렇듯 스스로 심판관이 된 그들이 잣대로 삼은 풍속이나 관습에 의하면 그녀는 그러한 예의 대표 주자이기 때문이다.

나는 베티나에 관해 친구의 자격으로 이야기하지 않을 생각이다. 그녀는 나의 이십 년 지기로, 이십 년 전부터 우린 서로가 분별없이 저지른 일들에 대해 애정 어린 시선으로, 별달리 그에 대한 이야기를 꺼내는 일 없이 서로를 지켜봐 주고 있다. 우리가 다른 사람들로부터 존경을 받고 있다는 건 아니고, 다만 나이만큼은 존경을 받을 만큼 지긋하기에 서로가 서로에게 바라고 조언해 줄 거라곤 만사에 열광하고 요리조리 잴 줄 모르는 무모함밖에 없다는 얘기만으로도 충분할 것 같다. 그리고 그보다 더 확고하게 서로를 향한 존중을 증명해 주는 건 없다.

좀 더 가벼운 관점에서 접근해 보자면, 우리한테는 세 가지 공통점이 있다. 개, 앞머리, 그리고 잘 웃는다는 것과 한번 웃었다 하면 그칠 줄을 모른다는 것이다.(이 중 두번째는 대개의 경우 세번째를 감추는 용도로 쓰인다) 우리가 부끄러워서 또는 기뻐서 새빨개진 얼굴로 의기투합해 앞머리나 냅킨 뒤로 사라져 버리는 바람에 끔찍한 기억으로 남아 있는 만찬회는 수를 셀 수가 없을 정도다. 파리에는 폭소를 터뜨리지 않을 수 없을 정도로 재미있는 만찬회가 많다는 것이 그럴듯한 변명거리라면 변명거리가 될 것도 같은데, 그도 그럴 것이 학창 시절처럼 바람에 굴러다니는 낙엽만 봐도 깔깔거리고 웃어 젖히려면 꼭 둘이 있어야만 하는 것이다. 그리고 그런 점에서 베티나는 영락없이 못된 초등학생이다. 태연스런 얼굴에 감탄스러울 정도로 눈썹을 있는 대로 추켜올리고 선생님 이야기를 열심히 잘 듣고 있는 듯하다가, 별안간 눈에 힘이 풀리고 풀이 죽어 버리기 때문이다…. 그럼에도 불구하고 그런 그녀의 짓궂은 태도는 그녀의 장기가 아니라 그와는 거리가 먼데, 그녀가 할 법한 이야기 속에는 늘 상대가 하는 이야기를 잘 이해하지 못한 데서 기인한 것으로 측은하게 여겨야 할 부분이 있기 때문이다. 물론 그건 어디까지나 말 그대로 이야기이지 뒷공론이 아니다. 그녀는 능히 자신에 대해서도 비웃을 수가 있다, 변함없이 열의로 가득 차서 말이다. 한 십 년 전쯤이었던 것 같은데, 그때의 끔찍했던 일이 떠오른다. 이름은 기억도 나지 않는 사디스트 성향이 있던 어떤 디자이너에 의해 우아하고 세련된 내 친구들이 그만 전등갓으로 변해 버린 일이 있었는데, 위쪽의 삼각형은 그들의 목을, 아래쪽 삼각형은 그들의 장딴지만 달랑 드러내고 있었다. 어느 날 저녁, 보나마나 딴생각을 하고 있었거나 아니면 막 찢어 버리려 하던 참이었을 예의 그 조명기구 의상을 입고 베티나가 지미의 사무실로 들어오는 걸 본 순간, 나는 공포에 사로잡히고 말문이 막혀 그대로 석고상이 되어 버렸다. 결국엔 내 입에서 뭐라고 격분에 찬 단어가 튀어나왔고, 내가 다짜고짜 밀어 넣은 탈의실의 거울을 보고 나온 그녀는 내 얼굴을 향해 보드카 잔을 던지기는커녕 오히려 눈물이 그렁그렁한 눈으로 고맙다고 했다. 물론 그 눈물은 배를 잡고 웃다가 찔끔 새어 나온 눈물이었다.

상황에 따라 어떤 제작자의 요트 위 혹은 낚싯배 위에서 휴가를 보내는 베티나, 사회부적응아들 혹은 사교계 인사들과 함께 노는 베티나, 돈이 쓸모는 많지만 가장 중요하다고는 생각하지 않는 베티나, 익숙해진 것만큼이나 예측지 못한 뜻밖의 것도 좋아하는 베티나, 그녀는 늘 변함이 없고 확고부동하다는 의미에서 바위 같은 친구다. 결코 단단하다는 의미는 아니다. 그녀는 사랑을 받았고, 사랑을 했다. 그리고 사랑을 할 것이고, 사랑을 받을 것이다. 그리고 변함없이 앞머리 뒤에 숨어서 웃을 것이다. 일을 하지 않을 때는 그 누구보다도 완벽하게 휴식을 취하고, 마찬가지로 일할 때도 그 누구보다도 까다로우며, 언제까지라도 주근깨투성이의 눈가에 주름을 지으며 웃음을 그치지 못할 것이다.

각별한 우정을 나누고 있고 여간해서는 비꼬는 법이 없는 누군가에 대해 글로 표현해야 하는 일이란 말처럼 쉽지 않다. 그렇긴 하지만 분명한 건, 대단히 즐거운 일이며 늘 해 오던 일상에 변화를 가져다준다는 사실이다. 그리고 하나의 인격체이기도 한 한 사람에 대해 이야기하는 것이 갈수록 드문 일이 되어 가는 만큼, 그런 재미 또한 여간이 아닌 것이다.

패션에 정신을 잃은 두 연인,
헬무트 뉴튼과 페기 로슈

1960년이 조금 지났을까…. 그때부터 이미 패션 사진계의 거장으로 갈색 머리에 호리호리하고 키가 큰 헬무트 뉴튼(Helmut Newton)[1]은, 『보그』와의 다툼이 있은 후 『엘르(Elle)』로 들어온다. 전에는 『엘르』의 모델이었다가 당시는 엘렌 라자레프와 손잡고 『엘르』의 편집자로 있던 페기 로슈(Peggy Roche)[2]와 조우한다. 마찬가지로 갈색 머리의 날씬하고 키가 큰 그녀는, 포즈를 다양하게 취할 줄 알고 특유의 색깔이 있으며 기묘한 행동을 많이 한다. 검정색 스웨터에 옆이 트인 스커트를 입고 있는 그녀는 뉴튼이 항상 꿈꾸어 오던 영화 속 프랑스 여자를 닮았다.

1980년이 조금 지났다(사실은 한 달 전이다)…. 패션에 흥미가 약간 없어진 지금, 헬무트 뉴튼은 세상에서 가장 훌륭한 사진작가 중 한 사람이 되었다. 여전히 호리호리하고 키가 크며 갈색 머리인 그가 『팜(Femme)』 건물 앞을 지나가다가, 좀 전에는 패션잡지 편집자였다가 지금은 디자이너가 된 페기 로슈와 재회한다. 그녀는 여전히 날씬하고 키가 크며 갈색 머리로, 여전히 그녀만의 기묘한 행동을 하며 그녀만의 색깔로 다양한 포즈를 취하는데, 이제는 자신의 컬렉션 제품인 스웨터와 스커트(트임이 없는)를 입고 있다. 뉴튼이 꿈꾸던 영화 속 프랑스 여자를 닮은 것도 여전한데, 이제는 그녀의 패션마저 그의 마음을 사로잡는다. 그는 그녀의 사진을 찍기로 결심한다. 어떤 사진이 되든 그건 바로 페기, 그의 말에 의하면 "열여덟 살의 모델로서는 알지 못하는, 아니 안타깝게도 많은 여자들이 결코 알 길이 없는 그런 포즈를 알고 있다"는, 그녀에게 달려 있다. 그리고 그들은 사진 촬영을 위해 오후를 함께 보낸다, 가장 모던하며 가장 『팜』다운 사진이 될 것이다.

그리고 그들은 헤어진다. 태양이 패션에 정신을 잃은 두 연인 뒤로 길고 나란한 그림자를 드리운다. 서로에게서 느껴지는 멋에 이끌리는 그들은 시간도 갈라놓지 못하는 것이다.

이자벨 아자니의 새로운 스타일

모던함과 자유로움, 편안함이란 이자벨 아자니(Isabelle Adjani)[1]에겐 새로운 발견이다. 그녀에게 이와 같은 멋의 황금률을 알게 해 준 사람은 페기 로슈다. 아자니는 포즈를 취하고, 사강은 이야기한다. 각각의 분야에서 특별한 세 여자들이 『팜』이 연출한 전대미문의 시나리오를 위해 한자리에 모였다.

아자니가 옷을 맞추고 있다…, 그녀가 원하는 곳(그러니까 1986년 페기 로슈 살롱)에서. 하고 싶은 것만 하는 아자니는 그로 인해 많은 원성을 듣는다. 가깝게 지내는 사람들이건 그저 알고 지내는 사람들이건, 그들 사이에서 그녀는 좀 어려운 아가씨로 통한다. 언론에서 접하기 어려운 사람이라는 사실은 사생활이 '겉으로 드러나지' 않는다는 의미이며, 사람들과의 관계에서는 무의미한 것에 영향을 받지도 도취하지도 않는다는 의미이기에, 그녀의 그런 점에 나는 찬사를 보낸다. 그런데 아자니는 충분히 그럴 수 있다.

그녀는, 언론이나 사람들이 무의식적으로 이름을 붙여서 부르지 않는 유일한 현역 여배우다. 그녀와 함께 최고의 영예를 함께하는 가르보(G. Garbo)나 마냐니(A. Magnani), 모로(J. Moreau)에 대해 이름을 붙이지 않는 것처럼. 그 유명한 디트리히(M. Dietrich)나 테일러(E. Taylor)조차도 마를렌이나 엘리자베스라는 이름을 붙이지 않고서는 안 됨에도 불구하고 말이다.〔바르도(B. Bardot)가 있다고 하겠지만, 그녀의 의사와는 달리 그녀는 B. B.로 끝난다〕[2]

요컨대 매우 젊은 나이에 그녀는, 남성의 전용 특권이라 할, 이름 없이 성만으로 사는 특권까지 누리며 살고 있다. 거기에는 그녀가 유명하고 대단히 훌륭한 여배우이기에 가능한 충분한 이유가 있다. 남자들 중에는 죽이기 위해 태어난 사람이 있는가 하면, 여자들 중에는 기다리기 위해 태어난 사람이 있고, 노름꾼 중에는 잃기 위해, 사업가들 중에는 성공하기 위해 태어난 사람이 있듯, 그녀는 연기를 위해 태어난 이유가 있는 것이다. 타고난 본성이 자신의 인생 행로를 이끌었기 때문이며, 이렇게 거만한 말을 해도 용서가 된다면 사르트르가 한 말과는 반대로 '인간의 본질은 실존에 선행'[3]하기 때문이다.

그녀가 페기 로슈 살롱에서 옷을 맞추는 데에는 몇 가지 이유가 있다. 우선 그녀가 만족스러워하는 건 우아하다는 점이다. 두번째는 입었을 때 무엇보다 몸이 편하다는 점을 꼽는다. 세번째는 디자인이 모던하여 때와 장소가 바뀌어도 무리가 없다는 점이 마음에 든다. 그녀에게는 초인적인 일정 탓에 평소처럼 집에 가서 옷을 갈아입고 올 수 없는 경우가 가끔씩 생기기 때문이다. 우아해야만 하는 그녀가 자신에게 맞는 모습을 찾고, 무조건 맞추어야만 하는 시간을 조절하고, 그녀에게 필요한 그녀만의 특이함과 더불어 배우라는 직업에 어울리는 액세서리 몇 개만으로 변신하고자 하는 노력이, 브이티아르(VTR)를 통해 본 열 명의 디자이너들 중에서도 페기 로슈의 이번 컬렉션으로 그녀를 이끌었던 것인데, 사실 아자니는 컬렉션 쇼를 찾아다니는 걸 질색하기 때문이다.

또한 그녀는 자신에게서 느껴지는, 머리를 산발하고 미치기 직전의 정신 나간 듯한 아가씨 내지는 젊은 여자의 이미지와 단추를 풀어헤친 바람기있는 젊은 여자의 이미지에 진저리를 냈는데, 자신에게 어울리지 않는, 주렁주렁 장식을 단 화류계 여자의 요란함이나 장식이라곤 없는 부르주아지의 밋밋함이 아니라, 자유롭고 수수하고 유연하며 편안한 우아함이 느껴지는 이미지로 변신하고 싶어 했다. 거기서 옷의 역할은, 능력있고 부리기 쉬워 한번 일을 시켜 보고 싶은 매력있는 조수 내지는, 반대로 기분 나빠 하는 일이 없고 군소리 하나 없는, 막 검증이 끝난 매력있는 단짝인 것이다.

그녀의 인생에서 도약의 발판 또는 방패막이가 되어 주는 페기 로슈의 이러한 의상들은 시간에 개의치 않듯 날씨에 개의치 않으며, 다만 옷을 입은 여자들의 '감수성 예민한' 일기에만 순응할 뿐이다. 아자니는 바로 그 점을 이해했던 것이다, 자신의 본질을 지키는 데 도움이 될 수 있는 모든 것들을 이해하고 있듯. 그건 바로 자신이 상처받기 쉽다는 것이다.

페기 로슈, 그 절대적 스타일

얼마 안 있으면 멋지고 매우 조용하고 평화로운 프레-오-클레르 가(街) 부티크에서 페기 로슈가 자신의 상상력과 매일매일의 걸림돌 사이에서 노를 저어 항해한 지 삼 년이 된다. 그녀의 고객들이, 그녀의 표현을 빌리자면, 자신의 브랜드라인의 기지인 그곳에서 사실상 단골이 된 지도 얼마 안 있으면 삼 년이 되는 것이다. 겸손한 건지 엄격한 건지, 사실 페기 로슈는 별 무리 없이 쓸 수 있을 법한 단어인데도 컬렉션이라든지 패션이라든지 하는 단어들을 쓰길 거부한다. 컬렉션이란 특정한 것들을 찾아 모아 놓은 것을 의미하는 반면, 변형되지 않고 질기고 유행을 타지 않는 그녀의 기지에는 그런 구별 없이 무한정으로 모일 수 있으며, 그런 기지만의 재단법과 소재, 세련된 색조, 마무리 손질, 다양한 부속품 들의 선택과 다양한 해석은 세월이 흐르고 보는 눈이 바뀌어도 경쟁력이 있음을 의미한다는 것이다.

그녀는 유행에 대해서는 그다지 관심이 없지만, 대신 우아함에 대해서는 전전긍긍하는 수준을 넘어 강박관념에 사로잡혀 있을 정도다. 영화를 보다가 주인공이 칼에 잔인하게 찔리는 그 순간에도, 그가 쓰고 있는 터번이며 신고 있는 구두의 밑창과 굽 사이에 휘어진 부분의 모양을 눈여겨보는 사람은 아마도 그녀가 유일할 것이다. 그리고 그런 직업을 가진 여자들 중에서도 그녀는, 우아함이란 타고난 능력이며 특히 감수성이 예민한 여자라면 저절로 그렇게 될 수 있다고 믿는 몇 안 되는 사람 중 하나다. 자신의 역할이라면 그저 그녀들에게 하트 에이스 카드를 내주고, 성공할 수 있는 몇 가지 방안만 제시해 주는 게 전부라고 그녀는 생각한다. 하지만 정작 자신은 거울 앞에 서면 혼자서 놀이를 주도하는 여자다. 그것은 이상해 보이지 않으면서 독특하고, 멋 부린 것 같지 않으면서 세련되며, 보통 정성을 들인 것이 아닌데도 편하고, 놀라운 게 아니라 그냥 마음에 들고, 누가 시켜서가 아니라 스스로 마음이 끌리게 되는 놀이다. 말하자면, 수도복을 입기만 한다고 수도사가 되는 건 아니지만, 드레스가 여자를 완성한다는 사실과, 옷에서 풍기는 우아함이 마음과 정신의 우아함을 반영할 수 있으며, 옷 중에는 자신을 더욱 우아해 보이게 해 주거나 심지어는 우아해 보일 수밖에 없게 만들어 줄 옷이 있다는 사실을 연구해서 알고 있는 다른 한 사람, 한 여자의 손에 의해 자연스러운 우아함을 찾는 놀이인 것이다. 따라서 올해 이처럼 페기 로슈의 살롱이, 어쩌면 전 세계의 살롱이 될지도 모를 페기 로슈의 살롱이 새로운 소품 출시와 더불어 상품 수를 늘리고 새로운 디자인으로 더욱 탄탄해질 수 있게 만들어 준, 사람들이 말하는 그런 운명이라는 것에 감사할 따름이다.

무대 뒤의 고독

애바 가드너

사실 이런 추도사를 해야 할 사람은 내가 아니다. 비록 애바 가드너(Ava Gardner)[1]와 나, 우리가 함께 만나고 이야기를 나누고 즐겁게 지낸 건 사실이지만, 그리고 우리가 아무 일 없는 한가한 오후를 함께 보내고, 하얗게 밤을 지새우고, 대수롭지 않은 스캔들에 휩싸일 때마다 쏟아지는 빈축을 함께 나누고, 서로의 생각을 공유하면서 함께 웃으며 지냈던 것은 사실이지만 말이다. 간단히 말하자면 우리는 한참 오래전 한 달 동안, 뭐랄까, 서로 둘도 없는 한편이자 단짝처럼 지낸 사이였다. 평생을 그녀에게 말 그대로 아버지와 같은 애정을 베풀어 주었고, 그녀가 남자들에게 상처를 주는 여자가 아니라는 생각이 들게 했던 한 사람, 바로 자상한 오마 샤리프(Omar Sharif)[2]가 그녀의 아들 역으로 함께 출연한 〈마이얼링(Mayerling)〉[3]을 촬영하던 때였다. 그때 우리의 만남이란 짧고도 참으로 얄팍했음에도 불구하고, 나한테 그건 정말로 만남다운 만남이었다. 그녀의 유해 뒤를 따라가다 보니, 생전에 그녀를 따랐던 사람들의 한결같은 목소리들이 떠오르면서, 요즘 사람들은 잘 쓰지도 않는 구태의연한 말투와 열정적인 표현으로 속삭이듯 말하던, 남자 목소리처럼 걸걸하던 그녀의 목소리가 자꾸 떠올랐다. "나의 어떤 점이 맘에 들었어? 왜 나를 떠났던 거야? 왜 나를 믿지 않았던 거지? 왜 나한테 그 모든 이야기를 했던 거야?" 등등… 내 머릿속은 온통, 자꾸만 귀에 대고 속삭여 오는, 남자 같으면서도 우수에 젖은, 자신의 열정을 전혀 이해하지 못하는 목소리들의 합창으로 들끓었다. 아닌 게 아니라, 자신을 보며 감탄하는 대중을 대할 때도 마찬가지였는데, 실로 애바 가드너는 달랐다. 그녀는 라이벌들보다 더 아름다웠고, 도덕관념이 더 많이 결여되어 있었고, 더 안하무인으로 행동하기도 했다. 그리고 그 누구보다 더 고독했다.

그녀는 그러한 사실에 매우 걸맞고 매우 아름다운, 그래서 매우 이질적인 동물이었다. 자신이 사랑하는 연인들에게 어떠한 해결책도 어떠한 미래도 제시하지 않았으며, 어떠한 변명도 하지 않았다. 사실 그런 그녀의 아름다움이 영화에선 때로는 관능과 저속 사이의 불분명한 단절을 돋보이게 하기도 했다.

마찬가지로 그녀의 배우로서의 이력도 이해할 수 없을 정도로 모순적이었다. 대중으로부터 인기가 떨어지지도 폭발적이지도 않았고, 그 세계에서 진정으로 격찬받지도 진정으로 인정받지도 못했던 그녀였지만, 그녀의 아름다움이 나머지 모든 것을 압도했고, 그녀가 아니고서는 미인이 연상되지 않았다.

그녀의 아름다움은 바르도(B. Bardot)[4]처럼 자신을 구속하지도, 매릴린 먼로(Marilyn Monroe)[5]처럼 자신을 아프게 하지도, 가르보

(G. Garbo)[6]처럼 자신을 몹시 불안하게 만들지도 않았다. 그녀의 아름다움은 그녀와 함께 가만히 머물러 있었다. 그 점이, 여자들이 그녀를 무척 좋아했던 이유이기도 했다. 그 어떤 여자도 그녀에게서 여염집 부인의 모습을 보지 못했으며, 그 누구도 집에서 살림을 하지 않는다고 그녀를 비난하지 않았다. 마찬가지로 비록 절망하는 남자들은 있었을지언정 그 어떤 남자도 그녀를 요조숙녀로 생각하지 않았다. 자신의 일도 아닌 일에 지나치게 슬퍼하고 기뻐하는 대중이, 그녀와 같은 모든 여배우들의 연애사나 결혼, 출산 등을 따라다니며 지켜보는 것(가스레인지 앞이나 동네 병원 앞에서 볼 수 있는 그런 여자들)과는 반대로, 사실 애바 가드너는 수많은 여행 가방들과 그 가방들을 들고 있는 새로운 연인에 둘러싸인 모습밖에 볼 수 없었기 때문이다.

많아도 너무 많은 나머지 그런 새로운 애인들은 더 이상 사람들에게 희생자로 보이지 않았으며, 그러한 사랑은 별난 일탈일 뿐이었다. 이를테면 미키 루니(Mickey Rooney)[7]는 놀리는 재미였고, 도밍깅(L. M. Dominguín)[8]은 죽음에 대한 호기심이었을 뿐이다. 어떠한 경우에도 그녀가 누군가의 아내로 보였던 적은 없었으며, 그녀가 여성의 지위에 집착하거나 연연해 한다고는 상상조차 하지 못했다. 그녀는 뭐랄까, 초연한 듯한 태도와 자신의 용모만큼이나 유난한 어떤 거리감을 두고, 자신의 명성과 잠깐 지나가 버릴 바람기 사이에서 산책을 하고 있었다. 어쩌면 여자들이 그녀를 좋아하고 그런 그녀의 무심함을 참고 봐주었던 이유가 그런 점이었는지도 모른다.

그런 자신의 실제 모습을 보여 주는 배역을 맡았던 유일한 영화로 극 중에서 죽음을 맞이했던 〈맨발의 백작부인(La Comtesse aux pieds nus)〉[9]이, 그녀가 자신의 감정을 연기하고 있는 것처럼 보였던 유일한 영화이기도 했던 이유 또한 그 때문인지도 모른다. 사실 영화니 카메라니, 그들이 손에서 놓아 버리지 못하는 강박증이니 반사판(反射板)이니 하는 것들은 그녀와는 맞지 않는 것이었다. 나는 그녀가 비극 장면을 촬영하러 들어가면서 입가에 방실방실 미소를 머금고 모자는 삐딱하게 쓴 채 윙크를 보내는 것을 보았으며, 촬영이 지연되자 땅바닥에 누워 잠이 든 그녀를 보기도 했다.(뿐만 아니라 실제 영화에서 비치는, 그렇게 촬영된 장면들 속의 그녀는 감탄스러울 정도로 아름답고 어딘지 멋져 보이기까지 했다) 연주가 형편없던 어떤 집시 오케스트라나 비열한 웨이터 혹은 너무도 위선적이었던 어떤 회사 사장에게 대단한 관심을 보이는 걸 본 일도 있고, 반면 짜증이 날 때는 테이블보를 잡아당기거나 아예 테이블을 넘어뜨리고, 회사 대표이사들을 택시에서 내리게 하거나, 아니면 눈앞에서 사라져서 한참 동안 보이지 않았다는 이야기도 해야겠다. 나는 그녀가 자신을 위해 마련된 축하연에 오지 않는 것도 보았고, 밤새도록 길거리를 걸어 다니는가 하면, 격분했을 땐 오히려 깊은 침묵 속으로 침잠해 버리는 것도 보았다. 하지만 그건 내가 관심을 갖고 지켜보던 한 스타의 죽 끓듯 하는 변덕이 아니라 오히려 그것과는 거리가 먼, 우리 속에 갇혀 지내는 한 동물의 짓눌려 있던 감정들의 폭발이었다. 물론 늘 그랬던 건 아니지만, 종종 술로 해결되는 경우가 많았다. 그러나 분명한 건, 차마 말하지 못한 그녀의 숨겨진 슬픔의 깊이에 대해서는 내 기억이 충분하지 않다는 사실이다. 우린 서로 다시 만나기로 다짐했건만 이후 한 번밖에 보지 못했다. 그것도 사실은 공항이었던 것 같은데, 어쨌든 발 디딜 틈 없이 사람들로 미어터지는 곳에서였다. 북새통의 인파 사이로 우린 언뜻 서로를 발견했고, 처음엔 너무 놀란 나머지 말이 안 나오다가 급기야는 반가워서 어쩔 줄 몰라 하는 눈빛을 주고받았는데, 그 다음 순간 눈에서 놓쳐 버리고 나자, 난 솟구치듯 밀려오는 지난날의 회상에 젖은 채 망연자실 넋이 나가 있었다. 그녀도 내 마음과만 같았길 바란다. 물론 누군가가 그랬다, 그녀가 많이 변했다고. 하지만 난 거기에 동조하지 않았다. 그건 어디까지나 그녀의 그 거만한 표정과 차갑고 우수에 찬 눈빛, 자신의 식욕만큼이나 거절에도 너무도 단호한 그 입매에서 오는 태도로 인한 것이었다. 언제나 그런 콧대 높고 신비스러운 동물이었던 그녀가 나에게 딱 한 번 설명이란 것을 해 준 적이 있었다. 어느 날 저녁에 들려준 이야기로, 그녀는 밭을 일구는 아버지와, 아침이면 저녁까지 저녁이면 아침까지 빨래를 하던 어머니 사이에서 유년기와 십대를 보냈다고 했다. 십사 년이란 시간 동안 보아 왔던 거라곤 그렇게 일만 하던 부모님의 등밖에 없던 그녀는, 이후로 누구든지 자신에게 등을 보이면 질색한다는 것이었다. 그런 '누구'는 계약서를 아주 멋들어지게 작성하는 일에만 정신이 팔려 있으면 되었을까. 천만에, 그는 표정에서부터 시선, 화제를 모두 그녀에게만 집중해야 했다. 그런 건 우리 모두에게도 해당되는 일이겠지만, 다만 그녀에게는 반드시 그래야만 하는 필요불가결한 것이자 필사적인 것이었다. 당연히 그녀는 상대와 시선을 자주 마주치지만, 그 시선을 피하는 쪽은 언제나 그녀였다. 어쩌면 그녀는 악의로, 또는 선수를 치기 위해 시선을 돌렸는지도 모른다! 하지만 아무러면 어떤가! 그녀의 진실이야 아무래도 상관없다! 진실이란 의지가 박약한 사람이나 실상은 그렇지 않으면서 고상한 척하는 사람들에게나 필요한 것이다. 아니라면 그 외에 무엇이었을까. 그런 생각을 하면 할수록 내 기억은 점점 가물거리면서 점점 더 아는 게 없어진다. 그저 내가 할 수 있을 말이라면, 그녀는 아름다웠고 고독했으며 시원시원했다는 것, 그리고 가끔씩 웃길 잘했다는 이야기 정도일 것 같다. 그리고 그녀가, 우리네 삶을 때론 한 편의 시처럼 아름다운 풍경으로 만들어내는, 오늘 이 자리에 모인 영화인들 중 한 사람이었다는 것이다. 하지만 정작 이들에게 그녀는 인생의 쓴맛이라고는 모르는 사막과 같은 사람일 듯하며, 어디로 가고 있는지 모르겠고 어쩌면 스스로도 모를 것 같은 이 사람들, 그 정도로 자신의 본능에 사로잡혀 사는 단순하고 퇴폐적인 이 사람들 중 한 사람이었다고 말할 수 있을 것이다. 다만 다른 점이라면, 애바 가드너는 이들이 가진 내면의 아름다움에 사로잡혀 있었다는 사실이다. 그런데 그럼에도 불구하고 지금 이들이 향하는 목적지가 그리 중요하지 않은 건, 그 정도로 나와 마주치는 이들은 실로 멋스럽고 이들만의 광채를 외모에서 발산하고 있기 때문이다. 그리고 그런 만큼 이들은, 아슬아슬하고도 그 누구도 흉내낼 수 없는 행보에 이어, 꿈에서나 가능한 몽상적인 문제들을 뿌리며 다니는 사람들인 것이다.

카트린 드뇌브, 금발의 상흔

카트린 드뇌브(Catherine Deneuve)[1]에 대해 사람들이 한결같이 하는 말은 비밀이 많다는 것인데, 내가 보기에 그건 그녀에게는 도움이 되는 비밀이다. 프랑스적인 매력으로 미국인들의 마음을 사로잡았고 미국적인 아름다움으로 프랑스인들의 마음을 사로잡은 이 젊고 아름다운 금발의 스타는, 스무 살 이후로 최소한의 교양 없는 행동이나 말도 용납하지 않았기 때문이다. 난 한 번도 그녀가 울먹이는 목소리로 작품에 대해 이야기하는 걸 본 적이 없었고, 한 번도 그녀가 스위스에서 중학교에 다니는 아이를 생 트로페 해변으로 데려와 예뻐서 어쩔 줄 몰라 하는 모습을 본 적이 없었으며, 한 번도 그녀가 페르칼[2] 앞치마를 두르고 장난스러운 표정을 지으며 가스레인지 위에서 베샤멜소스를 휘휘 젓는 모습도 본 적이 없었다. 그리고 지역신문에서 바딤(R. Vadim)[3]의 매력과 마스트로얀니(M. Mastroianni)[4]의 매력을 비교하는 기사도 단 한 번 본 적이 없었다. 그녀의 애정사는, 그러한 스캔들을 눈에 불을 켜고 찾아 헤매는 그 어떤 보도 기자나 잡지사도 바쁘게 만든 적이 없었다. 덕분에 난 그녀의 사생활에 대해서는 아는 바가 전혀 없었다. 간단히 말해 나는 그녀의 조심성과 신중함, 의연함을 높이 평가하고 있었는데, 그것이 어려운 일이라는 건 내가 겪어 봐서 알기 때문이다.

그 부분에 대한 호감도에 따라 대다수의 언론, 특히 인터뷰 기자들이 보도하는 내용은 그녀의 냉담함이나 신비스러움이다. 소심함과 신중함이 신비로움으로 간주되는 예가 이 경우밖에 없던 것은 아니었지만, 어디까지나 내 생각인데, 알다시피 오늘날에는 일부 사람들의 사생활 노출벽이 일사천리로 모든 사람들의 경거망동으로 이어지고 있고, 인터뷰이를 향한 인터뷰어의 단순한 관심을 충족시킬 정도를 넘어 차고 넘치는 경우가 얼마나 많은지 모른다. 여기서 내가 말하는 건 스타에게만 국한된 이야기로, 직업상 그들에겐 어디를 가더라도 늘 카메라와 메가폰이 따라다닌다. 어차피 그럴 바엔 내심 기대를 하거나 그렇지 않으면 아예 요청까지 하는데, 그들의 성격에 따라 순식간에 매력적이거나 혐오스러운 것이 되더라도, 이젠 카메라와 같은 그런 존재에 대해 그들은 결코 무관심할 수가 없을 것이다.

명성과 그 명성을 따라다니는 촬영 현장의 태양빛 조명, 투광기, 가르보와 같은 어떤 여자들은 그러한 명성을 피해 다니는 데 자신의 인생의 반을 보냈다. 바르도와 같은 다른 여자들은 지금까지 자신이 이루어 놓은 명성을 하마터면 포기할 뻔했다. 그리고 또 다른 여자들, 많은 다른 여자들, 아주 많은 다른 여자들은 죽는 순간까지 그러한 명성을 추구했고, 그들 중 일부는 그것을 얻지도 못하고 죽었다. 하지만 남자든 여자든 그 모든 스타들에게 그것은 집착으로 변했든 아니면 두려움, 아니면 필수품, 아니면 노이로제로 변해 버렸든, 애초에는 사람들로부터 공감과 지지를 받고 싶고 사람들로 하여금 자신과 닮고 싶은 마음이 들도록 만들고 싶은 욕망이었다. 나는, 순수하게 연기에 대한 지칠 줄 모르는 있는 그대로의 열정만으로 연극에 미친 괴물은 될 수 있어도, 그렇다고 영화에서도 마찬가지로 순수하게 인기있는 주역 배우나 스타가 될 수 있다고는 생각하지 않는다. 왜냐하면 연극에서는 자신을 무대 위로 과감하게 던져야 하고, 자기 앞에 웅크리고 앉아서 거친 숨을 내몰아 쉬고 있는 수천 명의 저 거대하고 시커먼 관객을 무서워서 벌벌 떨게 하고 웃게 하고 눈물을 흘리게 하고자 하는 욕망으로 숨이 막힐 지경이 되어야 한다면, 반면 영화에서 자신을 향해 다가오는 건 카메라이기 때문이다. 더구나 미편집 필름의 블라인드 시사회나 작품 시사회에는 갈 수도 있고 가지 않을 수도 있는 것이다. 물론, 스타라 하면 모피와 보석으로 치장하고 연인과 함께 파티를 열면서 대중으로부터 갈채를 받으며 영화와 함께하는 삶의 영원한 행복을 영위하던 신화는 이제는 다 지나간 옛날이 되었다. 그러한 신화를 꿈꾸는 것보다 그러한 신화 같은 삶을 사는 일이 더 수월하지 않은 것임이 증명된 지도 옛날이다. 영화나 연극, 책에서 풍기는 자신의 이미지가 자신의 본디 타고난 본성을 끈질기고 집요하게 손상시킬 수 있음이 드러난 지도 옛날인데, 특히 배역이 들어오지 않고 인기가 떨어지고 사람들의 기억 속에서 지워지고 나면 자신들에게 남는 건 가혹한 상실감뿐이다. 수백만 명의 시선을 받고 각별한 관심과 사랑을 받으면서, 그들 중 절반으로부터는 성적 욕망의 대상이 되어 살다가, 어느 날 갑자기 오로지 한 남자 혹은 한 여자만의 시선을 받고 각별한 관심과 사랑을 받아야 하는 현실을 어떻게 체념하고 받아들이겠는가. 그리고 아직은 먼 미래의 일일지라도, 누구에게나 그 자체만으로도 잔인하고 굴욕적이고 서글픈 법인데, 하물며 그들에게 품위를 떨어뜨리고 수치스럽고 무자비하게 느껴지는 노화는 또 어떻게 견뎌낼 것인가. 세월이라는 이 막연한 우리 모두의 적(敵)이 그들에겐 너무도 정확하고 너무도 철저한 적이 되고, 마찬가지로 노화는 그들의 경력과 주변 사람들, 생활 방식, 일 그 자체, 다시 말해 어쩌면 그들의 명예까지도 무너뜨리는 파괴자도 되는데, 이를 어떻게 견디겠는가…. 그건 분명 언젠가 훗날 태어날 사람들에게 우리를 무너뜨려야 할 대상으로 만들어 놓고, 그들을 자연스럽게 지금 우리가 소유하고 있고 우리가 우리 능력 내지는 뒤처지는 경쟁자들을 희생시켜 획득했던 그 모든 것들의 정복자이자 도둑으로 만들어 놓을 적인 것이다. 그처럼 치명적(여기서 내가 이야기하는 건, 분명히 밝히는데, 단순한 배우의 인기가 아니라 스타의 명성에 관한 것이다)인 것이 되어 버린 명성을 바라기엔, 약간 미치거나 아니면 약간 마조히즘 성향이 있어야 하지 않을까.

그래서 카트린 드뇌브의 아파트로 내 작은 자동차를 몰고 가는 동안, 내 머릿속은 이런저런 생각으로 가득 차 있었다. 그녀의 집 현관 초인종을 눌렀다. 문을 열어 주는 그녀를 본 순간 나는 조금 전까지의 불길한 예상 같은 건 이내 잊어버리고 말았다. 갓 서른을 넘은 듯 보이는 젊고 아름다운 절세미인이 내 눈앞에 서 있었다. 밝아 보이고 꾸밈 없으며 그다지 차가워 보이지도 않는 그녀는, 마치 예전에 함께 학교에 다녔던 동창생처럼 스스럼없어 보이기도 했다. 이어서 덧붙이는 이야기는(나이가 들었다는 것이 내게 장점으로 작용하는 경우가 점점 많아지는데, 타고난 체격에서부터 정신적인 성숙함이나 안정감에 대한 나의 약점을 보완해 주는 이 장점 덕분에 나는 그 어떤 우월감도, 그와 반대되는 감정도 생기지 않는다), 나로서는 안타깝지만 사실은 그렇지가 않다는 것인데, 난 그녀보다 훨씬 더 나이가 많기 때문이다.

앞서 얘기한 스타덤에 관한 여담을 끝내기 위해 이어서 할 이야기는, 카트린 드뇌브가 아주 명명백백하게 자신의 직업에 어울리는 용모와 재능을 갖고 있다면 그녀는 강박관념에 사로잡히지 않을 것 같으며, 무절제하지도 황폐하지도 않을 것 같고, 그런 강박관념으로 인해 야기될지도 모를 어떤 쾌락에도 노출될 것 같지 않다는 것이다. 또한 그녀는 스타가 누리는 명성이라는 건, 샤토브리앙(F.-R. de Chateaubriand)의 말대로, 오늘날에는 범죄자와 일반 대중이 공유하는 것임을 알고 있는 것 같다는 생각이 든다.[5] 다른 모든 사람들처럼 그녀는 자신에 대해 이야기할 때 일인칭 단수로 말하며, 많은 사람들처럼 상대가 내심 머리를 조아리게 될 제삼자를 내세우지 않을 것 같다는 이야기도 덧붙여야 할 것 같다. 그리고 자신이 걸어온 대단히 멋진 여정을 설명하기 위해 그녀는 내면에 잠재된 불가피성이나 막연한 이드(id), 몇몇 지적인 신인 여배우들이 기자들에게 곧잘 과시하는, 통제하기 힘들고 무지한 그런 무의식의 세계 대신, 아주 쉽게 그저 우연이라고 말한다. 간단히 말해, 그녀는 잘난 척하지도 멍청하지도 않고, 나약하지도 못되지도 건방지지도 않다는 이야기다.

카트린 드뇌브에게는 사랑, 우정, 상대방, 다른 사람들, 행복, 불안, 후회, 그리고 기쁨이 그녀의 존재를 구성하는 가장 중요한 요소라고 단언할 수 있을 것 같다. 그녀의 전쟁터는 무대 위도 스포트라이트 아래도 촬영장도 아니다. 그녀의 전쟁터는 다름 아닌 감성이다. 그리고 그 전쟁터가 얼마나 넓은지는 오로지 하느님만이 아실 뿐이다. 그리고 처음에 그녀가 침울할 거라고 판단하고 나서, 이 유명한 스타가, 잘하면 십오 년 내지 이십 년이 지난 후, 오늘날의 이름도 모르는 전 세계 수백만 대중의 눈빛이 그녀에게 보냈던 그 모든 것을 오직 하나, 얼굴에서 찾게 되리라는 사실을 알고 내 마음이 얼마나 편해졌는지는 하느님, 아니 그 누구도 모를 일이다. 다시 말해 타인의 행복을 위해 자신이 필요한 존재라는 느낌, 그런데 그 필요란 그들을 만족시킬 뿐만 아니라 반대로 그녀도 만족시켜 줄 거라는 사실이다.

스타덤에 대한 내 생각이 이곳에 도착한 순간부터 카트린 드뇌브라는 배우에게서 느껴지는 매력 하나만으로 완벽하게 모순됨이 증명된 이상, 나는 그녀가 하는 이야기를 들었던 대로, 적어도 내 머릿속에 간직된 그날 오후에 대해 기억나는 대로 이야기하는 것이 좋을 것 같다. 회색 비둘기들이 서로 앞다투어 모이를 쪼고 있던 생-쉴피스 광장에서의 어느 날 오후였다. 쾌청한 날씨였다가 어느새 후드득 굵은 빗방울이 뿌렸던 기억이 난다. 내가 했던 질문에 대해 굳이 이야기하지 않는 이유는, 우선은 기억이 나지 않고, 그다음으론 이처럼 구체적으로 언급하지 않는 편이 독자들에게는 예의 질문들이 기발하면서도 뭐랄까 센스있는 질문으로 생각될 수 있을 것 같기 때문이다.

“이렇게 저를 다 만나러 와 주시고, 너무 고마워요, 그런데 정말로 말도 안 되는 생각 아닌가요? 전 그다지 이야기할 게 없는데 말예요….”

“선생님을 잘 알지도 못하는데요, 선생님이 느끼시기엔 그다지 신선하지도 재미있지도 않은 인터뷰가 될지도 몰라서 말예요….”

“그럼 무슨 이야기를 할까요? 하고 싶은 이야기라도 있으신지요. 기자들은 제가 차갑고 쌀쌀맞다고들 하잖아요, 하지만 전 제가 차갑지도 쌀쌀맞지도 않은 것 같아요. 그냥 가식이 없는 것일 뿐이죠, 제 사생활에 대해 이야기하는 게 전 정말 싫거든요. 그런 게 선생님께는 유별스러워 보이는 건가요? 아니시죠, 그렇죠. 그런데요, 모든 사람들이 자신이 입은 셔츠를 빨고, 자고 일어난 침대 시트를 걷어내야 하는 것처럼, 사람들 앞에서 자신의 감정을 드러내 보여야 하는 이 시대가 놀라워요. 저는요, 그런 것이 끔찍하다고 생각해요. 정숙해야 한다고 배우지 않았고, 그렇게 자랐어요. 그런 부분이 정숙하고 비밀스러울 수 있는 데 도움이 되죠. 행복에 있어서도 그래요. 행복하다고 해서, 제가 행복한 사람일까요? 그걸 어떻게 알지요? 무척 행복한 순간들이 있는가 하면 무척 불행한 순간들이 있고, 그 중간인 순간은 거의 없죠.”

“실은 뭐랄까, 저는요, 아주 행복하면 그게 오히려 무서워요. 저한테는 불행이, 그러니까 우울한 것이 즐거운 것보다도 기쁜 것보다도 더 당연한 것 같아요. 행복하면 나중에 그에 대한 대가를 치르게 되는 것 같고, 미리 그 대가를 치르는 경우도 제 경우엔 많은 것 같거든요. 예를 들자면, 뜻밖에 생긴 어떤 기쁜 일에 대한 대가로 저는 담배를 끊었어요, 그런 행복은 전 기대도 하지 않았던 거니까…. 선생님께선 말도 안 된다고 생각하시겠지만요…. 글쎄 저는요, 행복이 당연한 거라고 생각하지 않아요. 그리고 정말인데요, 세상에는 저 같은 사람들이 많이 있어요. 행복을 두려워하는 사람들인데, 전 그런 사람들을 많이 알고 있어요. 물론 결국에는 행복을 지독히도 사랑하는 사람들이지만, 그것이 두려운 사람들인 거죠. 있잖아요, 전 프로이트의 지지자도 아니고 무의식에 열광하지도 않아요. 대신 프로이트가 모든 것은 유년기 동안에 결정된다고 했던 건 정말 맞다고 생각해요. 제 경우를 봐도, 도무지 벗어나지 못한 그런 영원한 죄의식을 심어 준 제가 받은 교육으로부터 정신적인 충격 내지는 트라우마를 입었다고 알고 있고, 그렇게 확신하고 있으니까요. 우리 집에서는 그런 사실을 이상하다고 생각할 수 있지만, 사실이 그래요. 세상과 소통하지 않고, 제 자존심을 지키면서 저를 단련시키고 균형을 잃지 않을 수 있게 되기까지 많이 힘들었습니다. 전 제가 그다지 기분에 따라 행동하지 않는 것 같긴 한데, 제 의지나 이성과 관계없이 굉장히 행복한 순간이 있는가 하면 굉장히 의기소침한 순간들이 있죠, 그건 누구나 다 그럴 거예요! 사실 저는요, 인생에 대해 비관적이어서 인생을 열렬히 사랑할 수 있다고 생각하지 않았어요. 제가 인생에 대해 비관적이라고 한 건, 사람을 염두에 두고 한 말이 아니에요. 전 인간의 본성에 대해 비관주의자가 아니거든요, 그런데 사실 '제 사람들'은 제가 결정하니까 제가 비관주의자가 되지 않는 건 아주 쉬운 일인 셈이죠. 전 제가 좋아하는 사람들 이외에는 굳이 만나려 애쓰지 않아요. 달리 말하면 그 사람들은 착하고 믿을 수 있고 정직하고 현명하고 정이 많은 사람들인 거죠. 저는요, 다른 사람들과 맞서 싸울 마음이 전혀 없고, 그렇게 충돌하는 데 시간을 낭비하고 싶지가 않아요. 억지로 밀어붙이는 관계가 전 정말 싫어요. 그런 건 옛날부터 아주 싫었어요. 사랑에서도, 친구들 사이의 우정에서도, 혹은 일에서도 그랬어요. 제가 하는 일, 제 일에 관해 이야기해도 될까요? 그러니까 제가 너무도 좋아하는 일이 제 직업인데요, 전 이제야 이 일을 제대로 알기 시작했다고 할 수 있습니다. 어떤 땐 함께 일하는 젊은 영화감독들에게 조언까지 해 줄 수 있어요. 대단한 완벽주의자예요, 저는. 촬영장에서 느껴지는 분위기가 전 정말 좋아요. 영화의 흐름이며, 그렇게 된 각각의 동기들을 잘 알고 있고, 일부 장면에 내놓을 수 있는 개선방안을 알고 있거든요. 그래서 가능하다거나 꼭 필요하다면, 혹은 불화를 일으키지 않고 도움이 될 수만 있다면, 전 어떻게든 힘이 되려 애를 쓰죠."

"여배우에게는요, 가장 중요한 것이 무엇보다 시나리오의 선택이라 생각해요. 전 제가 연기하게 될 이야기와 인물에 각별한 주의를 기울이거든요. 아무런 느낌도 안 들고 제가 좋아하지도 않고 상상도 되지 않는 역을 연기하라고 하면 정말 싫을 거예요. 대신 전 눈에 보이는 현실, 다시 말해 맡은 배역 이외엔 꿈꾸지 않아요. 단 한 번도 페드르도, 안나 카레니나도, 마담 보바리도 꿈꿔 본 적이 없어요. 왜 그런지는 모르겠어요. 전 계획이 실제로 실행될 때가 되어야 비로소 상상력이 발휘되거든요. 이를테면 연극은요, 연극이 확실히 흥미진진하고 굉장하고 멋지다는 건 잘 알지만, 전 못 할 거예요. 그런 관객들이 전 정말 너무 무서울 거 같거든요. 생각만 해도 벌써부터 팬부터 시작해서 구경꾼들이나 기자들, 사람들이 좀 무서워요. 그 사람들이 정말로 호감에서 거기에 있는지, 아니면 일종의 잔인한 호기심에서인지 도무지 모르겠어요. 신문지상에서 말할 저에 대한 기사가 두렵다는 뜻이 아니에요. 사실 전 그 사람들이 실제로 진실을 왜곡할 수 있을 말은 한마디도 하지 않거든요. 오히려 반대로 저를 인터뷰하러 오는 사람들, 그 사람들로 하여금 이야기를 하게 하려고 애를 쓰죠. 그들 중 몇몇 사람들과 그들이 약간 감상적이 될 때 하는 이야기에 관심이 많아요. 그렇기는 하지만 결국에는 너무 불공평해요, 질문을 하는 사람은 언제나 정해져 있고 그들의 관심사는 늘 똑같거든요. 그럴 필요가 없는데 말이에요. 어머나, 선생님께 마실 것조차 내놓지도 않았네요, 이런 일이. 정말 괜찮으신 거예요?… 술을 입에도 댈 수 없으시다니, 어떡해요! 저는요, 가끔씩 술이 입에 착착 감길 때가 있어요. 일주일이나 열흘, 보름에 이렇게 위스키 두어 잔 정도 마시면 천성적인 제 소심증을 잊어버리고 기분이 정말 즐거워지거든요. 만사가 쉽고 유쾌하고 가볍게 생각되고 자신이 생겨요. 말은 이렇게 해도 제가 술을 한다고 하기에는 아주 조금 과장이 있는데요, 전 제가 마시고 싶지 않으면 그만 마시고, 꼬박 몇 달 동안 술 한 방울도 입에 대지 않을 때도 있으니까요. 하지만 이유는 모르겠는데, 그 덕분에 더러 이야기도 하고 정신이 없을 정도로 웃으면서 즐거운 저녁을 보내기도 하죠. 제 자신은 웃기는 이야기를 할 줄도 모르고, 사람들이 말하는 웃기는 사람도 못 되지만, 저는요, 웃는 게 정말 좋아요. 제 친구들하고는 실없는 이야기에 끝도 없이 웃어요. 다른 모든 사람들과 똑같죠."

"우정에 있어서는요, 제가 너무 집착을 안 하기는 해요. 그 친구들이 어떤 사람인지 무슨 일을 하는지, 그 친구들의 사회적 환경에 대해서도 관심이 없어요. 그들이 유명한 사람들인지는 제겐 아무 상관이 없어요. 제 친구들을 저는 존중하고 존경합니다. 하지만 어떻게 표현해야 좋을까요, 제 기준에 따라 제 친구들을 비방할 수는 없는 거죠. 예를 들어 선생님의 경우를 보면, 사람들이 선생님은 돈을 물 쓰듯 쓰며 진정한 친구가 아닌 사람들에게 잘도 줘 버린다고 하던데. 어쩌면 그들이 진정한 친구였는지도 모르는 일이죠. 하지만 저 같으면 그러지 못했을 거예요. 돈으로 얽힌 관계가 힘의 관계를 초래하는 것이 못내 아쉬운 점이죠. 우정이란 아무런 대가를 바라지 않는 것에서 시작되는 거라는 생각이 저는 참 마음에 들어요. 친구에게 만일 문제가 생긴다면 도와는 주겠지만, 그로 인해 우리들의 관계가 균형을 잃고 지배 관계로 고착될까 봐 전 그게 두려울 거 같아요."

"말은 그랬지만, 전 돈은 아무래도 괜찮아요. 돈이란 한쪽 문으로 들어갔다 다른 쪽 문으로 나오는 것이니, 어쩔 수가 없는 거죠! 다행히도 저한텐 회계를 담당하고 모든 일을 돌봐 주는 사람이 있으니까요. 그렇지만 실제 책임은 저한테 있으니까, 그게 힘들어요.

회계를 보고 세금과 온갖 잡다한 일들을 챙기는 게 이젠 정말 진저리가 납니다. 여자들에게 그런 일은 엄청 버거운 일이라 생각해요, 정말 끔찍해요, 그래도 해야 하는 일이니 하는 거죠. 제가 돈을 물 쓰듯 쓴다는 건 아니고요, 가끔씩 제가 참을 수 없는 충동이 들 때가 있다는 뜻입니다. 예를 들자면, 어떤 물건이 정말 예쁘다 싶으면 설령 그 가격이 엄청나다 하더라도, 그리고 저한텐 그런 재력이 없다 하더라도, '그래 좋아' 하고는 안으로 들어가서 그 물건을 사 버려요, 그때 제 머릿속엔 돈의 가치 같은 건 하얗게 지워지고 없는 거죠. 이 아파트에는요, 제가 그렇게 해서 사들인 물건들로 가득해요. 그러지 말았어야 했는데…. 전 선생님과 공감하는 부분이 많습니다, 자신에 대해 근심스럽게 생각해서는 안 돼요. 우린 세상으로부터 이미 겪을 만큼 충분히 겪었잖아요. 그런 만큼 전 제 자신이 만들어낸 것들에 대해선 생각하지 않아요, 언제나 떨쳐내지 못하는 그런 죄책감이라는 게 있으니까."

"그러니까 과장해서 받아들이면 안 됩니다. 제가 괴롭게 이야기하는 것처럼 보이겠지만, 대체로 전 아주 행복한 사람에 속해요. 제 아이들에게 저는요, 행복에서 나는 냄새를 알려 주려고 노력하는데, 그것이 가장 중요해요. 그런 것, 그리고 사람들과 한데 어울려 살아가는 어떤 원리와 규칙 들이 가장 중요한 것들이죠. 이를테면 요즘에 말예요, 너무나 사랑하는데도 불구하고 저와 제 아들과의 관계가 무관심하고 서먹서먹하고 부자연스럽다는 생각이 들었어요. '아니, 이건 아니지' 하고 전 그 진흙탕 속에서 빠져나오기로 결심했습니다. 우린 서로 헤어져서 아들은 아들의 길로, 전 제 길로 갔는데, 그건 그래야만 했던 일이라 생각해요. 좋은 거죠, 서로를 위해서. 저는요, 애매한 상황이나 어느 한쪽 귀퉁이가 잘리고 없는 우정, 서로에게 충실하지 못한 사랑 같은 걸 견디지 못해요. 무엇이든 분명하고 솔직한 것이 좋은데, 우리 아이들에 대해서는 특히 더 그래요. 따라서 아이들에게 상호관계에 대한 의미를 가르쳐 주는 것이 그만큼 중요해요. 그런 걸 모르는 사람들도 있는데, 전 그런 사람들은 멀리합니다. 너무 위험한 사람들이거든요. 전 제 집에서 긴장감이 감도는 걸 좋아하지 않아요. 아시겠지만 그걸 돌려놓는 게 대단히 피곤한 일이에요. 그러고 나면 서로가 지칠 대로 지쳐서, 마음의 안정과 휴식, 평온함, 고독, 결국엔 혼자 있는 고독이 필요하게 되는 거죠, 여하튼 저 스스로 선택한 그런 고독은 싫증이 나질 않아요. 그렇게 밤이고 낮이고 몇 시간을 보내는 때가 있어요. 아무것도 하지 않고 곰곰이 이런저런 대책도 세우다가 창밖도 바라보고 시간을 보내죠. 그럴 때 신문도 한번 쓱 훑어보고 때로는 책을 읽기도 하지만, 자주 보진 않아요. 전 옛날 잡지를 뒤적여 보고 예전 사진들을 요모조모 뜯어보고 아주 오래전의 대본을 다시 읽어 보는 걸 정말 좋아해요. 머리 식히는 데는 그만한 게 없답니다."

"만일 제가 배우가 안 됐더라면 과연 무슨 일을 할 수 있었을지 정말 모르겠어요. 골동품 가게 주인이 되고 싶었을 것 같긴 한데요. 제가, 물건들 그것도 예쁜 물건들을 정말 좋아하거든요. 나무로 된 장식품, 독특한 특색이 있는 물건, 그런 물건들을 찾아내는 게 정말로 너무 좋아요, 고물 수집하는 걸 정말 좋아하는 거죠…."

"정치요? 가끔씩 관여합니다. 예를 들자면 시몬 베유(Simone

Veil)[6]의 낙태 허용에 관한 법안, 기억하실 거예요. 제 자신이 불법적으로 낙태수술을 받았던 일이 있기 때문에 서명을 했어요. 선생님도 하셨을 거예요. 그건 사적인 문제였어요, 하지만 중요한 법안이었습니다. 그렇다고 누구 한 사람을 지지하고 싶지는 않아요. 그건 인기를 악용하는 것으로, 건전하지 못하다고 생각해요."

"그래도 세상에는 다시는 돌이키지 못하거나 또는 돌이키기가 대단히 어려운 일들이 있죠. 예를 들자면 어떤 몇몇 사람들의 죽음이 그런데, 우린 거기서 벗어날 수가 없어요. 그런데 우리, 다른 이야기를 할까요, 세상을 살다 보면 멋진 일들이 너무 많잖아요. 정말 동감이에요. 날씨는 좋고, 따뜻하고, 하늘은 파랗고, 파리는 정말 아름다워요…. 선생님이 이 기사를 어떻게 쓰시길 제가 어떻게 바랄 수가 있겠어요. 모르겠어요, 왤까요? 정말로 이상한 생각에 정말로 이상한 질문이죠! 하지만 아니에요, 기사를 꼭 훑어볼 생각은 없어요, 선생님을 믿어요. 정 그러시면 한번 읽어 볼게요, 선생님 좋으신 대로 하세요. 전 사람들을 불쾌하게 만들고 싶지 않아요. 글쎄요, 모르지만 전 좀, 이 기사가 어딘지 매혹적인 데가 있고 낙관적인 데가 있어, 읽고 나면 마음이 놓이는 동화 같은 이야기였으면 좋겠어요, 일종의 행복의 약속 같은 거라고 할까요. 아침에 잠에서 깨어날 때 저에게 자신감을 심어 주는 그 무엇이랄까요. 바보 같은 이야기죠? 잘 알지 못하고, 고작 몇 시간 본 게 전부인데, 그리고 사실은 상대에 대해 여러 가지 것들을 상상하고 있을 사람에게 이런 말을 한다는 건 참 어려운 일이네요. 하지만 전 정말 그런 것 같아요."

여기서 그녀는 말을 멈추었다. 그리고 나도 똑같이 여기서 멈출 수도 있었을 것이다. 이 기사를 다시 읽어 보다가 불현듯 그녀의 수에 말려들었다는 사실과 후광처럼 그녀를 둘러싸고 있는 그 가장된 비밀의 근원을 깨닫지 못했더라면 말이다. 갑자기 나는, 내가 그 근원이 저것이라고 주장하는 것보다 이것이 아니라고 설명하는 데 더 많은 시간을 보냈다는 사실을 깨달은 것이다.

내가 쓴 기사를 예로 들어 보면, 그녀가 잘난 척하지 않았다고 했지만 난 그녀가 겸손한지 잘 모르겠다. 그녀가 차갑지 않다고 했지만 난 그녀가 정열적인지 잘 모르겠다. 그녀가 약하지 않다고 했지만 난 그녀가 강한지 모르겠다. 아닌 게 아니라 난 그녀가 강할 것 같지가 않으며, 그녀가 약하고 담대한 반면, 겁 많고 그 누구보다도 자신에 대한 두려움이 훨씬 더 많은 여자라고 생각한다. 내가 보기에 거의 분명한 건, 두려움 없이 그런 차분함과 정신적 안정감, 그런 유의 초연함을 보일 수가 없는 것 같다. 그리고 카트린 드뇌브가 나한테 수도 없이 “전 이렇지 않아요” 혹은 “전 저렇지 않아요”라고 한 건, 그건 그녀가 “전 이래요” “전 저래요”라고 말하고자 하는 의지도 의욕도 느끼지 못했기 때문이다. 그리고 어쩌면 사실, 분명하게 “전 이래요” “전 저래요”라고 말하기 위해서는 순진함과 단순함, 미련함에 가깝다고 할 어떤 성격이 필요할지도 모른다. 또 어쩌면 실은, 그녀가 부정적인 형태의 질문 말고는 자신에 대해 달리 말할 용기가 나지 않는 데에는 그런 순수한 감정과 그런 생각을 잊게 해 줄 누군가 내지는 무언가가 필요할지도 모른다. 그런데 그럼에도 불구하고 있는 그대로의 그녀는, 금발의 미인으로 눈이 부시고 매력적이며 감수성도 예민하고, 결코 그 누구도 해칠 줄 모르는 것(그리고 파리 영화계에서 빠른 속도로 알게 된 것) 외에는 아는 것이 없으며, 그럼에도 불구하고 그녀는 자신의 아이들을 사랑하면서 남자들의 사랑을 받고 있고 대중의 사랑을 받고 있다. 누가 카트린 드뇌브 이상으로 있는 그대로 살고 있다고 주장하고도 무탈할 수 있을까. 난 모르지만, 어쩌면 그녀의 밤색 두 눈동자에서 순간적으로 번득이는, 그런 몹시도 불안해 하는 흐릿한 섬광이, 금발 속의 그 모든 상흔을 짐작하게 하는 그녀의 최고 그리고 최악의 매력인지도 모른다.

조지프 로지

이번 달의 인물은 조지프 로지(Joseph Losey)[1] 감독이다. 5월 19일 칸 영화제[2]에 경의를 표하며.

자신이 좋아하는 누군가를 인터뷰의 '대상'으로 요청하기란 지극히 어려운 일이다. 인간을 구성하는 요소를 뼈와 피, 신경이라고 한다면, 다시 말해 그건 견고함과 욕망, 그리고 광기라 할 수 있다. 그런데 창작가의 경우라면 고독이기도 하다. 모든 것을 바쳐야 하는 동시에 삼가야 하고 이해해야 하기 때문이다. 인터뷰 대상이 조지프 로지라면, 특히 그렇다.

로지에 대한 찬양으로 이야기를 시작하겠는데, 나는 지금의 어조가 이 글의 말미에 가서는 바뀌지나 않을까 두렵다. 우선 〈에바〉 〈하인〉 〈메신저〉 〈비밀〉처럼 제목만 들어도 정신이 약간 혼미해지는 너무도 많은 영화들이 그가 만든 영화다. 다음으로 매카시 시대[3]에 유명인 들러리 사백오십 명 속에 포함되어 할리우드 마녀들에게 쫓겼던 그는, 처음부터 문제의 마녀들과 어울리길 거부했던 열아홉 명 중 한 사람이었다. 그는 밀고 아니면 망명, 자신의 희생 아니면 가까운 사람들로부터 받을 반감을 감수해야 하는, 양단간의 결정을 내려야 하는 갈림길에 섰다. 그는 떠나기로 했다. 자신의 신념을 위해 자신의 인격이 성장했던 환경, 모든 사람들로부터 받았던 존경, 직업, 햇볕이 잘 드는 거실, 조국, 그리고 조국을 향한 애국심까지, 그리고 이 모든 것보다도 가까운 친족들의 애정 어린 무언의 애원을 떨쳐 버린다는 건 정말 대단한 용기다. 아무런 이유도 설명하지 못하고 자신의 자식이 학교에서 수모를 당하는 걸 보고 싶어 할 사람은 한 명도 없다.

당시 자신의 능력을 확신하던 조지프 로지가 받은 두번째 상처는 사회로부터 당하는 고문이었다. 유쾌한 어조로 그가 하는 말에 의하면, 그의 가족은 미국의 아주 오래된 가문 중 하나로 개척자 집안이었다. 그의 할머니 중 한 분은 윈체스터 연발 소총을 쥐고 영화에서 보던 것처럼 인디언들과 맞서 싸웠으며, 할아버지 역시 다른 영화에서 보던 것처럼 말 그대로 출세하여 어마어마한 돈을 벌었다. 그리고 그의 아버지는 대학을 졸업한 수재로 훌륭한 배우자감이었다. 대단히 매력적이었던 그의 어머니는, 그 외 다른 수많은 이유 중에서도 유언에 따른 초라한 현실에 의해 그 훌륭한 배우자감과 결혼했다. 유산이 차남에게로 넘어가자 실로 마음의 짐으로부터 자유로워진 사람은 그녀였다.(그의 영화 〈메신저(Le Messager)〉를 보면 어린 로지가 느꼈던 감정들을 아주 조금이나마 이해할 수 있다)[4]

마흔다섯 살에 사람들과 부대끼며 살아가는 것에 지친 조지프 로지의 아버지는 요절하고 만다. 그의 아내는 일을 하면서 자신에게 주어진 의무를 다한다. 그리고 마음을 달래려고 조금씩 술을 마시기 시작한다. 나는 사촌들이 자신보다 더 부유하다는 것, 그들의 어머니가 자신의 어머니보다 더 밝고 명랑하다는 것, 그리고 자기 아버지가 신경쇠약증에 가까운 병으로 세상을 떠났다는 것 외에는 인생에 대해 아무것도 아는 게 없는 어린 조지프 로지가 머릿속에 그려진다. 열여섯이 된 조지프 로지는 피곤에 지쳐 도피한다. 애정과다 내지는 결핍에 지치고, 그 전에는 너무 먼 사회적 거리와 '입장(서 있다는 의미로, 영어로는 standing)'에 지쳤다.

그 어떤 눈빛도 부(富)를 숭배하는 미국의 숙부 댁에 손님으로 와 있는 한 십대 소년의 눈빛보다 더 울적할 수는 없다. 자신을 끊임없이 타인과 비교하고 평가하는 시기가 십대다. 그도 두 대의 카브리올레 자동차, 두 가지 식단 혹은 두 부부를 비교하고 평가했다. 그리하여 대학으로 도피한 그는 학비를 벌기 위해 패츠 월러(Fats Waller)의 노래 가사처럼 물고기에게 먹이를 주고 접시를 닦는다.

그 후 그는 수많은 풍파를 겪었고 네 여자를 만났다.[5] 그중 마지막 여자에게서는 십일 년 전부터 지금까지도 변함없는 매력을 느끼고 있다. 이 '푸른 수염'[6]이 더 이상은 '푸른 수염'이 아닐까 봐 걱정마저 들 수도 있다. 키 크고 잘생긴 미남에 푸른 눈동자를 가진 그는, 의도된 느린 제스처와 천성적으로 빠릿빠릿한 눈빛으로 열심히도 이야기한다. 이야기를 할 때 그는 생동감이 넘쳐 나는데, 실로 그는 생동감 그 자체다. 노화로 인한 최소한의 우발적 상황도 전

제되지 않을 정도인 그의 통찰력은 나이를 잊은 지 오래다. 그런데도 그런 통찰력에 대해, 마치 제대로 치료하지 못한, 그렇다고 다시 덧나지도 않는 그런 상처 같다고 말하는 그의 목소리는 더없이 부드럽다. 실로, 내가 보기에 그는 다른 모든 사람들에게 그 무엇이라도 줘 버릴 것 같은데, 자신에게는 그렇지 않을 것 같다. 자신이 이루어낸 그 모든 성공과 투지에도 불구하고, 그는 '다른 사람들'보다도 자기 자신을 더 많이 불신하고 있다. 난 그것이야말로 가장 적극적이고 가장 엄청난 재능의 시사라는 느낌이 든다. 그 자신의 표현을 빌리자면, 그는 타고난 재능을 펴는 것 말고는 달리 할 일이 없어서 가끔씩 스스로를 확인하고 가끔씩 착각에 빠진 다음에야 자신에 대해 인정한다는 것이다.

올더스 헉슬리(Aldous Huxley)가 쓴 『연애 대위법(Point Counter Point)』을 보면 나를 조롱하는 대목이 있는데, 조지프 로지를 만나기 전에는 난 한 번도 그 이야기를 누구에게도 적용시킬 수가 없었다. "그는 너무 머리가 좋은 나머지 거의 사람이 다 되어 있었다." 지금, 그랬다.

사람 같다, 물론 그가 마음이 편치 못한 사람이기 때문에, 그리고 그런 불편함이 그의 모든 작품의 원천이자 강박감이기 때문에. 무식하게 말하자면, 결국 그는 부유한 부르주아의 재력을 갖춘 대단히 좌파 성향이 짙은 사람이라는 말이 된다. 그리고 이 세상에 사는 구십구 퍼센트의 사람들이 개와 같은 삶을 살고 있다는 사실이, 그가 사는 세상에선 그것이 늘 일어나는 일이라는 사실보다 그를 더 많이 혼란스럽게 한다. 그는 삶을 무척 사랑한다. 다시 말해 일정한 공간과 일정한 고요함 속에서의 자유로운 삶을 무척 사랑한다. 몇 달에 걸쳐 하루 스물네 시간 중 열여덟 시간을 일할 때도 있고 열두 명의 아이를 키우고 있다는 사실을 그에게 환기시키면, 그는 정색을 하면서 자신에겐 일이 너무 재미있고 자신은 하고 싶은 일이 아니면 못 하는 사람이며, 천 명 중 한 사람만이 이런 행운을 누리는 거라고 반박한다. 모든 창작가들이 그러하듯, 그도 필요하다면 땅바닥에 입을 맞출 수도 있고, 돈을 물 쓰듯 써 버릴 수도 있으며, 바닥에 혹은 하늘을 향해 아니면 자신을 모욕하는 사람의 얼굴에 대고 침을 뱉을 수도 있다. 그는 자신이 특권을 누리고 있다는 사실을 알고 있으며, 가끔씩은, 옛날부터, 그런 사실이 진심으로 가증스럽다. 사실 그는 아무것도 모른다, 그는 모른다, 누구도, 열성적이고 대단히 머리가 좋고 상처를 잘 받는 사람 외에는 모른다. 하지만 상처를 잘 받는 걸로 말하자면, 그가 그렇다. '있는 그대로의 그'라는 그 사람 자체와 외모, 그가 하는 이야기에 비춰 보면, 언젠가 그가 상처를 입으면 보살펴 주고 싶어 할 여자는, 내가 아는 바로는 별로 없다. 그리고 심지어는, 바로 그 점이 내가 할 수 있는 최고의 칭찬이다. 내가 아는 바로는, 나중에 그를 보살펴 주려고 그에게 상처 입히고 싶어 할 여자도 별로 없을 것이다.

나는 그의 영화 중 앞에서 거론하지 않았던 모든 영화에 감탄을 금치 못하면서, 한꺼번에 두 편을 보기도 하고, 또 어떨 때는 한 편씩 따로따로 보기도 했다. 그런데 이상한 건 영화를 '만든' 사람도 그렇고, 사실상 주제가 오로지 인종에 대한 편견이나 부정 경찰, 진보적 정치 성향 등 금기시되는 것들인데, 사실 영화를 보다 보면 답은 하나밖에 없다. 이런저런 설명이 필요 없다.

조지프 로지의 인생에는 또 다른 이야기가 있는데, 술을 지나치게 많이 마셨던 그의 어머니에 관한 것이다. 결혼해서 출세하려는 야망이 허무하게 떠나 버리고, 남편은 죽음을 따라가고, 아들은 자신의 운명을 따라가는 것을 두 눈으로 목격했던 그의 어머니. 당신은 술병을 따라, 그리고 당신이 사셨던 위스콘신의 구름을 따라 떠났다. 목사도 이웃 사람도 그녀를 '설복'할 수 없었다. 이미 스물두 살에 희곡을 써서 공연한 연극으로 뉴욕에서 격찬을 받은 그녀의 아들 조지프 로지는 청춘의 광기와 잔혹함과 아집으로 가득 차, 자신의 어머니에게 아주아주 심한 편지를 쓸 권리가 있다고 생각했다. 어머니는 답장을 하지 않았다. 그로부터 삼십 년이 지나 세상을 떠나기 전에 아들에게 유일한 유품으로 봉인된 편지 한 통을 남겼을 뿐이다. 당당한 청년이, 당시에는 당당하지 못했던 자신의 어머니에게 보낸 편지였다. 그다음은 각자의 상상에 맡기겠다.

그런데 그 편지를 썼든 쓰지 않았든, 난 어쨌든 조지프 로지가 아주 일찌감치 관용에 대해 배웠을 거라고 생각한다, 그리고 관용과 관대함과 순수한 선량함에 대해서도. 며칠 전, 나한테는 과연 인터뷰할 이야깃거리가 있을지 걱정스럽게 자문해 보면서, 나는 이 신중하고 과묵한 남자의 눈빛에 대해 생각하는 것만으로도 좋다고 생각했다.

제임스 코번

프랑수아즈 사강은 사람들을 좋아하고, 사람들과 만나는 걸 좋아하고, 아름다운 사람들을 좋아한다. 그녀는 다른 사람들을 좋아한다. 그녀는 그들을 평가하지 않는데, 그녀가 좋아하는 것, 그것이 진실이기 때문이다.

몽상가들에게 관심을 기울이면서 최근 새롭게 내 눈에 들어온 매력남이 한 사람 있다. 그의 이름은 제임스 코번(James Coburn)[1]으로, 그는 〈황야의 7인〉 〈샤레이드〉 〈석양의 갱들〉 〈전격 플린트 고고작전〉 〈무법의 소매치기〉 등의 영화에 출연했다. 플루트를 불고 있는 그의 모습은 아일랜드의 시인 같고, 해변에 앉아 있는 그의 모습은 환멸에 빠진 노름꾼 같다. 그는 그 누구도 닮지 않은 것 같기도 하고, 모든 사람과 닮은 것 같기도 하고, 아주 단순하게는 그냥 인간 같기도 하다.

지금 그는 니스에서, 보다 정확하게는 무쟁에서 깜빡깜빡 졸고 있다. 테렌스 영(Terence Young)의 최근작 〈잭팟〉 촬영이 끝나길 기다린다. 그가 좋아하는(미국인으로서도 그렇고, 평온함을 사랑하는 사람으로서도 그러한) 중세시대의 한 오래된 방앗간[2]에서 대기하는 중인데, 그렇게 기다리는 그의 모습이 평화로워 보인다.

다른 촬영장들에 비해 약간 떨어져 있는 곳에 위치한 이 호텔 사람들이 모두 다 좋아하는 미남에 손이 아름다운 이 남자는, 발코니에서 자신의 자동차까지, 곳곳의 촬영장에서 방까지 백팔십오 센티미터의 키로 어슬렁거린다. 검은색과 회색이 뒤섞인 머리카락에, 눈동자는 흐린 푸른빛이다. 누가 봐도 대단히 강해 보일 인상이지만, 그는 폭력을 싫어하는 남자다. 하지만 대단히 남자답고, 그래서 더할 나위 없이 예의가 바른 남자이자 배우다. 그리고 말이 없고 모자가 잘 어울리며, 의외의 부분이 많은 성실한 남자다.

누군가에게서 호색한의 초상을 떠올려 보는 것이 대단히 어려운 이유는, 그가 당신을 마음에 들어 하지 않아서 곤혹스러운 경우이거나, 아니면 그가 당신을 마음에 들어 하면 당신도 그를 당신 마음에 들게 하려고 노력하기 때문이다. 달리 말하면 누구에게나 매혹적이어서 귀가 솔깃해지는 것들, 그러니까 모래, 바다, 석양, 레이싱 카, 술, 재미있는 농담 같은 것에 관한 전반적인 관점을 상대방과 공유하려 애쓰기 때문이다. 좋아하는 대상도 마찬가지다. 예를 들자면, 내가 알기론 제임스 코번은 오슨 웰스(Orson Welles)와 스트라빈스키(I. Stravinsky)의 팬이다. 난 그가 대단히 예의 바르고 동작이 민첩하다는 것과 —브루스 리(Bruce Lee)의 절친이었다— 여행을 아주아주 자주 한다는 것, 그의 목소리가 아름다운 저음이라는 것을 알고 있다. 이 이야기는 그에게 들은 건 아니지만, 그는 스물다섯 살에 배우 일을 시작했으며 열세 살 때부터 이 일을 하고 싶어 했다는 것도 알고 있다. 내가 알기로 그는 당시 잭 니컬슨(Jack Nicholson)과 제프 코리(Jeff Corey)와 함께 일을 시작했고, 그의 첫번째 성공이자 처음으로 받은 갈채는 레밍턴사(社)의 홍보 담당 책임자로부터였다. 그들의 주문대로 십일 일 전부터 길렀던 턱수염을 그 회사 제품 면도칼 덕분에 단 이 분 만에 면도를 끝냈을 때였다. 그렇게 해서 그는 미스터 레밍턴[3]이 되었다.

무엇보다 그는 자신의 일에 푹 빠져 있는 남자다. "만일 일을 하지 않는다면… 만일 제 휴가가 두 배역 사이의 공백 기간과 다른 거라면…." 이 이야기를 하는 그는 고양이 같은 얼굴은 없어지고 험상궂고 야윈 흉악한 얼굴로 변해 있다. 다음으로 그는 자신의 아내에게 푹 빠져 있다. "공유하지 않을 것, 그건 불안해 죽으라는 말이니까요." 비록 그는 스스로를 지키기 위해 믿고 의지하는 건 자신밖에 없긴 하지만, 대신 단 하나의 여자, 그녀를 사랑하기 위해 그리고 자기 자신을 사랑하기 위해 뭔가 다른 특별한 존재가 되기 위해 사람만, 그리고 한 여자만을 믿는다. 단 한 사람, 그녀를 사랑하기 위해, 그리고 자신을 사랑하기 위해, 특별한 뭔가 다른 존재가 되기 위해. 물론 무쟁에서의 오늘 밤, 그는 외롭다. 일 년 열두 달 중 여섯 달이나 그럴 때가 있다. 하지만 그는 자신이 외로운 이유를 알고 있다. '그녀'가 그곳, 베벌리힐스에 있는 1932년에 지어진 집에서, 그 집보다 훨씬 더 나이가 어리고 그가 무척 사랑하는 두 아이들과 함께 그를 기다리고 있기 때문이다.

그다음으로 그는 자신의 자율성에 빠져 있다. "외로워하지 말 것, 그건 때론 죽음을 의미하니까요." 바로 그 점에서 보면 그가 생각하는 고독과 평온함과 고요함에 대한 그런 욕구는, 거부감도 보호수단도 사소한 신경질환도 아닌, 오히려 일종의 동물적 본능에 가까운 것으로, 배우에게서는 극히 보기 드문, 시간이 지나가는 걸 지켜보는 본능이라는 느낌이 든다.

이것이 바로 조용하고 차분하고 예의 바르고 매력적인, 어쩌면 광적일지도 모르는, 하지만 그에 대해 부인도 암시도 하지 않는 이 이방인의 모습이다. 그래서 그에게는 사진을 찍는 것보다 '질문을 하는 것'이 훨씬 더 어렵다.

사진 촬영을 위해 칸의 해변으로 내려간다. 저녁 여섯시의 바다는 어느새 발그스름한 잿빛을 띠고 있다. 그에게 턱시도를 입혔다. 추워서 모두들 바르르 떨고 있다. 그동안에 우린 열띤 목소리로 마음 놓고 신에 대해, 사랑에 대해, 인생에 대해 이야기하면서 지저분하고 텅 빈 해변 위로 담배꽁초를 던지며 농담을 주고받는다. 사실 화성인과 호색한과 말이 없는 남자 들은 잘 웃는다. 그의 웃음은 입을 있는 대로 활짝 벌리고 호탕하게 딱 한 번만 웃는, 참으로 미국적인 웃음에 속한다. 그러고는 자신에 대해 농담을 한다. 그가 말한다. "그러니까 한때는 성공했다고 생각했습니다. 〈전격 플린트 고고작전(Our Man Flint)〉을 찍은 후였는데, 저로선 대단한 성공이었어요. 전 됐어, 이거야 하고 생각했습니다. 곰처럼 미련했죠. 스포트라이트를 받으면서 기라면 기고 시키는 대로 다 했어요. 그러고는 추락이었습니다. 제 자신에 대해 아무것도 아는 게 없었어요. 아닌 게 아니라 이거다 했던 것이 진짜 '이것'이었는지도 몰랐습니다. 전 제가 볼 장 다 본 존재가 되어 있다는 걸 깨달았습니다. 모든 사람들에게 매여 있었고 모든 사람들의 시선에 매여 있었던 거죠. 정신을 차리고 다시 사람으로 돌아오는 데 사 년이 걸렸습니다."

"인간이란, 선생님이 보시기에 무엇이라고 생각하세요?" 내가 묻는다.

이런 어리석은 질문 앞에서 키 큰 회색 고양이는 나를 향해 쓱 돌아앉더니, 내 팔을 잡고 웃기 시작한다. 나도 웃는다.

어느새 바다는 거의 칠흑에 가까워졌고, 우린 차를 타고 무쟁으로 돌아간다. 그의 운전 솜씨는 대단히 훌륭하다.

"웃기죠, 여긴 지옥이지만 오 킬로미터만 더 가면 천국, 방앗간에 있을 테니까요." 꽉 막힌 고속도로에서 그가 하는 말이다.

방앗간에 도착하자 그는 스웨터로 갈아입고 손에 플루트를 쥔다. 은빛으로 빛나는 커다란 플루트를 불고 있는 그는 밤새도록 시냇가에라도 앉아 있는 것 같다.

"잘 불 줄 몰라요, 어쩌다가 레코드 흉내를 내다가 비슷해질 때는 있죠. 뭐 어쨌든, 전 이 플루트 소리가 정말 좋습니다. 플루트가 나를 깨어 있도록 해 주는 거죠. 사실 제게 인생이란 깨어 있는 것이니까요." 그가 말한다.

어떤 꽤 진지한 이야기를 나누다 흠칫 놀라며 얼굴까지 빨개진 그는, 그 큰 손으로 플루트를 내려놓고 시가를 꺼낸다. 그리고 이내 미소를 되찾고 흔들흔들 몸을 흔든다.

"요놈이 아니면 브라질 산 리오 그란데를 피웁니다. 와인은 단맛이 전혀 없는 화이트 와인만 좋아하죠."

이번에는 내가 미소를 짓는다. 그 후 나눈 이런저런 한담은 비공개로 부친다. 그 외 다른 일화는 없다, 마흔다섯 이 남자의 잘생긴 얼굴에 허울이란 없는 것처럼. 제임스 코번에게는 자연스러운 아름다움이 있는데, 그래서 의문이다.

그리고 물론, 매력이 있다. 또 무슨 말이 필요할까.

페데리코 펠리니,
이탈리아의 러시아 황제

파리-로마 간 밤 기차 '팔라티노'를 탄다. 펠리니(F. Fellini)[1]가 치네치타[2]에서 영화 촬영하는 것을 보러 가는 길이다. 그와의 만남을 위해 나는 비행기도, 비행기의 그 끔찍한 고도도 느끼고 싶지 않았다. 그보다 나한테는 땅 위에서 지구가 가진 부드러운 곡선을 따라가는 편이 더 좋을 것 같았다. 우리가 사는 행성에서 태어나 진흙으로 빚어지고 지구의 자전에 민감한 —그는 그날그날 자신을 영주 아니면 노예라고 생각하는 것으로 자전을 느끼는 것 같았다—이 남자와의 재회를 위해서라면….

내가 보기에 그의 환상과 본성은 그 밖의 다른 것들처럼 비물질적인 것과 우주와 부조리를 향해 분출하는 것이 아니라, 오히려 반대로 그를 굴복시켜서 이 지구의 중심이나 심지어는 핵 쪽으로 그의 발을 잡아당기고 있는 것 같았다. "우리의 진흙에서는 단맛이 난다네, 우리네 인간으로 만들어진 보드라운 진흙이지."[3] 콕토(J. Cocteau)의 글인데, 내가 보기에 펠리니는 자신의 영화에서 다룬 한심스럽고 괴상야릇한 방탕과 지긋지긋한 노골적 표현을 통해 그와 같은 확신을 충분히 강조한 것 같았다.

하지만 이번 여행을 시작할 때, '팔라티노'라는 그럴듯하게 화려한 이름을 가진 이 낡은 기차의 흔들림과 삐걱거리는 소리와 함께 옛날 학창 시절 낭독했던 시 중 하나를 끝까지 기억해내려고 무진장 애를 쓰게 하면서 나를 깨어 있도록 해 준 건, 콕토가 아니라 그보다 더 거슬러 올라가는 조아킴 뒤 벨레(Joachim du Bellay)였다. "아무것도… 그 어떤 것도… 그 어떤 것도… 그 어떤 것도 작은 팔라티노 언덕도… 내게 앙주의 온화함보다 더 좋은 건, 아무것도 없나니."[4] 대단히 편협한 애국심을 드러낸 시로, 그러니까 내가 무척 행복했던 십대 때였던 것 같기도 하고 그다음에 이어진 무척 행복했던 시절 같기도 한 시절에, 반은 잊어버리고 나머지 반도 더듬더듬 외우고 있던 것이다. 난 나의 기억에게 애원도 하고 마구 괴롭히고 쥐어 짜 보기도 했지만 소용이 없었다. 잠에서 깨어나자 눈앞에는 여전히 앙주의 온화함과 대비되는 조그만 팔라티노 언덕만이 펼쳐져 있었는데, 대신 창 뒤로 바다를 졸라매고 있는 포도밭과 밋밋한 들판 들이 급하게 달려가고 있었다. 그건 누가 봐도 이탈리아다운 들판 풍경으로 펠리니의 들판이었는데, 이유는 모르겠다. 사실 내 눈 속의 기억에는 비스콘티(L. Visconti)의 들판, 안토니오니(M. Antonioni)의 들판, 볼로니니(M. Bolognini)의 들판 등이 있는 반면,[5] 펠리니의 들판은 없다. 그때 내 눈 아래 펼쳐진 들판은 그리 아름답지는 않았다. 황량하고 초라한 집들만 빼곡한 칙칙한 벌판, 매력이라곤 느껴지지 않는 그런 벌판이었다. 그래도 철도 레일을 따라 뻗어 있는 산비탈의 빛바랜 초목 반대편은 푸르디푸른 바다였다. 동그랗게 몸을 감고 있는 그것은 바로 화려한 지중해였다. 그리고 그 대조되는 풍경 속에는 화합과 아이러니가, 암묵적인 동조와 엄격함이 교묘하게 뒤섞인 채 스며들어 있었다. 그것이 나에게는 바로 펠리니와 그의 조국 이탈리아와의 관계인 것만 같았다.

도착하자마자 렌터카를 빌리고 로마를 세 바퀴 일주한 후 나는 영화의 성전 치네치타의 정문 앞에 와 있었다. 오는 내내 나는 가슴이 설레었다. 나에게 그곳은 전설과 같은 곳이었기 때문인데, 그도 그렇지만 거장과 그의 유명한 '제5스튜디오'[6] 때문에라도 그곳이 전설이라는 사실에는 변함이 없다.

치네치타를 모르는 사람들을 위해 설명을 하자면, 치네치타는 벽으로 둘러싸인 드넓은 초원으로, 생기 잃은 풀밭에는 도로에 해당하는 네 개의 홈이 파져 있고 풀밭 끝자락에 스튜디오라 이름 지어진 창고들이 있는데, 할리우드 스타일이지만 할리우드와 같은 질서는 없다. 사람들은 가능한 모든 장치, 특히 굉음을 내는 장치들을 동원해 이 도로를 오르내린다. 물론 그 모든 시설들은 어떤 아주 깐깐한 수위가 살벌하게 지키고 있어서, 내 가이드는 그에게 과민하게 반응하며 내가 부끄러워 쥐구멍에라도 숨고 싶을 정도로 장장 몇 분간에 걸쳐 그를 향해 내 이름과 직업을 고래고래 소리 질러야 했다. "작가 사강이라니까요, 작가 사강." 그는 내가 핸들 뒤에 바짝 몸을 붙이고 있는 동안 이렇게 고함을 질렀다. 마침내 수위에게서 풀려날 수 있었던 우리는 '거장'의 스튜디오이자 소굴이자 은신처이자 영지(領地)를 향해 부리나케 달음질쳤다.

내가 펠리니를 알게 된 건 오 년 전 파리에서였다. 우리 집 저녁 파티에 우연히 한 친구가 그의 아내와 함께 그를 데려왔던 것이다. 어렴풋하게 나는 그가 무척 대단한 인물이라는 정도로만 기억하고 있었는데, 그는 이브닝코트도 벗지 않은 채 매혹적인 자신의 아내가 음악 하는 내 친구 몇 명과 함께 목이 터져라「라 비 앙 로즈(장밋빛 인생)」를 부르는 동안 점잖게 가만히 앉아만 있었다. 하지만 그때는 이곳과는 다른 아파트, 그리고 다른 일상 속이었고, 그도 내가 만났던 사람과 다른 사람이었다. 치네치타에서 맨 먼저 내 눈에 들어온 건, 저 멀리 보이는 딱 벌어진 어깨에 키가 크고 날씬한 체구의 검정색 옷차림의 한 남자였다. 머리에는 고집도 아니고 열정도 아닌 그저 하나의 소품에 불과한 모자를 쓰고 있었는데, 그는 마치 여자들이 스카프를 맸다가 풀었다가 하는 것처럼 모자를 벗었다가 썼다가 하고 있었다. 미국인 같은 체구에 반해 그의 얼굴은 완벽한 이탈리아인의 그것이었다. 반듯하고 잘생긴 세자르[7]의 얼굴에 갈색 머리카락과 갈색 눈, 그리고 곧은 콧날에 어울리는 각진 턱을 하고 있었다. 하지만 힘없는 세자르의 모습은 아니었다. 흐물흐물한 데라곤 없는 다부진 턱선과 야무진 입술 윤곽, 매서운 눈빛의 얼굴이지만, 나한테는 오히려 상당히 열정적인 얼굴처럼 보였다. 열정적이면서 이따금씩 방심하고 멍하니 눈을 깜빡거리고 있거나 시선을 돌리거나 할 때는 부드럽게 누그러지기도 하는. 그런데 그는 사람들이 묻는 모든 질문에 정확한 답을 해 주고 있었다. 영화 촬영 중 사람들이 감독에게 바라는 게 무엇인지는 하느님만이 아실 영역인데도 불구하고 말이다! 펠리니에게는, 자신이 영화 촬영하는 일을 돕는다는 사실에 들뜬 여섯 명의 어시스턴트와, 그의 영화에 단역으로 출연한다는 사실에 기뻐서 어쩔 줄 몰라 하는 오백 명의 엑스트라가 있는데, 그 열 배가 한 명의 펠리니가 감당하는 일이라고 상상해 보라. 묘하게 따뜻한 인정미가 느껴지는 아수라장, 그것이 바로 전형적인 펠리니식의 아수라장이다. 실은 이 촬영장에 발을 디딘 순간부터 나는 사람들과 소품들로 활력이 넘쳐나는 펠리니풍의 풀밭에 둘러싸여 있었다. 빨간 옷을 입은 뚱뚱한 여자들, 웃기거나 아니면 정겨운 얼굴들, 그들의 기괴한 행동, 다 닳아빠진 무대장치와 그 자체가 유령 같아 보이는 카메라, 그 모든 것이 위대한 거장의 별자리에 둘러싸여 있었다.

그런데 그건 그가 촬영을 하던 그날의 엄연한 현실이었다. 네 명의 일본인 저널리스트들과 실랑이를 벌이는 그의 모습을 보여 주는 〈인터뷰(Intervista)〉[8]라는 한 시간짜리 텔레비전용 영화를 촬영하는 현장으로, 그들의 작품, 아니 정확하게는 그 저널리스트들의 영화 속에 그가 등장하는 것이었다. 따라서 주제는 실제상황이지만, 결국은 로마의 다른 모든 영화감독들 소유인 무대장치에 그의 이름표밖에 붙어 있지 않은 치네치타의 현실은, 그에게 매료되거나 반한, 또는 그를 두려워하는, 언제나 미끄러지듯 움직이며 여기저기 어슬렁거리면서 거장의 앞 아니면 뒤를 벗어나지 않는 엑스트라들만이 더욱 강조되는 느낌이 들었다. 그는 황제이자 왕이자 폭군이었는데, 특히 그들 각자에겐 친구이면서 모두에겐 폭군 같아 보이기도 했다. 뿐만 아니라 촬영을 하고 있는 펠리니를 촬영하는 동안 메가폰에서 어떤 남자 목소리로 "조용히"라는 소리라도 나면, 그렇게 말한 사람이 어시스턴트인지 아니면 조용히 해 달라는 어시스턴트를 연기하고 있는 엑스트라인지 몰라 모두들 갈팡질팡했다. 극도의 흥분으로 고조된 분위기 속에는 긴장감마저 감돌았다. 일단 카메라가 돌아가고 있으면 모두들 정말로 자신들과 관련된 장면을 촬영한다고 생각하는 것 같았다. 공기 중에 떠다니던 그 모든 감정들이 내 마음을 야금야금 사로잡기 시작하더니, 결국에는 나를 나무 뒤에서 옴짝달싹도 못 하도록 만들었다. 나무 뒤에 숨어서, 내 눈에는 끔찍하리만치 무모해 보이는 상상력에 날개를 달아 한창 연기에 빠져 있는 어떤 사람을 꼼짝도 않고 지켜보고 있었던 것이다. 그리고 난 속으로 생각했다, 뭘 어떻게 해야 하지? 혹시 내가 우리 집에서 작은 수첩을 빼곡하게 채우고 있는 동안, 펠리니가 내 앞에 있는 안락의자에 와서 앉는다면 말이다. 그러고는 그가 천천히 걷기도 하고 다시 생각에 잠기다가 웃고 다시 조언을 하고 지시를 하는 모습을 십 분가량 지켜보았다. 그가 사람들에게 우리를 소개하고 다정하고 장난기 섞인 어조로 내 마음대로 촬영장을 구경해도 된다고 할 때까지.

사실대로 말하자면 이런 대강의 스케치를 떠나, 매력적인 남자이기도 하고 사람 좋은 창작가이기도 한 사람을 만난 지가 나로서는 참 오랜만의 일이었다. 만일 내가 미리 신문기자식의 질문이라도 준비했더라면, 이야기는 우스워지거나 아니면 최악의 경우엔 약간 경박한 경향이 있는 우리 두 사람이 피곤해 하는 일반적인 개념만 만들어내는 따분함에 빠져 마구 허우적거렸을 것이다. 우린 대수로울 것도 없는 이야기만 했는데, 알다시피 탐정들이 쓰는 표현으로, 기밀 같은 걸 흘리는 것보다 더할 게 없는 그런 이야기가 때론 가장 진지한 진부한 이야기들보다 더 흥미진진할 때가 있다.

그날 우린 무언가를, 아니 누군가를 기다리고 있었는데, 그가 타고 오던 차에 문제가 생겼다고 했다. 그날 저녁 정기 공연을 하기로 되어 있었는데 시간이 났던 것이거나, 아니면 거장의 카메라 앞에서 배역을 맡기로 되어 있을지도 모를 누군가였다. "왔어요? 갔어요? 찾았어요?"가 그때 내가 가장 많이 들었던 말이었다. 그리고 일이 많아 정신을 못 차리고 기진맥진한 가운데 섭외는 쇄도하고 설상가상으로 자동차 운도 없는, 그 세 엑스트라의 정체가 슬슬 궁금해지기 시작했을 때에야 비로소 나는, 그것이 코끼리 세 마리에 관한 이야기라는 사실을 깨달았다. 실제로 서커스 단원인 코끼리들은 우리 카메라 앞에서의 묘기를 마치면 다시 서커스단으로 돌아가야 했다. 그런데 코끼리들이 길 위에서 사라져 버린 것이었다. 그때 나는 엑스트라들과 어시스턴트들이, 아니 어시스턴트 역을 맡은 엑스트라들이 근심스러움과 신뢰 어린 눈길을 거장에게 보내는 것을 보았다. 왜냐하면 거장이라면 속수무책으로 넋을 놓고 있던 적이 한 번도 없었기 때문이다. 그는 언제 어디에서든 즉석에서 사태를 해결하는 일이 가능했다. 아무런 준비가 안 되어 있는 상황에서도 그는 어떤 장면으로든 대체해내곤 했다. 그가 부르기로 결정한 건 젊은 펠리니 역을 맡길, 오래전 일찌감치 치네치타에 들어온 열아홉 살의 청년이었다. 그리고 난 정말로 한 청년이 걸어 들어오는 걸 보았다. 그는 나에게 펠리니는 로마에 사는 사람이건 아니건, 사십대들에게는 대체로 배려를 하고 등을 토닥이며 달래 주지만, 자신과 같은 십대들에 대해서는 그런 게 없다고 불만을 내비쳤다.

젊은 펠리니 역은 얼굴이 긴 갈색 머리의 청년이었다. 아주 얌전한 소년이었지만 코끝에 아주 커다란 종기가 나서 무척이나 울적해 하는 게 눈에 보였는데, 난 그것이 지극히 정상이라고 생각했다. 사흘 동안 촬영하는 내내, 그는 얼굴이 그런 식으로 보기 흉하게 된 것에 대해 대단히 기분 나빠 했다. 그때까지도 나는 그 종기가 촬영을 위해 잠시 붙여 놓은 것일 뿐이며, 그것이 펠리니의 요구사항이었다는 사실을 깨닫지 못했다. 여섯시가 되기가 무섭게 분장실로 들어간 청년은 자신의 애인을 만나기 위해 예의 그 여드름을 떼어내고 다시 매끈한 얼굴로 돌아왔다. 정작 본인은 그런 흠집을 만들어내는 것을 전적으로 쓸데없다고 생각하는 것 같았다. 불과 이십오 년 전 내지 삼십 년 전만 해도 도덕관념이 덜 문란했던 시절이어서, 펠리니가 사춘기 소년이었을 때 소녀들은 유혹에 쉽게 넘어오지 않았다. 다시 말해 여자들이 그다지 남자에 대해 아쉬움을 몰랐다. 요컨대 당시는 여드름이 뾰록뾰록 돋아난 젊은이들을 심심찮게 볼 수 있었다는 이야기다. 그러던 중 어느 날, 때마침 치네치타에 젊은 페데리코 펠리니가 나타났다. 진짜로 여드름이 나 있고 몸에 꼭 끼는 양복을 입은 그 청년은 〈사티리콘(Satyricon)〉[9]에 나오는 그런 화려한 십대들과는 전혀 무관해 보였다. 펠리니는 십대에 관한 자신의 생각을 본인의 십대와 혼동해서 생각하는 사람이 아니었던 것이다.

그는 창작가였다. 솔직히 나한테는 같은 창작가들 중에서 생각만 해도 마냥 기분이 좋아지는 사람이 예전에는 몇 사람 있었다. 안타까운 건, 이제는 상상력이 풍부하고, 자신들의 사생활 속에 숨겨진 허상을 식별하고, 자신들의 기억 속에 숨어 있는 환상을 식별할 줄 아는 사람들이 얼마 없다는 사실이다. 그들에게 젊음이란 젊은 그들 자신인 것이다. 사랑이란 사랑에 빠진 그들 자신이다. 바로 그것이 끔찍하게도 평범하고 무척이나 절망스럽게도 시시한 주인공이 나오고, 무척이나 절망스럽게도 아무런 특징이 없는 영화가 무척이나 많이 있는 이유다. 그런 영화 속에서 우린 우리 자신의 모습을 발견해야 하는데, 모범적이라는 사실을 제외하면 우리와는 아무런 공통점도 찾을 수가 없다. 달리 말하면 모든 것이 우리와 다른 별개의 것이다. 펠리니는 알고 있었던 것이다. 평범한 영화와 모범적인 영화 사이와 마찬가지로, 두 편의 평범한 영화 사이에도 차이가 있다는 사실을 말이다.

낮 열두시 반쯤, 펠리니는 점심시간이라 모두들 시장할 거라고 판단했다. 우린 들판 한가운데 있는 여인숙 식당에 앉아 있었다. 한 테이블에 열 명씩 둘러앉아서 모두들 기분 좋게 와작와작 소리 내며 올리브를 먹고 있었다. 내가 이번 인터뷰의 긴급함을 떠올린 건 그때였다. 그는 그의 부인을 포함한 자신의 사단 전원을 내 앞에 있는 다른 테이블들로 보내 버렸고, 나는 창피해서 죽을 지경이었다. 식사에 초대받아 자리를 잡고 앉아, 각자 메뉴까지 주문해 놓았던 사람들이 우리끼리 있게 해 주려고 모두들 선뜻 우르르 일어나 주었던 것이다. 마침내 세 사람만 남았는데, 나의 끔찍한 이탈리아어와 펠리니의 무난한 수준 이상의 프랑스어를 적당하게 맞춰 줄 여자 통역가 한 사람이 더 있었기 때문이다. 그녀가 가진 꾸밈없이 자연스러운 매력이 아니더라도, 나한테는 그 통역가가 실로 기적처럼 느껴졌다. 사실 나는 아무 말 하지 않고도 햄이나 먹고 하늘도 바라보고 하면서 그 테이블에 아주 잘 앉아 있을 수는 있었을 것이다. 펠리니는 내가 함께 있다는 느낌, 그와 함께 있다는 느낌을 위해 굳이 말을 해야 할 필요가 없는 사람이었기 때문이다. 그리하여 우리는 두서없이 이런저런 이야기며, 더위라든가 로마에 기승을 부리고 있던 인디언 서머, 사람들 그리고 그 사람들과의 관계에 대한 이야기까지 나누게 되었다. 그가 삶과 자신의 직업에 대해 아주 흥미진진하게 생각하는 건 분명했다. 최소한 그의 극 중 인물보다 훨씬 더 흥미진진해 했다. 그렇다면 그에게 무엇에 대해 반론해야 할까. 우린 같은 것을 보며 즐거워하고 재미있어 하는 사람들이었다. 두 사람 모두 대중에게 의존하는 공인(公人)이며, 두 사람 모두 자신이 가진 상상력과 노력, 고역에 의존하고 있으며, 두 사람 모두 하나의 정신병에 불과한, 우리의 직업이라 불리는 것에 열중해 있었다. 다행히 그건, 우리가 만들어낸 것을 보거나 읽는 사람들의 마음을 행복으로 감동시키는 정신병이다. 하지만 그와 동시에 우리에게 공인임을 강요하는 그 행복에, 우린 분명 조금 지쳐 있었다.

내가 그에게 그 모든 엑스트라들이 있어야 하는 이유를 묻자, 그는 각각의 배역과 각각의 조연을 위해서는 수십 명의 엑스트라가 와야 하며, 그들 한 사람 한 사람이 그에게는, 그들이 맡은 역할을 능가하는 그 이상의 매력이 있거나 생기가 넘치는 얼굴을 갖고 있는 것처럼 보이며, 그래서 인원수를 늘릴 수밖에 없다고 했다. 내가 그의 역할을 맡았다가 결국엔 교체된 청년에 대해 이야기하자, 그는 그 친구에게는 젊음이 한탄의 대상인 것 같았다고 말한다. 죄악이라는 묘미가 없는 사랑이란 침울한 것이 됐을 수밖에 없으니까. 말이 나왔으니 하는 말이라며 그가 갑자기 웃기 시작했다. 그가 어렸을 때 다니던 학교의 선생들은 하나같이 제정신이 아니었다. 선생들 중 한 명은 월요일 아침마다 남자아이들이 들어오면 자신 앞에 불러 세워 놓고 언제나 똑같은 어조와 똑같은 템포로 물어보는 것이 습관이었다. "성부와 성자와 성신의 이름으로, 너 이틀 동안 수음을 몇 번이나 했지?"

남자아이들은 당연히, 이렇게 소리쳤다. "한 번도 안 했어요! 한 번도요!" 선생이 하루는 묘안을 내어 이렇게 말할 때까지 말이다. "뭐라고, 한 번도라고! 솔직히 이야기하는 사람은 다른 사람들보다 십오 분 일찍 마치게 해 주겠다." 다음 월요일이었다. "성부와 성자와 성신의 이름으로, 이번 주말에는 수음을 몇 번 했지?" "여덟 번이요!" "열 번이요!" "네 번이요!" 수업을 빼먹는다는 생각에 신이 난 아이들은 너도나도 큰 소리로 외쳤다. 그 선생은 제정신이 아니었다, 펠리니가 아주 통쾌해 하며 내린 결론이었다.

어떻게 보면 그는 이상하게도 사람들의 이야기를 반과거[10]로 알아듣는 사람이었다. 나에게 펠리니는 언제나 신탁(神託)을 내리는 사제(司祭)였다. 그의 모든 영화들은 마치 현재와 시대의 문제 내지는 강박관념을 강조하려는 듯 개봉되곤 했다. 그런데 알다시피 영화는 구상에서부터 상영까지 삼 년이라는 시간이 걸린다. 또한 펠리니는 매번 당대의 연대기 작가일 뿐만 아니라 예언자였다. 하지만 난 그에게 그런 이야기는 하지 않았다. 그는 칭찬에 적합한 사람이 아니었기 때문이다. 그는 마치 그런 칭찬의 말을, 황소가 날카로워도 심각하지는 않지만 어쨌든 거추장스러운 투우 작살을 몸을 흔들어 털어 버리는 것처럼 털어 버렸을 것이다. 만일 그에게 내가 못다 한 찬사의 말들, 그러니까 그가 우리 시대에 보기 드문 완벽한 영화감독 중 한 사람이라는 등의 이야기들을 쏟아부었다면 그는 과연 무슨 말을 했을까. 오늘날의 영화는 세 부류 감독의 것이라는 생각이 든다. 지루하고 답답한 인물들로 주제를 빛내려 하다가 결국 그 주제의 가치를 떨어뜨리는 감독, 반대로 이야기 하나만 하고 싶어 하다가 결국 우리 기억 속에 아무런 반향도 없이 영화의 줄거리밖에 남겨 놓지 못하는 감독, 마지막으로 주제와 균등하게 힘을 배분한 인물들을 자유자재로 사용하며 그들을 작품 속에 녹여 넣을 줄 아는 감독이다. 펠리니는 이들 중 흔치 않은 마지막에 속했다. 하지만 아니, 그때 내가 그에게 할 수 있었던 말은 테루아[11] 특유의 흙냄새에 음악이 어우러진 와인의 풍미가 절정에 달했다는 것이었다.

한 시간 내지 한 시간 반 정도 될까 하는 시간이 지나자, 그는 불현듯 자신이 영화감독이라는 사실과 자신의 사단이 자신을 기다리며 발을 동동 구르고 있다는 사실이 생각난 것 같았다. 그러고 그는 자동차로 사라져 버렸고, 잠시 후 뒤따라간 나는 촬영장에서 그를 다시 만났다. 코끼리들은 여전히 오지 않은 상태였는데, 지금 생각해 보면 만일 지척에 있었더라면 울음소리가 들렸을 것이다. 그렇다면 펠리니는 코끼리를 출연시키는 것과, 치네치타와 자신의 격정의 상징으로서 입이 딱 벌어질 만큼 놀라운 색조로 단순하지만 화려하게 그의 촬영장을 뒤덮는 걸 이젠 정말로 단념할 수밖에 없을 것이다. 생각을 바꾼 그는 계획을 변경했고, 코끼리들은 신부로 대체되었다. 그리하여 나는 순백의 드레스를 입은 처녀와 그녀 뒤로 한 잘생긴 남자가 치네치타의 통로를 내려가는 것을 보았다. 그들 앞에서 거세게 돌아가는 송풍 장치가 신랑 신부에게 바람을 마구 내뿜어, 절망적일 거라 짐작되는 미래를 향해 걸어가고 있는 그녀와 그의 얼굴을 향해 파도처럼 넘실대는 총천연색의 색종이 조각의 물결이 휘몰아치고 있었다. 그녀의 두 눈엔 눈물이 그렁그렁 맺혔고, 연신 얼굴을 후려치는 색종이 조각들을 그녀는 이를 앙다물고 참고 있었다. 눈부신 태양 아래 초원을 무대로 펼쳐지는 그러한 광경은 기묘한 효과를 연출하고 있었다. 그리고 잔인했다. 그랬다, 색종이 조각과 눈물에 젖은 아름다운 처녀, 아름다운 순백의 드레스를 입은 그 처녀가 가장 잔인한 광경 중 하나였다. 그랬는데, 그랬음에도 불구하고 식탁에 앉은 그는 나에게 마치 아주 멋진 선물에 대해 이야기하는 것처럼, 남자에게는 지금까지 존재해 온 가장 매혹적이고 가장 없어서는 안 되는 물건인 것처럼 여자들에 대해 이야기했다. 그는 진지했다. 조금도 음험하거나 음란하거나 악의가 있는 표정이 아니었으며, 어느 한쪽 입장도 전혀 아닌, 그런 태도였다. 그는 분명하고 기분 좋은 어조로 광적인 사탄에게, 여자를 생겨나게 한 영리한 사탄에게, 여자들에게, 감사에 가까운 어조로 말했다. 그는 관능적이고 욕망에 사로잡힌, 하지만 갈리아[12]에서 평생을 보낸 사탄의 피조물에 대한 놀라우리만치 대단한, 일종의 배려심마저 느껴지는 어조로 여자에 대해 이야기했다.

그에게 작별인사를 고할 때였다. 그의 아내에게 난, 그녀가 영감을 줄 수 있다는 것에 대한 대단한 질투심과 그녀에게서 느껴지는 막연한 친구 같은 끈끈한 유대감이 섞인 작별의 포옹을 했고, 그는 나와 일부 남자들이 여자들에 대해 갖는, 일종의 남자로서의 애정이 섞인 악수를 나누었다. 치네치타 입구에서 돌아서 나왔다. 저 멀리 키가 크고 짙은 색 옷을 입은, 잘생기고 놀라우리만치 젊어 보이는, 정말로 정복자 같은 그가 서 있는 것을 보았다.

이젠 모든 체제에 대한 그와 같은 전적인 거부와 정신적 자유, 열의, 무사태평한 태도, 달변, 역량, 그리고 그 모든 매력이, 죽음에 대한 공포에 사로잡히고 극심한 불안에 시달리면서 자기 회의와 산다는 것에 대한 두려움에 빠져 있는 한 남자를 숨겨 놓은 지금에 와서, 나는 반대되는 주장은 하지 않을 것이다. 그런데 어느 누가 누군가에 대해, 아니, 아닌 게 아니라 자신에 대해 반대로 말할 수가 있을까. 사회에 있어 가장 중요한 핵심은 은폐가 아닐까. 그런데 펠리니와 관련된 은폐란, 밤낮 따로 없이 이 행성에 잠시 머물다 지나가는 승객들이라고 할 그런 초대받은 자인 동시에 제외된 자이기도 한 우리 모두의 비뚤어진 모습과 영혼의 분출을 비교적 냉철하고 멋있게 가두어 놓은, 세상에서 가장 화려하고 가장 훌륭한 은폐인 것이다. 냉철함이란 그런 사실을 깨닫기 위한 것이며, 멋이란 그런 사실을 잊어버리기 위한, 아니면 그러는 척하기 위한 것이다. 이를테면 펠리니는 그런 사실을 그냥 기가 막히게 잘 잊어버린다고 해 두는 것이다. 또한 유년기와 일과 사생활을 행복하게 영위했던 것 같아 보이는 사실도 그가 이루어 놓은 공적에는 아무런 손상도 주지 않는다. 이 모든 걸 다 갖췄다고 해서 한 남자가 신사가 된 예는 지금까지 한 번도 없었다. 그런데 펠리니는 그런 신사라는 이야기이다.

제라르 드파르디외[1]

사람들은 그를 보면, “저기 정말 냉철한 남자가 오는군”이란 말을 곧잘 한다. 그의 건장한 체구와 달변이, 정돈되어 있거나 마구 헝클어져 있거나 십대들에게나 더 잘 어울릴 부분 염색을 하고 있거나 아니면 대팻밥처럼 도르르 말고 있거나 아니면 쭈뼛 세운 잔디 머리를 하고 있는 그의 머리 모양을 잘 뒷받침해 주고 있는데, 피부에서부터 각이 진 얼굴 윤곽, 짙은 음영까지 그의 얼굴의 모든 것이, 너무도 인간적이어서 동물적으로 느껴지는 그의 거만한 눈빛만 더욱 두드러지게 할 따름이다. 그 동물이라 함은, 사람들이 어떻게든 길들이려 하지만 결코 길들여지지 않는 포식 동물이면서 그 누구보다도 공격을 잘 받고, 그래서 상처도 잘 받는 약한 동물 중 하나다. 그 얼굴은 당장 눈앞에 닥친 일만 생각하고 지나간 것에 대해서는 잘 잊어버리며, 다가올 미래에 대해서는 걱정하지 않고, 인생이 짜증스럽거나 혹은 아주 만족스러운 정도에 따라 달라진다.

내가 그를 안 건 최근의 일이다. 그가 스타덤에 오르는 건 보지 못했지만, 지금까지 여러 함정들을 본능적으로 요리조리 너무나도 잘 피해 가는 그를 멀리서 지켜보며 감탄해 왔었다. 이 젊은 남자가 언제 자신의 본모습을 알게 되었는지는 모르겠지만, 난 그가 그 즉시 역시나 영특하게도 그 본모습의 이면으로 숨어들었다는 사실과, 자신의 존재와 영혼 그리고 무언지는 모르지만 자신의 본심을 잃지 않을 줄 아는 그 어떤 것, 뭐라고 불러야 할지도 알아보지도 못하지만 그것을 망각하고 상실하게 되면 거울에 비친 자신의 얼굴을 일그러지게 할 그 무엇은 안전하게 피신시켜 놓았다는 사실은 너무나 잘 알 수 있다. 간단히 말해, 나는 대단히 젊고 영리하기도 한 누군가가 자신의 본성 뒤에 숨어서 나오지 않을 수 있으리라고는 꿈에도 생각하지 못했다. 그런 본성이, 그의 무절제함과 광기, 현행 '법'을 위반하는 그런 행위를 단순히 하나의 무분별한 정력의 분출로 여기게 하는 것이다. 그는 사람들의 비위를 건드리지 않는다. 사람들은 그런 그를 사랑한다.

난 항상 드파르디외(G. Depardieu)의 경멸적인 언행과 사람들로부터 찬사를 받고 싶어 하는 욕구를 똑같이 높이 평가하고 있었다. 그가 『연인(L'Amant)』 훨씬 이전의 마르그리트 뒤라스(Marguerite Duras)[2]를 무척 좋아한 데에는 그럴 만한 충분한 이유가 있으며, 나는 그녀의 신출귀몰함에 매료되어 순한 어린 양처럼 복종하는 그를 보았다. 난 그가 주연을 맡은 〈릴리 파시옹(Lily Passion)〉[3]에서 오페라 이중창 중 바르바라에게 너그러운 듯 냉철한 표정으로 대사를 하는 것을 보았다. "그 여자들, 그녀들은 모두 다 아름다웠소." 언젠가 그가 나에게 그 여자들에 대해 이렇게 이야기한다면, 나는 그의 목소리에서 전해 오는 감미로움이 그의 어린 시절[4]에 비하면 아무것도 아닌 거리의 불량배들 중 하나인 부랑아의 그것 이상으로 당황스러웠을 것이다.

하기는 누가 그를 가로막을 생각이나 하겠는가. 요즘 그를 보면 전혀 의도한 바는 아니지만 결혼을 원숙함과 인기에 끌려 별생각 없이 하는 것 같은데, 그는 꽤 오랫동안 젊은 여자나 유명인과의 가벼운 연애를 해 왔다.[5] 그에겐 세상에 존재하는 모든 변명거리와 어떤 경우에도 통하는 하트 에이스 카드가 있는데, 바로 정열과 시적 정취, 그리고 거침없는 행동(잠시 머물렀던 아메리카 대륙도 매료되었을 정도다)이다. 불사신과 같은 강인함과 남성미와 매력과 다정함에 아마도 약간의 우수가 더해져 그의 안에 있는 무기도 적군도 전투도 없는 군인의 모습을 들추어내 주고 있는 것 같은데, 혼자 앞장서 지휘할 수 있는 사람까지는 아니더라도 난공불락의 불사신의 모습도 있다. 실제로 그는 사랑의 상처를 받기는 하지만, 그에게 피를 흘리게 하는 건 오로지 그의 재능 속에 감춰진 가시밖에 없을 것이다. 꿈꾸는 배역이 무엇인지 감히 물어보지도 못할 정도로 그에게는 모든 역할을 소화해낼 능력이 있다. 그러나 자신과 전혀 다른, 그는 알지 못하지만 그가 찾아 주길 기다리고 있는 어떤 대본이나 캐릭터, 배역이 어딘가에 분명 있을 것이다.

대개의 경우 텔레비전을 통해 보이는 그의 모습은, 잘나가는 인물 또는 확실하지는 않지만 역사상 실존했다고 하는 천재들 또는 오해의 여지가 없는 확실한 캐릭터 외에는 없다. "그는 연기를 하는 게 아니다"라고들 하는데, 이를테면 그가 '발자크'인 것이다. 그건 텔레비전 시청자들이 기대하고 있던 발자크와 그가 닮았다는 뜻이다. 그건 그가 작중인물에 자신의 천재적 재능과 본능적으로 상대를 완전히 압도하는 위력을 온전히 스며들게 하지 못하고, 자신의 이름이 가진 평판만 깊이 각인시켰다는 말이기도 하다. 연출가들에게 그는 별다른 복병 없이 시청률을 보장해 주는, 십자 낱말 퍼즐 속에 들어 있을 법한 배우인 것이다.

그런데 이렇게 내가 그를 비난하는 건 물론 월권이다. 나는 그나마 몇 번 되지 않았지만, 그냥 흥미있고 평도 좋은 영화를 참고 봐 주기에는 너무나 잘 현혹되고 자주 눈이 멀었다. 그러나 그런 영화 중 하나였던, 프로방스의 들판에서 촌티를 벗지 못한 한 사제의 등 뒤에서 나를 신(나는 신을 믿지 않는다) 앞에 무릎을 꿇게 만들었던 〈사탄의 태양 아래(Sous le soleil de Satan)〉[6]와 전반부부터 한꺼번에 터져 나오는 마음의 절규와 고백, 도피를 멈추게 하고 싶었던 〈이웃집 여인(La Femme d'à côté)〉,[7] 마지막으로 "아니오, 내 사랑 그대여, 난 그대를 사랑하지 않았소", 죽어 가는 그가 록산[8]에게 이 말을 하는 장면에서, 나는 물론 펑펑, 그것도 크리넥스도 없이 눈물바람을 하고 말았다. 아, 이 세상이 아닌 저 세상에서 들리는 듯한, 아이와 어른의 목소리가 뒤섞인 목소리여.

그 목소리는 이 남자가 가진, 그 어떤 검열도 거치지 않은 하트에이스 카드 중 하나에 불과하다. 나는 맡은 배역에 따라 육중하거나 날렵하고, 유연하거나 둔탁해지는, 몸 깊숙이 자리 잡은 그의 탄탄한 목에 대해서는 말도 꺼내지 않았다. 그 몸이란 그가 기꺼이 혹사시키며 사는 육체노동자와 같은 몸이며, 그가 모든 것을 믿고 기대하며 모든 것을 얻어내는 몸이며, 그가 죽음과 대면하면 그만큼 더 욱더 활력이 넘치며 탐욕이라곤 모르는 몸, 우울할 때면 스스로의 저항력과 욕구들을 밀어내는 몸이다.

어쩌면 대중과 더불어 그에 대한 나의 모든 존경심과 애정이, 왕권의 상징인 루이 14세처럼 존경받고 인정받고 돈 많고 대중이 좋아하는 배우의 상징으로 파리의 거리 어딘가 높은 곳에, 언젠가는 돌로 된 의자에 드파르디외 대리석 조각상을, 아니면 대리석 의자에 돌로 된 그의 조각상을 앉혀 놓게 할지도 모르는 일이다. 물론, 사실 그건 우리가 바랄 수 있을 희망사항이다. 하지만 그 정도로 난 그가 너무 감탄스럽다.

난 그에 대해, 그리고 그를 보면, 내가 나의 오빠에게서 느꼈고 오빠가 나에게서 느꼈던 유쾌함과 신뢰감, 그리고 막연한 불안감이 느껴진다. 사실이다, 만난 적도 없는 이 유명한 남자가 나의 혈연관계를 넓혀 놓을 거라는 건 말이다.

로베르 오셍

랭스 민중극장의 설립자이자 감독으로서, 1971년부터 프랑스 극단에서 가장 훌륭한 본보기가 되어 온 인물 중 한 사람인 로베르 오셍(Robert Hossein)[1]은 랭스에서 자신의 극단을 운영하는 것으로 만족하지 못한다. 1973년에 파리의 포르트 생 마르탱 극장에서 셰익스피어의 「로미오와 줄리엣」에 이어, 파리보다 먼저 크레테유와 랭스에서 「죄와 벌」을 제작했다. 「전함 포템킨호(Le Cuirassé Potemkine)」[2]과 이어서 「세헤라자데」 공연의 개막을 앞둔 그는, 1975년 5월부터 12월까지 테아트르 드 파리에서 자신이 연출하고 출연한 존 스타인벡(John Steinbeck)의 「생쥐와 인간」의 준비로 한창 바쁜 시간을 보내고 있다.

내가 로베르 오셍을 만난 건 십 년 전의 일로, 영화계에서는 그를 가리켜 '야심만만한 젊은 늑대'라고 했다. 사실 그는 다수의 좋은 영화 또는 그렇지 못한 영화의 주인공이었다. 그중에서 유명한 영화로 〈앙젤리크(Angélique, marquise des anges)〉[3]가 있는데, 그는 폭력이 난무하고 야망에 불타는, 대개의 경우 대단히 흥행에 성공한 여러 영화의 감독이기도 했다.

1975년, 난 진정한 젊은 늑대를 찾아낸 것 같다. “피카소가 그랬어요, 젊어지기 위해서는 많은 시간이 필요하다고 말입니다.” 로베르 오생은 영화와 자신이 누리던 허영과 호사, 작게는 생활의 안락함을 포기하면서 다시 팔레 데 스포르 드 파리와 테아트르 드 파리의 무대 앞에서 때 묻지 않은, 다시 말해 영감에 열중하는 모습으로 돌아와 있었다. 그에게 딸린 식구만 해도 이백 명이며, 자신의 정장이 어디 있는지도 모르지만 그는 이 생활에 전적으로 만족하고 있다. 「죄와 벌」의 성공 후, 그는 팔레 데 스포르의 그 거대한 원형극장이라는 기상천외하고 실로 어마어마한 무대에서 러시아를 배경으로 한 「전함 포템킨호」을 각색하고 연출하려고 한다. 백 명의 엑스트라와 실물 같은 대함선 한 척, 영화에서 착안한 조명 장치와 개, 고양이, 스턴트맨, 바그너 · 브루크너 · 차이코프스키의 곡 들을 모두 뒤섞어 그가 원하는 것이 나올 때까지 몇 달을 다시 수정하고 수정해서 한데 어르고 구슬릴 것이다.

다시 말해 정열적이고 쩌렁쩌렁한 소리가 울려 퍼지는 오페라 작품으로, 요컨대 진정한 대중 연극을 기대해도 좋다는 말이다. 상상력이 여왕이 되고 지루함이 철천지원수가 될 연극으로, 연극에 죽고 못 사는 이 뤼 블라스(Ruy Blas)[4]가 다시 한번 더 새로운 모험에 손을 대고 있는 것이다.

매력적이고 호리호리한 몸매의 그는 볼에는 약간 주름이 패어 있고 대단히 흥분을 잘하며, 너무나도 남자답지만 남자의 손이라는 사실이 놀라우리만치 섬세하고 아름다운 손을 갖고 있다. 그는 자신에 대해 이야기하는 걸 좋아하지 않지만, 어쩌다 보면 가끔씩, 특히 자신의 일에 관해 이야기할 때는 공식적인 이야기를 할 때보다 훨씬 더 명료하게 다가오는 단어들이 그의 입에서 흘러나왔다. “대수롭지 않은 여러 친구들과 사귀면서 대단한 재력을 갖추는 대신에, 당시 저는 대단한 친구들과 사귀면서 대수롭지 않은 재력을 갖추고 있었던 거죠.” 그러더니 그때의 추억에 젖어 황홀한 듯 웃음을 짓는다. 그리고 말한다. “그 어떤 것을 손에 쥐고 있든 쥐고 있는 것을 내주지 않는다면, 내주지 않는다는 것이 어떤 건지 이해하시죠, 이해하시겠죠, 이해하실 겁니다….” 이렇게 말하는 그의 얼굴은 ‘다른 사람들이’ 이해할 수 없는 것을 명확하게 이해시키려는 기색이 역력한 표정으로 변해 있다.

그는 ‘거지, 미친 사람, 역대 왕들’을 좋아한다. 동물과 여자와 나무를 좋아한다. 그리고 그 무엇보다도 특히, 지금 그가 군림하고 있으며 그가 꿈꾸고 잠도 자는, 이 거대하고 황량한 연극 무대들을 사랑한다. 극장에서 멀지 않은 곳에 그가 기거하는 두어 평 남짓한 공간이 있는데도, 밤이 되면 그는 이 무대에서 저 무대로 돌아다니면서 과연 어떤 무대가 될 수 있을지, 어떤 무대가 될지 상상해 볼 것이다. “어려운 걸 상상하는 것이 아닙니다, 눈꺼풀 아래 마음속에 그려진 영상을 간직한 다음 그 영상을 재창조해내는 것이니까요.” 아닌 게 아니라 이렇게 말하는 그는 목소리도 대단히 우렁차다. 사실 그는 제대로 아는 남자다. 그는 알고 있다. 자신이 아무것도 모른다는 사실을 알고 있으며, 자신이 감탄과 영감에 푹 빠져 살며, 자신의 광기에 대해 만족스러워 한다기보다 스스로의 무식함에 대해 전전긍긍하고 있다는 사실을 알고 있기 때문이다. 흔히들 하는 점잖치 못한 이야기를 빌리자면, 그는 정말로 배짱이 두둑한 남자다.

그가 지금까지 사랑한 몇 명의 여자들 중에는 그와의 사이에 아이를 낳은 여자도 있었는데, 그는 그 아이들을 사랑한다. 그에게는 그를 대단하다고 생각하는 친구들이 많다. 모두들 알고 있듯이 그는 일 년 전의 사고로 사랑하던 여자를 잃었다.[5] 그가 당시에 대해 그냥 멍한 얼굴로 이야기하는 모습은, 사람들이 세상의 모든 끔찍한 재난에 대해 이야기하는 것과 다를 바 없어 보인다. "7월 31일이었습니다. 날씨가 좋아서 우린 정오 무렵 드라이브를 나섰고… 그리고 그 끔찍한 소리가 났고, 그리고 그 악몽이, 그러고는 병원이었어요. 그리고 8월 2일, 예정대로 나는, 하지만 지팡이를 짚고 「에르나니(Hernani)」[6] 연습을 하기 시작했어요. 그때 내가 왜 그랬는지, 난 죽을 때까지도 알 수 없을 겁니다."

그런데 사실 로베르 오셍에게는, 이 질풍노도 같고 재능있고 가슴이 따뜻한 소년에게는, 뭐랄까 일종의 행복함에서 오는 깊고 무척 건강한 냄새가 난다. 러시아적인데,[7] 그는 정말 그렇다. 물론 향수에 젖어 있어서 그런 것이 아니라 그의 엉뚱한 일탈이나 변덕으로 볼 때 그렇다. 그에게 후회 같은 건 없다. 그는 늘 자신의 아이를 이 기숙학교에서 저 기숙학교로 데리고 다닌다. 그러면서 자주, 마음만큼 꽤 자주는 아니지만, 그가 늘 흠모하는 부모의 모습으로 돌아온다. 그는 생-제르맹-데-프레 사람들과 친구가 되었다. 연극을 좋아했고, 연극에 싫증이 났다. 영화에 '성공'했고, 단번에 방향을 돌려 가방 하나 챙기지 않고 뚜렷한 이유도 없이 랭스로 떠났다. 그리고 거기서 배우 학교를 세우고 소소한 생활에 만족하며 지냈던 것인데, 그가 대단히, 몹시, 너무 열심이다 보니 파리에서는 그를 다시 돌아오도록 해야만 했다.(그건 소소한 도박 수준이 아니다) 그로부터 사 년이 지났다. 그리고 그가 웃으며 이야기한다. "처음엔 친구들이 내가 사는 시골로 나를 보러 왔지요. 그러다 보니 내가 어딘가 몹시 아픈 사람, 그것도 아주 몹쓸 병에 걸린 사람 같은 겁니다. 친구들도 더 이상 나를 보러 오지 않았죠." 이렇게 말하는 그에게는 신랄함도 득의만만함도 없다. 사실 그에겐 원한이나 뻔뻔함 같은, 간단히 말해 좀스러움과 같은 감정은 전적으로 생경한 것처럼 보인다.

그런데 그건 그렇고, 마흔둘의 나이에 마치 여자와 성공과 부에 대해서는 더 이상 바랄 것이 없는 사람처럼, 어떻게 변화며 모든 위험을 감수할 결심을 하게 되었는지 묻자, 그는 깜짝 놀라며 어린아이와 같은, 거의 몰이해에 가까운 표정으로 나를 바라보더니 말한다. "어떤 계기 말씀입니까? 그런 건 없습니다. 난 지금까지 한 번도 결심이라는 걸 해 본 적이 없습니다. 그저 십 년 후의 제 모습을 보았을 뿐이에요. 다른 사람들이 나를 보는 것처럼, 내가 나 자신을 보는 것처럼, 내 모습을 그려 봤습니다. 이미 다 끝난, 반쯤은 죽어 있는, 간단히 말해 높은 자리에 앉아 있는 제 모습이 눈에 보인 것이죠."

그리고 지금 여기, 한 가설극장에 마련된 간이침대 위에 앉아 있는 그가 있다, 너무도 거창한 계획을 품은 그가. 청바지를 입고 무일푼으로, 활력과 수많은 계획들이 넘쳐나고 더불어 수많은 빚도 넘쳐나는 그가 있다. 단지 야심만만한 젊은 늑대이기만 한 그가 아닌 젊기도 한 그가 있다. 그리고 그건 언제까지나 그럴 것 같다, 내 생각엔.

비비(BB)[1]의 어머니인 것처럼

사강이 본 브리지트 바르도(Brigitte Bardot)는 자유롭고 꾸밈없는 한 젊은 여자였고, 비인간적인 상황에 처한 한 인간이었다.

"난 아름답다, 오 인간이란, 돌의 꿈과 같은 것을!",[2] 보들레르(C. Baudelaire)는 이렇게 말했고, 바딤(R. Vadim)은 "육체의 꿈과 같다"고 했다. 바르도는 그렇게 탄생했다. 그리고 모든 사람들로부터 인정을 받았고, 미국과 유럽, 아프리카, 아시아 할 것 없이 모든 사람들이 그녀를 꿈꾸었다.

1954년 우린 한 여자가 자신이 원하는 사랑을 하는 것을 보았고, 한 남자를, 그리고 다른 남자를 사랑하면서 그 모든 것에 대해 어떠한 수치심도 느끼지 않는 것을 보았다. 하지만 사실은 반대로, 지금 보면 그건 오히려 시대에 뒤떨어지고 사멸되어 버린, 마치 병적이지 않은 세상의 모든 신조와 유행과 노출벽과 같은, 하나의 도취된 해방감이었을 뿐이라 안타까울 따름이다.

그녀는 언제나 플래시를 받으면서, 스타라는 그리고 동물원 원숭이 같은 자신의 운명에 복종했다. 하지만 여전히 자신의 끓는 피와 일시적 충동에 완벽하게 자유로운 암컷 동물로서의 본능에 더 많이 복종했다.

그런 이유로 사람들은 그녀에게 의무를 지우려 했다. 자신이 선택하고 즐기고 사랑하고 헤어지는, 온갖 무종교자의 권리를 다 누리고 있는 그녀에게, 사람들은 '일하고 결혼하고 자신의 일을 사랑하고 아이를 길러야 한다 등등'의 기독교인의 의무를 지우려 했던 것이다.

그녀는 거기에 속지 않았을 뿐만 아니라 거부했다. 자신의 아름다움과 본성에 대해 인간이 태어나면서부터 갖는 고유의 권리를 택했으며, 치타와 같은 엄청난 에너지로 모든 잘못된 의무들을 거부했다. 그런 그녀에게 세상은 한때 그녀가 거부했던 남자들과, 그녀가 연기하는 것으로만 그쳤던 다양한 역할과, 그녀가 공공연하게 느끼길 거부했던 불안감을 떠안겼다. 부패하고 현혹된 이 사회를 위해서라도, 그녀는 의무와 권리 사이에서 웃음거리밖에 되지 않고 괴상하기만 한 그런 놀이를 거부했다. 절제도 거부했다. 그녀는 결연한 아나키스트였다.

그녀는 성공과 부를 누리며 사랑을 받았지만, 정작 그녀는 그 이유도, 자신이 받은 것을 누구에게 갚아야 하는지도 알지 못했다. 간단히 말해, 그녀는 자기 자신에 대해 부끄러워하지 않았다. 다른 많은 사람들이 자신의 불완전한 반쪽 승리에 대해 자기변호를 하는데 반해, 그녀는 자신의 완전무결한 승리에 대해 자기변호를 하지 않았다. 그리고 바로 그런 점이 사람들을 분노하게 만들었다.

광고계나 언론계, 영화계 사람들은 누군가가 자신들에게 대드는 것을 참지 못하며, 자신들이 모두 시르세[3]의 목소리(다시 말해 누군가가 그들에게 대들면 그들은 상대를 꺾으려 하며, 만일 그럴 수가 없다면 체념하고 상대의 뜻을 받아들인다)를 지녔다고 생각한다. 아름답고 까다롭다는 이유로, 브리지트 바르도의 논리 정연하고 정상적이며 그래서 파란만장한 인생은, 그들 덕분에 오랜 시간 동안 일종의 광란의 노출벽과 같은 모습을 하고 있었다. 사람들은 그녀의 남자에 대해 가여운 듯 이야기했는데, 한 여자로서 그런 건 무척 견디기 힘든 일이다. 대단히 힘에 겨웠을 테지만 겉으로는 마찬가지로 대단히 의연하게 견뎌낸 것이 아닐까 한다. 그 부분에 대해서는 그녀가 받은 상류층 교육에 고마워할 일이든, 그녀의 타고난 담담함이나 도착(倒錯)이 의심되는 성욕에 고마워할 일이든, 그건 중요치 않다.

나라면 전적으로 타고난 본성을 믿을 것 같다. 이기심과 마찬가지로 관대함 속에도 있고, 다정함과 마찬가지로 잔혹함 속에도 있고, 상냥함과 마찬가지로 까다로움 속에도 있는 본성을 말이다. 요컨대 비인간적인 상황에 처한 한 인간과(여자에게 부과된, 현재 이토록 많은 쟁점이 되고 있는 성욕의 대상이라는 고리타분한 역할이 아니라) 카메라의 대상이자 험담의 대상, 욕망의 대상, 모욕의 대상이라는 대상 자체의 역할을 하고 있는 대상이 되어 있는 상황을, 그리고 개와 말과 바다와 인간을 사랑하며 아름답고 자연스럽고 때론 맹렬하고 때론 부드러울 줄 알았던 한 인간을 말이다. 동시대에 활동했던 다른 배우들에 비해 비교적 상처를 받지 않은, 그렇지만 때론 그들이 받았던 것보다 열 배는 더 심한 내면의 고통을 참아야 했던 한 인간을.

오슨 웰스

오슨 웰스(Orson Welles)[1]를 나는 1959년 칸 영화제에서 한 번 만났다. 그때 난 그 끔찍한 지옥 생활[2]을 청산한 상태였고, 그도 그랬다. 그는 로마에서, 난 가셍에서 오는 길이었다. 우린 둘 다 그가 아닌 다른 감독이 연출한 미국 영화 〈강박충동(Compulsion)〉[3]의 시사회를 보고 분명 넋이 나가 있었을 것이다. 영화는 인본주의가 가진 어리석음을 재판하기 위해 그의 외모에서 느껴지는 놀라운 존재감을 십분 이용하고 있었고, 그는 변호사라는 불리한 역을 맡아 그 사실을 전달해야 했다. 그날 오후의 시사회가 끝난 후 우린 칼튼 호텔의 펜트하우스에서 다시 만났다. 기자들은 다소 흥미진진한 질문들로 그를 괴롭혔다. 그때 서 있던 그의 모습은 거인 같았고, 어떤 질문이 너무 성가시게 하자 그는 노란 눈동자로 그들을 돌아보았다. 그건 투우사가 던진 창들을 등에 꽂은 채, 놀란 동시에 어리석은 인간의 놀음에 분노한 황소의 눈빛이었다. 마침내 그는 쩌렁쩌렁한 목소리로 껄껄 웃으면서 그들 사이를 헤치고 나가 탁자 위에 놓인 술잔 하나를 들고서 창밖을 바라보았다. 저녁 여섯시였고, 크루아제트 대로에서 환호하는 대중들 뒤로 보이는 지중해는 어느덧 잿빛이 되어 있었다. 유리창에 얼굴을 갖다 댄 '시민 케인'[4]은 바다가 색을 잃어 점점 하얗게 되어 가는 것과 파도에 요트들이 출렁이는 것을 바라보고 있었다. '시민 케인'의 눈빛은 슬펐다. 그때까지 난 그처럼 매혹적인 사람을 만난 적이 거의 전무하다고도 할 수 있었다.

이번 주 처음으로 그의 모든 영화가 시네마테크에서 재상영된다. 샹젤리제에서는 〈위대한 앰버슨 가(The Magnificent Ambersons)〉[5]가 상영된다. 지금 영국의 시골 마을 어딘가에 있는 그를 초대하려 수소문했지만 찾지 못했다. 미국이 자국의 가장 천재적인 감독들을 배척했던 몇 년 전부터, 그가〔그가 최근작으로 시시한 〈악의 손길(Touch of Evil)〉[6]을 제작하기까지의 자기암시가〕'바닥이 났다'라는 소문이 돌기 시작한 몇 년 전부터, 오슨 웰스는 유럽을 떠돌아다니고 있다. 신문사 없는 케인이자, 돈 없는 아카딘[7]이고, 갤리선 없는 오셀로[8]인 것이다. 며칠 동안 나는 내가 모르고 있었던 그의 영화 네 편을 봤는데, 솔직히 고백하자면 뭐가 뭔지 통 모르겠다. 미국에서 그의 발밑에 무릎을 꿇고 제발 계약해 달라고 애원하지 않는다는 사실이 난 도저히 이해가 되지 않는다. 아니면, 눈앞에 당장 이득이 보인다면 불 속이라도 뛰어들고 싶어 안달이 났다는 프랑스의 영화제작자들이 그를 찾으러 영국의 시골 마을로 달려가지 않는 것도 그렇다. 혹시 그가 촬영 중에 멕시코나 다른 곳으로 가려고 촬영장을 떠나고 싶은 눈치를 보이면, 그에게 보디가

드 두 명이라도 붙여 주는 한이 있더라도 말이다.

다리 밑에 잔인한 경찰관이자 부패한 경찰서장의 퉁퉁 불어 거대해진 시체가 강물과 강물에 떠내려온 쓰레기 사이에 떠 있다. 마를렌 디트리히(Marlene Dietrich)가 그를 지켜본다. 성실한 지방검사가 그녀에게 묻는다. "그가 그리우신가요?" 그녀가 대답한다. "그는 참 대단한 사람이었어요." 로드리게즈 장군의 부인이 자신이 사랑했던, 그리고 자신을 납치했으며 머지않아 자신을 죽이게 될 그 남자의 사진을 바라보며 말한다. "이 남자에 대해 어떻게 생각하십니까?" "이인 참 대단한 사람이었어요." 불구인 조셉 코튼(Joseph Cotten)이 자신을 배신하고 내쫓았던 가장 친한 친구에 대해 이야기한다. "그 친구는 참 대단한 사람이었죠." 이 정도로 하겠다. 그런데 이 모든 웰스의 영화를 연속해서 다시 보는 일이, 나한테는 도처에 산재한 동일한 강박관념을 찾아내는 작업 같은 느낌이 들었는데, 그건 바로 기질에서 오는 강박관념이었다. 웰스는 한 유형의 남자를 좋아하는데, 아마도 자신처럼 거칠고 냉혹하고 영리하며 도덕관념이 없고 돈 많은 남자일 것이다. 그는 스스로 강박에 사로잡혀 있다. 자기 자신에게 집착하는 남자. 다른 사람 위에 군림하고 사람들을 두려움에 떨게 하는 힘이 넘쳐나는 정력가다. 단 한 번도 이해받은 적이 없지만 결코 그런 것에 대해 불평하지 않는다. 게다가 분명 그는 그런 것에 개의치도 않을 것이다. 젊고 잔인한 케인, 오만한 아카딘, 침울한 오셀로, 모두가 괴물 같고 고독하다. 그가 희생자가 되는 영화는 단 한 편밖에 없는데, 바로 〈상하이에서 온 여인(The Lady from Shanghai)〉[9]으로, 거기서 그는 괴물 역할을 리타 헤이워스(Rita Hayworth)에게 주었다. 그는 그녀를 사랑했던 것이다.

다만 그 찬란한 고독이 점점 힘겨워져 가고 있다. 웰스는 생활을 위해 어처구니없는 배역의 영화를 찍어야 한다. 그는 자신의 무기와 자신의 카메라를 빼앗겼다. 안경을 끼고 샤프펜슬을 쥔 수많은 난쟁이들과 회계사와 제작자들이, 이러한 소인국과는 다른 어떤 것에 대해 생각하고 있던 걸리버를 넘어뜨렸다. 그는 거의 수적(數的)으로 압도당한 것이다. 그래서 그는 그의 최근작 〈악의 손길〉을 촬영하고 있다. 영화에는 서른 개의 시퀀스 중 특별히 아름다운 연속 화면이 있다. 그가 자신처럼 하나의 아름다운 괴물이었던 마를렌을 다시 만나는 장면이다. 그녀는 그가 뚱뚱해지고 추해졌다고, 이젠 예전의 모습이 하나도 없다고 말한다. 그녀는 그에게, 그는 이미 모든 것을 다 이루었으며 그의 미래가 그들 사이를 지나가고 있다고 말한다. 그의 영화에서 처음으로 연민과 같은 어떤 것이 느껴지는 부분이다. 그녀는 〈푸른 천사(Der Blaue Engel)〉[10]에서처럼 담배 연기를 코로 내뿜고, 그런 그녀를 내려다보는 그의 눈빛에는 투우사가 검으로 찔러 죽이기 직전의 상처 입은 황소가 있었다. 아메리카 대륙의 모든 투우장을 흥분의 도가니로 몰고 갔던 그 젊은, 성난 검은 황소 케인은 어디로 사라져 버린 걸까. 그에게 무슨 일이 있었던 걸까. 대체 무슨 일을 당한 걸까. 하지만 이렇게 말한다고 해서 그에 대해 내가 많이 알고 있는 것은 아니다. 난 그저 그의 모든 영화에서 재능의 냄새가 난다는 사실과, 과연 누가 '바닥이 난' 사람인지 궁금하게 여겨야 할 거라는 사실을 알고 있을 따름이다.

웰스의 연출 기법이나 기상천외함, 난폭함 등에 대해 쓴 기사는 굉장히 많다. 어떤 영화든 그가 나오는 영화를 보러 가는 사람이라면, 시적 정취와 상상력과 고상함과 같은, 진정한 영화를 만드는 모든 것들을 찾게 될 것이다. 개인적으로 내가 흥미로운 건 바로 그의 강박관념이다. 돈, 웰스는 혀를 내두를 정도로 부자였어야 했는데, 그랬다면 정말로 좋아했을 것이다.(그런데 어느 단계에 도달하면 그게 그리 녹록하지가 않다) 지금도 사람들의 기억 속에 남아 있는 건 〈미스터 아카딘〉의 이 장면이다. 젊은 남자가 길거리를 뛰어다니고 있다. 그는 미스터 아카딘을 위해 푸아그라를 찾아야 한다. 사람들은 앰버슨 가(街)에서 열리던 무도회와 케인의 피크닉을, 그 롤스로이스 자동차들을, 그 비행기들을, 그 요트들을, 그 파티들을, 그 수백 명의 하인들을, 비서들을, 매춘부들을 기억한다. 이 얼마나 안타까운 일인가! 처음 돈을 벌었을 때 웰스가 쉘[11] 그룹의 주식이나 스낵바들을 사지 않았던 사실이 어떻게 안타깝지 않을 수가 있을까! 그가 돈을 물 쓰듯 쓰면서 전 세계를 배회한 것이 얼마나 안타깝고도 안타까운 일인지! 그가 자신의 독선 이외의 다른 곳에는 투자하지 않았다는 사실이 너무도 안타깝고 애석한 것이다…. 결코 빈정대려고 하는 말이 아니다. 그의 그런 롤스로이스들이 없었다면 그는 영화제작사를 세웠을 것이고, 그러면 우린, 우리는 어쩌면 삼 년마다 걸작 한 편씩을 보게 되었을지도 모를 일이니까.

누레예프, 늑대의 얼굴 그리고 러시아인의 웃음

우리는 암스테르담에서 만나기로 했다. 낯선 도시와 마찬가지로 잘 알지 못하는 루돌프 누레예프(Rudolf Nureyev)[1]와의 약속이었다. 3월 초였는데, 그 조용한 도시와 운하 위로 비가 억수같이 쏟아지고 있었고, 난 처음 만나는 그 유명인과 내가 도대체 무슨 이야기를 서로 나누어야 할지 곱씹어 고민하고 있었다. 물론 그는 내가 경탄해 마지않는 사람이었다. 하지만 그건 막연한 경탄일 뿐 제대로 알고 하는, 다시 말해 발레 애호가들처럼 무슨 이야기라도 술술 나오는 수준은 되질 못했다. 난 춤에 대해선 문외한이었고, 내가 하는 경탄이라고 해 봐야 그저 그 남자 자체의 아름다움, 그나마 파리에서 있었던 그의 실황 무대를 보면서 느꼈던 아름다움에만 치중된 것이었다. 그때 난 그가 스포트라이트가 쏟아지는 무대 위로 뛰어 들어오는 것을 보았고, 위풍당당하게 몸을 높이 솟구쳐 올려 도약하는 것을 보았다. 그 도약과 스텝은 다른 어떤 무용가들의 그것보다 훨씬 더 아름답고 훨씬 더 강렬하고 훨씬 더 웅장했다. 이후 어느 날 밤 나는 나이트클럽에서 우연히 그와 마주쳤다. 평상시 발걸음도 날개가 달린 듯 가볍고 날렵하고 거침이 없던 그는 늑대의 얼굴에 러시아인의 웃음을 짓고 있었다. 그렇게 그는 밤에 우르르 떼를 지어 몰려다니는 우리 올빼미 대가족의 일원이 되었다. 밤의 여행자들 사이에 오가는, 인정스럽지만 별 의미 없고 밑도 끝도 없는 그런 몇 마디 말을 나누는 건 쉬운 일이었다. 그러나 평온하고 정적 속에 침잠한 암스테르담에서, 간소하고 깔끔한 레스토랑이 주는 포근하고 정돈된 분위기 속에서, 나는 잠시 마흔 살의 이 젊은 남자와 나 사이에 그 어떤 연관성도 찾아내지 못하고 있었다. 하지만 그는 쾌활했고, 즐겁게 웃고 있었다. 알려진 것과는 달리 성격도 원만하고 친절해서, 분위기를 살리기 위해 애를 써야 했을 사람은 나였음에도 불구하고 그가 애쓰는 것이 느껴지자 난 적잖이 당혹스러웠다. 손님들이 그에게 사인을 부탁하러 우리가 있는 테이블로 다가왔다. 그러자 그는 빈정대는 듯한 웃음을 흘리면서 날이 선 말투로 톡 쏘아붙이는가 싶더니 친절하게도 일일이 사인을 해 주었다. 그런 그의 모습에 일순간 피로가 밀려오는 걸 느끼면서, 나는 그에게 모진 구석이 있다고 생각했다. 몇 번의 택시를 갈아타고, 암스테르담에는 있지도 않는, 아니 적어도 그날 저녁 우리에게만큼은 보이지 않았던 백야[2]를 부여잡기 위한 헛된 노력을 수차례 거듭한 후 우린, 새벽 두시쯤 되었을까, 지치기도 하고 기대에 어긋나 적잖이 실망한 얼굴로, 내 경우엔 그 원인이 그 남자 때문인지 아니면 나 때문인지 몰라 하면서, 다시 호텔 로비의 깊고 널찍한 가죽 소파에 앉아 있었다. 그러다가 내가 그에게 사람들과 인생을, 자신의 삶을 사랑하는지 물어봤던 것 같다. 그러자 내 물음에 답하려고 그가 앞으로 몸을 내밀었다. 그런 그의 얼굴은 아까의 그 빈정대고 무심했던 것이 아닌, 자신의 생각을 분명히 밝히고자 연연해 하면서 있는 그대로의 진실을 이야기하려고 고민하는, 아무런 경계심도 없는 아이의 얼굴이 되어 있었다. 그건 다정다감하고 지적인, 자신에게 물어 올 것이 분명하고 물어볼 가능성이 있는 그 어떤 질문에도 꾸미지 않을 민낯이었다.

우린 암스테르담에서 사흘을 머물렀다. 그 사흘 동안 누레예프와 점심식사도 함께하고 저녁식사도 함께하면서 그를 따라다녔는데, 그는 스스럼없이 편안하게 우리를 대해 주었다. 그 응석받이 아이의 가혹한 일정에 비추어 보면, 가히 그건 우리를 향한 정중함의 극치라 할 수 있는 일이었다. 내가 그에게 했던 질문들도, 그 질문에 대한 그의 대답도 정확히 기억나지는 않지만, 어쨌든 꽤나 애매한 질문이었을 것은 분명했다. 하지만 그가 했던 모든 대답들은, 자신하건대 그건 명확하다기보다는 오히려 보기 드물게 진솔한 대답이었다. 그때 그의 입에서 끊임없이 나오던 동사가 하나 있었는데, 그건 바로 '이루다(fulfill, 프랑스어로는 combler)'였다. 그가 말했다, "난 내 삶의 뜻한 바를 이루고 싶습니다." 그리고 '이 삶의 뜻한 바를 이루기' 위해 그에게는 언제나 춤이라는 그만의 예술이 있어 왔고, 있었고, 있을 것이었다. 그는, 자신들이 신봉하는 토템에 관해 이야기하는 미개인과 같은 경외심이 가득한 눈빛으로 그의 예술에 대해 이야기했다. 여섯 살 때 고향 시베리아의 두메산골에서

「백조의 호수」 공연을 본 후, 누레예프는 무용수가 되기로 결심했다. 이후 십일 년 동안 스스로에게 그 결심을 증명해 보일 수 있는 순간은 오지 않았지만, 그는 자신이 무용수가 되리라는 사실을 알고 있었다. 무용 강습소라고 할 만한 최소한의 구색을 갖춘 곳도 찾아볼 수가 없었던 그의 고향 마을에서, 그가 유일하게 자신의 춤을 자랑할 수 있는 기회는 민속 공연이 열릴 때였다. 그 후로 사람들은 그를 알아봐 주고 그의 재능을 인정해 주었다. 그리고 레닌그라드인지 모스크바인지로 간 그는, 그곳에서 자신이 가장 사랑하는 대상에 대한 기초에서부터 혹독한 자기관리와 준엄한 기교의 규칙들에 이르기까지, 다른 사람들이 십 년에 걸쳐 배웠던 것들을 이삼 년 만에 모두 배워야만 했다. 그 이삼 년 동안 쉬어 본 적이 없던 그에게는 앉아 있을 시간도 편안히 누울 시간도 잠을 잘 시간도 없었으며, 동료들처럼 뭉친 근육을 풀어 주어 몸을 가늘고 우아하고 늘씬하게 만들 시간도 없었다. 누레예프는 정강이와 넓적다리, 장딴지가 대단히 굵은데, 그와 같은 신장의 남자들에게선 거의 보기 힘든 굵기에서 느껴지는, 경이로우리만치 활력 넘치는 인상과 더불어, 대단히 경쾌하게 하늘을 향해 쭉 내뻗은 상반신과 팔과 목의 체구에서는 농민과 같은 면모가 풍긴다. 그렇게 삼 년이 지나자 사람들은 그를 러시아 전체에서 가장 뛰어난 유일한 최고 무용수로 인정해 주었다. 그때 머나먼 유럽으로 항해를 떠났다가 막 돌아온 동료들이 팔 밀리 단편영화 몇 편을 갖고 왔는데, 토막토막 잘려 있었지만 거기에는 동료들이 다른 무용수들이 춤추는 모습과 그들이 고안해낸 안무를 촬영한 장면들이 담겨 있었다. 그에게는 그 모든 것이 최고였고, 그로서는 결코 알지 못했을 것이며, 양심에 거리낌 없이 자신이 최고라는 생각을 맹세코, 정말로, 진정 하지 못하게 할 것들이었다. 모스크바와 자신이 태어난 땅덩이와 가족들로부터 자신을 영원히 멀리 떨어뜨려 놓을 비행기에 올라타면서 누레예프가 꿈꾸었던 것은, 자유도 호사스러운 생활도 떠들썩한 파티도 아니었다. 그건 발란신(G. Balanchine)[3]에 대한 동경이었고, 발란신이 몰고 왔던 혁신이며, 발란신의 기교가 가진 참신함이었다. 그리고 그것이, 십 년 전 그때 이후로 영영 볼 수가 없으며, 전화로밖에 이야기할 수 없는 그의 어머니나 누이들에 대한 이야기를 우리들에게 하고 있는 지금도, 그런 가족들에 대한 생각만으로도 안색이 어두워지고 가슴이 먹먹해져 말문이 막혀 버리는 지금도, 그가 그렇게 떠나왔던 때[4]를 단 한순간도 후회하지 않는 이유라고 나는 생각한다. 그런 대단히 상투적인 그의 표현과 낭만적이긴 하지만 진부하고 지나치게 과장되어 보이는 생각이 바로 한 남자의 단 하나의 조국이며, 자신의 예술이 그의 유일한 가족인 것이다. 처음 파리에 발을 디뎠던 십팔 년 전부터, 그는 음악이 자신의 몸에 자연스럽게 스며들 수 있도록 모든 가능성을 열어 두고 모색하고 시도하면서 더욱더 깊이 파고들기 위한 노력을 게을리한 적이 없었다. 어디서든 그가 공연하는 곳이라면 개선장군처럼 괄목할 만한 성공을 거두었다. 하지만 그건 어디까지나 새로운 무대에 올라, 사람들에게 지금까지도 공연되고 있으며 대개의 경우 난해한 현대 예술을 보여 줄 수 있게 될 날들을 위한 발판이었다. 어쩌면 그가, 속물이기도 한 만큼 순응적이기도 한 대중에게 현대 예술을 알려 줄 수 있는 유일한 사람일 수도 있었기 때문이다. 이 도시에서 저 도시로 다니지 않은 곳이 없는 그는 항공사이자 호텔리어이자 기차 승무원이다. 그는 멈추지 않는 남자로, 그의 육체와 마찬가지로 그의 사생활도 그가 강요하는 리듬에 순종하고 있다. 그에겐 친구가 많기도 하고 없기도 하며, 많은 사랑을 하지만 사랑하는 사람은 없으며, 혼자 지낼 때는 많지만 한 번도 고독했던 적은 없다. 그가 고수하는 짐이라고 해야 카세트테이프가 가득 든 여행 가방 하나가 전부인데, 그 가방이 어디를 가더라도 그와 함께하기 때문이다. 다시 저녁이 되면 누레예프는 전날 떠나온 베를린의 호텔 방과 비슷하고, 내일 자신을 맞아 줄 런던의 호텔 방과 비슷할 뉴욕의 한 호텔 방으로 돌아온다. 구두를 벗어던지고 침대 위에 몸을 쭉 펴고 드러누워 도시의 소음을 듣고, 손을 뻗어 버튼을 누른다. 말러 혹은 차이코프스키의 선율이 흐르는 방 안은 어린 시절의 방이 되고, 젊은 날의 방이 되고, 앞으로 다가올 일생을 보내게 될 방이 되어, 어느새 집처럼 따뜻하고 친숙해져 그의 단 하나밖에 없는 공상으로 가득 찬 요람이 되는 것이다.

그리하여 다음 날 사람들은 그에게 우레와 같은 박수갈채를 보낼 수 있고, —갈채 받는 것을 좋아하며 늘 받고 싶다고, 그는 창피해 하지도 부끄러워하지도 않는 기색으로 말한다— 감탄하면서 환호성을, 혹은 실망감에서 야유를 내지를 수 있고, 그가 최고라고 혹은 더 이상은 아니라고 말할 수 있는 것이다. 그들은 보다 비열한 어조로 젊은 시절 한때 그의 무모한 행동이나 스캔들과 거만함에 대해 말할 수도 있지만, 누레예프는 개의치 않는다. 그에게 있어 현실이란 탐욕스럽고도 충성스러운 그런 대중이 아니다. 언제나 그를 따라다니는 소문도 아니며, 드넓게 펼쳐진 망망대해를 끊임없이 가로지르는 눈멀고 귀먹은 거대한 비행기도 아니며, 하나같이 그게 그거 같은 호텔 방도 아니며, 그가 몇 킬로그램은 될 것 같은 피로와 땀과 얼룩덜룩 엉망이 된 메이크업을 내던져 버릴 침대도 아니다.(그가 말했다, "나한테는 그런 침대가 말이에요, 세상에서 가장 좋고 가장 충실하고 가장 다정스러운 애인이죠") 그에게 현실이란 그가 가는 도시 한가운데에서 꼼짝도 않고 서 있는, 판에 박은 듯 하나같이 똑같은 그런 연습실에서 매일매일 그를 기다리고 있는 오후의 세 시간 혹은 여섯 시간인 것이다.

암스테르담에서의 어느 오후, 우리는 그가 연습하는 것을 보러 갔다. 푸르스름한 녹색과 밤색으로 칠해진 칙칙하고 지저분한 스튜디오였는데, 전 세계의 여느 스튜디오와 다를 것 없이 사방에 걸린 거울에는 도처에 희뿌연 얼룩이 점점이 묻어 있었고, 마루판은 귀에 거슬리게 삐걱거리는 소리를 냈다. 그는 색이 바래고 여기저기에 구멍이 난 양모 스웨터를 타이즈 위에 두르고 있었다. 끽끽대면서 돌아가는 전축이 더듬더듬 바흐의 곡을 웅얼거렸다. 우리를 본 그가 잠시 멈춰 서더니 농담 한마디를 툭 던지고 땀을 닦았다. 난 그가 타월로 목덜미의 땀을 훔쳐내고, 투박하면서도 묘하게 초연한 몸짓으로 상반신과 얼굴을 닦는 것을 보고 있었다. 마치 마부들이 말의 털을 글겅이질하는 걸 보고 있는 것 같았다. 그러고 나자 손가락 끝이 나오는 장갑과 스웨터를 풀어놓은 다음 레코드를 처음으로 돌려놓은 그는, 미소가 채 가시지 않은 얼굴로 홀 한가운데로 가서 섰다. 음악이 시작되자 어느새 미소를 거둔 그는 두 팔을 벌려 포즈를 취하며 거울에 비친 자신의 모습을 바라보았다. 나는 지금까지 그런 식으로 자신의 모습을 바라보는 사람을 한 번도 본 적이 없었다. 보통 사람들은 대개 거울 속 자신의 모습을 바라보길 꺼려하거나 아니면 흐뭇해하거나 아니면 어색해하거나 쑥스러워하지, 그 누구도 처음 보는 사람처럼 자신을 바라보지는 않는다. 누레예프는 자신의 몸과 머리와 목의 움직임을 객관적이고 부드러운 듯 냉정한 시선으로 바라보고 있었는데, 그건 나로서는 정말로 생경하기만 한 눈빛이었다. 다다닥 앞으로 달려 나간 그가 날아오를 듯 공중으로 몸을 내던졌다. 그리고 다리를 쭉 뻗어 완벽한 아라베스크[5] 자세를 취하더니, 아주 멋진 포즈로 팔을 쭉 편 채 한쪽 무릎을 바닥에 꿇었다. 그건 날쌔고 한 치의 오차도 없이 정확한 고양이와 같은 동작이었다. 거울 속에 비치는 그의 모습에는 남성다움도 우아함과 함께 하나의 몸에 뒤섞여 있었는데, 그런 그의 눈빛은 여전히 차가웠다. 완전히 몰입해 있었지만 차가웠다. 연습하는 내내 그의 몸이 음악의 선율에 젖어들어 가는 것이 내 눈에 보이고, 몸놀림이 점점 더 빨라지고 점점 더 높이 뛰어오르면서 세상 모든 사람들은 모르는 신들의 손에 이끌려 마음 깊은 곳에 숨겨진 몽상의 나라로 가 있는 것 같은데도 불구하고, 자신을 향한 그의 시선만은 변함이 없었다. 그건 하인을 바라보는 주인의 시선이면서 주인을 바라보는 하인의 시선, 뭐라고 딱 꼬집어 얘기할 수 없는 이상야릇하고 복잡한, 하지만 이따금씩 가슴 뭉클한 애정이 어린 듯하기도 하고 아닌 듯하기도 한 그런 시선이었다. 그는 같은 부분을 두 번이고 세 번이고 되풀이했는데, 할 때마다 달랐고 할 때마다 전과는 다른 아름다움이 느껴졌다. 그리고 음악이 멈추었다. 아니, 일상생활에서는 느낄 수 없는, 다른 무언가로 마음이 더없이 흡족해진 사람들이 하는, 비할 데 없이 오만한 제스처로 그가 음악 소리를 안 나게 했다는 것이 정확한 이야기일 것이다. 그는 미소를 지으면서 다시 우리에게 왔다. 그러고는 예의 그 망연한 몸짓으로 땀투성이가 되어 아직도 떨리고 숨이 가빠 헐떡이는, 그의 몸 대신인 그 도구를 툭툭 닦았다. 그때 나는 그가 말했던 '이루다(fulfill)'란 동사의 의미를 막연하게나마 이해하기 시작하고 있었다.

물론 그 후 우리 눈앞에는 암스테르담 운하를 따라 난 강둑을 이리저리 깡충깡충 뛰어다니는 누레예프가 있었다. 누레예프, 그는 마력에 가까운 매력과 까다로운 성격을 번갈아 보여 주는, 때론 오빠처럼 따뜻하고 때론 적국의 이방인처럼 감정을 드러내지 않고 조급해 하는, 늘 푸른 청년이다. 매력적이고 아량을 베풀 줄 알고 감수성이 풍부하며, 그에게는 늘 자신보다 더 한 수 위인 풍부한 상상력이 있다. 그래서 그에게는 서로 다른 오백 가지의 모습이 있고, 그에 따른 심리학적 해석은 오천 가지는 더 될 것 같다. 물론 나 역시도 그때 이 루돌프 누레예프라는, 천재성을 타고난 동물에 대해 대단한 것을 알게 되었다고는 생각하지 않는다. 그러나 이 남자에 대한 정의를 모색해야 한다면, 아니 보다 정확하게 표현해서 내 눈으로 본 그의 태도, 그를 상징할 어떤 의미가 있는 태도에 대해 정의를 내려야 한다면, 나는 다음의 표현보다 더 좋은 표현은 찾아내지 못할 것 같다. 타이즈 차림의 반라(半裸)로 발끝으로 선 채, 경계와 감탄이 엇갈린 눈빛으로 흐릿한 거울 속에 비치는 자신의 위대한 예술을 바라보고 있는 그는 고독하고 아름다운 남자다.

극장에서

〈나의 사랑에 눈물 흘리다〉

〈나의 사랑에 눈물 흘리다(Je pleure mon amour)〉[1]: 이처럼 7월이라는 바캉스 시즌에 일을 해야 하는 가엾은 사람들에게도!

이 이야기는 정말 슬픈 이야기다. 라나 터너(Lana Turner)[2]가 1943년 런던의 전쟁 특파원이라는 것과, 처음 십오 분 동안 그녀의 연인 숀 코네리(Sean Connery)[3]와 함께 V2[4]의 뇌관을 제거하는 현장에 있다고 생각해 보라. 영화의 제목을 보며 난 최악의 상황을 예상하고 있었다. 스트랩힐을 신은 그녀가 V2를 폭발시키고, 예감이 좋지 않은 찰나에 숀이 나무 위로 고개를 드는 장면을. 무슨 일이 일어날지는 아무도 모르니까…. 하지만 천만에. 모든 것은 순조롭게 진행된다. 대참사는 다른 데 있다.

놀라운 사실은 숀 코네리가 결혼을 했고, 한 남자아이의 아버지라는 것이다. 그는 그 사실을 숨겼을 뿐만 아니라 —꼭, 그는 그러고 싶어 했다— 라나가 회사 사장에게 숀으로 인해 당신과 결혼하고 싶지 않다고 말하러 가려는 바로 그 순간, 그처럼 갑작스럽게 자신이 결혼한 사실을 털어놓는다. 모든 상황이 지독하게 얽히고설킨 듯 보이며 핑계 같다. 어쨌든 숀이 탄 비행기는 사고를 당하고, 숀은 죽는다.

그리하여 라나가 눈물을 흘리는 장면이 계속되고, 그녀의 사장은 그런 그녀의 마음을 알아준다. 그런데 영화는 그렇게 삼십 분을 끌지만, '결말'이라는 말은 너무 이른 것 같다. 게다가 라나는 너무 충격이 커서 —외상성 충격이란 의미에서— 자신의 사랑에 눈물을 흘리는 것만으로는 만족하지 못한다. 그녀는 그가 살았던 곳이 어떤 곳인지 알고 싶고, 그가 조그만 꼬마였을 때는 어땠는지 등에 대해 알고 싶어 한다. 그리하여 그녀는 숀이 태어난 콘월로 떠난다.(정말 매혹적인 마을로, 영국의 생트로페다. 하지만 그곳에는 투박한 어부들밖에 없다) 그리고 놀라운 건, 그녀가 마을을 탐방하는 도중 한 아이가 발이 걸려 넘어지는데, 한눈에 그 아이가 코네리의 아들임을 알아보고는 소스라치게 놀라 파랗게 질린다는 사실이다. 더 놀라운 건, 한 젊은 여자가 그녀의 창백한 얼굴을 보고 마음 아파 하며 그녀를 자신의 집으로 데려가 차를 마시게 한다는 것이다. 대체 그녀는 누구일까. 그 누구도 알아맞힐 리가 만무하겠지만, 그녀는 바로 숀의 아내, 너무도 착한 여배우 글리니스 존스(Glynis Johns)다.

그리하여 라나는 자신의 연인의 아내의 집에 머물게 되고, 두 사람은 함께 눈물을 흘린다. 라나가 자신이 누구인지 분명하게 밝히지 못한 건 당연하다. 밤에 바람을 쐬러 이젠 고인이 된 그가 일했던 사무실로 나온 그녀는 녹음기에 녹음된 그의 목소리를 듣고 곁에 있는 아이를 가만히 끌어안고는 놓아줄 줄을 모른다.

다행히도 이해심 많은 사장〔대단히 매력적인 배우 배리 설리번(Barry Sullivan)〕이 그녀를 찾아온다. 하지만 그때 그녀가 말실수를 하게 되면서, 코네리의 본처에게 그를 잃은 건 자신이며 뿐만 아니라 자신은 속은 거라는 사실을 알리게 된다. 그다지 교묘하다고 보이지는 않지만, 결국엔 글리니스가 그 이야기를 그런대로 좋게 받아들이면서 지친 눈빛의 배리 설리번과 기차역 플랫폼에서 악수를 나눈다. '결말'이라는 말이 정당화되는 여기까지 오는 데 한 시간 반이 걸린 것이다.

정직하게 말하자면, 나는 다른 영화를 보러 갔던 것으로, 예의상 제목은 말하지 않겠지만 같은 분위기의 영화였다. 개인적으로 내가 눈물을 흘린 건 숀 코네리 때문이 아니다. 그건 편안하게 휴식을 취하기 위해 이런 장르의 두어 편의 신작 중에 이 영화를 택한, 7월이라는 바캉스 시즌에 일을 해야 하는 파리의 가엾은 근로자들 때문이다. 그리고 나 자신 때문이다.

〈착한 여자들〉

클로드 샤브롤(Claude Chabrol)[1]의 최신 영화 〈착한 여자들(Les Bonnes Femmes)〉[2]이 부진을 면치 못하고 있는 가운데, 프랑수아즈 사강이 『렉스프레스(L'Express)』에 그를 위한 변론을 하고 싶다고 청해 왔다. 다음은 그런 그녀의 기사다.

일 년 사이에 내가 어렵사리, 생각을 하게 만들고 기발하면서도 유쾌한, 아주 좋은 영화를 본 것은 이번이 두번째다. 만일 내가 다른 사람들의 말을 잘 따르는 사람이었다면, 거의 모든 평론가들이 보러 가지 말라고 만류했을 영화였다. 첫번째 영화는 샤브롤의 〈이중 회전(À double tour)〉[3]이었고, 두번째는 〈착한 여자들〉이었다.

먼저 내가 짚고 넘어가야 할 게 있는데, 난 샤브롤을 알지 못하며, 그저 '누벨바그'[4]라는 단순한 표현만으로도 나한테는, 가난한 사람들과 아무런 관련이 없는 레니에 드 모나코(Rainier III de Monaco)[5]의 아이들 컬러 사진과 똑같은 혐오감을 준다는 사실이다.

그렇지만 바로 이어서 해야 할 말은, 난 샤브롤을 대단히 높이 평가한다는 것이다. 그의 모든 영화에는 공기 속을 흐르는 바람과 자유, 유쾌함, 때론 감미로운 정열과 함께 마지막엔 언제나 지혜가 있다. 최근작으로 정의롭고 자칫 경이롭기까지 한 〈착한 여자들〉은, 일부 비평가들이 인간성을 거론하면서 인정해 주지 않으려는 기색이 역력해 보이지만 다른 영화들보다 훨씬 더 많은 것이 담겨 있는 영화다. 그런 평론가들의 이름을 하나하나 언급하지는 않겠지만 그들 각자는 새겨서 들을 일이며, 내가 그러는 것도 그들이 했던 것과 마찬가지로 어리석은 일이다. "상스럽고 불결하고 천박한 등등의 영화다." 그렇지만 진실은 결코 불결하지 않다. 그리고 상스러움이란 무언가를 감추거나 가장하기 위한 노력에 불과하다. 이 영화에는 그에 해당하는 건 아무것도 없다. 교양 없는 인물들이 등장하고, 그 인물들이 사용하는 말은 마담 드 라 파예트(Madame de La Fayette)[6]의 영역에 속하지 않는다. 그런데 그래서 어떻다는 것인가. 만일 내가, 인구의 구십 퍼센트가 〈착한 여자들〉에 등장하는 인물들처럼 이야기한다고 주장한다면, 나는 겸손한 사람일 것이다. 그리고 길거리며 수영장, 댄스홀을 가득 메운 사람들 모두가 다 고만고만한 사람이라고 한다면, 난 정확한 사람이 되는 것이다. 하지만 그렇다고 무슨 일이 일어나는가. 평론가들이라고 파리의 선량한 시민들을 자주 만날 일이 없을까. 그 정도로 그들은 프리츠 랑(Fritz Lang)[7]이나 히치콕(A. Hitchcock)에 대해 이야기하는 칵테일 파티에만 빠져 있는 것일까. 사람들이 "그만해"라고 소리쳤던 건, 영화마다 벌거벗고 드러누워 환상에서 깨어난 상대와 이야기를 나누는 사람들로 가득 찼기 때문이다. 그건 당연한 일이다. 그런 식의 영화들이 너무 많기도 하고, 어느 날 그런 것에 권태로워졌다는 등의 이유가 있기 때문이다. 그렇다면 이 영화 속에 단 한 명이라도 벌거벗은 여자가 나오는가. 단 한 장면이라도 선정적인 장면이 있을까. 천만에!

그러면 사람들은 나한테, 어쩌면 사실 그럴지도 모른다고 할 것이다. 그런데 이런 주제를 택한 이유는 무엇이었을까. 무엇 때문에 추함과 시시함과 천박함을 그려내고 있는 것일까. 거기엔 단 하나의 이유가 있다, 그것도 정당한 이유가 있다. 바로 그런 것도 가치가 있기 때문이다. "인간과 관련된 것이라면 내가 관심이 없는 것은 없다." 맥 빠지는 이야기가 아니다. 이상한 점은, 졸라(E. Zola) 시대에 사람들이 졸라에게 했던 것과 똑같은 비난을 샤브롤에게 하고 있다는 사실이다.〔당시의 『르 피가로(Le Figaro)』를 보면〕 우리 모두의 운명은 영화에서 공주나 변호사, 지식인, 부유한 사람들밖에 보지 못하는 것일까. 보다 정확하게는, 우리의 운명은 그 외 다른 사람들, 이탈리아 영화를 보면 등장하는 그런 장난스럽고 다정하고 인정이 묻어나는 윙크를 하는 '무일푼'인 사람들을 보면 안 되는 것일까. 직장을 다니는 고독한 이 젊은 여자들에게는 항상 배경으로, 뒤뜰에서 빨래를 하는 '엄마' 같은 인물과 마지막에 가서 결혼하는 성실한 꼬마 정비공 같은 인물이 있어야만 하는 것일까. 사랑에 서툰 파리의 모든 애송이들은 파뇰(M. Pagnol)의 파니[8]를 닮아야만 하는 걸까. '착한 여자들'에게 스스로 헤쳐 나갈 힘이 있다면, 뭐라 말로 설명하지 못하는, 질식할 듯한, 그런 미래에 대한 엄청난 두려움과 일상적인 불안감은 안 생기지 않을까. 뿐만 아니라 '착한 여자들'에게 그런 스스로의 힘이란 바로 '애인'으로, 헌팅할 여자나 찾아다니는 남자들은 그녀들로선 그다지 가엽지가 않은 남자들인 것이다.

이러한 주제로 영화를 제작하는 것이 바로 샤브롤의 방식이었다. 그는 몽상에 빠지지 않았으며, 자신의 '착한 여자들'을 속이지 않았다. 몽상적이고 기발한 줄거리를 펼치면서 관객들로 하여금 그것을 유추하고 영화에 열중할 수 있도록 적당히 구별해 놓았다. 요컨대 그는 관객들에게, 눈으로 보고 이해하고 변화시키려 하지 않는 그런 진정한 애정을 내어 준 것이었다.

영화의 마지막 장면은, 미지의 한 착한 여자가 작은 댄스홀에서 '다른 사람' 즉 '상대'를 기다리는 장면이다. 그녀가 기다리는 것은 사랑이자 미래, '착한 여자들이 꿈꾸는 것'으로, 진담이다. 정말로 멋지다.

한 남자가 다가오는데, 등밖에 보이지 않는다. 그가 그녀 앞에서 살짝 몸을 굽혀 인사를 하자 그녀가 미소를 짓고, 두 사람은 함께 춤을 춘다. 그녀가 그의 어깨에 손을 얹자 그의 얼굴은 자신감에 차오르면서 황홀한 표정이 된다. 그가 그녀를 호텔로 이끈다, 한 시간 동안, 아니 영원히일 수도 있겠지만 그녀는 그 사실을 알지 못한다. 상관없다. 그녀가 선택했기 때문이다. 이 단순한 장면이, 내가 보기에는 타인을 바라볼 줄 몰랐을 사람들에게 상당히 결정적인 계기가 될 것 같다.

이 외에도 영화에는, 지금 우리 사회에 만연해 있고 영화에 대해 좋지 않은 생각밖에 들지 않을 온갖 폭로며 다른 많은 정신적 붕괴

들이 시사하는 것보다도 훨씬 더 많은 걸 시사하는 적당한 유머, 신속한 전개, 시적 정취, 관능적 감각(난 동물원이 생각난다)이 있다. 샤브롤에게는 그만의 '그 무엇'과 어조와 사물을 바라보는 방식이 있고, 그만의 고유한 진실이 있다. 그래도 믿지 못하겠다면 영화를 보러 가길 바란다.

〈더 게임즈 오브 러브〉

〈더 게임즈 오브 러브(Les jeux de l'amour)〉[1]: 난 약간 정신 나간 영화가 더 좋다.

멋진 젊은 여자가 멋진 젊은 남자와 멋진 가게에서 함께 생활하고 있다. 그들이 그런 멋진 생활을 한 것은 이 년 전부터라 추정된다. 그녀는 그와 결혼을 약속하고 귀여운 아이도 갖고 싶어 하지만, 결정적인 상황에 처하자 그 멋진 애인은 마음에 내키지 않아 한다. 그녀는 한 멋진 친구를, 반은 자신을 돋보이게 하려는 의도로, 반은 미끼로 삼아 소기의 목적을 달성한다. 그녀로서도 대만족이며 영화를 보는 관객으로서도 대만족이다.

이 영화는 매력적인 준비에브 클뤼니(Geneviève Cluny)와 무언가가 있는 듯한 눈빛 때문에 단순히 멋지다는 것 그 이상으로 멋진, 이미 훌륭한 배우였고 앞으로도 그럴 장 피에르 카셀(Jean-Pierre Cassel)이 주연을 맡았다.

간단히 말해, 여기에 유쾌하고 멋지고 —이미 이야기했지만— 젠체하지 않고 겸손한 영화가 있다. 내 취향을 말하자면 그다지 겸손한 영화 쪽은 아니다. 나한테는 영화가 마치 몽상과 대단한 설득력과 난폭함으로 관객을 독살하기 위해 만들어진 전대미문의 화살과 같다는 생각이 든다. 난 누군가(감독이나)가 영화에 반영되는, 약간 제정신이 아닌 영화가 좋다. 대단히 압도적이거나, 아니면 뭐가 뭔지 불분명하고 뜨뜻미지근한 인물들을 만들어내는 영화, 이미 다룬 적이 있고 지금도 다루고 있고 앞으로도 다룰, 약간은 극악무도한 영화가 좋다. 난 연극으로 만들었다면 평균치는 되었을 것을 영화 찍는 데에 써먹는다는 것이 참으로 안타깝다고 생각한다. 그런 의미에서 나는 실패한 〈모데라토 칸타빌레(Moderato Cantabile)〉[2]가 성공한 영화 〈더 게임즈 오브 러브〉보다 더 좋다.

그러니까 내 말은, 청년 필리프 드 브로카(Philippe de Broca)로 하여금 이 영화를 만들도록 했던 추진력이 과연 무엇이었는지, 그걸 전혀 모르겠다는 것이다. 이야기? 모파상(G. de Maupassant)이었다면 다른 이야기를 썼다. 인물들? 인물들은 한 치의 빗나감도 없으며 우리가 예상치 못했던 반응은 보이지 않았다. 코미디 영화를 잘 만든다는 사실? 그러니까 바로 거기에 이유가 있었다. 이 영화는 〈뜨거운 것이 좋아(Some Like it Hot)〉보다는 덜 이상하며, 루비치(E. Lubitsch)의 영화보다는 덜 잔인하며, 부아롱(M. Boisrond)보다는 실력이 없지만, 코미디 영화로서는 성공작이다. '머리를 식혀' 주긴 하는데, 궁색하기 이를 데가 없다는 의미에서 하는 말이다. 발레리(P. Valéry)가 그랬다. "머리를 식히는 건 정신을 몰두하는 것이다." 바로 그런 의미에서 〈더 게임즈 오브 러브〉는 머리를 식혀 주지 못한다. 그렇지만 영화를 보는 한 시간 반이 아깝지 않을 수는 있다.

기억이 거부하다

말은 이렇게 했지만 필리프 드 브로카에게도 다른 젊은 영화감독들과 마찬가지로 비책은 있다. 멋진 대사와 시기적절함, 때때로 무미건조함의 정곡을 찌르는 생동감이 그것이다. 이 영화에서 시정(詩情)을 불러일으키는 장면이라면 단 하나밖에 없다. 장 피에르 카셀이 손 위에 무당벌레를 올려놓고 뚫어지게 바라보는 장면이다. 나머지 장면들은 그저 이 거리에서 저 거리로, 이 얼굴에서 저 얼굴로 옮겨 가는 것이 전부다. 몇 군데 예쁜 풍경들과 내면 묘사를 그린 명장면들과 약간 억지스러운 장난기가 담긴 장면은 있지만 그 어떠한 자극도 없는, 한마디로 끔찍한 영화다. 캠핑카에 탄 샤브롤의 얼굴도 잠시 비칠 뿐이고,[3] 조명이 밝혀진 팡테옹의 모습과 기진맥진했을 것이 분명한 장 피에르 카셀이 깡충깡충 뛰는 장면은 우수에 잠겨 탄식이 나오는 순간이다. 준비에브 클뤼니와 장 루이 모리(Jean-Louis Maury)[4]의 연기는 아주 훌륭하다.

그렇다면 이렇게 비난받는 이유는 무엇일까. 야심이란 의무가 아니다. 더구나 이 영화의 매력이 하루살이(아주 짧은 시간밖에 살지 못하는 곤충류—출처: 라루스 백과사전)가 가진 매력과 같다고 한들, 그것이 대체 얼마나 어떻게 대단하다는 것일까. 돌아서면 전혀, 하나도 기억이 나지 않는, 기억이 거부하는 영화에 대해 이야기 하는 것이 이처럼 귀찮고 성가신 일이 아니라 하더라도 말이다.

〈모데라토 칸타빌레〉

난 〈히로시마, 내 사랑(Hiroshima, mon amour)〉[1]을 무척 좋아했다, 하지만 〈모데라토(Moderato Cantabile)〉[2]는….

나중에 잊어버릴까 봐 신경이 쓰여 이 말부터 해 두겠는데, 잔 모로(Jeanne Moreau)는 정말 굉장하다. 스크린에서의 모습도 무척 멋지고, 생각도 대단히 훌륭하다. 더구나 이 영화는, 어머니와 아이의 관계가 그런대로 괜찮은 거라는 사실을 눈으로 목격했던 첫번째 영화다. 그런대로 괜찮은 것보다 훨씬 더 좋은, 애처로운 거라는 사실을 말이다. 그건 그런데, 내가 〈모데라토 칸타빌레〉에 대해 짜증 섞이지 않은 어조로 이야기할 수가 없는 건, 어디까지나 상식에서 벗어나지 않는다는 비난을 피하기가 어렵기 때문이다. 상식이란 것이 난 지겹다. 단지 지겹다는 이유 하나만으로 어떤 영화를 좋아하지 못한다는 사실은 참 슬픈 일이다. 〈모데라토〉는 눈에 거슬리지도 저속하지도 분별없지도 잘난 척하지도 엉터리로 만들어지지도 않았다. 그래서 지루하다. 지루할뿐더러, 한 소시민 여자와 한 노동자가 이오네스코(E. Ionesco)의 두 광인[3]처럼 이야기하고 만나고 헤어지는 이야기라 믿음이 가지 않는다.

개인적으로 나는 〈히로시마, 내 사랑〉을 무척 좋아했다. 마르그리트 뒤라스의 매혹적이고 간결한 성향이, 두 이야기가 가진 잔혹성으로 인해 상당히 조심성을 띠면서 전적으로 없어서는 안 되는 것이 되어 있었다. 하지만 거기까지였다! 더 이상은 조심스럽지가 않다. 치밀하게 계획되어 있으며, 경악을 금치 못하는 비극적인 참사가 일어나 눈물을 흘리고, 두 시간 동안 분명하지 않은 말투와 설득력 없는(영화에서는 정말 끔찍하게 느껴진다) 정적만 주고받는 두 이방인을 목격하게 되는 것이다. 마지막에 잔 모로가 벨몽도에게 다음처럼 말하는 장면에 와서야 관객들은 깜짝 놀라고 가슴이 찡해지면서 마침내 안도의 한숨을 내쉰다. "당신을 사랑하는 것 같아요." 그리고 종은 쳤는데도 미처 수업 내용을 이해하지 못하는 착한 학생에게나 알맞을 주의력으로 계속해서 스크린을 뚫어져라 바라본다 하더라도, 그것이 배우들의 잘못이 아닌 건 분명하다. 나로서는 이 모든 이야기가 쓰기 거북한 이유는, 다음과 같은 어떤 '프랑스 스타일'의 평론 형식의 글보다 나한테 맞지 않는 건 없기 때문이다. "이해가 되지 않는다, 고로 좋지 않다." 그런데 나도 이해가 안 된다는 말을 해야 할 것 같다. 영화의 주제가 여자의 권태의 발견일까. 그럴 수 있다. 하지만 남편과 그녀의 관계(하지만 아무런 설명이 없다)로 비추어 보면 그럴 수 없다. 그녀가 그전부터 그렇지 않았다고 할 수는 없기 때문이다. 그렇다면 타인을 통한 자신의 발견인 것일까. 내가 보기에 그건 거의 불가능한 것 같다. 사람들은 모르는 사람과 아무런 맥락도 없는 가슴 미어지는 이야기를 주고받으면서 자신을 발견하지는 않기 때문이다. 남자와 여자란 함께 지내며 서로 사랑하는 사실을 인정하면서, 그리고 매일같이 서로에게 약간의 생채기를 내면서 자신을 발견하는 법이다. 적어도 난 그렇게 생각한다. 그것도 아니라면, "두 사람은 어떤 생소한 사건을 통해 만나고 서로 헤어진다, 사건을 해결하지도 못하고 아무런 일도 일어나지 않은 채" 이런 식으로 아주 멋지게 떠난다는 생각이 감독과 배우, 모두의 눈을 약간 멀게 했던 것 같다. 사실 실제로 아무 일도 일어나지 않는다. 스크린과 관객 사이에 아무 일도 일어나지 않는다. 어쩌면 시도는 멋질지 모르겠지만, 이건 실패한 시도다.

그럼에도 불구하고 영화 팬들을 만족시킬 만한 장면과 영상은 몇 군데 있다. 좀 심하게 '잘 찍었다' 싶고 좀 심하게 많이 써먹었다 싶은 영화의 배경인 두루미나 바다로 흘러들어 가는 큰 강과 나무들 등등은 아니다. 몇몇 클로즈업 장면, 특히 지쳐서 애처로운 몸짓으로 그의 어깨 위로 고개를 떨구기 전 족히 일 분 동안 이어지는 매혹적인 시선의 잔 모로의 클로즈업 장면, 그리고 뭔가 숨기는 게 있는 것 같은 벨몽도의 어떤 행동들과 지루한 저녁 식사의 정석을 보여 주는 명장면은 완벽하게 성공이다.

하지만 마지막에 그녀는 왜 그렇게 절규한 걸까. 영화 시작 부분에 나오는 첫 비명은 정말로 아름다웠던 반면, 그 두번째 비명이 그토록 억지 같고 그토록 현실성이 없어 보이는 이유는 무엇일까. 그것이 바로, 내가 만일 그 영화를 만들었다면 문제 삼았을 부분이다.

〈코 후비기〉

이번 주 파리에서 상영된 영화 중 많은 작품들이 졸작임에도 불구하고, 프랑수아즈 사강은 주간 영화평론을 쓰기 위해 굳이 〈코 후비기(Les Doigts dans le nez)〉의 비공개 시사회에 가고 싶어 했다. 그런 이유로 1970년으로 예정된 이 영화의 개봉보다 조금 앞서 우리 공동제작자의 평론을 소개한다.

드디어 대단한 영화 하나를 발견하다…. 프랑스 영화계의 새로운 바람이다. 뒤브록(J.-G. Dubroc)은 자신의 스승들로부터 어떠한 가르침도 받지 않았지만〔사실 나는 나를 생각하게 만들었던 영화 〈푸른 암말(La Jument verte)〉[1]보다 〈전함 포템킨호〉가 더 나은지도 모르겠다는 생각을 할 때가 있다〕, 이 영화는 지금은 무너져 버린 탐미주의나 요즘 대유행하고 있는 결정론[2]을 초월하고, 맥 세넷(Mack Sennett)[3]을 포함하여 파프스트(G. W. Pabst)[4]나 플래허티(R. Flaherty)[5]를 능가하면서 독일의 표현주의와 연결되어 있다. 그건 그렇고, 본론으로 들어가겠다.

제목에서 나타나는 대로 〈코 후비기〉는 소년기에서 청년기로의 고통스러운 이행 과정을 그리고 있는 이야기로, 고집이 세고 불성실한 청년, 무능한 부모, 오늘날 청년들이 겪는 모든 드라마가 '코 후비는' 행동 하나에 다 나타난다. 뒤브록의 신중함이, 품위라는 말이 아직도 프랑스어 단어라는 사실을 잘 보여 주는 기술적 기교와 암시적인 발상(손수건이나 크리넥스) 덕분에 참기 어려운 클로즈업 장면을 보지 않도록 해 주고 있다. 특히 인상적인 장면은 고통스러움이 역력한 표정으로 주먹을 불끈 쥐고 어린 로제 갈라동—임시로 붙여 놓은 이름—이 말장난을 하는 장면으로(이 영화의 진정한 압권), 온 방 안에 번지는 원인 모를 일종의 불안감에 빨려 들어가지 않을 수 없게 된다.

이번만큼은 정말 아무도 나에게 정치적 의도에 대해 이야기하지 않는다. 그건 〈코 후비기〉가 어떤 제재도 없이 열외에 해당하는 소외된 영화, 간단히 말해 하나의 작품이기 때문이다.

하지만 사람들은 나에게 이 영화의 목적이 무엇인지 물어 올 것이다. 그들은 무엇을 증명하고자 하는 것일까. 사람들은 필요 이상으로 많은 것을 본다. 그런 의미에서 한 사람 이상의 부모가, 한 사람 이상의 선생이, 우리가 너무도 가볍게 '교육자'라고 부르는 사람들 중 한 사람 이상이 고개를 떨구고 자신의 집으로 돌아갈 것이다. 코를 후비면서… 그럴 것이다. 그런데 잘못은 누구에게 있을까. 손가락을 빼지 못하는 사람들에게 있을까, 아니면 그렇게 놔두는 어른들에게 있을까.

이것이 바로 그 질문에 대한, 이동 촬영기와 함께 자신의 영혼을 담은 뒤브록의 대답이다. 하지만 양보는 없다.

앞서 이야기했던 어린 주인공 로제 갈라동이 뒤브록의 차기 영화에서 아버지 카라마조프 역을 맡을 예정이라는 사실을 조금 전에 알게 되었는데, 난 그가 그 인물에도 여전히 고통스러울 정도의 진실을 쏟아 넣을 것이라 확신한다. 어머니 역의 랭다 발라파트는 자신에게 지정된 차차차와 이별할 줄 알았고, 맡은 역할을 고통스러우면서도 온화하게 전력을 다해 받아들이고 있다. 어쨌든 더할 나위 없는 배역이다.

서둘러 〈코 후비기〉를 보길 바란다. 대단한 감동을 받을 것이다. 만일 이 영화가 은당나귀 심사위원대상[6]을 받지 못한다면, 난 평론 일을 그만둘 것이다.

뒤브록의 영화 〈코 후비기〉에 대해 쓴 장난 평론으로, 이로써 프랑수아즈 사강은 그녀의 짧은 영화평론 이력을 끝내기로 결심한다. 뒤브록이며 그의 걸작 같은 건, 애당초 존재하지 않는 것이었다.

"나는 오스테를리츠에 갔었소"

제1부: 기이한 제국. 시작은 대단히 순조로웠다. 보나파르트에게 아미앵 조약 서명 소식이 전해졌다. 그가 마르틴 카롤(Martine Carol),[1] 사랑하는 아내 조제핀에게 몸을 던지기가 무섭게 그녀가 커튼을 끌어당긴다. 포옹 장면. 한 궁정 무도회에서 자다가 깬 그를 본 군수는 수치심을 느낀다. 푸른 눈동자를 한 나폴레옹은 집안 사람들과 언쟁을 벌이고, 조제핀은 자신의 미용사와 사이가 가까워진다. 런던과 불로뉴로 떠난 그가 돌아오고 전쟁 분위기가 고조된다. 간단히 말하자면, 이 모든 이야기는 보나파르트에겐 극악스러운 친척들이 있고, 여자들은 그를 속이고, 그는 화를 잘 내고 우유부단하며, 로렐과 하디[2] 같은 탈레랑이나 푸셰[3]의 주변을 철저하게 감시하지 않으면 그들이 순식간에 악동 조조[4]로 변해 버린다는 것이다.

어떤 통속적이고 지겨운 대화에 등장하는 그 모든 이야기에서 가끔씩 학교에서 배웠던 역사적 사건 속의 대사들이 나온다. 그런 대사들이 유명 배우들의 얼굴〔“어머, 카르노(L. N. M. Carnot)가 장 마레(Jean Marais)구나”[5] 하며 관객이 안도의 한숨을 짓는 것처럼〕을 보는 것 이상으로 마치 잘 아는 곳에 와 있는 것처럼 기분 좋게 해 준다. 영국의 농민들과 딱한 앙겡 공작, 도를 넘는 누이들, 빛 좋은 개살구와 다름없는 어머니로 분장한 포페스코(E. Popesco)가 영화의 배경이 되어 있다. 클라이맥스는 교황으로 분장한 비토리오 데 시카(Vittorio de Sica)가 등장하는 장면으로, 얼이 빠진 그는 자리를 떠나기 전에 중얼거린다. “희극 배우인지! 비극 배우인지!”[6] 그리고 마음을 진정시킨다. 나폴레옹의 대관식에 앞서 중간 휴식 시간으로 우리도 마음을 진정시킨다.

제2부: 오스테를리츠[7] 계곡에서 총격전이 벌어진다. 그 소리에 소스라치게 놀란 관객들이 잠에서 깨어난다. 최첨단 오디오 시스템 덕분에 영화관을 한 바퀴 휘돈 소리가 다시 내 귀 속에 둥지를 튼다. 파란색과 붉은색 장식의 군복을 입은 기갑병들이 ‘프랑스군들이다’. 녹색과 노란색 군복은 ‘연합군들이다’라고 쓰인 자막이 종횡무진 스크린 위를 뛰어다닌다. 적군의 장군들이 논쟁을 벌이고 있다. 그들은 십만 명이고 아군은 사천 명이다. 만일 결과를 모르고 있었다면 대단히 맘을 졸였을 장면이다. 그처럼 한창 군사 작전 중인데도 인간적인 부분이 있다. 병사들이 자신을 ‘까까머리 꼬마’라고 부른다는 얘기를 고참병 미셸 시몽(Michel Simon)에게 들은 나폴레옹이, 다짜고짜 자신의 근위병을 다루듯 그의 오른쪽 귀를 있는 대로 잡아당긴다, 그의 왼쪽 귀는 나폴레옹이 직접 군기를 들고

돌격했던 아르콜레[8]에 그대로 둔 채. 비록 그의 부하 장군들은 불안해 하고 앞서 얘기한 대로 여자들과 장관들은 나폴레옹을 속이지만, 전장에서 그는 유감없이 실력을 발휘했다. 불가사의함과 신중함, 그것이 바로 나폴레옹이다. 따라서 그 외의 전투도 멋진 전투가 된 건 두말할 필요가 없다. 대포 소리가 점점 빨라지면서 영화관을 한 바퀴 도는 동안 오스테를리츠의 태양이 떠오른다. 우리가 이겼다. 하지만 미셸 시몽은 그의 남은 귀도 나폴레옹에게 내주고 말았다. 들리는 소문대로, 그는 시기할 수밖에 없는 사람이다.

이것이 오스테를리츠다. 개인적으로 나는, 보나파르트에게는 항상 약했다. 그는 수염이 없고 곱슬기가 없는 머리카락과 뚱뚱하게 배가 나오지 않았던, 나의 역사 교과서 속의 유일한 인물이었다. 그래서 난 그가 젊은 여배우들과 모자 가격을 흥정하는 모습은 보고 싶지가 않다. 한 위인의 인간미가 반드시 그의 침실 깊숙한 곳에 있는 건 아니라 하더라도, 하물며 그의 슬리퍼 속에 있을 리는 더욱 만무하다. 끝으로 자신의 근위병들에게 하는 나폴레옹의 마지막 대사는, 내 생각에는 그가 관객들에게 하는 이야기일 수도 있을 것 같다.

그는 이 말만 하면 되는 것이다. "나는 오스테를리츠에 갔었소"라고, 그가 사람들에게 반박하려면 말이다. 그러면 돌아오는 대답은 "정말 용감하십니다"일 테니까.

〈라벤투라〉

연재만화를 좋아하는 사람들에겐 참 안된 이야기

칸에서 〈라벤투라(L'avventura)〉[1]가 상영되는 동안 교양 없는 관객들은 상영관을 나가 버렸다고 한다. 안토니오니(M. Antonioni)의 영화는 이제 규모가 작은 특별 상영관에서밖에 볼 수 없게 된 것 같은데, 실제로 나도 그런 상영관에서 〈외침(Il grido)〉과 〈여자 친구들(Le Amiche)〉[2]을 보게 되었다. 그의 흥행 실패는 영화 애호가들에게는 전문가들의 호평과 맞먹는 것 같다. 그런 의미에서 〈라벤투라〉는 심한 혹평을 받게 될 것 같다. 이 모든 건 내가 너무 좋아하는 사람이 만든, 이따금씩 심하게 지루하기는 하지만 대단히 아름다운 한 영화에 대해 이야기하기에는 무척 부담스러운 이야기들이다. 〈라벤투라〉에는 여분의 장면이 삼 분씩 열 번이 있다. 그 부분에 관해서 나는 신중한 태도를 취할 수밖에 없다. 그 삼십 분의 연출을 없앤 〈라벤투라〉는 걸작에 대한 나의 생각과 정확하게 맞아떨어진다.

한 여자가 사라졌다. 자살일까. 실종일까. 아무도 모른다. 그녀의 연인과 그녀의 가장 친한 친구가 그녀를 찾으러 떠나는데, 처음엔 서로를 멀리하던 그들은 서로 사랑하게 된다. 그들은 끝내 그녀를 찾아내지 못한다. 하지만 우리, 관객들은 그녀의 자살 혹은 도주의 이유를 간파하고 있다. 이것이 영화의 주제 내지는 내가 이해한 내용이다. 보다 더 일반적으로 얘기하자면, 이미 〈여자 친구들〉이나 〈달콤한 인생(La dolce vita)〉[3]에서 다룬 민감한 주제에(아닌 게 아니라 이렇듯 끊임없이 시험에 드는 이탈리아의 남자 배우가 이탈리아 남성의 전형이 되어 여전히 답습되고 있다는 사실이 흥미롭다), 바람둥이 남자들에게 있는 우유부단함과 어떤 이탈리아적인 무기력함, 여자들이 처한 제약 많고 실망스럽기 그지없는 여성의 지위를 갖다 붙이고 있는 것처럼 보인다. 〈달콤한 인생〉의 방황하는 기자와 〈라벤투라〉의 미숙한 건축가는, 여자들의 환심을 사고 그들을 육체적으로 만족시키면서 심적으로는 커다란 공허감을 남기는 자신들의 매력에 대해 확신하고 있다. 간혹 그들이 여자로 인해 눈물을 흘릴 때도 있다. 어쨌든 결국엔 그들을 달래 주는 건 여자들이다.(그 부분에 대해, 영화의 모든 정당성을 증명하려면 〈라벤투라〉의 마지막 장면만 봐도 된다. 새벽녘, 사람이 다니지 않는 좁다란 곳에서 다 구겨진 턱시도를 입은 남자가 벤치에 앉아 엉망진창이 된 자신의 모습을 한탄하고 있고, 여자는 그를 절망적인 눈빛으로 바라보지만 마음은 이미 그를 용서하고 있다)

한편, 다른 수많은 장면 중에서 마침 떠오르는 장면이 있다. 흑백으로 멍든 풍경 속에 서로 외면한 얼굴들, 모든 건 영화 속에서 무언으로 전해지며, 모든 건 눈에 보이지 않게 일어나고, 모든 건 결국 안토니오니만이 어떻게 해야 할지 알고 있다. 그 여분의 삼십 분에 대해 이야기해야겠는데, 그에 대해 내가 알고 있는 것은 무엇일까. 이 영화는 마치 그림 같으며, 다 끝난 이야기를 하는 것처럼 초연하며 고요하다. 원래 진실이라는 것이 그처럼 더디게 알게 되는 것이어서 그런지, 더디다. 그리고 만일 스크린에서 삼 초 동안 어떤 자동차가 비탈길을 오르도록 해서 나를 짜증나게 한다면, 그건 안토니오니가 지속이란 의미를 잘 지킨 건데, 나와 우리가 알고 있는 지속의 의미가 타락했기 때문일 수도 있지 않을까. "관객이 항상 옳다" "당신이 지루하다면 지루한 것이다" 등, 이처럼 진부한 명제들을 난 믿지 않는다. 내 생각에 우리는 작품을 쉽게 이해할 수 있도록 영화에서 조곤조곤 설명해 주는 것에 너무 익숙해져 있으며, 누군가가 "사랑해요"라고 이야기할 때는 클로즈업 화면이 되는 것과 누군가가 눈물을 흘리면 하얀 고급 바티스트 삼베 손수건이 나오는 것에 너무 익숙해져 있고, 일단 어둠 속에 앉아 손에 초콜릿 아이스바를 들고 있으면 최소한의 지적 노력도 하지 않아도 되는구나 하는 고정관념에 너무 익숙해져 있는 것 같다. 〈라벤투라〉의 여주인공에 의해 밝혀지는 진실은 단번에 만들어지지 않는다. 마치 인생이 그런 것처럼, 대수롭지 않은 천 번의 눈빛과 천 번의 생각과 천 번의 양보로 이루어지며, 우린 그것이 매끄러운 그의 얼굴 위로 그림자처럼 지나가는 것을 보는 것이다.

나는 왜 섬에서 친구들이 젊은 여주인공을 찾아 나서기 시작할 때부터 지루했던 것일까. 그건 안토니오니가 그럴 만한 가치가 없다고 생각하고 나한테 여섯시를 가리키는 시계를 보여 준 다음, 이어서 일곱시 반을 가리키는 시계를 보여 주지 않았기 때문인데, 어쩌면 그는 그런 트릭을 재미없어 할지도 모른다. (…) 설령 '무슨 일이 일어나는지' 우리는 알고 싶다 하더라도 말이다. 분명히 짚고 넘어가야 할 이야기는, 영화와 문학 사이의 한결같은 평행선에도 불구하고 아무도 '감히' 그 두 가지를 진지하게 비교하지 않는다는 점이다. 이를테면 한 영화감독이 세상을 바꿀 수 있다거나, 안토니오니가 프루스트처럼 찰나의 시간보다는 감응의 시간에 더 많이 매료되는 건 상상할 생각조차 못 한다. 그럴 수 있는 권리도 없다. 사실 상식적인 관객은 분개해서 말할 것이다. "대단히 아름다운 영화일지는 모르지만 전 지루해요. 그리고 어쨌든 영화는 이런 게 아니죠." 그렇다면 영화란 무엇일까. 그건 누군가에겐 자신의 생각을 표현하는 하나의 방식이며, 다른 사람들에겐 삼 억의 가치도 지닐 수 있을 방식이다.(재능을 인정받지 못한 작가는 출판사에게 하나 혹은 둘의 가치밖에 없는데, 그것이 출판사들이 영화 제작사들보다 '예술'에 대해 더 쉽게 이야기하는 이유인 것이다) 또한 다른 어떤 것보다 확연히 자신의 예술에 더 많이 몰두하는 안토니오니와 같은 사람이 여러 난관에 봉착할 위험을 무릅쓰는 방식인 것이다. 다만 영화, 그 또한 바로 사람이다.

그 점에 대해 곰곰이 생각하면서 난 추호의 망설임도 없이 말하겠다. 〈라벤투라〉는 걸작이다. 이 글을 시작하면서 내가 이야기했던 지루한 십 분의 세 배가 되는 그 시간에 대해, 그를 비난할 당위성을 나는 느끼지 못한다. 결국 이 모든 여담에서 불필요한 것은 아무것도 없으며, 이 이상한 이야기보다 더 진실한 것은 없다. 난 〈라벤투라〉를 다시 보러 갈 생각이다, 잊고 있었던 쓸쓸하고 다정한 인생관을 다시 찾기 위해. 그건 안토니오니의 인생관으로, 그는 내게 그것을 전해 주는 방법을 알고 있었던 것이다. 영화는 그리 자주 선물을 주지 않는다. 연재만화를 좋아하는 사람들에겐 참 안된 이야기지만.

존 오스본은 분명 셰익스피어를 좋아했을 것이다

모두들 한 번쯤은 어떻게 해서 〈성난 얼굴로 돌아보라(Look Back in Anger)〉(프랑스어로 〈성난 얼굴로 기억하라〉)가 프랑스에서 '야성의 육체(Les cops sauvages)'[1]라는 제목이 붙여졌는지 궁금해한다. 사실과는 달리 성적 매력을 발산하는 저속한 제목으로 인해, 이 멋진 영화를 보고 싶은 마음이 달아나 버리는 것이 유감스러울 따름이다.

난 존 오스본(John Osborne)의 연극은 본 적이 없기 때문에, 작가가 의도한 주제를 영화가 어느 정도 따라가고 있는지는 잘 모른다. '성난 얼굴로 기억하는' 사람이란 그 어떤 것도, 불평등도, 아무것도 바뀐 것 없이 흘러가는 시간도, 무기력함도, 거짓말도 참지 못하는, 폭력적인 한 고뇌하는 젊은 남자다. 그 정도이다 보니, 당연히 그는 사람이 세상을 살아가는 데 대단히 의미가 있는 것도 견디지 못하고 나머지 것들까지 괴롭혀야 직성이 풀린다.〔만일 그에게 상당히 놀라우리만치 솔직한 시간이 없었더라면, 그리고 멋진 리처드 버턴(Richard Burton)에게 그 역할이 주어지지 않았더라면, 그가 다른 사람을 괴롭히는 골칫덩어리라는 건 한눈에 알아볼 수 있었을 것이다〕 그는 자신을 좋아하고 자신이 좋아하는 젊은 여자와 결혼했다. 하지만 그는 그녀를 끊임없이 학대한다. 그녀 스스로도 이야기하듯, 이유는 '그녀가 인습적이기' 때문이다. 인습에 사로잡힌 그녀는 이를 악물고 참을 뿐, 아우성도 쳐 보지 않고 가만히 있다. 그녀가 자주 느끼는 충동은 남편의 양쪽 뺨을 한 번씩 때리고 싶다는 것이다. 마침내 그는 두 대의 따귀를 아내의 친구인 클레어 블룸(Claire Bloom)으로부터 맞았다. 그녀는 그의 아내가 그를 떠난 후 그와 사랑에 빠진다. 그들은 한동안 함께 사는데, 결국 그의 아내가 돌아온다. 아내는 그의 아이를 유산했다. 그에게 탄생 소식을 알릴 용기조차 없었던 아이였다. 그들은 함께 새 출발을 한다.

이 영화의 재미는 생동감있고 아름다운 연출 외에, 전적으로 상투적인 것이 없다는 데에 있다. 남편은 견딜 수 없을 정도로 까다롭고 지긋지긋하다. 하지만 사람들은 그를 동정한다. 두 여자는 서로 미워하지 않는다. 아내가 임신한 사실을 친구가 알려 줬을 때도, 그는 오열을 터뜨리지 않고 전화기로 달려가지도 않는다. 그저 자기가 좋아하던 한 노부인이 그날 죽었으며, 그 외엔 그에게 다 똑같다고 대답한다. 줄곧 당혹스럽고 충격적이어서 측은하다. 이해는 된다. 대학을 나와서 사탕을 팔아야 하는 처지에 놓여 처갓집으로부터 인정받지도 못하고, 친구 중 하나가 인도인이라는 이유로 시장에서 쫓겨나는 것을 바라만 봐야 하는, 이 머리 좋은 친구의 그런 분노가 이해는 된다. "그래 자넨, 이 다 썩어 빠진 도시에는 뭐하러

온 건가?" 하나가 제지당하자 그는 큰 소리로 고함을 지른다. "우리 집에서 난 불가촉천민, 파리아족[2]이었으니까" 다른 하나가 말한다. 악덕 경찰로 나오는 인물도 그 흔한 주먹질 하나 없다. 그저 세상의 부패와 맞서 싸울 능력이 없는 한 남자, 분노한 한 남자의 초췌한 얼굴만 있을 뿐이다.

존 오스본은 셰익스피어를 좋아했음이 분명하다. 볼만한 장면과 리처드 버턴의 격분 속에는, 영화에서보다 연극에서 더 많이 봐 온 그의 그런 열광과 난폭함과 해학이 가득하기 때문이다. 가끔씩 영국 배우들에게서 볼 수 있는, 다른 배우들을 기분 좋게 굴복시켜 버리는 그런 재능을 마음껏 발휘한 연기가 멋졌던 영화다. '친구'의 역할과 런던의 멋진 전망과 안개와 트럼펫이 내는 구슬픈 소리의 역할도 훌륭했다. 그리고 무엇보다 훌륭한 건 이 영화를 이해하는 실마리로, 급작스런 다정함의 강도를 완화하려 애쓰지 않는, 기분 나쁘고 가차 없는 진실이다. 정말 훌륭한 영화다.

〈테라스 위에서〉[1]

무엇보다도 기대지 마세요

오늘 제 이야기를 듣고 계실 멀리 있는 형제들과 독자들, 친구들, 라이벌들, 브르타뉴에 계시는 저의 먼 친척 여러분. 여러분에게 남아 있는 모든 것과 영혼과 시간과 돈을 생각해서라도 이 기막힌 졸작은 보러 가지 마시기를. 나는 그 누구도 나처럼 지루해서, 이따금 화가 나서 미쳐 버릴 지경이 되어 극장 의자에 깊숙이 앉아 두 시간 이십 분을 보내길 원치 않는다.

나는 이른바 이상적인 관객이라 불리는 사람이다. 가장 친한 친구들의 매우 집요한 질책도, 아무리 바보 같은 영화라도, 결코 내가 극장에 발을 끊도록 하지 못했기 때문이다. 나는 결말이 알고 싶다. 아! 안타까운 건 내가 영화의 사분의 일을 보고 나자 결말을 알고 있다는 사실이었다. 그래서 근래 나의 직업상의 절대적 의무가 내 발목을 붙잡지 않았다면, 난 처음부터 끝까지 어리석기 짝이 없는 그곳을 정말 박차고 나가고 싶었을 것이다. 이런 말을 해도 된다면, 이 영화는 미국 영화가 가진 어리석음의 원형이다.

폴 뉴먼(Paul Newman)은 잘생긴 젊은 남자다. 그의 어머니는 늘 술을 마시고 위압적인 그의 아버지는 그걸 보고도 대수롭지 않게 여긴다. 그는 삼십 달러가 아니라 십만 달러를 벌어서 '자신의 아버지를 뛰어넘어야겠다고' 결심한다. 그는 우리나라로 치면 게르망트 공작부인에 해당된다고 볼 수 있는 마리 생 존과 결혼하고, 한 은행가의 손자를 기적적으로 구해 준다. 그 결과, 은행가에게 고용된 그는 아내는 내버려 두고 일에만 열중한다. 자유분방한 성격의 그의 아내는 그를 배신하고 부정을 저지르고, 그는 돈이라는 신을 신봉하지 않는 진실한 처녀를 만나게 된다. 결국 그는 그녀를 위해 이혼과 양립할 수 없는 자신의 눈부신 성공을 포기한다. 그는 메인주(州)에서 광부가 되어 통나무집에서 진정한 가족과 함께 살아갈 것이다. 정숙한 여자와 정직함이 인간의 타산적이고 저속한 본능을 다시 한번 이겼다.

두 시간 이십 분을 책임진 마크 롭슨(Mark Robson)의 드라마에서, 술주정뱅이 친구, 정숙한 아내, 그 아내의 연인이 되려면 무조건 약간 기지가 넘치고 재미있는 인물이어야만 한다. 지루해서, 즉 모든 사건들이 요트나 호화로운 아파트 등에서 일어날 때 너무 재미가 없어서, 물론 기지개를 늘어지게 켜면서 하는 생각이다. "그렇긴 하지만 저 미국인들은 안락함이 뭔지를 아는 거야. 다들 대단한 주당이라 친구는 쉽게 되겠네." 아! 마음이 백옥처럼 순수한 광산 감독관의 딸과 함께 숲속에 이르러 그녀가 헌신과 세심함으로 가득 찬 그런 견디기 어려운 대사를 읊조리자, 더 이상은 참을 수가 없다. 저 청년이 왜 어서 요부(妖婦) 아내의 곁으로, 그의 멋진 집으로 돌아가지 않는지 정말로 궁금해진다. "속으셨습니다. 하지만 아무러면 어떻습니까. 부정한 일은 없습니다"라고 했던 겉과 속이 다른 사장(社長)을 겨냥하여 빈정거리는 말을 한번 해 본 것에 대해선, 이미 끝난 일이며 더 잘된 일이라 다행이다. 하지만 사실은 전혀 그렇지가 않은데 이런 장르의 영화를 표현하는 한 단어가 바로 '역겹다'이기 때문이다.

하지만 만일 여러분에게 온갖 세상 풍파에 담금질된 강인한 정신력의 소유자나 영적인 친구들이 있다면 그들을 데려가길 바란다. 그렇게 해서 마구 솟구쳐 나오는 당신의 감정으로, 그런 총천연색의 어리석은 이야기를 보는 멍한 즐거움 단 하나밖에 요구하지 않는 극장에 모인 사람들의 무료함을 달래는 데는 일조하겠지만, 그를 위해 또다시 지불한 육 프랑이 유난히 아깝게 느껴질 건 분명하다.

〈사이코〉[1]

단 일 초의 숨 쉴 틈도 없다

이것이 바로 공포영화다…. 자주 있는 일이 아니길 바라는 한 정신 질환의 실례를 근거로, 히치콕(A. Hitchcock)은 우리를 대단히 병적인 서스펜스로 끌어들인다. 이번만큼은, 이를테면 〈북북서로 진로를 돌려라(North By Northwest)〉[2]에서 내가 너무 좋아했던 그런 약간의 유머도 없다. 그와 유사한 것도 이 영화에선 하나도 없다. 한 젊은 여자가 자신의 빈털터리 애인에게 주기 위해 사만 달러를 훔쳐서 가던 도중, 이상한 여인숙에 들른다. 그곳에서 그녀는 다른 사람들처럼 살해당한다. 어떻게 살해되었는지에 대해서는 엄격히 금기시되어 있어 언급하지는 않겠다. 어쨌든 짐작이 되리라 확신한다. 물론 지나치게 빨리 서스펜스 상태가 된다는 사실이, 이 영화의 핵심적인 결함이다. 하지만 추리 이야기에 대한 통찰력이 나한테는 없다는 걸 하느님은 알고 계시니까.

바로 그 점과 약간 지루한 시작 부분을 제외하면 아주 흥미진진하고 기가 막히게 잘 만들어진 영화로, 일단 사건이 시작되면 단 일

초도 숨 쉴 틈을 주지 않는다. 내 생각엔 그것이 히치콕의 힘인 것 같다. 완벽한 기교 외에도, 그는 자기 관객들의 시간을 가장 중요하게 생각했다. 그는 그들에게 문제를 제시하고, 그들과 함께 문제를 풀어 나가는 과정을 즐긴다. 그들을 철학자로 만들려고 애쓰지도 않고, 감동시키려고도 하지 않는다. 그의 목표는 그들의 멱살을 잡은 손가락에서 힘을 빼지 않는 것이다, 진상이 밝혀질 그 순간까지. 그리고 단 한 순간도 거기에서 벗어나지 않는다. 이 영화에는 사람들이 좋아하는 모든 요소가 다 있다. 반쯤 열린 문을 향해 윙크를 보내고, 그 장면에서 나와서는 안 되는, 그래서 더욱 소스라치게 놀라게 되는 듯한 미소가 클로즈업되는 장면, 천천히 죽음의 계단을 오르는 장면 들이다. "무서운 거 좋아하잖아, 그래, 가자", 그렇게 갔다가 공포와 동시에 안도의 한숨을 내쉬는 것이다. 또 대단히 재미있는 그랑 기뇰[3]스러운 면도 있다. 기가 막히는 결말은, 어쩌면 차라리 퍼킨스(그가 담요를 가져올 때)의 마지막 대사에서 끝났더라면 더 좋았을 수 있다. 하지만 바로 거기서 사람들은 정말로 히치콕과 함께 폭소를 터뜨리며, 그토록 자신의 일을 잘해낸 것에 대해, 그토록 한 올의 거슬림도 없이 그토록 확고히 믿게 해 준 것에 대해 그에게 고맙다는 말마저 하고 싶어지는 것이다.

영화의 주인공인 앤서니 퍼킨스(Anthony Perkins)는 말 그대로 경이롭다. 일 초도 안 되는 시간에 그의 얼굴에는 친절함과 신경과민, 불안감이 차례대로 스쳐 지나간다. 단 일 초도 허투루 쓰지 않고 그는 자신의 역할이 짊어진 모든 무게를 지탱하며, 모든 상대역들을 압도한다. 그와 마찬가지로 어려운 일을 해치우는 자신의 어머니 역을 제외하고.[4] 간단히 말해 이 영화는 히치콕의 탁월한 영화다. 강렬한 센세이션을 좋아하는 사람들뿐만 아니라 기교를 좋아하는 사람들도 이 영화에서 자신들이 찾고 있던 즐거움을 발견하게 될 것이라 생각한다.

추기—대성공이 보장되는 〈사이코〉 외에도 나는, 파리 사람들에게 공개가 허용되지 않은 한 편의 영화를 비공개 시사회에서 보았는데, 그 이유는 이번만큼은 검열관이 아니라 극장 경영주들 때문이었다. 그들은 이 영화가 관객들에게 충격을 주거나 그들을 당황스럽게 만들지나 않을까 두려웠던 것이다. 물론 그런 그들의 마음만은 가상하지만, 지금 이 순간 파리에서 상영되고 있는, 콕토며 아라공[5]이며 다른 숱한 작가들 그리고 나 자신도 알고 있고 사랑했던 여러 영화들의 평균 수준을 생각해 보면 이번 일은 의외다. 장 피에르 모키의 〈어떤 커플(Un couple)〉[6]이 그렇다. 지금까지 그 누구도 접근한 적이 없던 주제인, 육체적 사랑과 그의 적에 관한 이야기를 다룬 감동적이고 온화한 영화다. 머지않아 극장 경영주들의 조심스러운 마음이 사라져서 영화에 대해 보다 더 상세한 이야기를 나눌 수 있길 바란다. 실로 그럴 만한 가치가 충분히 있는 영화이기 때문이다.

정말 좋은 책에 대하여

사랑의 편지, 권태의 편지

단 하루도 이해하려고만 들면 긴 시간이다, 그것이 전쟁터든 연극 무대든 말이다. 오늘날의 명예라는 건, 살아 있는 사람들의 관점에서 보면 그것을 탄생시킨 작가의 사후에 남는 명성에 불과하다. 물론 작가 입장에서 보면, 이 모든 이야기가 자신은 전혀 모르는 사실이다. 본능적으로도 이성적으로도 단 한 번도 상상해 본 적이 없었다. 뿐만 아니라, 자신의 이름과 태어난 날짜, 심지어는 자신이 죽은 날짜까지 알고 있으며, 자신의 단점과 장점, 재능과 결함은 물론이고 생전에 앓았던 병과, 보다 더 내밀한 것으로 자신이 누구를 사랑했는지까지 알고 있는, 현재를 살고 있는 사람들에 대해서는 전혀 알 길이 없는 것이다.

정말 신기한 건 죽음보다 오래 살아남은 자들의 그런 영향력과 과거 수세기 동안 끝도 없이 반복된 그런 경솔한 언행이, 무지함만큼이나 무력함도 사전에 감안된 그런 불가피한 명성과 그들은 깨닫지도 못하는 다가올 미래의 그런 명성이, 지금까지도 종종 수많은 사람들의 살아 있는 동안의 목표이자 목적이자 간절한 열망이 된다는 사실이다. 쉽게 풀어 이야기하자면, 이방인들이 있기 때문에 우리 자신의 존재를 잊어버릴 수 없는 것처럼, 마찬가지로 스스로 살아 있다고 느끼려면 다른 사람들도 그렇게 느끼도록 배려해야만 한다는 것이다. 어쨌든 수백만, 수천만의 사람들이 그런 후대의 반향을 위해 목숨을 바쳤다. 어떻게 보면 그런 반향은 수천 명의 사람들을 위해 울려 퍼졌을 뿐만 아니라, 많은 경우 그런 위대한 사람들이 모르는 사람들을 위해서도 울려 퍼졌으며, 더구나 때로는 그런 위대한 사람들도 그런 반향을 원치 않았던 때도 있었다는 사실이다! 혹은 그들이 원했다 하더라도 그건 다른 이유가 있었다는 것이다. 그리고 아닌 게 아니라, 그런 명성이 작가들의 사랑을 받아 프랑스 교과서에 실려 초등학생들에게 전해지거나 알려지게 되면, 우리 아이들에게 대단히 낯선, 생각 같아서는 대단히 괴상망측하다고까지 말하고 싶은 모양새를 보여 주는 것이다.

결국 나는 상드(G. Sand)[1]와 뮈세(A. de Musset)[2]에 대한 문제에 봉착했다. 결국에는 어떤 주인공들이 고등학교에서 혹은 가톨릭 학교나 사립학교나 국립학교에서 서로 다른 편력을 거쳐 우리에게 남겨지는 것일까. 우리의 선조였던 사람들, 이어서 우리의 우상이었던 사람들, 그리고 당시 너무 골치를 썩인 나머지 우리의 철천지원수가 되곤 했던 사람들은 어떤 모습으로 우리에게 남겨져 있을까. 빅토르 위고(Victor Hugo)[3]는? 그는 할아버지로, 약간의 심술기는 있지만 수백만 편의 시를 지은, 사람 좋은 노인이었다. 비니(A. de Vigny)[4]는? 자신의 상아탑[5]에 틀어박혀 있었던 불평불만이 많은 까다로운 남자였다. 발자크(H. de Balzac)[6]는? 지팡이 애호가로, 밤새도록 커피를 마시면서 글을 썼던 뚱뚱한 남자다. 보들레르(C. Baudelaire)는? 한 흑인 여자에게 넋을 잃었고,[7] 법무부와 문제가 있었으며,[8] 얼굴이 밀랍처럼 창백했던 남자다. 스탕달(Stendhal)[9]은? 지지리도 여자 운이 없던 무명의 영사(領事). 몰리에르(Moliére)[10]는? 딱한 라신(J. Racine)[11]과 마찬가지로 정부(情婦)로 인해 조롱거리가 되었으며, 자신의 뜻과는 다르게 궁정의 신하에 불과했다. 이상하게도 자신들의 반향, 그 유명한 반향에 부합할 것 같은 인물이라고 하면, 거의 극과 극인 이 두 사람밖에 없는 것 같다. 지금까지도 취미가 고상한 사람으로 통하는, 사색하면서 시골에서 조용히 살았던 미셸 드 몽테뉴(Michel de Montaigne)[12]와, 프랑스 곳곳을 걸어 다니며 친구 베를렌(P. M. Verlaine)과 함께 지나치게 술을 많이 마셨고 반은 깡패에 반은 시인이었던 랭보(A. Rimbaud), 이 두 사람은 적어도 성공한 것 같아 보인다.(훗날 사람들이 그들의 작품을 읽고 그들의 진정한 운명을 알게 되고, 그들의 작품을 읽어야 해서가 아니라 좋아서 읽을 때) 또한 이 두 사람은 자신들의 교육'이력'에도 약간 닮은 점이 있다.

그렇다면 지금 우리가 읽게 될 편지의 당사자인 상드와 뮈세는? 그러니까 우리가 흔히 떠올리는 기억 속의 그들은 어떤 모습으로 남아 있을까. 상드는? 약간 뚱뚱한 여자로, 파리에서는 남장(男裝)을 하고 다니며 시가를 피우는 괴짜였고, 시골에서는 다시 노앙[13]의 교양있는 마님으로 돌아갔던 약간 유식한 척하는 여류작가다. 이 짧은 설명만으로도 벌써부터 약간 모순이 있긴 하지만, 이는 알아 두어야만 하는 사실이다. 그럼 뮈세는? 앞서 말한 조르주 상드와의 치정 사건이 있었으며, 제정신이 아니고 싸우기 좋아하며 폐결핵 환자에 알코올 중독자인 젊은 시인이다. 상드는 뮈세와 함께 살았던 베네치아에서 파젤로(P. Pagello)라는 의사와 함께 뮈세를 배신했다. 그 의사는 다소 수상쩍은 데가 있는 남자로, 그와 함께 이 박식한 여장부는 오랫동안 뮈세를 조롱했다.

조금도 가감 없는 사실이다. 프랑스의 모든 초등학생들이 수업 시간에 선생님이 하는 이야기와 문학 교과서 내용과 관련된 여담들을 열심히 들었다면, 우습고도 어이없는 베네치아 삼인방으로 기억하고 있을 이야기다. 참으로 사악한 삼인방이자 참으로 끔찍한 여행이자 참으로 끔찍한 베네치아가 아니었던가! 그럼에도 불구하고 내가 똑똑히 기억하고 있다는 건, 이 이야기가 우리의 상상력을 방해하지는 않았다는 말이 된다. 조르주 상드, 도시에 있을 땐 감각과 감성에 불을 지르고 들판에 있을 땐 농사일에 전념했던 그 여자는, 시골스러운 데가 전혀 없는 그 오래된 도시 베네치아에서 예상했던 대로 처신했다. 저 가엾은 뮈세로 말할 것 같으면, 그는 운도 지지리 없게 그녀가 불을 지르는 시기가 되었을 때 그곳에 있었다는 사실, 그것이 전부다! 한편 내 머리에서 살짝 혼동을 일으켰던 건 뮈세의 실루엣과 쇼팽의 실루엣이었다. 똑같이 몽환적으로 창백한 두 사람의, 똑같이 기침을 하며 똑같이 야위고 똑같이 울고 보채는 다재다능한 젖먹이 같은 성향이 그 만만치 않은 여자〔교과서에 실려 있어 마지못해 봐 줬던 『사랑의 요정(La petite fadette)』과 『악마의 늪(La mare du diable)』[14]을 다시 한번 읽도록 하고, 지극히 평범하고 게다가 지극히 지겹기까지 한 그리 중요하지 않은 두 편의 잡다한 사건에 대한 보고(報告)로 당시의 독자들에게나 대단한 충격을 줄 수 있었던 것을 지금의 우리에게 요구하고 있는…〕에게 각별한 애정을 느꼈던 것 같다. 그리고 궁극적으로는, 다 죽어가는 시인 앞에서 한 잘생긴 이탈리아 남자와 맺었던 그 시니컬한 관계가 현대에 통용되는 냉소주의를 조장했던 것이다. 그리하여 조르주 상드는 B급 미국영화의 여주인공이 되다시피 했던 것이다.

우리의 머릿속을 떠돌고 있는 이러한 유치하고 부당한 이미지를 설명하기 위해, 상드가 살았던 당시에는 지금 우리 시대처럼 작가들의 애정과 관련된 각종 에피소드를 추적하는 최소한의 대중매체도 없었다는 사실을 분명히 말해 둘 필요가 있다. 현대 같았으면, 『파리 마치(Paris-Match)』에서부터 『브이에스디(VSD)』까지, 어쩌면 몇몇 외국 잡지들까지도 두 연인의 뒤를 따라다니며 망원렌즈로 근접 촬영하여 그들이 말다툼하는 장면이라도 포착했을지 모르며, 언젠가는 곤돌라 뱃사공으로 감쪽같이 변장한 일부 파파라치들이 파리의 명사들 집단이나, 어쩌면 전 세계에 그 매력적인 의사의 다소 나약해 보이는 얼굴을 소개했을 수도 있었을 것이다. 그리고 어쩌면 그 일로 인해 여러 방면의 우리 아카데미 회원님들과 우리 신문들의 시평(時評) 담당자님들께서는 우리가 진저리를 칠 때까지 욕을 퍼부으셨을지도 모를 꽤 대단한 스캔들을 일으킬 수도 있었을 것이다. 하지만 상드는 개선장군처럼 파리로 돌아갔을 것이다. 그리고 그곳에서 여성해방론자인 부인들 혹은 스스로 부정을 저지른 경험이 너무도 많은 부인들의 열렬한 박수갈채를 받으며 상당한 센세이션을 불러일으키는 선언을 했을 것이다. 뮈세에 대해 말하자면, 그는 한동안 생-트로페에 숨어 지내야 했을 것이다. 그런 식으로 배신당한 것에 대한 분을 삭이고 사람들로부터 용서받기 위해, 매우 어리고 매우 아름답고 매우 고분고분한 잡지 모델과 함께 말이다! 파젤로는 자신의 추억을 글로 쓰는 대가로 엄청난 금액을 제공받았을 것이다. 아마도 프랑스에서는 『렉스프레스』로 인해 그는 실제보다 또는 그럴 수 있는 것보다 훨씬 더 음란해졌을 것이고, 같은 이유로 미국에서는 『베니티 페어(Vanity Fair)』에 의해 그렇게 되었을 것이다! 참으로 안타까운 일이 아닐 수 없다! 두 연인의 뒤를 미행하고 그들의 의사와는 무관하게 그들의 가장 내밀한 생활을 촬영하거나, 그들의 사랑에 관해 도를 넘어 가장 지나친 그래서 가장 흥미로운, 세세한 부분에 대해 이야기할 수 있는 그런 파렴치한 특파원이 당시에는 아예 없었거나 거의 없었다는 사실 말이다.

상드와 뮈세, 그리고 많은 다른 작가들에게 우리를 쥐락펴락하는 그런 파렴치한 시평 담당자들이 없었다는 사실이 오늘날 독자들에게 대단히 커다란 기쁨을 주고 있다는 것에 대해 고마울 따름이다. 아! 그러면서도 어제 나는 또 혼자 생각을 해 보았는데, 만일 내가 서른두 살에, 조르주 상드가 그랬던 것처럼 잘생긴 장 마리 르 클레지오(Jean-Marie G. Le Clézio)[15]와 함께 케이프 코드[16]로 가는 길로 접어들었다면. 본론으로 들어가서, 각기병으로 병석에 누워 있는 뮈세를, 이를테면 단도직입적으로 닥터 바르나르(C. N. Barnard)[17]에게 맡겨둔 채로 말이다.(어차피 꿈이니 즐겁게 꿔 보는 것이다!…) 아! 속으로 난 생각했다, 그랬다면, 그야말로 말 그대로 한바탕 난리가 아니었을까! 훗날 어떤 소동과 어떤 특종, 그리고 길이 남을 어떤 사진들과 함께 내 이름이 학교 교과서에 떡하니 나오게 되었을 것이고(훗날 기적이 일어나서 교과서에 슬쩍 섞여 들어가고, 그렇게 해서 우리 가엾은 아이들에게 그 이야기가 전해진다고 가정해 본다면, 그리고 지금부터 그때로 거슬러 올라가 그 사이에 출판된 모든 책들을 파쇄하지 않는 이상), 그리하여 내 이름은 그의 이름과 함께 진흙탕 속을 뒹굴었을 것이기 때문이다.

그럼에도 불구하고 내 경우라면 어떤 일이 일어났을지는 모르겠지만, 지금부터 내가 단언할 수 있는 이야기는, 이 끔찍한 두 연인의 편지를 읽어 보면 그 모든 것의 진상을 알게 될 거라는 사실이다. 그렇지만 상드가 그런 치욕을 당해야 할 이유는 없었고, 뮈세도 그런 동정을 받아야 할 이유는 없었다. 늘 그렇듯, 그들의 이야기도 당연히 그 유명하고 위대한 역사가 우리에게 제시하는 이야기와는 사뭇 달랐기 때문이다.

따라서 그들의 편지를 읽기 전에 그 주인공들에 대해, 편지를 많이 썼던 그 두 사람과 그들이 살아온 과거의 삶과 그들의 현재, 그들이 살았던 시대상황에 대해 머리에 잘 새기고 있어야만 한다. 물론 대단히 다채롭고 대단히 격정적이고 대단히 낭만적인 한 시대를 한순간에 요약하는 건 불가능한 일이다. 하지만 그냥 단순하고 성급하게, 감성이 모든 것을 지배했던 시대였다고만 말해 두자. 누구에게나 저마다의 감성이 있었고, 그에 대해 자유롭게, 거리낌 없이, 나아가 대개의 경우 더 부풀려서 이야기했던 시대였다. 그렇다고 모두가 하나같이 자신의 인생에서 일어나는 일이나 결과 들을 녹음기나, 또는 그것을 소재로 한 그렇고 그런 책들—대개의 경우 정말 시시하고, 언제나 약간은 외설적인 범위에서 벗어나지 못하는—을 찍어내는 일을 하는 대필업자에게 이야기했다는 건 아니다! 천만에! 그와는 반대로 모두들 자기 생각대로 자신의 삶에서 일어나는 일과 그 결과가 불러일으키는 감상을 글로 썼으며, 무엇보다 특히, 예전처럼 뜨거운 애정과 듣기 좋은 소리만 하려 했고, 까맣게 그을음이 낀 양초에 서로의 감정을 이입시키려고 노력했다. 하지만 그러한 감정도 모두들 조심스레 자신의 서랍 속에 숨겨 놓거나, 자신의 가장 친한 친구들에게만 도란도란 읽어 주는 것이 고작이었다. 당시 글을 쓴다는 것은 신성한 행위였으며, 그 글이 책으로 출판되는 일이란 실현 불가능한 이상이었고, 문학이란 하나의 예술이자 작가들만을 위한 예술로 간주되는 것이었다. 알다시피 그 시대는 발전은 가장 더뎠지만, 그래도 스탕달과 플로베르, 위고와 다른 많은 작가들처럼 확실하고 다양한 인재를 배출했던 시대였다.

1832년 조르주 상드는 『앵디아나(Indiana)』[18]를 출판하여 세상을 떠들썩하게 했다. 여자로서, 생각하는 존재로서의 여자에 대해 남자들을 당황하게 하는 새로운 주제에 대해 이야기했기 때문이다. 그리고 뮈세, 그는 자신만의 언어로 『나무나(Namouna)』[19]를 써서, 그 아름다움으로 남자들은 물론 여자들까지도 어리둥절하게 또는 황홀하게 만들었다. 그는 스물두 살이었고 그녀는 그보다 여섯 살 연상이었지만, 이상하게도 그 점이 그녀에게 장점이 되었다. 당시 청춘은 힘이 없었다. 그저 무지몽매하고 질풍노도 같고 성가셔서 될 수 있는 한 빨리 지나가야 했던 나이에 불과했다. 그럼에도 불구하고 뮈세는 상드의 마음에 들었다. 그는 잘생겼고 매력적이었기 때문에, 그리고 젊고 성마른 성격이었기 때문이었다. 그녀가 유명했기 때문에, 그리고 매력이 있었기 때문에, 충동적이고 착했기 때문에, 아직 그에겐 없는 담대함이 있었기 때문에, 신중하고 위엄있는 외모 속에 비치는 대단히 열정적인 그 무엇이 있었기 때문에 그녀가 그의 마음에 들었던 것처럼 말이다. 머지않아 드러나게 될 사실은, 상드가 상식을 벗어난 도시의 여장부보다는 농사짓는 시골의 유식한 아낙네에 더 가까웠다는 사실이다. 그녀는 사람 냄새가 나면서도 늘 비비 꼬아서 말하고 이상하며, 어떨 때는 뭐랄까 약간 교과서적일 때도 있지만, 진정한 나약함과 진정한 포기에서 오는 진심이 느껴지는 여자였다. 한편 그는 이미 머리가 클 대로 큰 남자였는데, 욕망과 감성과 야망이 혼동되고 마구 뒤섞여서 구별이 안 되고 있었다는 점에 한해서 하는 말이다. 그 정도로 그는 묘하고 매력적이라고만은 할 수 없는, 이것저것 섞어 놓은 그런 부류의 혼합물 같았다. 사람들은 그를 문인(文人)이라 하지만, 당시는 문인이 넘쳐 나던 시대였다. 그에 비하면 상드, 그녀는 파리에서, 그리고 다른 지역에서도, 마찬가지로 모든 지방에서 제일가는 여성 문인 중 한 사람이었다. 하지만 그때까지도 그녀는 자신처럼, 태어난 지 얼마 되지 않은 새로운 부류의 사람들과 마찬가지로 모든 것이 서툴고 모든 것이 초보 수준이었고, 자신이 획득한 것보다 더 많은 것을 요구하는 자유로 인해 비틀거리고 있었으며, 오로지 남자, 그녀의 남자들만이 자유의 필요성을 이해할 수 있다고 생각했다.

그래서 바로 뮈세, 젊고 변덕스럽고 시처럼 아름다운 시인 뮈세여야만 했던 것이다. 그녀와 그는 새로운 커플, 다시 말해 여자가 고삐를 쥐고 힘과 권력을 가지며 남자는 그 대상이 되어 복종과 무력함을 갖는, 지금까지 존재하지 않았던 새로운 커플이 될 것 같았다. 하지만 그들은 자신들도 모르게, 그리고 사람들이 그들에 대해 말했을 것 같은 모든 이야기와는 정반대로, 그보다 한술 더 떠, 그것과는 다른 커플, 만고불변의 커플, 이 세상에 존재했던 그 어떤 커플보다 가장 구식이고 가장 전통적이라 할 커플이 되어 있었다.

그는 그녀가 자신에게 주고 싶어 하는 것을 받고 싶어 했고, 그녀가 이미 자신에게 넘겨준 것을 지키고 싶어 했다. 그는 거기에 적격이었고, 그녀는 파멸했다. 그는 사냥꾼이었고 그녀는 사냥감이었다, 그것이 전부다. 그리고 그는 그녀를 조르주, 나의 꼬마 소년, 내 남자 친구라 불렀고, 그녀가 시가를 피우면서 그를 놀리는 동안 그는 망망대해를 항해하는 배 한가운데 있는 것처럼 속이 매슥거렸으며, 그녀보다 그가 더 많이 앉아 있거나 드러눕길 좋아했든, 여자처럼 변덕이 죽 끓듯 하고 신경이 예민했든지 간에, 그 모든 것이 그가 포식자라는 사실과 그녀가 희생자라는 사실에는 아무런 걸림돌이 되지 않았다. 흔하디흔한 일이지만, 여자가 경험하고 남자가 쓴 이 세상의 모든 전원시(田園詩)에서는 언제나 그렇다.

내가 생각하는 뮈세는, 재능 많고 똑똑한 이 새로운 여자에게는,

이 새로운 인종에게는, 자신의 삶과 생각을 함께 공유할 수 있을 이 예민하고 새로운 인류에게는, 더 이상 예민하지 않았던 것 같다. 그런 의미에서 뮈세는, 고상한 뜻에서 이탈리앵 대로의 난폭한 멋쟁이들보다 더 '여성해방론자'라고 할 만한 것이 없었다. 더 이상 그는 예민하지 않았다. 단지 더 똑똑해지고 더 냉소적으로 되었을 뿐이다. 유머 감각도 더 풍부해졌고, 그러면서 그녀의 어머니 같아 보이는 넓은 어깨와 오만한 눈빛과 칠흑같이 검은 머리카락 앞에서는 무기를 버리고 벌거벗고 있어야 할 것 같았는데, 이 여자에게서 일종의 재미와 어쩌면 퇴폐적일 수 있을 쾌락과 동시에, 피난처가 되어 주는 어린 시절에 느꼈던 즐거움을 발견했을 것이 분명했다. 그는 자신이 마음을 휘어잡고 있는 누군가의 손에 의해 있는 대로 휘어잡힌 것 같아 보이는 묘한 존재를 발견했을 것이 분명했다. 그것을 구실로, 그는 그의 나이 때에나 하는 치기 어린 방탕과 온갖 악행을 고백할 수 있었던 것이다. 자신의 행동에 대한 책임을 그는 온갖 변명과 함께 모두 자신의 결함 탓으로 돌렸는데, 아무리 그렇다 하더라도 그는 그때 이미 더 이상 오를 데 없는 냉소주의의 극치에 도달해 있었다. 또한 조르주에게도 평등할 권리가 있다는 사실을 한숨 지으며 인정은 했지만, 그건 어디까지나 자신의 우스꽝스러운 결함과 거의 똑같은 정도로 그녀가 대단히 엄하다는 전제 아래에서였다.

보다시피 그런 점에서 그들은 이전 세기와, 심지어는 앞으로 다가올 다음 세기와도 별반 다른 점이 없었다. 여기서 조르주 상드에 대해, 그녀가 한 번도 그런 적이 없었으며, 나로서도 그런 적이 없고 그다지 그렇게 되려는 노력도 해 본 적이 없는, 그럼에도 불구하고 그런 여성해방론자인 여자들 중 한 사람이라고 주장하는 것은 중요하지 않다. 하지만 이 꼬마 소년 커플—동등한 사람으로서의 이 커플, 남자 대 여자, 여자 대 남자의 평형을 이루고 있는 이 커플—이 그런 시도를 했다는 것은 너무도 분명한 사실이다. 대단히 의식이 깨어 있는 그 두 지식인이 모든 힘과 명성과 위신, 게다가 재능까지 다 바쳤던 이 시도가, 이번만큼만은 평등한 두 인격의 뜻과는 반대로 사기였다는 것 또한 너무도 분명한 사실이다.

실로 그럼에도 불구하고 두 사람 모두에겐 열정이, 그것도 대단한 열정이 있었다. 하지만 그건 조르주 상드에게 약간 유리하게 정착된 것 같은 열정이었는데, 바로 문학이었다. 그녀가 이 시인에게는 매우 자주 교묘히 손에서 빠져나가는 악마 같은 적대자였음에도 불구하고, 그녀는 그의 동맹이자 지지자였다. 무슨 일이 일어나더라도 그녀가 하루에 세 시간을 평생 동안 매일같이 문학에 바쳤던 것에 반해, 어쩌면 그는 그녀처럼 꾸준히 계속하지 못했을지도 모르기 때문이다. 어쩌면 유사 이래 도처의 역사적 혼돈 속에서 문학이 그 모든 굵고 걸걸한 남자 목소리만 들려주는 것에 조금 지쳤을지도 모르기 때문이며, 어쩌면 보다 더 산만한, 아니면 보다 더 종잡을 수 없는, 아니면 보다 더 거리낌 없는, 아니면 보다 더 진정성있는 목소리를 원했는지도 모른다. 그런데 어쩌면, 사실은 그녀의 작품 속에서는 자신을 절정에 올려놓고 사생활 속에서는 지옥에 떨어뜨리는, 그런 진정성이 바로 상드의 힘이었을지도 모른다.

정말인데 난 사실, 작품으로 보나 인격으로 보나 인물로 보나 상드보다 뮈세를 천 배는 더 사랑한다. 난 변덕이 죽 끓듯 하고 불안해 하고 제정신이 아니고 칠칠치 못하고 알코올 중독에 매사에 극단적이고 화를 잘 내고 어린아이 같고 절망적인 뮈세를, 현명하고 솜씨 좋고 유능하고 마음 따뜻하고 베풀 줄 알고 만사에 열심인 상드보다 천 배는 더 많이 사랑한다. 그럴 수만 있다면 나는 그의 시 한 편을 위해 그녀의 작품 모두라도 줘 버릴 것이다. 뮈세의 작품에는 예지와 이성이 있고, 평온한 상드의 시보다 역시나 천 배는 더 내 마음을 사로잡을 어떤 멋스러움과 절망과 충동이 있고, 문체가 자연스러울 뿐만 아니라 딱히 이유를 들 수 없는 그 무언가가 있다. 그럼에도 불구하고 나는 여전히 그들의 편지를 읽고 싶었을 것이며, 뮈세의 친구보다는 상드의 친구가 되고 싶었을 거라는 이야기를 해야겠다. 친구라면 비난하는 것보다는 위로해 주는 것이 더 쉬운 법인데, 뮈세를 위로할 순간이 왔을 때는 아마도 무슨 말로 그를 위로해 줄지 알지 못해 어려움을 느낄 수 있겠지만 그를 탓하는 이야기를 찾는 데는 전혀 어렵지 않았을 것이기 때문이다. 그에 반해 그녀는, 사랑으로 괴로워했고 우정으로 괴로워했고 사람들로부터 존경받는 것에 대해 괴로워했다. 그녀는 내가 좋아하고 감탄하는 모든 것에 괴로워했고, 그에 반해 뮈세는 내가 꺼려하고 경멸하지만 때론 감동할 때도 있는 모든 것에 괴로워했다.

그런데 그들의 편지를 읽는 사람이라면, 그 역시 태어나는 순간부터 정해진 성별에 따라 두 사람 중 한쪽으로 마음이 기울 것이다. 그럼에도 불구하고 난 어느 쪽이든 편애할 생각이 없으며, 누구나 살면서 한 번은 그 편지들을 읽어야 한다고 생각한다. 대부분의 편지에서 당대의 가장 위대한 여류 소설가인 조르주 상드가 '그녀'였으며, 가장 매력적인 시인이자 가장 훌륭한 극작가인 뮈세가 '그'였다는 사실을 모르고 읽어야 할 것이다. 그리고 그것이 1833년에 일어난 일이라는 사실도 할 수만 있다면 잊어야 할 것이다. 하지만 그들이 내는 목소리만큼은 간과해서는 안 된다. 물론 읽다 보면 가끔씩 하품도 나온다. 그리고 가끔씩 웃음도 나고, 가끔씩 과장이 너무 많아 놀라기도 하고, 가끔씩 눈에 눈물을 글썽이게 하는 짓궂은 장난 그 이상일 때도 있다. 그렇지만, 그래도, 이건 슬픈 이야기다. 두 연인은 다소 힘들어 하면서 서로 헤어져 자신들의 사랑을 놓아주기로 결심했지만, 실은 여전히 서로에게 집착하고 있고 그들에겐 여전히 머리로, 가슴으로 기억하는 쓰라리고 고통스럽고 비통한 추억들이 있다. 그들은 서로를 존경하기에 계속해서 친구로 남기로 결심했던 것이다. 그래서 여자는 실제로 그러기로 하고, 그가 떠날 때 다른 상대와 함께 남는다. 하지만 그녀는 그를 사랑하지 않는 게 아니라 너무도 사랑하며, 그녀에게 힘이 되고 그녀를 사랑하는 사람은 여전히 그다. 그리고 그는 대단한 환멸을 느낀 것 같은 모습으로 뭐랄까, 눈에 보이지 않는 회한 속에 감춰진, 말하자면 관대하고 위엄있는 듯한 모습으로 떠난다. 그러한 모습은 우리가 학교 다닐 때 교과서에서 읽었던 바람둥이 시인의 모습과 화가 날 정도로 닮아 있다. 그리고 남자는 차츰 지루해하고, 파리에는 누가 뭐래도 지성과 감성에서 풍기는 모든 매력, 그를 향한 사랑에서 나오는 마력 같은 매력이 있었던 그 여자만큼 그 남자를 즐겁게 해 주거나 기분을 풀어 줄 사람은 아무도 없다. 파리에 있으면서 남자는 그곳에 사람들이 많은 것 같지 않아 조금 외롭고 지루하다. 그는 지루할 때마다 정말로 지루하다(ennui)는 단어의 철자 으(e), 엔(n), 엔(n), 위(u), 이(i), 그리고 마침표까지 또박또박 입 밖으로 내어 말할 용기가 없다. 그리고 자신에 대한 권태로움, 다시 말해 스스로 영감을 받거나 자신의 삶에서 느끼는 권태로움을 그녀에 대한 권태라고 부르는 건, 그것이 가장 친근하고 가장 그럴듯하고 가장 멋지기 때문이다. 그래서 다시 권태에 빠지고 다시 돌아가기로 한 그는, 되는 대로 살아가다 다시 상드와 사랑에 빠지게 된다. 그러면서 차츰차츰 그들의 편지는 변해 가고, 편지를 하면 할수록 점점 더 남자는, 심지어는 함께 이탈리아를 여행하는 내내 상드에게 마음껏 가혹행위를 하게 되었고, 그녀는 그의 냉혹함과 변변치 않은 잠자리에 대해 비난하면서 베네치아의 모든 남창들과 바람을 피웠다. 남자는 그들의 육체관계에 대해 냉혹하고 시니컬하게 조롱하며, 대화 중에도, 편지에서도 분명한 유감이 섞인 관능적인 표현을 고의적으로 쓴다. 그러나 재능있고 뜨거운 심장이 있고 어느 모로 보나 애정이 있는 뮈세이기에, 비록 그 심장이 자신을 위해서만 뛰지만 그녀의 마음을 움직이게 되고 그녀를 감동시킨다.

그리고 어느 날 그는 그녀에게 한 편의 멋진 사랑의 편지를 쓰는데, 그건 그의 이 서간집을 통틀어 어쩌면 유일할지도 모를, 가히 전적으로 현대적이라 할 편지로, 읽는 사람의 머리카락마저 쭈뼛서게 한다. 무시무시한, 집착처럼 강한 열정만큼이나 무시무시하기 때문이다. 다만 그 무시무시함을 실감하려면 뮈세가 그 직전에 보낸 장문의 편지를 먼저 읽어 보아야 한다. 그렇지만 도대체 그 편지 안에서 무슨 일이 일어났기에, 마치 벼락처럼 떨어진 그 편지가 벌거벗고 빗속에서 오들오들 떨고 있는 그 연인에게 회한과 욕정을 남겼으며, 빈손으로 욕심을 버리고 진솔한 눈빛이 되게 하고, 두 팔 벌려 그 무엇이라도 받아들일 각오를 하고, 결국엔 누군가를 위해 헌신할 각오를 하게 만들었을까. 그 편지와 날짜 차이가 얼마 나지 않는 마지막 편지 사이에 무슨 일이 있었기에, 그는 자신에 대해 빈정거리는 논평을 보고도 꾹 참으며 그녀를 속이고, 영원히 그녀를 버리기 위한 단 하나의 목적을 위해 자신이 후회한다고 꾸며대는 터무니없는 연기를 해야 했을까. 그렇다면 그가 그녀를 다시 정복한 이상 그녀는 또다시 그로 인해 고통을 받게 되는 것일까.

말하자면, 많은 다른 예술가들처럼 뮈세는 성숙한 성인 남자가 아니라는 것이다. 그는 어린아이, 갖고 놀던 장난감을 빼앗아서는 안 되는 바로 어린아이인 것이다. 베네치아의 한 의사가 그렇게 할 뻔했다. 어설프고 어리석은 젊은 이탈리아 의사는 그의 장난감을 빼앗기 일보 직전까지 갔었다. 그러니까 뮈세의 편지 중 하나에서 그 이야기를 흘리고 있는 것처럼, 그러니까 뮈세는 그에게 자신은 그런 식으로 자신의 장난감을 빼앗기지 않는다는 것을 증명해 보일 것이다. 그래서 비록 뮈세가 그 편지, 그 유명하고 뛰어난 편지를 썼을 때 그는 정말로 괴롭기는 했지만 그리 오래 괴로워하지는 않았다.

왜냐하면 그녀, 그녀가 사랑의 절규를 받자마자 굴복했고, 그는 결국 그녀가 아직 완전히 잊지 않고 있었던 사랑을 상기시킬 것이라는 사실을 알고 있었기 때문이다. 다시 말해 그녀가 사랑하고 있는 건 자신이며, 다른 하나는 권태라는 것이었다. 하지만 그녀, 그녀는 언제나 권태에 대해 어떻게 불러야 할지 알고 그것을 뭐세에 대한 권태라고 부르며, 거기에 대해 거짓말하지 않는다. 그리하여 그는 그녀를 다시 붙잡았고, 그래서 가장된 질문과 가장된 의심과 가장된 애원과 가장된 비난으로 그녀를 괴롭혔다. 그녀를 못살게 굴고 공격하고 지쳐서 녹초가 되게 만들었다. 그녀는 돈이 없고, 아이들은 지긋지긋하며, 되는 일은 없고, 남자는 거세게 분노하며 그녀 주변을 맴돌면서 한시도 숨 돌릴 틈을 주지 않는다. 그는 그녀가 일을 하도록 놔두지도 않았는데, 그녀로서는 그 '…도 못한다'라는 사실이 끔찍하기만 하다.

그리하여 그녀는 겉으로 보기에는 모든 것을 잃은 것 같았다. 결국 떠난 건 그이고, 두 사람이 함께하는 삶이란 불가능한 것임을 처음으로 고백한 사람도 그인 이상 말이다.(비록 그가 잠시 변덕이 나서, 그녀에게 다른 남자의 가슴에 상처를 주라고 애원하기는 했지만) 그럼에도 불구하고, 그러니까 이번이 두번째로, 감상적인 아틸라(Attila)[20]가 되어 토지를 황폐화시키고 헐벗도록 초토화시키고 나서 떠나는 것이 그라 하더라도, 그래도 결정권을 가진 것은 그녀다. 마지막 편지의 전전 편지에서였던 것 같은데, 그 편지에서 그녀는 돌연 자신의 능력과 매력 그리고 앞서 말한 대단히 현대적인 면모를 회복하는데, 그것이 바로 그녀의 아이러니다! 아, 그 편지를 읽게 될 사람들이 나와 똑같이 망연하게, 하지만 대단히 즐겁게 읽으리라 생각되는 무시무시한 아이러니인 것이다. 그렇다! 맞다, 바로 거기서 우리가 그토록 귀에 못이 박히도록 들었고, 상드 자신이 너무도 강력히, 하지만 그다지 진정성은 없이 역설하던 그 유명한 현대적인 여성이, 그 유명한 자유분방한 여성이, 그 유명한 대상이 아닌 주체로서의 여성이 마침내 탄생한 것이다. 그 유명한 여자가 바로 거기, 뮈세에게 평정을 되찾으라고 조용히 충고하는 그 짤막한 편지 속에 있다. 해학과 위트가, 남성들의 세계에만 있는 줄로 알고 있었던, 남성들의 무기의 전부라고 할 해학과 위트가 그녀에게, 꼴이 우습게 되어 버린 알프레드 드 뮈세의 악마 같고 격분한 편지에 회답하는 그녀의 편지 속에 있는 것이다. 바로 거기, 오로지 그녀는 거기에서만 이겼다. 물론 그녀가 줄곧 다 이겼다. 사랑을 하는 쪽이 그녀이고 그 사랑을 받는 쪽이 그이기 때문이다. 물론 당시 사람들도 지금의 사람들도 여전히 모든 것을 주는 것이 사랑이며, 무관심은 우리를 모래 위에 내버려 두는 것이라고 말할 것이다. 그럴 수도 있다. 하지만 몇 번의 패배는 너무도 냉혹한 승리를 만들어 낸다. 그런데 상대방이 알아주지 않는 사랑과 실연의 승리가, 솔직히 말해 내가 보기에 짜릿해 보였던 적은 한 번도 없었다. 아니, 그렇지만 상드를 구한 것은 바로 그 편지였던 것이다. "진정해요, 우리… 진정해요! 진정하자구요! 우리 지금 뭐하고 있는 거죠? 그러니까 지난 몇 달 동안 우린 뭘 한 거죠, 베네치아에서 파리로 파리에서 베네치아로 분주히 뛰어다니고 있는 이 푸른 무늬의 하얀 종이로 말이에요. 이 종이가 우리를 다시 만나게 해 주고, 당신의 몸과 나의 몸, 당신의 입술과 나의 입술, 당신의 머리카락과 나의 머리카락이 서로 합쳐지게 해 주고 있는 거죠, 당신이 그토록 원하던 대로 말이에요. 그 말은 또다시 그 매듭들을 풀어서 떼어 놓겠다는 건가요? 그 모든 것이 이 종이! 모든 것이 이 종이라니! 우린 평생을 이 종이로 살아갈 건가요? 당신은 그럴 거예요, 알프레드, 당신은 그런 게 잘 맞을 거예요. 하지만 난 아니에요, 난 여자라구요."

그리고 거기서, 갑자기 여자의 말은 다시, 지구와 비슷하게 생기고, 지구라고 불리고, 고대 그리스 사람들은 '게'[21]라고 불렀던 둥근 물건의 이름이었을 것이 분명하고 지금도 변함없이 그럴 것이 분명한, 그것의 말로 돌아와 있다. 그건 둥글고 빙글빙글 회전하고 즐거워하고 모든 것을 그러모으고 모든 것을 받아들이고 모든 것을 가져다줄 준비가 되어 있다. 하지만 모든 것을 뒤엎고 모든 것을 넘어뜨릴 준비도 하고 있는 것이다, 침묵과 망각의 허무함 속에서. 왜냐하면 상드는 뮈세를 잊을 것이고, 상드는 쇼팽을 사랑하게 될 테니까. 그리고 뮈세, 그는 그녀 다음에 누구를 사랑하게 될까, 어떤 여자, 어떤 친구, 그 누구일까.

그건 그가 대답할 수 없었던 질문이다. 그리고 거기에 대해서는 어쨌든 위대한 역사 자신도 대답을 만들어내지 못했다.

이 글은 조르주 상드와 알프레드 드 뮈세의 편지를 실은 책〔에디시옹 에르만(Èd. Hermann), 1985〕[22]의 서문으로 작성된 글이다.

위대한 피츠제럴드

이건 『팜』을 위해 특별히 준비된 패션과 문학의 이례적인 결합이라 할 수 있다. 피츠제럴드에 대한 흔치 않은 소식 하나로 사강은 이 미국 작가의 공개되지 않은 초상 하나를 떠올린다. 그리고 편집자로서 페기 로슈는 하나의 유행 그 이상인, 피츠제럴드의 작품 속 주인공들과 직결되는 쿠페 스타일의 자동차를 머리에 떠올린다.[1]

스물다섯 살의 스콧 피츠제럴드(Scott Fitzgerald)는 미남이었다, 하지만 호감형이었다. 그는 재능이 있었다, 하지만 인기가 많았다. 그는 자신의 아내와 사랑에 빠졌다, 하지만 그녀는 그를 사랑했다. 그는 많은 돈을 벌었다, 하지만 그는 사치스러운 생활을 좋아했다. 그는 사람들을 좋아했다, 하지만 사람들은 그를 좋아했다. 그는 젊었다, 하지만 그는 난봉꾼이었다. 그는 술을 좋아했다, 하지만 그는 주량이 셌다.

내가 '그리고'가 아니라 '하지만'이라고 한 건, 많은 전기 작가들과 평론가들, 역사학자들, 그리고 작품에 대한 그들의 침울하고 진부한 이론을 생각해서다. 그들의 눈으로 본 예술가는 분명 불행할 것이기 때문이다. 그러면서 뮈세의 결핵이나 보들레르의 우울증, 스탕달의 연이은 실패, 발자크의 채권자들을 보고 몹시 기뻐한다. 이해 못 할 것은 없다. 재능이란 규정하기 어렵고 그래서 파악하기도 어렵고 노력 없이 얻어지는 것이기에, 분명 당연한 결과일 것이다. 하지만 스콧 피츠제럴드의 이십 년간의 삶은 그러한 시기 어린 시선과 유감스러운 도덕관념에 대한 하나의 도전이었다.

사람들은 광기 넘치는 그의 아내와 같은 시기에 스콧 피츠제럴드도 알코올 중독에 빠지는 경향을 보이지 않았는지 궁금해 할 수도 있다. 그가 문학가의 반열에 마땅히 있어야 할 자격이 있었는지 궁금할 수 있다. 그가 코네티컷 주의 멋들어진 전원주택에서, 나이가 들어서도 행복하고 천부적 재능을 지닌 채 최후를 맞이했다고 상상해 보라! 섬뜩해서 머리카락이 쭈뼛 서는 일이다.

이미 그는 자신의 빛나는 이십대의 대가를 톡톡히 치렀다. 사람들은 그에 대해 경박하다고 했다, 마치 행복이란 것이 경박할 수 있는 것처럼. 무감각하다고 했다, 마치 알코올 중독이 무감각할 수 있는 것처럼. 무력하다고 했다, 마치 작가가 실력이 없을 수 있는 것처럼. 옹졸하다고 했다, 마치 재능이 옹졸할 수 있는 것처럼. 그러나 사실, 피츠제럴드에게는 결점이 없었다. 자기중심적이었을 뿐이다. 그는 자신의 작품에 그랬던 만큼 자신의 삶에 열중했다. 자신의 주인공들에게 그랬던 만큼 자신의 가까운 사람들에게 민감했다. 그는 명예가 행복의 눈부신 상복(喪服)이길 원치 않았으며, 다만 행복의 반향이길 원했던 것이다.

그리고 사실, 그가 둘 다를 박탈당한 것은 우연이었다. 그가 젤다라는 가장 사랑하는 우연을 위해 살았던 것처럼, 그는 그녀를 위해 죽었다. 진정한 작가란 진정한 연인이 되면 안 되는 것 같지만, 피츠제럴드는 둘 다였다. 바로 그것이 그를 파멸시켰던 것이다.

하지만 바로 그것이 그의 책에, 그런 순진한 기교와 다른 어느 곳에도 없는 희귀한 음색과 묘하게 긴장되는 감미로움과 빛을 발하는 애수를 불러일으키고 있는 것이다. 요컨대 바로 그것이, 그의 가벼운 정신이상과 몰락마저도 동료들로 하여금 질투하게 만드는, 그 누구도 막지 못하는 매력인 것이다.

장 폴 사르트르에게 보내는 편지

친애하는 아저씨께,

'친애하는 아저씨'라고 하는 '아저씨'라는 말을, '누구든 신분에 상관없이 부르는 남자에 대한 호칭'이라고 하는 어린아이 수준의 사전적 설명을 생각하면서 불러 봅니다. 전 아저씨를 '친애하는 장 폴 사르트르(Jean-Paul Sartre)'[1]라고 부르지 않을 겁니다. 그건 신문기자들이 잘 쓰는 표현이며, '친애하는 선생님'도 무엇보다 아저씨께서 몹시도 싫어하시는 표현이고, 그렇다고 '친애하는 작가'는 또 너무 부담스러우니까요. 몇 년 전부터였어요. 아저씨께 이런 편지를 쓰고 싶었던 것은요. 사실은 제가 아저씨의 책을 읽기 시작했던 거의 삼십 년 전부터, 특히 누군가를 존경한다는 사실이 웃음거리가 되고 서로 칭찬하는 일도 웃음거리가 되다시피 하여 극히 보기 드문 일이 되어 버린 십 년 내지 십이 년 전부터는, 부쩍 더 편지를 쓰고 싶었습니다. 아마도 아저씨께서 늘 멋지게 코웃음을 쳤던 그런 웃음거리에 대해 개의치 않을 정도로, 요즘 제 자신이 나이가 든 건지 아니면 도로 젊어져서 예전의 활력을 되찾은 건지 모르겠어요.

다만 저는 아저씨께서 이 편지를 6월 21일에 받으셨으면 했습니다. 다소 시간적 차이는 나지만 그날은 바로 아저씨와 저, 보다 최근에는 플라티니(M. Platini)[2]가 태어났던, 프랑스로서는 행운의 날이니까요. 굳이 비유를 하자면 헹가래를 쳐 주거나 잔인하게 짓밟힌 —이 부분은 다행히도 아저씨와 저한테만 해당되는— 뛰어난 세 사람들이죠. 무어라고 딱히 감이 잡히지 않는 지나친 존경심이나 부적격함을 이유로 말이에요. 하지만 파란만장한 여름날은 짧고 퇴색하기 마련입니다. 결국 전 그런 식의 생일 축시(祝詩)는 단념하고 말았지만, 제가 이렇게 아저씨라 부르고 제 감정에 치우친 이런 호칭을 쓰는 배경에 대해서는 꼭 변명을 해야 할 부분이었습니다.

그러니까 제가 두루 책을 섭렵하기 시작한 건 1950년이었습니다. 그때부터 제가 얼마나 작가들을 좋아하고, 그중에서도 특히 우리나라나 외국의 생존 작가들을 얼마나 존경했는지는 하느님과 저의 문학적 지식이 증명해 줄 거예요. 이후 저는 그렇게 좋아하던 작가들 중 몇 분과 알게 되었으며, 저 역시도 다른 작가들의 경력을 따라 같은 일을 하게 되었습니다. 그중엔 지금도 제가 작가로서 존경하는 작가들이 많이 있기는 하지만, 제가 인간으로서 변함없이 존경하는 작가는 오로지, 바로 아저씨밖에 없어요. 아저씨께선, 영리하고, 세상을 바라보던 눈이 매섭고, 뚜렷한 포부가 없어서 타협도 없던 시기인 열다섯 살의 저에게 말씀하셨던 모든 것들을, 그 모든 약속들을 지켜 주셨습니다. 같은 세대의 지식인들 중에서 아저씨는 최고의 지성으로 빛나는 가장 정직한 책을 저술하셨고, 프랑스 문학사상 가장 재능이 번뜩이는 『말(Les Mots)』도 저술하셨습니다. 그와 동시에 약하고 멸시당하는 사람들을 돕는 일이라면 언제나 무턱대고 뛰어드셨어요. 사람들을 믿으셨고, 대의(大義)와 보편성을 믿으셨습니다. 누구나 그렇듯 때로는 실수도 하셨는데, 그럴 때마다 아저씨께서는 자신의 실수를 바로 인정하셨어요.(바로 그 점이 세상의 모든 사람과 대조되는 부분입니다) 그리고 자신의 명성으로 얻어지는 모든 정신적 영예와 모든 물질적 이득을 완강히 거부하셨습니다. 모든 상황이 어려우면서도, 어쨌거나 소위 명예롭다고 하는 노벨상도 거절하셨습니다. 알제리 전쟁 때는 세 차례나 폭격을 당해 길거리에 내쫓겼어도 눈썹 하나 까딱하지 않으셨어요. 마음에 드는 여자들한테 딱히 그녀들이어야만 할 이유도 없는 역할들을 맡기도록 극단장들에게 강요하면서, 아저씨에게 사랑이란 명성이 입고 있는 눈부신 상복(喪服)과 정반대일 수 있음을 그런 식으로 호화찬란하게 증명해 보이셨지요. 다시 말해 아저씨는 사랑을 하셨고, 글을 쓰셨고, 함께 나누셨고, 자신이 내주어야 할 중요한 것들을 모두 내주셨습니다. 그와 동시에 자신에게 제공되는 중요한 것들은 모두 거절하셨습니다. 아저씨께선 한 사람의 작가인 것과 마찬가지로 한 인간이셨고, 단 한 번도 작가로서의 재능이 인간의 나약함을 정당화한다고 주장하지 않으셨으며, 창작 활동을 하는 행복만이 주변 사람들이나 다른 사람들, 다른 모든 사람들을 업신여기고 무시할 수 있다고 주장하지도 않으셨죠. 재능과 선의로 인한 실수는 정당화된다는 주장도 옹호하지 않으셨습니다. 실제로 아저씨는 작가들의 그 유명한 병약함 뒤로도, 자신이 가진 재능이라는 양날의 칼 뒤로도 피신하지 않으셨으며, 그러면서도 시시한 주인과 위대한 하인과 더불어 우리 시대 작가들에게 할당된 단 세 가지 역할 중 하나인 나르시스가 되어 행동한 적도 없었습니다. 양날이 있다고 하는 그 칼에, 많은 사람들이 그랬던 것처럼 마음껏 아우성 치는 그 칼에 찔리기는커녕, 아저씨는 오히려 손에 쥐기에 가볍고 쓸모도 많고 손을 놀리기에도 유연해서 그 칼이 좋다고 하셨어요. 아저씨는 그렇게 그 칼을 쓰시면서, 아저씨에게 희생자로 보이는 사람들과 진실한 사람들이, 글을 쓸 줄도 자신의 생각을 밝힐 줄도 싸울 줄도, 때론 불평조차 할 줄도 모르는 사람들이 그 칼을 자유로이 사용할 수 있도록 해 주셨습니다.

아저씨는 다른 사람을 심판하길 원치 않기에 정의에 대해 비난하지 않는, 공경받길 원치 않기에 명예에 대해 이야기하지 않는, 자신이 관대함 그 자체라는 사실을 모르기에 관대함에 대해 거론하지 않는, 정의와 영예와 관대함을 지닌 우리 시대의 유일한 사람이셨습니다. 끊임없이 일하면서 다른 사람들에게 모든 것을 내주고, 절약을 모르는 것처럼 호사도 금기도 모르고, 글로써 센세이션을 불러일으키는 파티를 제외한 떠들썩한 파티라고는 모르고, 사랑을 하고 사랑을 주면서 사람들의 마음을 사로잡지만 기꺼이 사로잡힐 준비가 되어 있고, 모든 방면에서 빠르고, 지성과 빛나는 광채로 친구들을 초월하고 그들의 피를 끓게 하셨습니다. 하지만 그들에게 그 사실을 감추기 위해 아저씨는 끊임없이 그들에게 의지하셨어요. 사람들로부터 자주 이용당하고 농락당하고 관심받지 못하길 더 좋아하셨고, 또한 희망을 갖지 않는 것보다는 실망하는 편이 더 좋다고 하셨어요. 결코 귀감이 되길 원한 적이 없던 사람이라 하기엔, 이 얼마나 귀감이 되는 삶일까요!

아저씨께서는 이젠 시력을 잃어 글을 쓸 수가 없게 되셨다고 들었어요. 때론 글을 쓸 수 있다는 것이 마찬가지로 불행할 때도 분명 있습니다. 그런데 어쩌면, 이십 년 전부터 제가 여행을 다녔던 일본이나 미국, 노르웨이, 시골이나 파리 할 것 없이 가는 곳마다 남녀노소를 불문하고 아저씨에게 경의를 표하는 사람들을 만났다는 사실을 아시게 된다면, 기쁨 그 이상의 감동을 느끼실지도 모르겠어요. 그때 그들의 마음 깊은 곳에서 우러나오던 신뢰와 감사의 마음은, 지금 이렇게 편지로 아저씨께 털어놓는 제 마음과 같습니다.

지금 우리가 살고 있는 이 세기가 제정신이 아니며 비인간적이고 부패했다는 건 입증된 사실입니다. 그럼에도 불구하고 아저씨께서는 지성인이셨고 다정하셨으며 청렴하셨고, 그건 지금도 그렇습니다.

그 점이 저는 아저씨께 얼마나 고마운지 모릅니다.

이 편지는 내가 1980년에 쓴 것으로, 니콜 비스니아크(Nicole Wisniak)[3]가 창간하고 현재 편집장으로 있는, 기상천외하고 멋진 『에고이스트(L'Égoïste)』에 발표했던 글이다. 물론 다른 사람을 통해 사르트르의 허락부터 먼저 받았다. 우리가 서로 만나지 못한 지가 거의 이십 년이 다 되어 간다. 그나마 그때 시몬 드 보부아르

(Simone de Beauvoir)[4]와 나의 첫 남편과 함께 약간 어색한 분위기 속에서 식사만 몇 번 같이했을 뿐이었다. 그리고 은밀한 오후, 서로 만나기 민망한 곳에서 몇 번 야릇하게 마주치기도 했지만, 사르트르와 나는 서로 못 본 척했다. 또 한번은 나한테 너무 공을 들인다 싶었던 매력있는 기업가와 함께한 점심 식사 자리였는데, 그 기업가가 흔쾌히 자신이 모든 비용을 댈 테니 사르트르에게 좌익 문예지를 만들어 보라는 제안을 했다.(그런데 치즈를 먹은 후 커피가 나오길 기다리는 동안 그 기업가가 자신의 차 주차시간 표시판을 바꾸러 자리를 뜨자, 사르트르는 잠시 머쓱해 하더니 결국엔 실소를 금치 못하며 재미있어 했다. 아무튼 이후 드 골이 차츰 실권을 장악하게 되면서, 그것이 실현 불가능했던 그 계획의 최종 결론이 되고 말았다)

그러한 몇 번의 짧은 교류 이후 우린 이십 년 동안이나 만나지 못했지만, 난 늘 그에게 이 말이 하고 싶었다, 난 그의 신세를 지며 살아왔다고.

그런데 눈이 보이지 않아 서기(書記)에게 내 편지를 읽어 달라고 한 사르트르가, 나에게 단둘이 만나서 저녁 식사를 하자고 알려온 것이다. 난 그때 그를 모시러 갔던 에드가 키네 대로[5]를 지금까지 단 한 번이라도 가슴이 죄어 오는 아픔을 느끼지 않고 지나가 본 적이 없다. 우린 그의 집 근처에 있는 '클로저리 데 릴라'[6]에 갔다. 난 그가 넘어지지 않도록 그의 손을 붙잡고 조심하라고 너무 닦아세우다 보니 말까지 더듬었다. 지금 생각해 보면 그때 우리는 프랑스 문단에서 가장 희한한 이인조의 모습을 하고 있었고, 까만 옷을 입은 식당 웨이터들은 마치 혼쭐난 까마귀들처럼 파닥거리며 우리 앞을 맴돌고 있었다.

그때가 그가 세상을 떠나기 일 년 전이었다. 그것을 시작으로 우리는 계속 함께 저녁 식사를 하게 되었다. 하지만 세간에서 말하는 그 모든 것들은, 나는 전혀 모르는 이야기였다. 나는 어디까지나 그가 호의로 식사 초대를 해 준 거라 생각했고, 더구나 난 그가 나보다 더 오래 살 거라고 생각하고 있었다.

우린 거의 열흘에 한 번씩 함께 저녁 식사를 했다. 내가 그를 모시러 가면, 그는 모자 달린 두꺼운 더플코트를 입고 현관에서 나를 기다리고 있었다. 그 누구와 함께 있든 우린 마치 이인조 도둑처럼 눈 깜짝할 사이에 도망치듯 사라지곤 했다. 그의 주변 사람들이 하는 이야기나 그의 마지막 몇 달을 지켜본 사람들의 회상과는 달리, 아무리 숨김없이 고백하라고 해도 난 정말로 단 한 번도, 식사를 하는 그의 모습을 보며 아연실색한 적도 애통해 한 적도 없다. 물론 포크를 쥔 그의 모든 손놀림이 비틀비틀 위태로웠던 적은 있었지만, 그건 그가 눈이 보이지 않았기 때문이지 노망 난 것은 아니었다. 신문이나 잡지에 실린, 그가 식사하는 모습에 대한 한탄하고 애석해 하며 멸시하는 내용의 기사들에 대해, 난 대단히 유감이 많다. 그들이 그토록 눈이 까다로운 사람들이라면, 그들은 차라리 눈을 감았어야 했다. 그리고 그 쾌활하고 열의로 가득 차고 의연했던 목소리에 귀를 기울여야 했고, 자유롭게 말하는 그의 이야기의 의도를 알아들었어야 했다.

우리끼리 있을 때 좋은 점에 대해 그는, 우리가 다른 사람이나 우리 두 사람 모두 알고 있는 사람들에 대한 이야기를 한 번도 한 적이 없었던 점이라고 했다. 그가 그랬다, 우린 서로 마치 기차역 플랫폼에 서서 기차를 기다리는 여행자들처럼 이야기를 나눈다고…. 그가 그립다. 난 그의 손을 잡는 것이 좋았고, 난 그가 나의 정신을 잡아 주었으면 했다. 난 그가 하라는 대로 하는 것이 좋았고, 난 그가 눈이 보이지 않아 저지르는 실수 같은 건 아무렇지도 않았으며, 그가 문학에 대한 열정을 접고도 살아갈 수 있었다는 사실이 존경스러웠다. 그를 위해 엘리베이터를 잡아 주는 것이 좋았고, 그를 태우고 드라이브를 하고, 그의 접시에 놓인 고기를 썰어 주고, 우리 둘만의 두세 시간을 재미있게 보내기 위해 노력하고, 그에게 차를 끓여 주고, 그 몰래 살짝 스카치위스키를 갖다 주고, 그와 함께 음악을 듣는 것이 좋았다. 하지만 그 무엇보다도 나는 그의 이야기를 듣는 것이 좋았다. 그가 사는 아파트 문 앞으로 그를 모셔다드릴 때 무척 슬픈 표정으로, 내가 가는 방향으로 몸을 돌린 채 서 있던 그를 뒤로하고 등을 돌려 나오는 것이 나는 몹시도 가슴이 아팠다. 그럴 때마다 나는 다음에 만날 약속을 분명히 했음에도 불구하고 우리가 다시는 만나지 못할 것만 같았고, 그가 '장난꾸러기 릴리'[7]—그는 나를 이렇게 불렀다—와 자꾸만 횡설수설하는 내 말이라면 이젠 지긋지긋하다고 할 것만 같았다. 나는 우리 두 사람 중 한 사람한테 무슨 일이 일어날까 봐 겁이 났다. 사실 그래서 마지막으로 그를 만났을 때 헤어지면서, 나와 함께 마지막 엘리베이터를 기다리는 마지막 문 앞에 선 그의 표정을 보자 한결 마음이 놓였었다. 그때 난 그도 나한테 조금은 애착이 있구나 하고만 생각했지, 머지않아 그에게 그토록 생에 집착해야 할 순간이 다가오리라고는 꿈에도 생각하지 못했다.

파리 14구의 후미진 곳에 있던 이런저런 식당들에서 그와 함께 했던, 독특한 풍미가 있기도 하고 그렇지 않기도 했던 묘한 저녁 식사가 기억난다. "그런데 당신이 보내 준 그 '연애편지' 말인데요, 한 번 읽어 줬습니다." 그가 나한테 맨 처음 했던 말이다. "무척 마음에 들었습니다. 그렇지만 당신이 치켜세워 주는 말 한마디 한마디를 만끽하겠다고 어떻게 다시 읽어 달라고 하겠습니까? 과대망상증 환자 같을 텐데 말입니다!" 그래서 나는 그에게 했던 사랑의 고백을 직접 읽어서 녹음을 해 주었다. 말을 어찌나 더듬거렸던지 꼬박 여섯 시간이나 걸려야 했다. 그런 다음 나는 그가 손으로 더듬어서 알아볼 수 있도록 녹음테이프 위에 스카치테이프를 붙여 두었다. 그러자 그는 굳이 밤에 기분이 우울할 때 혼자서 듣겠다고 했다. 하지만 그 말은 의심할 여지 없이 나를 기쁘게 하려고 한 말이었을 것이다. 그는 이런 말도 했다. "요즘 들어 부쩍 나한테 스테이크를 너무 크게 썰어 주는데, 이젠 존경심이 없어진 겁니까?" 그래서 내가 그의 접시 위에서 분주히 손을 놀려 고기를 다시 잘게 썰고 있노라니, 그가 껄껄 웃기 시작했다. "당신은 참 친절한 사람이군요, 아닌가요? 좋은 거죠. 영민한 사람들은 친절한 법입니다. 내가 아는 이 중에 영민하면서 고약한 이라곤 딱 한 양반밖에 없습니다. 그런데 그 친구[8]는 동성애자였고, 사막에서 살았어요." 그는 남자들, 그중에서도 그런 예전의 젊은이들, 그런 아들 같은 청년들, 그중에서도 자신을 아버지처럼 찾던, 하지만 정작 자신은 그런 것이 싫었던, 그런 예전의 아들 같은 청년들에 대해 진저리를 쳤다. 그래서 그는 여자들과 함께 있는 것만 좋아했다. 그가 말했다. "정말이지, 그 친구들은 나를 못살게 괴롭힙니다! 어떻게 된 게, 히로시마 원자폭탄 투하도 내 탓이요…, 스탈린도 내 탓이요, 자신들의 자만도 내 탓, 아둔함도 내 탓입니다…." 그러고는 자신들의 아버지가 되어 주길 원했던 그런 가짜 고아 지식인들이 돌려서 말하는 솔직하지 못한 화법들을 일소(一笑)에 부쳤다. 아버지 사르트르라? 어떻게 그런 생각을! 남편 사르트르? 역시 마찬가지다! 연인이라면 어쩌면 가능할지도 모르겠다. 눈도 보이지 않고 반신이 마비된 몸으로, 그가 한 여자에게 보여 주었던 그 넉넉하고 따뜻했던 온정은 대단히 깊은 의미가 있는 것이었다. "보다시피 이렇게 눈을 잃게 되고, 더 이상 글을 쓸 수 없을 거라는 사실을 깨닫고(그때까지만 해도 난 하루에 열 시간씩 글을 써 왔습니다. 그렇게 오십 년인데, 지나고 나니 그때가 내 인생에서 최고의 순간들이었더군요), 난 이제 끝났다는 사실을 깨달았을 때, 그때 받은 충격은 이루 말로 표현할 수가 없는 것이었습니다. 그래서 자살 생각도 했지요."

내가 아무 말도 못 하고 있자, 그는 내가 자신이 받고 있는 고통을 생각하며 어쩔 줄 몰라 하고 있는 것을 직감하고는 덧붙여 말했다. "생각만 그랬지 시도도 하지 않았는걸요. 내 말은, 난 일평생 참으로 행복했던 사람이라는 겁니다, 정말 그랬어요. 그때까지는 정말 난 말 그대로 행복을 위해, 행복한 배역만 맡기 위해 태어난 사람이었습니다. 그랬던 만큼, 나는 하루아침에 내 역할을 바꿀 생각이 없었어요. 행복이 습관이 되어 있어 난 계속 행복했으니까요." 하지만 그의 말을 듣는 내 귀는 그가 하지 않았던 말도 듣고 있었다. 그건 그가 나의 사람들, 내가 아는 사람들의 환상을 깨뜨려서 그들을 가슴 아프게 하지 않기 위한 것이었다. 그리고 특히 우리가 저녁 식사를 하고 돌아오는 한밤중이나 우리가 함께 차를 마시던 오후에 가끔씩 그에게 전화하는, 눈이 보이지 않고 글 쓰는 직업도 빼앗긴 반신 불구의 이 남자에게 너무 의존하고 있다고 느껴졌던, 무척 까다롭고 독점욕이 강한 그런 여자들을 위해서였다. 하지만 그런 그녀들과 그녀들의 비정상적인 태도들까지도 그의 삶을, 그 때까지의 그의 삶을, 바람둥이로서나 거짓말쟁이로서의 관대하거나 가식적인, 여자에게 인기있는 남자로서의 그의 삶을 회복시켜 주었던 것이다.

그 후 그는 그의 생애에서 마지막이 되어 버린 그해의 휴가를 떠났다. 세 여자와 석 달 동안 나누어 갔던 휴가를, 그는 친절하고 완전무결한 숙명론적인 태도로 의연히 맞이했다. 그해 여름 내내 나는 뭐랄까, 그를 잃어버렸다는 생각을 하고 있었다. 그리고 그는 돌아왔고, 우린 다시 만났다. 그래서 난 이번에는 '영원'하리라 생각했다. 이번처럼 그는 '영원히' 내 차를 탈 것이며 그의 아파트 엘리베이터와 내가 끓여 준 차, 내 녹음테이프, 장난기 어리고 때론 부드러운 그 목소리, 자신감있는 그 목소리가 영원하리라 여겼다. 그러나 그 혼자만을 위한 또 다른 '영원'이 안타깝게도, 벌써부터 그를 길목에서 기다리고 있었던 것이다.

나는 도저히 믿기지 않아 하며 그의 장례식에 갔다. 그렇지만 서로 묘한 부조화를 이루는, 나와 마찬가지로 그를 사랑했고 그를 존경했던 수천 명의 사람들이 함께한 장례식은 아름다웠다. 그들은 그가 이 세상에서 누릴 마지막 안식처까지의 몇 킬로미터의 길을 그와 함께 동행했다. 그들은, 그를 알고 일 년 내내 그를 보는 불운을 겪지 않아 머릿속에서 이젠 버릇이 되어 버린, 가슴이 찢어질 것 같은 그에 대한 수십 가지 생각을 하지 않는 사람들이며, 열흘마다 아니 매일같이 그가 그립지 않을 사람들이며, 그래서 내가 불쌍하게 여기면서도 부러워했던 사람들이었다.

그리고 그 후 나는 정신이 흐려진 말년의 사르트르의 작품에 대해 수치스럽게 여기는 그의 몇몇 측근들이 하는 이야기에 당연히 대단히 분통을 터뜨렸고,[9] 그를 추억하는 일부 글들을 끝까지 읽지도 못하고 도중에 덮어 버리긴 했어도, 난 그의 목소리와 그가 웃음 짓던 모습, 그의 지성, 그의 용기, 그의 선한 마음씨는 잊어버리지 않았다. 나는 그의 죽음으로부터 결코 벗어나지 못할 것이다, 정말로 난 그렇게 생각한다. 실은, 때때로 어떻게 해야 하지? 어떻게 생각해야 하지? 할 때가 있기 때문이다. 그걸 나에게 알려 줄 수 있는 사람은 갑자기 이 세상을 떠나 버린 그 남자밖에 없었으며, 내가 믿을 수 있는 사람도 그 사람밖에 없었다. 사르트르는 1905년 6월 21일에 태어났고, 나는 1935년 6월 21일에 태어났다. 그런데 나는, 그 없이 이 지구에서 삼십 년을 더 살 것 같지가 않다. 아닌 게 아니라 그러고 싶지도 않고, 그럴 것 같지도 않다.

어린 시절에 만난 도시의 방랑자

이 이야기를 하기 위해 난 파리를, 여름날의 파리를 기억해야 한다. 발밑에서 마로니에 나뭇잎들이 말라서 바스락거리고, 거리는 햇빛을 받아 온통 하얗다. 길모퉁이에선 이따금씩 먼지 같은 것이 발아래서 풀썩였다 이내 사그라진다. 거리에는, 그해 여름의 내 처지와 마찬가지로, 7월 기말시험으로 부모님을 수치스럽게 만들고 공부라는 고통 속에서 허우적거리는 불행한 학생들만 드문드문 보일 뿐, 그 외에 사람이라곤 보이질 않는다.

내가 있던 기숙사는 주택가에 있어 한적하고 조용했다. 숨이 턱턱 막혀 오는 더위에 창문을 있는 대로 죄다 열어 놓고 공부하던 우리는, 단념하고 있었던 바다와 해변 생각에 온몸이 근질근질해서 미칠 지경이었다. 그때 우리가 유일하게 머리를 식히던 방법은 오후 늦게 아무도 없는 휑한 거리로 우르르 몰려나와 이리저리 돌아다니는 것이었다. 머지않아 나는 그런 산책마저 시들해졌다. 늘 똑같은 코스로 이어지는 단조로움이 싫증났고, 여자아이들이 떼를 지어 몰려다니는 것이 창피하다는 생각이 들었기 때문이다.

대충 핑계를 대고 나는 거기서 벗어날 수 있었다. 그러자 나한테는 해 질 무렵 혼자 지낼 수 있는 시간이 한 시간 생겼다. 그 시간에 나는 기숙사 안뜰의 자그락거리는 쓸쓸한 자갈길도 산책하고, 뽀얗게 먼지가 내려앉은 벤치에도 앉아 볼 수 있었다. 꼭 그런 게 아니더라도, 난 그렇게 느리고 단조롭게 흐르는 시간을 좋아했다. 늘어지게 기지개도 펴고 눈물 나게 하품도 하고 나무가 몇 그루가 있는지도 세어 보면서, 약간은 싱거운 그런 고독을 즐기고 있었다. 그런데 하루는 한 친구를 따라 기숙사 출구까지 나왔다가 수위가 내 뒤에서 그만 문을 잠가 버리는 일이 일어났다. 난 다시금 혼자가 되었고, 그런 내 앞에는 지리도 모르는 낯선 파리에서의 한 시간이라는 자유가 고스란히 펼쳐져 있었다.

가까이에 센 강이 있었다. 언젠가 산책할 때 언뜻 보였었다. 아닌 게 아니라 자갈로 된 길이 마치 지류처럼 강을 따라 내려가고 있어서, 나는 길이 나 있는 대로 따라가기만 하면 됐다. 내가 그런 모험심을 느낀 건 좀처럼 드문 일이었다. 그때 나는 여전히 초등학생들이 입는, 잉크로 얼룩진 검정색 덧옷 차림이었다. 하지만 그다지 개의치 않았다. 한 도시와 한 시간이라는 시간이 온전히 나에게 주어진 것이었다. 오롯이 내 차지가 된 것이다. 만일 다른 아이들이 들어갈 시간에 같이 들어가지 못한다면 나는 퇴학을 당할 것이다. 하지만 그런 생각은 이미 내 안중에 없었다. 강변도로에 도착하자 센 강이 내 앞에서 천천히 몸을 뒤척이고 있었다.

센 강은 노란빛, 푸른빛을 내며 반짝였다. 여섯시였고, 해가 막

강물을 떠나 창백한 하늘 깊숙이 떠나가려 하고 있었다. 난 계단을 내려가 둑길을 걷기 시작했다. 아무도 보이지 않았고, 난간 위에 걸터앉은 나는 다리를 건들거리고 있었다. 더 이상 행복할 수가 없었다.

둑길 밑으로 해를 등진 그림자가 다가오는 것이 보였다. 까맣고 야윈 형체에, 손끝에는 보따리 하나가 들려 있었다. 하지만 그 형체의 발걸음은 노숙자라기보다는 운동선수의 그것에 가까울 정도로 자연스럽고 날렵했다. 비로소 내가 그의 얼굴을 제대로 볼 수 있었던 건 그가 내 옆으로 왔을 때였다. 그는 나이가 쉰 정도 되어 보였고, 푸른 눈에 셀 수 없을 정도로 많은 주름이 진 얼굴을 하고 있었다. 그는 잠시 나를 쳐다보고 머뭇하는가 싶더니 미소를 지었다. 나도 그에게 미소를 지어 보였다. 그러자 그는 내 옆에 보따리를 놓고는 내게 물었다. “제가 앉아도 될까요?” 마치 센 강과 센 강 둔치들이 나의 살롱이라도 되는 것 같은 착각이 들 정도로 완벽하게 사교계에서 쓰는 세련된 어조였다. 왠지 주눅이 든 나는 대답은 하지 않고 미소만 지었다. 그가 내 옆에 앉았다.

그는 나에게 내가 무엇을 하는지, 나의 이름도 나이도, 무슨 이유로 저녁 여섯시에 그런 까만 초등학생용 덧옷을 입은 채 센 강가에 나와 있게 되었는지도 묻지 않았다. 호주머니에서 담배 하나를 꺼내 나에게 권한 다음 그는 자신의 담배에 불을 붙였다. 그의 손은 일이라곤 한 적이 없는 아름다운 손이었고, 손톱에는 아주 조금 때가 끼어 있었다. 우린 아무 말도 하지 않고 몇 분을 그렇게 앉아 있었다. 그리고 그가 나를 향해 돌아앉았다. "조금 있으면 센 강에서 가장 낡은 거룻배가 지나가는 걸 보게 되실 겁니다. 제가 처음 그 배를 본 지가 삼 년이 됐으니까, 제가 지금도 그런 배가 떠다닌다는 사실에 놀란 지도 삼 년이 되는 셈이군요." 우린 함께 아주 낡은 거룻배 한 척이 지나가는 걸 보고 있었다. 하지만 난 그다지 관심이 없었다. 내가 관심이 있었던 건 그 남자였는데, 그 사실이 나 스스로도 놀라웠다. 그때 난 겨우 열여섯 살이었고, 그때까지 나한테는 사람들보다도 책이 훨씬 더 큰 관심사였기 때문이다. 그에게 책을 보는지 물어보며 난 이내 얼굴을 붉혔다. 어느 모로 보나 자신을 위해 책 한 권 살 돈이 없어 보이는 사람에게 내가 한 질문이 너무 바보 같다는 생각이 들었기 때문이다. 그런데 그는 책을 아주 많이 본다고 하면서, 요즘 내가 어떤 책을 읽고 있는지 물었다. 내가 책 제목을 알려 주자 그는 대단한 지식을 드러내며 그 책에 대한 이야기를 했다.

머지않아 일곱시가 다 되어 간다는 사실을 깨달은 나는 자리에서 벌떡 일어났다. 나에게 돌아올 무서운 징계며 잔소리 들이 다시금 머릿속에 떠올랐던 것이다. 그에게 지금 가야 한다고 말하자 그가 말한다. "유감스러운 일이군요." 그러고는 싱긋 웃는다. "그런데 원래 그렇게 시간을 잘 지키십니까?" 그리고 자기는 좀 더 그곳에 있을 것이며, 다음 날 나를 보게 되면 좋겠다는 말을 덧붙였다. 그러면서 조금 전 함께 얘기를 나누었던 책의 저자와 관련하여 내가 관심있어 할지도 모를 이런저런 이야기들을 알려 주겠다고 약속했다. 그건 플로베르(G. Flaubert)였다. 플로베르에 대해 전혀 아는 바가 없던 나는, 그 노숙자가 그에 대해 가르쳐 준다고 생각하자 무척 재미있을 것 같았다. 그에게 작별 인사를 하고 돌아서기가 무섭게 기숙사를 향해 내달렸다. 어떤 길모퉁이를 돌자 늘 우리가 다니던 산책길로 나온 아이들과 마주쳤고, 나도 그 틈에 슬며시 끼어서 무사히 기숙사로 돌아갈 수 있었다.

그날부터 이상한 일주일이 시작되었다. 별 문제 없이 조용히 기숙사를 빠져나온 나는 센 강으로 달려가 그곳에 있는 내 친구를 만나곤 했다. 난 그의 이름을 몰랐고, 그도 내 이름을 몰랐다. 우리 앞을 흐르는 센 강의 물빛이 잿빛으로 되었다가 다시 하얗게 바뀌는 동안, 우린 난간에 앉아 그날그날 상황에 따라 달라지는 여러 이야기들을 함께 나누었다. 해가 사라지고 나면, 내게 남은 시간이 십 분이라는 사실을 난 알고 있었다. 내가 슬픈 미소를 지으며 그가 앉은 쪽을 향해 몸을 돌리면, 그도 미소를 지으면서 약간 가여워 하는 표정으로 나에게 마지막 담배를 내밀었다. 나는 시간에 대해 안달하는 나를 가여워 하는 그의 그런 연민과 동정 어린 말이 짜증스럽지가 않아 잘 듣고 있다가도, 결국에는 기숙사에 들어가야 한다고, 지각하면 퇴학당하고 말 거라는 말을 내뱉곤 했다. 그럴 때마다 그는 조금도 동요하는 기색 없이 진지한 표정이 되어 나를 안쓰러워 했다. 그런 그를 보며 나는 불쑥, 나도 그와 같은 사람이 되어 강변을 산책하면 정말 좋겠다고 말했다. 그러자 그가 껄껄 웃기 시작했다. "이 일은 생각보다 훨씬 더 어렵습니다! 자질이 있어야 하는 일이죠!"

난 그것이 무엇인지 그에게 물었다. 그는 '세상 사는 법을 아는 것'이 필요하다고 대답했다. 그런데 그때까지 내가 알고 있던 세상을 산다는 것이란, 친구들을 많이 사귀고 돈이 있고 춤을 추고 웃고 책을 보는 것이었다. 그는 그중에서 아무것도 하지 않았다. 저녁 내내 그 생각을 하고 있던 나는, 세상을 산다는 것이 의미하는 것에 대해 다음 날 그에게 물어보리라 마음먹었다.

다음 날은 가랑비가 추적추적 흩뿌리고 있었다. 그러거나 말거나 친구들은 비옷을 걸치고 외출했고, 나도 내 나름대로 까만 덧옷을 입고 내리는 빗속을 향해 기숙사 문을 나섰다. 난 혹시 그가 가고 없으면 어쩌나 하고 숨이 끊어질 듯 달렸다. 비에 흠뻑 젖어 가쁜 숨을 쌕쌕거리며 도착한 나는, 변함없이 입에 담배를 물고 다리 아치 아래에 앉아 있는 그를 발견했다. 그는 자신의 보따리에서 때가 꼬질꼬질하고 여기저기에 구멍이 숭숭 난 커다란 스웨터부터 꺼내 들고 내가 입고 있던 덧옷 위에 입혀 주었다. 센 강에 느릿느릿 성근 빗방울이 듣고 있었다. 강물은 울적해 보였으며, 탁하게 흐려져 있었다. 내가 그에게 '세상 사는 것'이 의미하는 것이 무엇인지 묻자, 그는 다시 껄껄 웃었다. "생각에 일관성이 있으십니다, 아무래도 난 내일 떠나야겠으니 지금 이야기를 해 드리지요."

그러면서 그는 자신에게는 아내와 아이들이 있고 무척 좋은 자동차가 있고 재산이 많다며, 자신에 대한 이야기를 했다. 웃으면서 그가 말했다. "더할 나위 없이 훌륭한 조건이죠. 여덟시에 사무실에 가서 하루 종일 일을 하고, 저녁이면 나의 아름다운 아내와 예쁜 아이들을 만나고 칵테일을 마셨지요. 우린 함께 친구들과 저녁 식사를 하고, 늘 똑같은 이야기를 나누고, 영화를 보고, 연극을 보았습니다. 그리고 무척이나 아름다운 해변에서 보내는 휴가에 열광했어요. 그러다 어느 날…."

어느 날, 그는 진저리가 났다. 불현듯 그는 자신의 인생이 지나가고 있다는 사실과, 자신에게는 지나가는 인생을 보고만 있을 겨를이 없다는 사실을 깨달았다. 자신이 어떤 톱니바퀴에 물려 있다는 사실과 자신은 전혀 아무것도 모른다는 사실, 그리고 어쩌면, 이십 년 후에는 상당한 사회적 지위를 유지하고 있는 것 외엔 아무것도 해 보지 못하고 죽을 수도 있다는 사실이었다.

"나는 시간이 흘러가고 날이 저물고 하는 것이 보고 싶었습니다. 내 손목에서 피가 팔딱팔딱 뛰는 소리를 듣고 싶었고, 세월의 냉혹함과 감미로움을 느끼고 싶었지요. 난 떠났습니다. 다들 전에는 나에게 무책임하다고 하더니, 요즘에는 약간의 돈도 줍니다. 산책을 하면서부터는 말이죠, 강을 바라보고 하늘을 바라봅니다, 하는 일은 아무것도 없지만, 나는 살고 있어요. 그 일만 하고 있는 겁니다. 이런 이야기가 이상하게 들리시죠?"

그런 이야기가 나한테는 이상하게 들리지 않았다. 언젠가는 나도 어떤 톱니바퀴에 물리게 될 거라는 사실을 비로소 깨달았고, 그 때의 나는 나의 시간이 다하고 죽음이 임박한 나를 보고 있었다. 아무것도 보지 못하고 아무것도 이해하지 못한 채, 나는 그 모든 것을 보았다. 그러니까 어쩌면 발버둥을 쳐야 했을지도 모른다. 아등바등하는 발버둥을 말이다. 처음으로 나는 그의 손을 잡았다. 거칠고 메마른 손이었다, 하지만 피부에 닿는 감촉이 기분 좋았다.

어쩌면 그가 나의 유일한 친구일지도 모르는데, 그는 떠나려 하고 있었다. 다시는 그를 볼 수 없게 될 것이다. 내가 그렇게 물어보자, 그는 아마도 영영 다시는 만나지 못할 테지만 그건 중요하지 않다고 말했다. 친구가 생기고 그 친구를 잃어버리기엔, 그해 여름 센 강가에서의 일주일은 얼마나 행복했었는지 모른다. 그리고 그는 나에게 미소를 지으며 떠났다. 나는 햇빛 속으로 아스라이 멀어져 가는 그의 모습을 보고 있었다.

뛰어서 기숙사로 돌아왔다. 더 이상 센 강으로 향하는 새하얀 길로의 도피는 없을 것이다. 하지만 달라진 게 있었는데, 그건 일종의 행복한 피로감 같은 것이었다. 그리고 나에게 끈덕지게 매달려 있던 시간에서 나는 냄새가 그 이후로는 친근하게 느껴졌다.

독서 대가족

우린 언제 어디서 어떻게, 최근 플라마리옹 출판사에서 출간한 프랑수아즈 사강의 두번째 소설 『잃어버린 프로필(Un profil perdu)』을 읽게 될까. 우리의 여름 독서 노트를 열기 위해, 사강은 한 권의 책이 자신에게 가져다준 것에 대해 솔직한 이야기를 들려준다. 그건 어디까지나 한 작가가 내민 '화해의 손길'이자 '함께 나누고 싶어 하는 마음'이다. 그리고 각각의 독자를 '감상적인 독서 대가족'의 사촌 오빠 내지는 사촌 여동생으로 만들어 주는 것이다.

그렇지 않으면 난 해변으로 갔다, 뜨거운 태양 아래서 침묵하다시피 하는 바다로. 팔을 쭉 뻗어 모래가 한가득 비집고 들어온 책을 펼친다. "대홍수 후. 아직도 유리창에서 빗물이 뚝뚝 떨어지는 커다란 집 안에서, 상복을 입은 아이들이…."[1] 랭보다…. 눈을 감는다. 나의 눈꺼풀과 눈동자 사이를 뚫고 들어오는 오렌지빛 햇빛 사이로, 유리로 만들어진 집 하나와 어떤 고아의 길게 땋은 머리채와 빗물이 비집고 들어온다. 난 꿈을 꾸고 있는 것이다. 정말 너무 좋다.

아니면 난 집으로 돌아온다. 기분이 울적하다. 카페에서 어떤 사람과 헤어지고 오는 길이다. 우린 서로를 이해하지 못했다. 안락의자에 앉아서 물끄러미 내 손을 바라본다. 탁자 위에 놓인 책 하나를 집어 아무 데나 펼친다. "…라고 공작부인이 말한다. 그런데 그이가 심심할 수 있다는 사실은 아무도 몰라요. 만일 많은 사교계 인사들처럼 그이가 바보처럼 있을 줄 아는 지혜가 있다면 더 이상 그이는 그 누구보다도 어리석지 않을 거예요…."[2] 웃음이 터져 나온다. 안락의자 깊숙이 몸을 내맡긴다. 난 마르셀 프루스트(Marcel Proust)의 발자국을 쫓고 있다. 위안이 된다.

또 아니면 난 무척 흥분해서 탁자에 앉아 있다. 내가 거기서 무얼 하고 있는지 정말 잘 모르겠다. 사람들은 별자리에 대해 이야기하고 있고, 난 하품이 나올 것만 같다. 갑자기 난 그날의 만찬회에 가기 위해 덮어야 했던 해들리 체이스(J. Hadley Chase)[3]의 책에서, 과연 그 요부(妖婦)를 죽였을 법한 사람이 누구일지 궁금해졌다. 그녀의 매니저였다면? 아니면 그녀를 한 번도 본 적이 없던 흐린 눈빛의 그 작자였을까. 어쨌든 그 사립 탐정은 오늘로 잠을 자지 않은 지 사흘째다…. 끈질긴 남자다. 틀림없이 별자리가 흰염소자리일 것이다. 그리고 그 여자, 가엾은 요부는 무슨 별자리였을까. 정신이 딴 데 팔리자 갑자기 덜 심심하다. 살았다.

아니면 일요일이다. 날씨가 추워서 아무도 만나고 싶지 않지만, 대신 평온한 긴긴 낮이 다가올 거라는 생각에 벌써부터 기분이 좋아지는 것 같다. 내가 즐겨 읽는 작가의 책이 한 권 있기 때문이다.

아니면 여행 중이며, 더없이 멋진 전경을 앞에 두고 풍경은 보지 않고 그냥 지나치고 있다. 책에다 코를 박고 있기 때문이다. 아니면 새벽 네시다. 아침 일찍 일어나야 하는데 책을 덮을 수가 없다. 이른 새벽의 아무런 색도 느껴지지 않는 무색의 고요함과 정적을 뚫고 가만히 속삭이는 작가의 목소리가 들려와 나를 붙잡고 있기 때문이다. 그의 이야기를 듣고 있다 보면, 소곤소곤 이야기하는 우리만이 마치 죽은 듯한 이 도시에 살아 있는 유일한 생명체 같다.

나를 포함해 책 읽기를 좋아하는 사람들은, 그들에게서 매일 복용하는 약물을 빼앗으면 왜 그토록 무기력하고 불안해 하는 걸까. 내가 잘 알고 있는 것이 있다면, 그처럼 불안할 일이 없는 사람들의 묵독(默讀)은 일종의 평온한 편집증이자 화롯가에 둘러앉아 한가롭게 주고받는 이야기에 익숙해진 습관 같은 것이다. 그런데도 그건 동기에 비해 대단히 지독하고 험난한 열정 중 하나라는 사실이다. 책을 펼치자 한 사람이 내게 최선을 다해 분명하고 뚜렷한 어조로 말을 건넨다. 모든 이야기가 내 가슴에 와닿는 것들이다. 생과 사, 고독, 사랑, 두려움, 용기에 대한 이야기다. 만일 그가 이미 이 세상 사람이 아니라면, 그의 삶이었을, 우리가 살고 있는 이 불가사의한 지구 위를 그가 그렇게 용감하게 성큼성큼 활보했다는 것과 그가 잠시 이 지구에서 머물렀던 이유를 스스로에게 해명하려 애썼을 것이며, 어쩌면 우리에게도 설명하려 애썼을지도 모를 그런 말과 진부한 표현 이외에는 아무것도 남아 있지 않다는 걸 난 알고 있다. 그리고 아직 살아 있는 사람이라면, 흘러가는 세월의 포로가 되어 몸부림치면서 한 걸음 한 걸음씩 자멸하는 그가 보이는 것이다. 그런데 그는 고함을 지르고 웃거나 아니면 흐느껴 울고, 그의 조소적인 어조가 점점 더 강해진다. 자신의 고독을 부정하거나 아니면 함께 나누기 위한 최후의 노력으로, 그는 영웅을 만들어내고 풍요로운 땅과 전쟁을 생각해낸다. 그는 그들을 아름답게도 추하게도 만들며, 그들을 우리에게 보여 주고 우리 면전에 내던지고 우리에게 맡겨 버린다. 하지만 그건 어디까지나 선물이다. 물론 세상에는 많은 재주를 부리는 선물이 있는가 하면, 있으나 마나 한 선물도 있다. 하지만 거기에는 언제나 의사표시로서의 화해의 손길이자 '함께 나누고' 싶은 욕구가 있다. 그렇게 해서 나한테는, 나와 스탕달이나 러시아 문학 또는 피츠제럴드나 아폴리네르(G. Apollinaire)를 '함께 나누는' 수백만 명의 사람들이 있다. 내가 알지 못하는 사람들이지만, 그들은 우리 집안 사람들이면서 그러한 감상적인 독서 대가족의 일원인 것이다. 따스한 유년기 이후와 사춘기의 육체와 정신의 눈부신 발견 이전이, 어쩌면 인생이 당신에게 주는 가장 아름다운 선물일지도 모른다. 아무것도 씌어 있지 않은 하얀 페이지 위에 까만 필치로 담담하게 줄 서 있는 이 수 킬로미터의 피부와 혈관과 신경 들, 예상치 못하게 피어난 꽃들이 의기양양하게 스러져 가는 그런 관(棺)들이, 바로 책이며 '타인들'인 것이다.

고별의 편지

우린 서로 더 이상 사랑하지 않으니까, 어쨌든 당신이 나를 더 이상 사랑하지 않으니까, 난 우리 사랑의 장례식을 위한 준비를 해야만 해. 우리들 사랑의 별이 반짝이는, 이 길고 속삭이는 듯한, 그리고 캄캄한 밤이 지나고 나면 마침내 당신에겐 자유의 날이 밝아올 테니.

그래서 그 이름에 걸맞은 모든 사랑처럼, 아무런 이유도 목적도 결과도 없는 이 사랑의 소유자로 홀로 남은 나는, 아, 종신연금이라 여겼던 이 사랑의 탐욕스러운 소유자인 나는, —당신을 사랑한다고 생각하면서 그 사랑이 영원하리라 믿었기에— 몸도 마음도 건강하지 못하고 그렇지 않은 것에 대해 자랑스럽게 생각하는 나는, 지금에서야 당신에게 남겨 주기로 결심했어.

우리가 만났던 그 카페를 당신에게 남겨 줄게. 난 리샤르와 함께 있었고 당신은 장과 함께였지. 그 반대였을지도 몰라. 우린 아사스 가(街)와 센 가(街)가 만나는 길모퉁이*에서 만났고, 서로를 대단하게 생각했고, 서로 마음에 들었어. 당신이 나에게 말했지. "당신을 알지 못하지만 난 당신을 알고 있어요. 왜 웃으세요?" 그리고 나는 내가 웃은 건 그 바보 같은 말 때문이라고 대답했어. 그러자 당신은 생각에 잠긴 듯한, 그리고 뭔지 몰라 궁금하게 만드는 알쏭달쏭한 눈빛으로 나를 바라보았어. 당신은 얼마나 어리석은지, 당신은, 사람들은, 결국 얼마나 애처로운 존재들인지!

한 여자가 당신을 마음에 들어 하고, 당신은 탐정인 척하고 있어. 그녀가 당신에게 숨기고 있는 건 무얼까. 설령 그녀의 머릿속엔 온통 당신에게 자신을 보여 줄 생각밖에 없는데도 말이야.

무감각하고 바보 같고 외로운,
여자들은 파리 안에서 꿈을 꾼다.
스패니얼 같은 눈빛에
숭어 같은 표정을 하고.

리샤르와 장, 그들이 떠났지, 우리만 그곳에 남겨 둔 채. 당신이 내 손을 잡았거나 아니면 내가 당신의 손을 잡았어. 그다음은 모르겠어. 사랑, 그건 참 평범도 하지. 거기에 꼼짝도 않고 밤을 지새우는 나는.

아름다웠다, 그대는 아름다웠다,

* 아마도 렌 가(街)와 아사스 가(街) 사거리일 것이다.

네 뒤로 커튼이 흔들렸다,
화려한 사창가의 꽃무늬 커튼이.

당신이 내게 말했어. "그 전에는 왜 안 돼? 왜 거기까지인 거지? 이 분위기는 뭐야?"

다음 이야기로 넘어갈게. 당신에게 남겨 줄 이야기가 너무 많아서 넘어가야만 해. 첫번째 집, 그건 아무것도 아니었어. 우린 그 집 어디에도 살지 않았고, 단지 밤에만 머물렀을 뿐이지. 사랑과 비명소리와 불면증 덕분에 우리 몸은 핏기 잃은 야광체가 되었어. 난 순결한 처녀가 되어 있었지. 피우다 만 담배들이 밤이 깊도록 꺼지지 않는 나처럼 천천히 타들어 가고 있었어. 자, 받아, 그것도 당신에게 남겨 줄게. 너무 기다랗고 너무 심하게 비벼 다 뭉개졌지만 너무나도 큰 의미를 지닌 그날의 담배꽁초 중 하나야. 당신은 정말로 운이 좋아. 우수 어린 카페 하나와 담배꽁초 하나가 있으니까. 우리의 흔적들을 더듬다가 우리의 추억을 상징하는 물건들을 찾아내고 있어. 난 당신이 미워. 잘 지내다가도 이따금씩 나를 미워하던 그때의 당신처럼.

난 견딜 수가 없다
옛날의 그대란 여자를
내 심장은 그리 강하지 못하다
그대와의 조화를 참아내기엔
낯선 사람들과

버림받은 사람들과 함께
숨어 지내야 하는
그리고 아직도 찾아야 하는
그대가 했던 약속
피아노를 잘 못 치던 그 피아니스트에게
그 우수 어린 망명자들에게.
잊혀진 그 약속.

질투쟁이, 그래, 당신이 그랬어. 당신이 몰래 읽어 보았던 편지들도 남길게. 자존심 때문에, 젊은 패기로, 바보 같아서 당신이 없애 버리려 하지 않았던, 여기 있는 줄 알고 있는 그 편지야. 또 나는, 당신이 알고 있다는 사실을 알고 있었기에 감히 버릴 생각도 하지 못했어. 사랑에는 순수한, 가장 순수한 본능이 멜로드라마가 되어 버리는 어쩔 수 없는 순간이 있지. 그리고 우린 너무도 적절했어…. 적절하다, 얼마나 모욕적인 말인지! 적절해, 아니 내가 뭐라는 건지. 난 더 이상 남자처럼 보이려는 당신의 그 모든 태도들을 견딜 수가 없어. 나는 당신에게 있는 어린아이의 모습과 남자의 모습을 사랑했고, 늙은이 같은 모습도 그런대로 견딜 만했어, 하지만 그런 인형은 아니었어.

우리들의 노래를 남겨 줄게. 기억나? 내가 춤을 췄던 그 곡,[1] "팔랄라, 팔랄라." 이렇게도 춤을 췄지, "팔라, 팔라." 우린 함께 춤을 추었지. 난 당신이 자랑스러웠고, 모두들 우릴 쳐다봤어. 사람들은 언제나 어디서나 행복한 사람들을 쳐다보니까. 다른 사람들은 그들을 보며 그런 것에 절망하고 눈이 이글이글 불타오를 지경이지만, 정작 본인들은 신경도 쓰지 않지. 팔랄라, 팔랄라…. 춤추기에 더없이 아름다운 곡이었어. 말이 나온 김에 큰마음 먹고 아름다웠던 그 모든 것을 당신에게 남길게. 당신 없는 이곳에서 나 혼자 간직하고 있는 것만큼이나 당신 없는 다른 곳에서 참고 견디는 것도 끔찍한 일이니까.

그리고 또, 이건 마음속에서 그려 온 모습이야. 어느 쓸쓸한 저녁, 두 겹으로 된 종이 위에 아무런 상의도 하지 않고 우리가 함께 그렸던 그림 기억해? 그건 예전과 조금도 달라지지 않았지. 아! 그랬어, 단언컨대 우린 서로 사랑했어. 해변에 놓인 두 개의 비치 의자, 의자 위의 두 얼굴, 한 얼굴은 밀짚처럼 회색빛을 띤 누런색이고 다른 얼굴은 검푸르죽죽해. 수영이 금지된 바닷가에서 물결이 살짝살짝 의자 다리를 스치고 그 의자 위에 떠 있는 두 사람. 당신은 전축 한 대를 샀었지. 난 당신이 어떤 레코드를 틀었는지도 몰라. 나한테, 나의 유일한 노래는, 나의 가장 멋진 노래는 바로 당신의 목소리, "사랑해"라고 말하던 당신의 목소리였어. 당신은 그때 분명 모차르트를 올려놓았을 거야. 둥근 달을 보면 여자들은 말없이 절규하는 반면, 남자들은 대체로 거기서 거기지. 그런 점에서 당신은 태양을 빼먹고 그리지 않았어. 반면 내 그림 속 태양은 맥없는 노란색과 햇병아리 노란색, 차분한 노란색들이 한데 뒤섞여 지나치게 노골적인 빛을 발하고 있었지.

내친김에, 덕분에, 나에게 당신의 부재를 해명해 준 얽히고설켜서 애매하고 죽을 지경으로 따분했던 당신이 했던 말들, '사업상 미팅' '어쩔 수 없는 대응책' '뜻밖의 사태'들도 남겨 줄게. 아, 당신이 알고 있다면, 혹은 당신이 알았더라면! 그 뜻밖의 사태가 '사랑의 반대'라는 것, 그 대응책이 '잔혹함'이라 할 정도의 것인지를 말이야! 그리고 그 뜻밖의 사태를 따라다녔던, "지루하지 않았어?" 그리고 "정말 미안해"라고 했던 말들도 남길게. 아니, 난 지루했고, 그래, 당신이 미안해야 하는 그 이상이었어. 난 자는 척하고 있었을 뿐이야. 당신이 몸을 내맡겼던 침대 시트도 남겨 줄게. 그토록 방랑 기질이 있던 당신이 걷어서 털 생각도 하지 않았던 시트야. 당신은 자고 있었어. 난 당신이 나를 깨우기 위해 뭉그적거리고 있는 거라고 내심 기대하고 있었지. 내 사랑의 강렬한 햇빛이 소리도 없이 붉은 광채를 넓게 퍼뜨려 나에게 억지로 불면증이라는 상처와 부스럼 딱지를 내고 있었어. 절대로, 여전히 두려워서 파르르 떨리는 속눈썹과 리듬을 맞추던 그때 그 눈치 없던 여명들은 남겨 주지 않을 거야. 대신 내가 필사적으로 카드놀이를 했던 날 저녁, 남자인 당신이 내 손목에 수줍게 감아 주었던 붕대를 남겨 줄게. 고개를 숙인 채 떨리는 목소리로 당신은 말했지. "손목은 빨갛게 부어올랐고 팔은 뻣뻣하게 굳었잖아. 쉬어야겠다, 그 전에는 손을 쓰면 안 되겠어." 그것이 마음속에서 우러난 진심 어린 소리였든 아니든, 어떤 미소 이상의 의미는 아니야. 세상에는 저절로 신음이 새어 나오게 하고 어디에 얻어맞은 것처럼 비명을 내지르게 하는, 너무도 지겨운 미소가 있으니까.

그리고 내 사랑, 나한테는 당신에게 남겨 줄, 전기가 찌릿 통하는 것처럼 강렬한 그런 말들이 남아 있다고 생각해. 당신이 내게 말했지. "잠을 안 자고 밤을 새우니까 당신은 꿈을 꿀 수 없는 거야. 잠은 누구도 거부할 수 없는 달콤한 꿀맛 같은 거라고. 그 모든 건 하나의 배역에 불과하다니까. 난 잠자는 당신의 모습이 보고 싶어." 당신 말이 다 옳았어. 당신은 이성적이었고, 난 그렇지 못했어. 하지만 거기서, 그런 경우 누가 옳은 것일까. 옳은 것과 정당화, 훈계, 우리 이야기의 결말과 그에 대한 변명은 당신 몫으로 남길게. 나로서는 그럴 것이 없으며, 예전에도 난 내가 당신을 사랑한다는 소름끼치는 사실에 대해 변명을 한 적이 한 번도 없었지. 결코 없었지. 어디까지나 우리가 끝내는 것에 있어서 결코. 그리고 우린 이제 준비가 됐어….

아, 조개껍질을 잊고 있었어. 그때 그 조개껍질 기억해? 당신이 나를 원망했기 때문인데, 무엇 때문이었지? 그건 우리의 열정이었던 그 벌어질 대로 벌어진 상처 때문이었는데, 나도 당신을 원망했으니까. 그때 우린 서로 그 칙칙한 조개껍질을 향해 달려들어 귀를 덮었어. 더 이상 서로의 이야기를 듣지 않으려고. 사실은 바다의 부서지는 파도 소리도 그랬지만, 더 이상 사랑이 부딪쳐 돌아오는 소리와 바람 소리를 이기려고 기를 써서 너무 날카로워진 우리의 목소리를 듣지 않으려고. 그 조개껍질들은 그러니까, 그 자리에 그대로 있던 것들도 있었고, 세찬 바람에 앞도 보이지 않고 귀도 들리지도 않고 말도 제대로 안 나오고, 너무도 비참해진 서로의 모습이 눈물 나게 우스워서 우리가 그 순간만큼은 서로 한마음이 되어 힘껏

내던져 버렸던 것들도 있었지. 그 조개껍질들을 남겨 줄게, 해변에서 당신을 기다리고 있어. 난 지금 당신에게 멋진 선물을 하고 있는 거야. 나도 그토록 비가 많이 내렸던, 우리가 서로 아주 조금 좋아했고, 모든 일이 꼬이기만 했던 그 해변으로 갈 거야.

더 이상은 당신에게 남겨 줄 게 없어. 알다시피 그 외에 남겨 줄 건 아무것도, 납득이 되는 건 아무것도, 인간미가 있는 건 아무것도, 무엇보다 인간미가 느껴지는 건 아무것도 없어. 왜냐하면 나는, 난 아직도 당신을 사랑하기 때문이야. 하지만 당신한테 그건 남겨 주지 않을 거야. 정말인데, 난 당신을 다시는 만나고 싶지 않아.

스위스에서 쓴 편지

웃음에 대하여

세월이 흐르면서 우리가 어린 시절부터 들어 왔던 상투적인 통설에 숨겨진 냉혹한 진실이 밝혀짐에도 불구하고, 그중에는 내가 정말이지 한 번도 제대로 된 감흥을 받은 적이 없었던 이야기가 한두 가지 있다. 이를테면 베르크손(H. Bergson)이 했던 이야기 같은 것으로, 그에 의하면 "웃음은 인간 고유의 특성이다"[1]라는 것이다. 어디까지나 내 생각이지만, 우선 웃음이 특별히 인간만이 갖고 있는 것은 아닌 것 같다. 영화나 텔레비전을 보다 보면 누구나 한 번쯤은 원숭이들이 어떤 천재적인 과학자가 오랜 시간에 걸쳐 노트에 정리해 놓은 방정식 위나, 아니면 새하얀 웨딩드레스 위에 잉크를 엎지르고는 눈살을 있는 대로 다 찌푸리고 이빨이란 이빨은 죄다 드러내고 서로를 보며 킥킥거리고 웃는 것을 본 적이 있을 것이다. 마찬가지로 개를 키우는 사람이라면, 누구라도 개가 집으로 돌아오거나 늘 하는 바보 같은 장난을 칠 때, 입술을 옆으로 비스듬히 추켜올린 채 땅바닥에 등을 대고 구르는 것을 본 적이 있을 것이다.

대단히 명백한 사실은, 인간보다 열등하다고 알려져 있고 그렇다고 알고 있는 이런 두 종류의 동물도 즐거움을 느끼며, 그것을 웃음으로 표현한다는 것이다.

그렇다면, 잠시 혼자서 해 본 생각인데, 웃음의 이유가 그냥 기분이 좋아서라고 한다면 그 웃음은 어디까지나 무죄인 걸까. 사실 그렇다. 우린 정말로 웃는 것에 대해 전혀 부끄러워하지 않는다. 왜일까. 웃음에는 의지가 없기(내지는 없을 수 있기) 때문인데, 충동에도 마찬가지로 의지가 없다, 물론 더러 비탄이나 사디즘에 빠지는 것에 대해서는 부끄러워하기도 한다. 그렇지만 웃음에 대해 부끄러워하지 않아도 되는 것은 웃음이 당당한 자신감의 반영이기 때문이다. 아무도 웃는 사람에게 침을 뱉을 수 없고, 웃음을 당해낼 재간이 없다. 뿐만 아니라 아무도 다른 사람에게 웃으라고 명령할 수도, 다른 사람의 웃음을 시작하게 할 수도, 중단시킬 수도 없다.(…그런데 그건 다행스러운 일이다) 그리고 누구나 잘 알다시피 아무리 영문을 모르거나 상황에 대한 이해 부족으로 함께 웃지 못하고 있는 제삼자라 하더라도, 웃는 것을 보다 보면 저절로 웃음이 나오게 되고, 그 웃음은 도무지 그칠 줄 모르는 웃음으로 커진다. 그런데 그러기가 어렵다면, 자신의 좌절감과 짜증은 사실상 무안함으로 변해, 회피만이 유일한 출구가 되는 이례적인 상황에 빠지는 것이다.

웃음은, 타고나길 질투가 많은 사람의 질투심과도 같고, 살인을 저지르지 않고도 그런 죄인 심문을 받게 만드는 요주의 스파이 중 하나이기도 하다. 개인적으로 난 스파이로 연상되는, 그렇게 편치 않게 사는 부류에 속하지 못한다. 내가 약간은 독점욕에 가까운 정도의 애정을 느끼고 있던 어떤 사람이 다른 사람과 열심히 이야기하고 있는, 아니 나한테는 잘 들리지 않게 아주 편안한 표정으로 뭔가를 소곤소곤 속삭이고 있는 걸 보게 된 일이 있었다. 그 모습을 보면서 솔직히 말해 함께 웃는 사람이 누구든지 간에 계속해서 나를 당황스럽게 한 것은, 그때까지만 해도 그와 내가 단둘이서만 함께 나누었던, 좋아서 어쩔 줄 몰라 하면서 웃던, 완벽하게 상대를 믿어야만 나오는 그런 그의 웃음소리를 듣는다는 사실이었다. 혹시라도 웃고 있는 저 두 사람이 서로 이미 웃음이 가진 관능적인 쾌락에 빠져 있다면, 그들이 보다 덜 순수하고 보다 더 열렬한 또 다른 연정에 빠지지 않을 이유가 없을 테니까.

그에게는 웃음이 엄청난 히든카드가 되기 때문인데, 뿐만 아니라 그는 관능적이기까지 하다. 기질이면 기질, 정력이면 정력, (아주 평범한 예로는) 재채기 같은, 하지만 성적 쾌락과도 같은 여러 신체적 반응에 대한 도덕성마저 결여되어 있는 그는 그러기 위한 모든 조건을 다 갖추고 있는 것이다. 그리고 알다시피 육체의 욕망이나 욕구, 격정, 나약함은 정당화되다 못해 거의 존중받고 배려해 주어야 할 대상이 되어 있는 것이 요즘의 현실이다.

다음으로, 웃음은 우리가 속해 있는 사회의 도덕 혹은 야망, 그 이하가 되기도 하고 그 이상이 되기도 한다. 상황에 맞지 않으면 웃음은 아무 소용이 없고 아무것도 말해 주지 못하며, 그동안 쌓아 온 경력이나 연애사, 사교계 인사들과의 교분 등등을 산산조각낼 수도 있기 때문이다. 시쳇말로 '또라이'(이번만큼은 광기라는 단어가 아주 적확한)라고 하는 지경에 이르고, 그래서 웃음이 신경을 지배하게 되고, 그래서 누군가의 운명이 되어 버렸을 때는 말이다. 비록 실생활에서보다 소설에서 더 많이 그려지기는 하지만 웃음에는 결코 용납되지 못하는 웃음이 있는데, 사실 그 어떤 모욕적인 말보다도 더 용납되지 못한다. 누가 뭐래도 상대에 대한 모욕은 아무리 공격적이라 하더라도 어쨌든 관심의 표시라는 그럴듯한 이유가 있기 때문이다. 반면 상대의 면전에다 대고 웃는 웃음은, 그를 조롱하는 것이건 아니건 상대를 무시하는 것임을 의미한다. 그리고 알다시피 최악의 모욕은 무관심이다.

웃음은 심오하고 강력하고 배타적이다. 어떠한 다른 감정도, 다른 감정의 표현도 허용하지 않는다. 아닌 게 아니라 라디오와 텔레비전, 대중 매체가 자신들의 무능함을 '프랑스의 코미디'에 떠안기면 떠안길수록 우리가 일상생활에서, 어떻게 보면 연극이나 영화에서도 점점 젖을 떼게 되는 그런 유머 감각이나 무사태평함, 자연스러움보다도 더 좋은 것이다. 그중에서 코미디가 가장 빠른 시간에 원래의 생명력과 냉소주의를 회복했는데, 이유는 거침이 없고 가장 명확하기 때문이다. 웃음에는 우리가 바라는, 보다 정확하게는 완벽하고 더할 나위 없이 본능에 충실하며 편안한, 우리 모두가 느끼고 싶어 하는 모든 감정이 다 있다. 또한 웃음은 즐거움을 안겨 주는 동시에 자긍심을 갖게 해 준다. 이들 콤비는 프로이트(S. Freud)[2]에 의하면 좀처럼 느낄 수 없는 감정이지만, 교황에게는 일상의 감정이다.

내 삶에 있어서 웃음은 친구들과의 우정만큼이나 중요한데, 대개의 경우 웃음이 따라다니다 보니 남들보다 곱절은 웃었을 것이다. 그건 나의 매일매일의 생활에서 중요한 일부였고, 지금도 그렇다. 그런 점에서 나는 운이 좋았다. 무엇보다 보통은 아이들이 자신이 저지른 바보 같은 행동에 대해 변명하면서 이야기할 때 나는, "그건 그런데, 하지만 우린 정말 재미있게 놀았다니까!"라고 했다. 물론 그 말이 썩 괜찮은 변명은 아니었지만, 적어도 어떤 정상참작 정도는 됐던 집안에서 태어났기 때문이다. 우리 집은 식구들마다 유머 감각이 달랐고 서로 다른 식구의 유머 감각을 너무 좋아했다. 가족 간의 예의는 지켜야 했지만, 말끝마다 비비 꼬는 반어법이 빠지면 서운해 할 정도였다.

그리고 이후에도 나한테는 웃기고, 웃긴다는 이유로 우정을 느끼다가 진정한 친구 사이가 된 사람들을 만날 행운과 시간과 기회와 경우가 많이 있었다. 웃음의 묘미 속에는, 자주 웃다 보면(내가 말하는 건 빈정대거나 억지로 웃는 웃음도, 씁쓸하고 악의적인 웃음도 아닌, 살면서 우습거나 웃기거나 정말 꼴 보기 싫은 것을 보면 나오는 웃음을 말한다), 다시 말해 웃음 속에는 자연스러움과 관대함, 간단히 말해 순진무구함 내지는 순진무구함에 대한 그리움이 있어 그런 것 같다. 어쨌든 웃는 걸 좋아한다는 건 너무도 쉽게 초라해지는 악의와는 그다지 잘 어울리지 않는 취향이다. 악한 사람, 탐욕스러운 사람, 인색한 사람, 신중한 사람 들은 웃음이 신경을 이완시킨다고 경계하는데, 그들한테는 끈이 있어 긴장을 늦추지 않도록 그들을 붙잡아 주기도 한다. 웃음이 가진 해이한 성향과 측면이 그들을 불안하게 하고 짜증나게 해서 결국에는 경멸까지 하도록 부추기는데, 그건 무언(無言)의 경멸로, 말없이 있는 걸 너무 좋아하다가 입에서는 악취만 풍기게 되는 것이다. 그런데 상대방의 농담에 오로지 미소로만 일관하는 누군가에게서 그런 교만함을 발견한다는 게 얼마나 기쁜 일인지! 특히 다른 누군가가 그 농담에 닭똥 같은 눈물을 뚝뚝 흘리거나 목이 터져라 웃는다면, 온몸에 짜릿하게 번져 오는 그 기쁨이란! 나를 무시하는 사람을 무시하는 것, 최소한 놀리는 것만이라도 얼마나 좋은지! 때론 그런 생각을 하다 보면 마치 때늦은 발견과도 같은 추억들이 되살아나서, 이 글을 계속 써 나가려면, 이를테면 너무 기쁜 나머지 우리 집 긴 소파 위를 데굴데굴 구르지 않기 위해서는, 난 이를 악 물고 그런 추억들을 떨쳐내 버려야 하는 것이다.

그렇지만 몇 마디만 하자면, 어려서부터(때론 침울한 상황에서도 당신의 웃음에 관해서는, 최소한의 제한도 속박도 예의범절도 용납하지 못하시는 나의 아버지 덕분에) 잘 웃었던 나는 코미디를 좋아하는 취향 덕분에 아이들 사이에서 이미 유명인이었는데, 그런 나의 취향이 당시 내가 누리던 인기에 뒤따르는 가장 치명적인 유명세를 치르지 않을 수 있었던 데에 많은 도움이 되었던 것 같다. 아주 다양한 소식통에 의하면, 그중에서도 아이들이 하나같이 입을 모아 했다던 이야기가 있는데, 가장 강력한 독성으로 정신을 마비시킨다고 알려진 그 유명한 '갱내 폭발 가스'[3]마저도 타고난 나의 겸손함을 손상시키지는 못했다고 했다는 것이다. 우리 집 식구들에 대한 이야기를 하자면, 내가 다섯 살이 된 이후부터 나의 문학적인 포부와 영감에 워낙 단련이 되어 있었고, 내가 열두 살이 된 이후에는 내 눈에 잘 띄도록 메모지를 집 안 곳곳의 복도마다 고리에 달아 걸어 두었다. 사실 난 우리 집 식구들이 나를 피해 다니는 일이 생기지 않도록 하기에는, 신통하기는커녕 대단히 지겹기까지 한 나의 첫번째 제물을 보면서 앞으로 나에게 다가올 비극을 점치고 있었다. 식구들 눈에는, 나의 첫번째 소설에서 내가 가장 최근에 늘어놓았던 헛소리나 최근 나의 지적 호기심 외에는 보이지 않았기 때문이다. 우리 집에서는 이런 어린아이 장난 같은 이야기가 백만 명 프랑스 사람들로부터 호응을 받을 가능성에 대해서는 신경도 쓰지 않았고, 내 책을 출판해 주겠다는 출판사를 딱하게 여기면서, 내가 원하는 대로 책을 내는 일에 대해서는 모든 것을 내게 맡겼다.[4] 그렇게 되면서, 그다음은 다들 알고 있는 대로다…. 그 일 이후로도 어느 집에서나 조성되어 있는, 가장 어린 식구를 예뻐하는 그런 어떤 내리사랑과 같은 분위기는 고맙게도 꿋꿋이 버텨 주고 있었다. 특히 그런 식구가 약간 말을 더듬거나, 그날의 신문 기사를 인용하는 것처럼 니체를 인용하고, 내 경우에 해당하는데 아주 사소한 것에도 압운을 다는 경향을 보일 때 특히 그랬다. 식구들의 상습적이고 장난기 섞인, 그런 봐준다는 식의 거만함에 약간 한은 맺혀 있었지만, 그럼에도 불구하고 나는 그것이 내가 갑작스레 여기저기서 받게 된 끊이지 않는 찬사와 비난에 대한 이상적인 평형추가 되어 주었다고 생각한다. 그리고 이제는 그런 우리 가족이 없었더라면, 난 어쩌면 일부 작가들의 마음은 어루만져 주겠지만 가깝거나 먼 주변 사람들을 못살게 굴면서, 야단스럽진 않지만 시들 줄 모르는 그런 자화자찬을 평생토록 늘어놓았으리라는 것을 알고 있다. 나는 아직도 최근 몇 년 동안 내 친구들이, 나를 비웃은 것보다 더 많이 나와 함께 웃었기를 바라는 막연한 희망을 품고 있다. 아닌 게 아니라, 어쩜 그건 나의 착각일지도 모르지만.

그리하여 그 후 나는 웃길 좋아하는 사람들과 인생을 함께하면서, 웃음이 일종의 성직(聖職)의 다른 이름이라는 사실도 알게 되었다. 우린 단둘이 있건 많은 사람들과 함께 있건 가리지 않고, 자신의 것도 단점까지도 포함한 모든 부분에서 웃기는 점을 찾아내곤 했다. 그 '모든 부분에서 웃기는 점'을 제외한다면?… '제외한다면'에서 다시 펜이 멈춘다. 여기까지 매끄럽게 잘 나가던 글을 '제외한다면'이 없다고 하지 않는 이상 나는 계속 써 나가지 못할 것이다. 사랑의 슬픔(당시 흔히 우리가 유일하게 감내했던 슬픈 일)까지도 실연을 당한 쪽이든 반대든 어느 쪽이든 놀림감이 되었는데, 그것이 다른 사람의 슬픔이면 조롱거리였고 자신의 슬픔이면 우스갯거리였기 때문이다. 사실 웃음이 하나의 방패, 아니 무기라고 하지만, 병이 심각한 경우엔 우리를 서 있도록 지지해 주는 뼈대이자 목에 착용하는 경부 코르셋도 되는 것이며, 억지웃음일지라도 때론 올바른 생각을 갖게 해 줄 때도 있다는 사실을 잊어서는 안 된다. 물론 마음의 병이 난 사람도 마찬가지다. 때론 가장 고통스러운 실연에도, 단 몇 마디 말이나 비유적 표현, 견해로 인한 뜻하지 않은 감정의 폭발에도 마찬가지다. 우리가 부인하고 있었을 웃음을 터뜨리면서 우리는 우리 원래의 쾌활함과 본디의 모습, 자신의 존재감까지는 아니더라도 최소한 그런 가능성은 되찾았던 것이다. 안타깝게도 완전히는 아니지만! 웃음은 슬프게도, 심지어는 위선적으로도 들릴 수 있다. 너무 불행하다 보면 웃음소리가 개가 짖는 것처럼 쉰 목소리도 나오는데, 그건 웃는 게 아니라 짖는 것이다. 풋 하고 웃음을 터뜨리질 못하고. 아닌 게 아니라 자신의 목소리인지도 분간이 안 되고 그저 컹컹 하는 소리만 나온다. 그리고 일부 예민한 사람들은 그런 짐승 소리 같은 쉰 목소리에 불편해 한다. 어쩌면 내가 별 괴상망측한 생각을 하고 있는지도 모르고, 어쩌면 내가 말하는 그런 슬픈 상황에 처해서도 컹컹대는 사람은 아무도, 세상 어느 누구도 없는지 모른다. 어쩌면 난 나 자신도 그럴 거라 생각하지 않으면서도 그저 관찰력이 뛰어나 보이려고 이렇게 아무 이야기나 썼는지도 모르는 것이다…. 이것이야말로 도덕성이 없는 이야기일 것이며, 분별있는 사람들로 하여금 나를 향해 짖게 할 이야기일 것이다, 짐짓 날카로운 척하는 지적에 격분한, 그리고 더 이상 웃지 않는다는 것에 격분한! 그리고 내가 잠자코 있는 것에 격분한! 평론가들에게 다리를 물어뜯기게 할 이야기일 것이다!

다시 웃음에 대한 이야기로 돌아가자니 어떤 의무감 같은 것이 드는 이유는, 텔레비전에서 많은 상을 휩쓴 게임 프로그램에 출연해서 그 기회에 자신의 부모나 배우자, 동료, 꼬마 소녀 콜레트에게 인사를 전하는 출연자들처럼, 나도 나의 가장 친한 친구이자 파리에서 가장 웃기는 남자 자크 샤조(Jacques Chazot)[5]를 거론해야 할 것 같은 기분이 들기 때문이다. 그는 나를 웃길 줄만 알지 울릴 줄을 모르는 마흔 살의 남자다. 그에 대해 단 한마디로 정의를 내리고 그의 농담 중 단 하나만을 인용하라면 그럴 수가 없다. 많아도 너무 많기 때문이다. 사실 그의 유머는, 자신이 하는 농담을 웃기게 만들 뿐만 아니라 재미있게 만드는 너무도 많은 기상천외함과 정말 웃기는 엉터리 상식과 상상력, 그리고 다른 사람들을 즐겁게 해준다는 말 자체에 대한 연구의 전무후무함이 가미된 코미디 감각으로 이루어져 있는데, 그렇게 한바탕 웃고 나면 마음에 위로가 되는 것이다. 파리에서는 웃을 일이 그다지 없다는 것에 대해 사람들은 너무 부끄러운 줄을 모르지만, 그가 해야 할 몫이라면 노력하는 것이며, 그는 그런 사람이다. 놀라운 사실은, 오랜 시간이 지나 그 분야에서 대단히 성공한 지금도 그는 여전히 사람들을 웃기는 일에 똑같은 만족감을 느낀다는 것이다. 분명 그도 언제고 그 일에 지치는 날이 있을 것 같다. 아닌 게 아니라 그것이 기적이 아님을 난 경험을 통해 알고 있기 때문이다. 관객들의 웃음소리를 들어 보려고 「스웨덴의 성(Château en Suède)」[6]을 공연하던 '테아트르 드 라 틀리에' 계단 위에 앉아 있었던 일과, 그로부터 몇 년 후 「기절한 말(Le Cheval évanoui)」[7]을 공연하던 '테아트르 뒤 짐나즈' 계단에 한참을 앉아 있었던 일이 기억난다. 정말로 나는 (오퇴유 경마장에서 자신의 말이 첫번째로 들어오는 것을 보는 걸 제외한다면, 어쩌면) 이 세상에 그만큼 감미로운 건 거의 없다고 생각한다. 수백 명의 사람들이 철썩이며 밀려오는 파도 소리처럼 동시에 목청 높여 웃는 그런 웃음소리만큼 감미로운 건 거의 없다. 앉고 싶은 곳에 앉아 들뜬 마음으로 꼼짝도 않고 가만히 가슴 졸이면서 주인공이 다음에는 과연 어떤 웃기는 이야기를 하게 될지 기다리며, 그들과 내가 한 편이 되고, 친구가 되고, 가깝게는 친척도 되는 것이다. 다른 사람을 웃기는 일이란 참으로 매력적인 능력이며, 내가 너무도 잘 알고 있는 유일한 능력이자, 어떻게 보면 누군가에게 한번 발휘해 보고 싶은 하나밖에 없는 능력인데, 한 사람 이상 웃겨야 할 건 당연하다.

웃는 것. 웃기는 것. 혼자 웃는 것. 개개인이 갖고 있는 그런 가장 본연의 모습으로 돌아가는 것은 우리가 좀처럼 만나지 못하는 바로 우리 자신으로 돌아가는 것이다. 그건 유년기와 청춘, 노년이기도 한 우리에게 있는 무언가의 잠금장치를 푸는 것이며, 우리의 소속 관계를 이 세상과 이어 주고, 이 세상에 대한 우리들의 간극을 이어 주는 그 무엇이다. 삶에 대한 우리의 애착과 죽음에 대한 거만한 거부감이 서로 결합되는 시간이라고 해야 삼 분이 고작일 테지만, 그 삼 분이야말로 정말로 위대한 오만함의 삼 분이다.

사실 웃음이 잔인하든 온화하든, 아니면 감미롭든 냉소적이든, 우리 마음대로 너무도 쉽게 하나로 묶어 버리는 형용사나 관용구를 강조해 보여 주듯, 우리 안에서 어쩔 도리 없이 솟아나는 내적 충동, 감정의 표출이나 웃음은, 무엇보다도 우리의 기본적인 자유의지의 명백하고 거부할 수 없는 증거인 것이다.

이지적인 젊은이

외관상으로 그는 다른 사람들과 거의 다를 게 없는 편이다. 사실 그보다 더 궁금한 것이 있다면, 그의 검은색 망토와 광기 어린 눈빛, 고귀한 인상을 풍기는 창백함, 그리고 의욕이 없다는 점이다. 그 젊은 남자는 생 제르맹(Saint-Germain)[1] 커트 머리, 다시 말해 이마선의 한가운데가 약간 뾰족하게 하트 모양으로 내려와 애처로워 보이는 짧은 커트 머리를 하고, 자신의 능력에 맞게 두툼한 터틀넥 스웨터에 넥타이와 트위드 조끼 혹은 레인코트를 입고, 길을 건너기 전에는 신호등 색을 꼭 확인한다. 바에서는 위스키나 커피를 마시며 아페리티프[2]는 삼가고, 주크박스에서 그레코(J. Gréco)나 피위 헌트(Pee Wee Hunt), 베쳇(S. Bechet), 「돈」을 듣기 위해[3] 거금 이십 프랑을 투자하느라 대단히 열심이다. 간단히 말해, 그의 그런 행동은 여느 젊은이와 똑같다. 개인사적(個人史的)인 견지에서 얘기하자면, 1940년에 열 살 아니면 열다섯 살이던 그는 수학 성적이 좋지 않아 그의 어머니는 그가 독서를 좋아한다는 걸 자랑삼아 이야기하곤 했다. 지금 그는 이지적인, 다시 말해 문학에 전념하고 문학으로 생활하고 문학에 대해 이야기하는 젊은이가 되었다. 말하자면 그건 다음과 같은 일이다.

첫째, 한 출판사의 독자라는 것.

둘째, 여러 잡지 평론에 단평(短評)을 쓴다는 것.

셋째, 우연히 한두 권의 책을 썼다는 것.

따라서 그는 그런 몇몇 부분에 대해서는 정통하다. 예를 들면 그는 가스통 갈리마르(Gaston Gallimard)[4]는 가스통으로, 장 폴 사르트르는 그냥 사르트르로 부른다.

결국 삶이란 고달픈 것이다. "아아, 역겨운 부르주아들이라는 점이 여실히 드러나 있잖아, 지치는군! 어처구니가 없어. 해도 해도 너무하잖아. 그런데 무얼 하느라고 지치냐니? 궤변을 늘어놓잖아!" 그런데 사실 궤변을 늘어놓는 것보다 더 지치는 건 없다. 그렇다면 문학 창작품을 따라다니는 그런 누구나 아는 건전한 피곤함을 제외하면, 아침부터 저녁까지 이 젊은이가 하루 종일 느낄 피곤함이란 무엇일까. 아침에 출판사 사람을 만나 이야기한다. 한 동료와 함께 점심 식사를 하면서 이야기한다. 잡지사에 가서 이야기한다. 칵테일파티에 가서 이야기한다. 그가 사업가라면 머리로 계산을 하고 진상을 파악할 것이다. 하지만 천만에, 그가 쓰는 말이며 단어며 모든 것은 막무가내로 그를 문학으로, 문학 작품을 쓰는 사람들에게로, 문학에 대해 논평하는 사람들에게로, 문학을 파는 사람들에게로 귀착시키고 있다. 어쩌면 그런 것이 그가 역겨워하는 이유 중 일부일지도 모른다. 보통 사람들로서는 같은 이름의 그 세계에서 어떤 호의적이지 않은 편견이 이지적이라는 단어를 짓누르고 있는지 상상조차 하기 힘든 일이다. 그건 글을 쓸 줄도 읽을 줄도 모르면서 한방에 모여 궤변이나 부리는, 몹시 흉측하고 피골이 상접한 난장이들 같다고 보면 될 것 같다. 하지만 그런 게 아니다. 글을 쓰려면 맹렬함과 강한 개성이 있어야 한다. 그뿐만 아니라 이상하게도 쉰다섯의 그 젊은이는 겸손하기까지 하다. 그는 타고난 자신의 재능을 믿지 않는다. 그는 그런 재능을 자신의 선배들에게서는 쉽게 알아본다. 의기소침한 표정으로 어깨를 으쓱해 보이며 그는 말한다. "맞아요, 분명합니다. 말로(A. Malraux)[5]는 대단합니다." 재능에 대해서 이제 그는 기대조차 하지 않고 있다. 그는 자신이 혼자라는 사실, 사람들과의 교류가 단절되어 있다는 사실을 알고 있다. 그가 그 모든 것들을 해 봤던 시절이 있었다. 술을 마시고, 여자들도 여럿 사귀고 여행도 했다. 그리고 다시 그곳으로 돌아와 존재하면서, 자신이 존재하고 있다고 느끼면서, 약간은 지루해 하고 있다.

이때 어른인 부모(아이를 열네 명이나 낳은)는 격분한다. 게다가 몹시 당황해 하기까지 하며 말한다. "미친 짓이지, 열정이며 격정, 환희가 없다는 건 말이야. 나는 말이지, 그 나이에…" 등등. 젊은이가 충고를 받아들이고자 변명거리를 모색한다면, 다행히도 그런 일이 일어나는 경우는 극히 드물지만, 그는 전쟁이었던 자신의 과거와 수소폭탄인 자신의 미래에 대해 이야기한다. 그럴 때 그는 바삐 움직이고 분발하고 폐결핵 환자에게서 나타나는 그런 유별난 탐욕을 드러내야만 하지 않을까. 그가 그러는 이유는 무엇이며, 그렇다면 어떻게 해야 하는 것일까. 세상 사람들이 뭐라고 하든, 젊은이에겐 절도와 신중함에 대한 감각과 안목이 있다. 그에게 정치란 대단히 불균형해 보인다. 그런 점에서 보면, 정치에는 사실 아닌 게 아니라, 칼 마르크스(Karl Marx)보다는 바레스(M. Barrès)[6]에 대해 훨씬 더 많은 기사를 다루는 신문의 매력적인 중재로 사태를 해결해 버리는, 소위 우파와 좌파의 논쟁밖에 없기도 하다. 잘 알려진 이야기가 있다. 한쪽에서 큰소리로 외친다. "그러면 전통과 프랑스어와 기질에 대해서는 어떻게 설명하시겠습니까? 18세기, 19세기 만세!" 그러면 다른 쪽에서 외친다. 그런데 "원자폭탄과 생명은, 이제 당신 발밑으로 떨어져 버린 생명은 어떻게 설명하시겠습니까? 20세기 만세!"

그건 대단한 논쟁거리가 된다. 자신의 취향에 따라 젊은이는 사교계 생활에 대한 취향을 약간 곁들인 깃털 장식이 있는 모자를 쓰는 살롱들을 출입하거나, 아니면 깃털 장식이 있는 모자를 쓰지 않는 살롱, 아니면 바(bar)나 선술집에 드나든다. 자기 자신을 조금 혹은 많이 비하하고, 변함없는 약간의 반감 섞인 눈으로 끊임없이 자신의 모습을 보면서, 아주 좋은 친구들도 사귀고, 만사가 순조롭다.

한편으론 열정도 있다. 젊은이에겐 대개의 경우 두 가지 해결책이 있다. 더 이상 희망도 없는 어머니 같은 여자를 향한 열정과는 무관하다. 요즘 남자들은 1825년처럼 레카미에(J. Récamier) 부인[7]과 같은 여자가 기대어 앉아 있는 긴 의자 주변을 어슬렁거리지 않는다. 젊은이는 남자답게 보이려고 마음만 먹으면 정말로 남자답다. 그가 변덕스럽고 자신과 전혀 다른 한 소녀에게 열정을 느끼며 그것으로 힘들어 한다고 가정해 보자. 역시 그가 이지적이고 감수성이 예민한, 자신과 취향이 같은 한 여자와 부부가 된다고 가정해 보자. 그녀는 그의 아내일 뿐만 아니라 여자 친구이기도 하다. 여자를 경시하는 태도는 이젠 통하지 않는다. 그로서는 시몬 드 보부아르 때문에라도 여자들의 경박함과 정신적 빈곤에 대해 이야기하기가 어렵다. 그는 그런 것이 벨 에포크(belle époque)[8]의 여성에 대한 친절과 가식적인 언동을 없애는 거라고 완벽하게 터무니없는 주장을 펼친다. 만일 그가 자신의 존재를 그렇게라도 드러내지 않으면, 한 잔의 위스키가 그 이지적인 젊은이를 순식간에 감상적으로 만들어 놓기 때문이다. 대개의 경우 그와 여자들과의 관계에서는 넘치는 열정과 동반된 일종의 명석함과 진정성이 느껴진다. 이제 '돈 후안(Don Juan)'[9]과 같은 사람은 시대에 맞지 않는다. 그건 낭만적인 데라곤 없는 난봉꾼인 젊은 남자를 일컫는 말일 뿐이다. 그래도 제대로 된 열정이 있다면 그것이 어떤 후광이 되어 그를 감싸 줄 테지만, 그건 어려운 일이다. 열정이란 흔한 것이 아니기 때문이다. 그래서 사람들의 입에도 많이 오르내리는 것이다.

이지적인 젊은이는 대체로 남을 헐뜯을 줄 모른다. 가끔은 관심이 없기 때문이고, 가끔은 몇몇 선배들이 그러는 것에 지쳤기 때문이다. 그는 누구에 대한 무슨 이야기든, 때론 잘 알고 있는 이야기처럼 보이기 위해 악의적일 때도 있지만, 대부분의 경우 재미있어서 이야기한다. 거기에는 무시 못 할 나름대로의 당위성도 있다.

— 사람들은 어휘를 바꾼다. 어떤 책이 훌륭하면, 사람들은 어두

운 표정으로 말한다. "좋군요." 책이 좋지 않으면, "정말 멋지게 바보 같고 정말 탁월하게 진부한 이야기군요" 등등.

— 영화가 연극보다 낫다. 이지적인 젊은이는 기분 전환을 시켜 주는, 그래서 온전히 몰입할 수 있는 것을 좋아한다. 그것이 폭력적이고 너무 억지 같고, 요부(妖婦) 같은 여자 배우들과 지칠 줄 모르는 의지의 주인공들이 등장하는 미국 영화에 모든 우위를 내어 주는 이유다. 물론 그중에는 '좋은' 혹은 '굉장히 좋은' 무게있는 영화도 있다. 그런데 발걸음을 재촉해서 보러 가는, 독창적이고 때론 구성이 탄탄한 몇몇 작품〔굉장히 탁월하고 웃기는 아다모프(A. Adamov)의 「핑퐁」[10]과 같은〕을 제외하면, 그는 연극에는 영화보다는 관심이 덜 간다.

— 여행은 해야 한다.

— 옷은 갖추어 입지 않는다. 옷은 그냥 입는 것이다.

— 위스키는 마실 만하다. 나머지는 못 마신다. 아니면 와인.

— 신문은 훌륭한 심심풀이다. 모든 신문을 두루 다 섭렵한다. 정도 차이는 있지만 그중 '매수된' 신문은 포함되지 않는다. 잡지 중에는 소속 단체의 성향을 지향하는 『레 탕 모데른(Les Temps modernes)』이나 『라 파리지엔(La Parisienne)』[11]이 그에 해당된다.(앞의 정치에 관한 내용 참조)

— 피카소는 장난꾸러기가 아니다. 아닌 게 아니라 장난스러운 건 별로 없을뿐더러 오히려 '비열한' 작품들이 있다. 장난꾸러기들은 그다지 관심을 받지 못한다. 해학이란 잠재해 있는 것이지 결코 파헤쳐지는 것이 아니다.

덧붙여 말하자면, 아름답다는 건 중요하지 않다. 존재한다는 것, 혹은 영향력이 있다는 것만으로도 충분하다. 활달하고 덜렁대는 젊은 사람들은 그다지 존중받지 못한다. 요즘 젊은 사람들은 춤을 거의 추지 않는다, 안타깝게도! 하지만 존재의 부조리를 망각하고 대단히 즐거워할 때는 있다. 그때 그들은 매우 젊은이답고 매우 무사태평하고 매우 말끔한, 바로 삶의 한가운데에 있는 자신의 모습을 되찾는다. 새벽녘 불이 꺼진 거리의 한 카페에서, 하늘가에 희뿌옇게 여명이 밝아 오면 이지적인 젊은이는 지치고 인간적인… 너무나도 인간적인 얼굴을 뚜렷이 드러낸다. 그의 손은 젊은 아가씨 혹은 여자의 손을 잡고 그녀에게 사랑이란 일시적인 것이지만 모든 잔인한 것들이 그렇듯 달콤하다고 말한다. 자신이 파리의 한가운데에, 피로의 한가운데에 있는 것을 느끼는 그는 행복하다. 내일 그의 얼굴은 지난밤의 불면 탓에 잘생겨 보일 것이다. 출판사 사람이 그에게 이야기할 것이다. "몹시 지쳤군요, 선생. 산다는 건 정말 멋진 일이죠. 하지만 선생한텐 선생이 갖고 있는 것을 망가뜨릴 권리는 없는 겁니다." 젊은이는 약간 냉소를 머금지만 어떤 묘한 기쁨을 느낄 것이다. 대체로 그가 사랑하는 것은 바로 글을 쓰는 것이기 때문이다. 하지만 그건, 그가 한 번도 말해 본 적이 없는 이야기다.

성공한 젊은 작가에게 보내는 조언

당신이 성공한 사람이라면, 난 아주 단호하게, 성공이란 단어를 믿을 정도로 당신은 멍청한 사람이 아니라고 이야기하고 싶습니다. 앞으로 그런 일은 생길 것이고, 그렇게 되면 당신은 하나의 물건이 될 것입니다. 모르는 사람들이, 그들이 출판계 사람들이라면 당신을 마치 물건처럼 대할 것이며, 아니라면 당신을 마치 신기한 동물처럼 대할 것입니다. 먼저 사교계의 살롱에 전시용으로 초대될 것입니다. 그곳에서 당신의 인생과 연애 경험과 같은, 당신에 대한 것이라면 무엇이든 화제가 될 것입니다. 진가를 인정받지 못한 위대한 작가들을 암시하는 이야기도 수없이 들을 것입니다.

좋습니다. 살롱에 나가면 느는 것이 친구입니다. 순식간에 너무 많은 친구들이 생깁니다. 이제 당신은 돈을 세지 않고 시간을 재게 됩니다.

당신이 아는 누군가로 인해 당신을 만나고 싶어 하는 오만 명의 사람들이 생기고, 돈을 바라고 돈이 필요해서 하루에 다섯 편씩 절망적인 편지를 보내는 오만 명의 사람들이 생기며, 쉴 틈도 주지 않고 울리는 전화벨과 '돈'이라는 말과 '성공'이란 말에 현혹되어 당신에게 달려드는 놀라우리만치 수많은 사람들과 상업 작품을 썼다는 뻔뻔함에 대해 칭송하는 멍청한 젊은이들과 당신을 알지도 못하면서 당신을 아주 불쾌하게 생각하는 사람들과 당신을 너무 약아빠진 사람으로 생각하는 사람들과 당신에 대한 호기심, 악의, 역설들이 생겨납니다. 그런가 하면 당신을 굉장히 좋아하고 당신에게 애정 어린 편지를 보내는 사람들이 생깁니다. 편지 하나하나에 답장할 시간이 없는 당신은 그들에 대한 막연한 양심의 가책을 달고 삽니다. 그리고 우연히 펼친 신문에서 당신이 했던 것 같은 바보 같은 이야기들을 보게 되고, 당신은 분노를 느끼고 분노는 상당히 빨리 진정됩니다. 그리고 혼란이 찾아옵니다. 사실 이 편지는 결국, 당신이 문학을 사랑하기 전에는 그 어떤 의미도 없는 것입니다.

사고 싶은 것은 사고, 주고 싶은 것은 주고, 물건에도 사람에도 기대하지 마세요. 생명력이 남아 있는 물건은 극소수이며, 당신의 성공이나 당신의 호의를 좋게 받아들일 만큼 그렇게 너그러운 사람도 극소수이니까요. 당신이 아무리 좋은 뜻으로 베푼다고 하더라도 말입니다. 그럴 시간과 의욕이 있다면 차라리 못되게 대하세요. 그게 훨씬 더 마음에 드는 방법일 겁니다. 아니면 무관심해지세요, 가능하시다면, 하지만 그건 무척 어려운 일입니다.

내가 드릴 수 있는 최선의 조언은 바로 머리를 식히라는 것입니다. 사는 곳이 파리일 경우에 드리는 말씀인데, 그렇다고 한다면 몸을 피곤하게 만들고 많이 걸으세요. 어디에도 한곳에 머무르지 말고, 잠은 가능한 한 적게 주무세요, 지나치다 싶을 정도로. 그러면 밖으로 나갈 수밖에 없게 될 겁니다. 하지만 무엇보다 그 어떠한 일정도 만들지 마세요, 출판사 사람들과의 저녁 식사도, 동료와의 저녁 식사도, 사교계 인사와의 저녁 식사도. 무조건 여기저기 돌아다니세요.

사람들이 당신의 성공과 당신의 책에 대한 이야기를 하면 "예, 멋지죠" 또는 "운이 좋았습니다"라고 대답하세요. 어떻게 대답하든 오답처럼 보일 테니까요.

사람들은 당신이 직접 당신의 책을 쓰지 않았다고도 말할 겁니다. 하지만 그건 당신이 있는 데서 하는 이야기가 아닙니다. 왜 글을 썼는지도 물어볼 겁니다. 그저 글을 쓰고 싶었다고만 답하세요. 믿지 않을 테지만, 어떤 면에서는 진실이 추천할 만한 대답입니다.

한편, 성공에는 좋은 면이 있습니다. 처음에는 어느 정도의 허영심을 달래 줍니다. 그러고 나면 더 이상 아무것도 달래 주지 않는데, 특히 가장 중요한 점을 달래 주지 않습니다. 하지만 그 점에 대해서는 당신이 무엇을 어떻게 하더라도 위안받지 못할 거라 생각합니다. 사람들은 결코 그것이 아무런 가치가 없는 것인지 아닌지 모릅니다. 당신에게 믿을 만한 이야기를 해 줄 사람은 아무도 없을 겁니다. 그 점에 관해 걱정이 되어 죽을 것 같을 때가 오면, 일을 하게 될 겁니다. 이 글은 당신이 글을 쓰는 하루 중 몇 시간 동안에 드는 의문에 대한 대답이라 할 수 있습니다. 그리고 내가 할 수 있는 유일한 것입니다.

마지막으로, 할 수만 있다면 시골로 떠나시길.

어떤 콘서트

그들은 함께 콘서트에 갔다. 음악에 완전히 몰입한 피아니스트의 연주는 정말 훌륭했고, 그중 한 곡은 대단히 몽상적이고 가슴이 뭉클해지는 그리그(E. Grieg)의 음악이었다. 피에르는 프리다의 손을 꼭 쥐었다. 그녀도 그런 그의 손을 꼭 쥐었다. 콘서트장은 온통 바이올린 소리에 잠겼고, 그는 머리를 뒤로 젖혔다. 아! 사랑, 행복, 슬픔…. 하지만 그에게 이 모든 단어는 그리그에게서 받은 영감에서 나온 것이 아니며, 프리다로 인한 것도 전혀 아니었다. 예전에는 이 뚱뚱한 프리다가 그의 눈에는 샛노란 금발로 보였다. 그가 친구들에게 하는 말대로 그녀는 '루벤스 그림' 속의 그 여자였고, 그는 그 '루벤스 그림' 속에 자신의 빈약한 라틴어 실력에 대한 두려움과 자신의 검은 머리카락과 까다로운 성격을 감추어 둘 수 있었다. 하지만 이제 프리다는 루벤스 그림 속 여자가 아니었으며, 게르마니아 출신의 약간 뚱뚱하고 빛바랜 금발의 부인이었다. 그리고 그녀의 손은 그의 손안에서 어느새 축축해져 있었다. 위험 수위에 이를 정도로 축축해진 그 손을 그는 놓아 버릴 용기가 나지 않았다. 끔찍한 일이었지만, 저 음악 소리는 너무도 높이높이 올라만 갔다. 바이올린들이 소리를 자제하면서 영혼의 죽음과 불안함을 연상시키고 있는 동안, 피아노는 유연하게 잘 휜 다리로 놀라울 정도로 빠르게 한껏 소리를 높여 가고 있었다. 음악에 예민한 프리다는 눈을 감았고, 그는 그녀가 미운 생각이 들어 냉담한 표정을 지었다. 그는 손을 뺐다. 그가 느끼는 온갖 나약한 감정들과 화려한 음악의 클라이맥스 사이, 그리고 그의 짜증스러운 기분과 피아노의 감미로운 선율 사이의 불균형이 잠시 그를 슬프게 했다. '그런데 이 친구는 어떻게 살고 있었을까', 그는 생각했다. 스위스의 한 오두막에 놓인 피아노를 머릿속으로 그려 보았다. 그 앞에 그리그가 앉아 있고, 어딘지 원시적인 느낌이 드는 한 아름다운 갈색 머리의 여자가 그의 이마를 쓰다듬고 있었다. 그는 자신이 왜 오두막을 떠올렸는지 이유를 몰랐는데, 그 갈색 머리의 여자는, 아, 그렇지! 저 우윳빛 피부와 저 불변의 금발, 그를 짜증나게 하는 저 열띤 기질, 프리다였다. 그는 그의 앞에 앉아 있는 조그맣고 여윈 젊은 여자를 원했을 것이다. 그녀의 얼굴 윤곽은 늑대 같고 고집이 있어 보이고, 분명 사랑도 무덤덤하게 하며, 분명 이를 악물고 자유에 대해 이야기했을 것이다, '요즘 세대 여자는 다 그렇겠지.'

피아노가 바이올린은 버려두고 홀로 대담하고 우수 어린 연주를 하기 시작했다. 고요하던 콘서트장이 웅장한 소리로 뒤덮였다. 잠시 프리다를 잊어버린 그의 두 눈에 눈물이 고였다. 죽은 고양이나 어린 시절의 추억을 떠올리며 흘렸던 것 같은 온화한 눈물이었다. 그는 한 번도 사람으로 인해 눈물을 흘려 본 적이 없었다. 달리 말하면 그는 좀처럼 분노의 눈물을 흘리지 않았다. 그런데 그처럼 눈꺼풀 아래가 따끔거리는 느낌이 들자 그는 황홀한 행복감에 젖어 들었다. 무슨 일이 일어나더라도 그에게는 음악이, 그렇다, 그리고 몽테뉴(M. de Montaigne), 난롯가의 저녁, 자신의 파이프, 이미 식구나 다름없는 시력이 좋은 개, 그리고 고독은 남아 있을 것이다. 바로 그런 것이 그에게 필요한 것들이다. 저 빛바랜 금발의 여자와 그런 정신 산만함이 아닌 것이다.

그의 눈물은 조금도 그칠 것 같지 않았다. 그러면서도 그는 내심 프리다가 눈치채길 기대하면서 손수건을 꺼냈다. 하지만 그녀는 여전히 한 손을 그가 잡기 쉽도록 그의 쪽으로 떨군 채 미동도 하지 않고 있었다. 그녀는 그런 그를 이해하지 못했다. 그는 나오면서 그녀에게 알려 줄 참이다. "나한텐 말이지, 하나하나의 콘서트가 일종의 영적 경험과 같은 거라고." 이미 그의 귀에는 그렇게 말하는 자신의 무난한 저음의 목소리가 들려왔다. 곧이어 자신이 것 같다. "난 가야겠어. 프리다, 우리 두 사람이 함께한 경험은 이것으로 끝났어." 그녀에게 말하는 다정하고 느긋한 그의 목소리는 여유마저 느껴지는 것 같다. 그리고 봄날의 포근한 밤 속으로 떠난 그는 그녀의 시야에서 아스라이 사라질 것이다. 하지만 그의 가방이….

오케스트라가 다시 시작되자, 그는 쳐다도 보지 않고, 프리다가 활짝 편 손을 그에게 내밀어 악수를 청했다. 그는 울컥 분노가 치밀어 오르는 것을 느꼈다. "이젠 나를 괴롭히지 않겠다는 건가? 나를 사흘 전부터 따라다녔던 여자잖아." 팔뚝이 조금 움찔했음에도 불구하고, 그는 그녀의 악수를 받아들이지 않았다. 그러고는 고개를 뒤로 젖히고 다시 눈을 감았다. 오케스트라와 피아노가 함께 항해를 하고 있었는데, 더 이상은 모르겠다. 기나긴 피아노의 고독한 산책 다음에 그 상처 입은 방랑자 편을 들어 주기 위해 오케스트라가 나왔는지, 아니면 반대로 피아노가 오케스트라를 자신이 발견한 여정 끝의, 그들이 함께 죽어 갈 수밖에 없을 푸르스름하고 우수 어린 천국으로 데려갔는지.

그는 다시 눈을 떴다. 프리다는 가고 없었다. 처음엔 상황이 판단이 안 되던 그는 벌떡 일어나서 그녀를 찾으러 플레옐 복도로 나갔다. 십 분 후 음악은 여전히 그를 따라다니고 있었고, 그는 큰 소리로 외치고 있었다. “프리다? 프리다?” 여기저기 길거리를 뛰어다니면서. 근처 ‘라 로렌’에서 프리다는, 콘서트장에서 그녀의 오른쪽 옆에 앉았던 남자와 함께 맥주를 마시고 있었다.

스위스에서 쓴 편지

이와 같은 잡지를 보면서 좋은 건, 사람들이 많이 보지 않을 거라는 막연한 느낌이 든다는 점이다. 물론 내가 보기에는 사람이 좋아도 너무 좋은 편집장 자크 브레네(Jacques Brenner)를 제외하고 말이다. 그러니까 만일 내가 지금 이렇게 스위스에서 삼 년 전에 쓰기 시작한 희곡 한 편을 마치기 위해, 아닌 게 아니라 정말로 '안간힘'을 다해 이처럼 애를 쓰고 있지만 않았어도, 그러니까 이곳의 울창한 전나무며 곳곳의 호수들과, 원고지에 수정하려고 그어 놓은 수많은 밑줄들이며 맥주, 거기에 또다시 보충해서 써넣은 글들, 그리고 잠을 자는 건지 꿈을 꾸는 건지 비몽사몽의 경지와 대단히 유사한 정신적 혼란이 뒤섞인 상태에서, 이처럼 마구 허우적거리고 있지만 않았어도, 맨 처음에 내가 몇 줄의 글만 써도 되겠다고 생각하고 무책임하게 기분 좋아한 것에 대해서는 당연히 내 생각이 짧았다고 할 것이다. 그런데 내 지식으로는 이곳의 스위스식 독일어를 골자(우리말로는 치즈인 케즈, 감자튀김인 뢰스티[1]가 어떤 말의 실질적인 의미를 나타내는 골자로 간주될 수 있다고 한다면)밖에 이해하지 못하는 것과는 대조적으로, 그러니까 그와는 반대되는 심사로, 말하자면 난 마구 수다를 늘어놓고 싶었다. 물론 내 친구 베르나르 프랑크(Bernard Frank)[2]가 하루 이틀이 아니게 이와 같이 할 때마다 으레 무슨 큰 탈이라도 났더라면, 앞서 말한 편집장의 진이 빠지게 할 이런 잡담을 늘어놓는 걸 망설였을 테지만 말이다.

아무래도 '스위스에서 쓴 편지'라는 이 글의 제목을 잘못 붙인 것 같다. 사실 나는 스위스에 관해 할 이야기가 아무것도 없기 때문이다. 그건 그동안 내가 가 볼 수 있었던 어떤 나라에 대해서도 마찬가지다. 여행은 나를 귀머거리로 만들고 눈을 멀게 만들고, 말하자면 공포에 부들부들 떨게 만든다. 젊은 눈으로 보는 풋풋함을 기대하면서 먼 나라에 있는 나에게 선불로 발송되어 온 몇 권의 주간지들은 도착하던 순간부터 후회가 막급인 눈치다. 약속된 몇 페이지를 가득 채우려면, 나는 그 잡지들의 정기 구독자들이 어이없다고 앞다투어 구독신청을 파기하는, 역사 뒤에 숨겨진 일화들 속으로 뛰어들어야 했다. 보도기자 일을 그만둔 지금, 나는 어떤 식으로 여행해야 할지도 모르겠고 어떤 눈으로 보아야 할지도 모르겠다. 아마 난 앞으로도 나를 비난하는 이 치사하고 좁은 바닥을 영원히 맴돌고 있을 것이다. 그래도 나한테는 따뜻한 기분이 드는 곳인 까닭이다. 생각이 거기까지 미치면서 새삼 나의 무능함을 깨닫게 되자 가슴이 에이는 듯 아파 온다. 여름이면 내가 사는 동네가 있고, 바다로 흘러들어 가는 몇 갈래의 지류가 있는 사랑스러운 파리 혹은 품위있는 노르망디를 주축으로, 겨울이면 이처럼 스위스에서의 등반, 아마도 바로 그런 것이 앞으로 다가올 내 인생의 무대가 될 것이다. 물론 아직은 사십 년이 남았다. 인색하지만 대단히 위로가 된다.

다시 스위스로 오니 참 좋다. 이곳에서 사는 폴 모랑(Paul Morand)[3]의 마음을 알 것 같은 건, 스위스는 근심 걱정 없이 일상생활로부터 벗어나 있는 유일한 나라이기 때문이다. 그리고 무엇보다 이곳에서는 모든 것이 연기된 기분이 든다. '가스트하우스'[4]에 들어가 기진맥진해서 주저앉는다. 막 밤의 국경을 넘어오는 길이다. 독일국경수비대를 따돌리고 도망쳐 왔다. 이 조그만 창문들과 커튼, 미국 영화에 나오는 이런 오두막집들, 가이드들이 곳곳을 누비고 다니는 산악 지방들, 나의 모든 시중을 들어주는 호텔 종업원의 온화한 얼굴, 이곳은 안전하다. 초콜릿 하나를 시키는데 아직도 손이 떨린다. 아마도 기력을 회복하기는 힘들 것 같다. 담배에 불을 붙인다. 이렇듯 스위스에 있으면, 나는 스위스가 마치 몸을 숨길 수 있는 품을 지닌 사람 같다는 생각을 하지 않을 수가 없다! 사 년 전부터…. 꿈이라면, 보기에는 화려하나 실속은 없는 악몽임이 분명하다.

헤밍웨이(E. Hemingway)가 그의 소설에서 지금 내가 머물고 있는 곳에 대한 이야기를 하고 있다. 어제 나는 그의 「실낙원(Paradise perdu)」[5]을 다시 읽었다. 그는 여자에 대해 아는 것이 별로 없다는 느낌이 든다. 그 여자들이 무모하거나 아니면 철이 없거나 불평투성이거나 간에. 그렇다고 책들에 관한 여담을 시작할 생각은 없다. 식상하다. 뿐만 아니라 그런 일을 재미있어 하는 사람들은 따로 있다. 가끔씩 사람들은 한 작가에 대해 경솔하고 의뭉스러운 생각을 하며, 불행히도 미리 그런 이야기를 해 주는 사람이 없다면 대화할 때마다 매번 그 이야기를 꺼내야 하는 줄 안다. 열흘 후 파리에서 저녁 식사를 하면서 생각에 잠긴 듯한 표정으로 이야기할 내 모습이 너무도 눈에 선하다. “그런데 헤밍웨이, 사실 말인데요, 선생님 소설 속 인물 중에서 마음이 끌리는 여자 주인공이 있으신가요?” “그야, 그러니까….” 그리고 그는 나에게 『무기여 잘 있거라』나 다른 소설에 나오는 대목을 인용한다. 그러면 난 점점 더 애매한 표정이 되고… 불쾌한 장면이 연출되는 것이다.

스위스와 관련된 작가로 뱅자맹 콩스탕(Benjamin Constant)이 있다, 코페에 갇혀 미네트(Minette)[6]의 지시에 꼼짝도 못 하고 혼자서 괴로움의 눈물을 흘리며 “아! 이 호수가…”라고 했던. 제네바가 분명 사람의 마음을 괜스레 슬퍼지게 하는 건 있다. 하다못해 이곳에는 에델바이스가 있고, 도로를 횡단하며 다닌다는 암사슴이 있다.(자동차 운전자들을 무척이나 설레게 만드는 보도에 의하면) 하지만 지나다니지 않는다, 불행히도.(아니면 기자들의 허풍 덕분에 사슴들이 나를 경계하는 건지도) 여기는 그래도 독일어를 쓰지, 제네바처럼 그런 더듬거리는 프랑스어는 쓰지 않는다. 그러니까 스위스의 자연은 눈이 부시며, 난 자연이 너무 좋다는 말이다. 사람은 이런 곳이나 아니면 시골에서 살아야 할 필요가 있는 것 같다, 사는 동안에는. 파리를 떠나고, 숱한 도시의 도로와 마음씨 좋은 친구들, 극성을 떠는 내 라이벌들, 즐거운 파티, 물에 젖은 솜처럼 피곤한 아침, 웃기는 이야깃거리들을 떠나온다는 건, 결국 해야 할 무언가를 하는 그런 끊임없는 가능성을 단념한다는 것이다. 여기선 아무것도 할 일이 없는데, 이 편지가 그 증거다.

스위스에 관한 다른 중요한 점은 천 프랑스 프랑을 내면 팔십오 스위스 프랑으로 바꿔 준다는 것이다.*(이런 정확한 계산법에 정치적 귀결이 없길 바란다) 이 모든 계산법은 뭘 하나를 사려면, 특히 캐시미어 스웨터를 사려면 상당히 복잡하다. 일주일 동안 혼자서는 그 반대인 역산(逆算)을 하지 못했는데(아직도 그 계산법이 이해가 안 된다), 모든 액수에 팔십오를 곱해야 한다는 건데, 상당히 묘하다. 그래도 결국 따지고 보면, 여기가 스웨터는 덜 비싸다. 어떻게 보면 이젠 이 잡지에 사소하나마 도움이 될 만한 소식을 소개할 때가 된 것 같다. 나는『마담 세종』을 창간할 것이다. 많은 구독자들이 생길 것이다. 솔랑주 파스켈(Solange Fasquelle)과 내가 숱한 가게들을 누비고 다니고 있으니, 곧 눈이 휘둥그레질 쿠폰들을 구비하게 될 것이며, 베르나르 프랑크는 우리를 위해 운전을 해 주고 수많은 상품 상자들을 실어 나르게 될 것이다. 지금 난 잠꼬대를 하고 있는 건데, 그러니까 쥘리아르 출판사 아래층에 백화점이 하나 생기고, 남성 잡지 회원들은 목을 풀어헤친 맨살에 적갈색과 초록색의『세종』로고 넥타이를 하게 될 것이다.『세종』패션이 유행하고 착실한 구독자들에겐 경품이 주어질 것이다. 헤겔을 읽고 잡지에 실린 어떤 사람의 주요 논설을 읽으면,『세종』셔츠를 받게 된다. 멋을 부리면 교양이 쌓이는 것이다. 그것이 진정한 교양인 것이

* 1960년 10월에 쓴 글이다.

다, 이번만큼은.

난 곧 파리로 돌아가는데, 이 나라가 나를 사랑에 빠지게 한다.

신문을 읽으며

"테사 맨서드가 사흘 만에 구십삼 킬로그램에서 구십이 킬로그램이 되었습니다." 이 소식에 생각보다 많은 사람이 놀라지는 않을 것이다. 사실 테사 맨서드는 『프랑스 수아르(France-Soir)』에 연재되는 만화 「내 마음의 줄리에트(Juliette de mon cœur)」[1]의 존스 가족에게 새롭게 등장한 엑스트라다. 존스 가족은 세계적으로 히트 친 만화로, 프랑스만큼이나 영국에서, 특히 그것이 탄생한 미국에서 많은 사람들이 애독하는 만화다. 팔 일 전부터, 존스 가족은 뚱뚱하지만 하는 짓이 밉지 않은 테사 맨서드를 걱정하고 있다. 그녀는 남자에 대한 공포증으로 십 인분을 먹어치운다. 매일매일 길거리와 지하철, 버스에서 프랑스 사람들의 관심은 온통 테사 맨서드의 체중 감량에 쏠려 있다. 아무렴, 그럼 그렇지…, 오늘부터 보름, 아니 좀 더 지나면 그녀는 어여쁜 아가씨가 되어, 전부터 알고 지내던 남자와 사랑에 빠져 결혼하게 될 것이다.

이 경이로우리만치 바보 같은 이야기는 생각보다 보잘것없지 않다. 존스 가족은 벌써 몇 년째 우리나라 사람들의 마음을 지배(하루에 이 분인데도)하고 있다. 존스 가족은 친절하고 약간은 산만한 노인인 아버지 존스 씨와, 그가 사는 소도시의 읍장으로 갈색 머리의 신중하고 이성적인 그의 딸 줄리에트, 무모하지만 인정 많은 금발의 둘째 딸 에브가 그 구성원들이다. 이들 세 사람은 보통의 미국 사람들이 겪는 이런저런 중요한 문제들을 놓고 늘 옥신각신한다. 너그러운 마음씨와 짧은 지식, 더불어 전적으로 순응하는 태도로 대단히 프로이트적인 상황[2]들을 해결해 나간다. 존스 가족이 보여 준 가장 최근의 몇 가지 실례를 요약해 보겠다.

이방인. 그들이 사는 작은 마을에 한 젊은 프랑스 백작이 나타났다. 레이싱 카를 운전하는 것 외에 그는 아무것도 할 줄 모르는 게 분명하다. 에브는 그에게 첫눈에 반해 버린다. 한 부유한 미망인도 그에게 반하는데, 그녀는 그의 작위를 탐내는 것이다. 이후 일어나는 여러 우여곡절은 생략하고, 그는 그 부유한 미망인과 결혼한다. 여기에는 숨겨져 있는 교훈이 있다. 이방인을 믿지 말 것. 일하지 않는 사람은 존스가의 처녀와 결혼할 수 없다.

일하는 여자. 한 통조림 회사에 들어간 아버지 존스 씨는 사장과 그의 비서를 화해시키려 애쓴다. 사건의 급변: 이미 그들은 결혼했고, 사생활에서도 그들의 일과 관련된 논쟁은 여전하다. 교훈: 집으로 돌아오면 작업복은 벗고 텔레비전을 켤 것.

예술가. 호남형인 조각가가 작은 마을에 나타난다. 존스 가족은 그에게 마을 광장에 세울 아름다운 동상 작업을 할 수 있도록 차고를 선뜻 빌려준다. 이 분별없는 예술가는 계속 두 자매에게 치근거리는데, 가족의 친구인 경찰관의 예언대로 결국 그는 아버지 존스의 저금통을 훔치고 만다. 자신의 모든 재능에도 불구하고, 그래서 그는 경찰관에게 흠씬 두들겨 맞는다. 교훈: 예술가를 믿지 말 것.

몸매. 앞에서 했던 이야기를 할 때다. 테사 맨서드의 방은 클라크 게이블(Clark Gable)과 게리 쿠퍼(Gary Cooper)의 사진으로 도배되어 있다. 하지만 남자에 대한 공포로, 그녀는 폭식을 한다. 그렇게 해서 그녀는 그들이 바라는 이상형과는 점점 더 멀어져 간다. 존스가의 딸들이 정신요법과 식이요법을 병행하여 그녀를 원래대로 되돌려 놓는다. 교훈(예측 가능한): 여자들이여, 당신의 여자다움을 피하려 애쓰지 말 것. 그리고 아이스크림을 너무 많이 먹지 말 것.

그리하여 미국인의 생활에서 일어나는 소소한 일상적인 문제들이 이 일심동체 삼인조에 의해 매일매일 해결된다. 이들은 가정생활과 기존 질서의 상징적 인물이자 해피엔드의 표상이다. 해피엔드라고 해도 좋을지 모르겠는데, 실은 남자들에게 숱한 연정을 불러일으키는데도 불구하고 존스 자매는 굳이 독신으로 남아 있기 때문이다. 사실 그녀들이 뛰어난 요리 실력을 가진 아버지 존스 씨를 떠나고, 그래서 자신들을 만들어낸 작가들을 확실하게 망하게 하는 것이 맞다…. 하지만 그들은 그보다 더 작은 일로도 주저할 것이다. 게다가 그 문제에 있어 그녀들은 앙젤리크[3](신문 연재소설)와 같은 대단한 열의도 없다. 얼마 안 있으면 앙젤리크가 전 유럽을 누비며 자신의 남편을 찾으러 다닌 지 십오 년이 된다. 그녀의 환심을 사려는 온갖 무뢰한들과 귀족들, 루이 14세도 포함되어 있다고 봐야 할 많은 남자들의 언행을 기꺼이 감내해내면서 말이다. 그러면서 그녀는 돌도 맞고 매도 맞고 투옥도 되면서 네 명의 아이를 가졌지만 한 아이는 유산되었고, 최근에는 한 군대에 의해 집단 성폭행도 당했다. 그 일로 그녀는 의욕을 조금 상실했다. 뿐만 아니라 그녀는 남편을 알아보지 못한 채 지나치기도 하면서 대단히 예리한 독자들을 짜증나게 한다. 하지만 결국 앙젤리크가 존스 자매들보다는 여러모로 흥미로운 삶을 살고 있는 것이다. 그러고 보면 비교란 정말로 존경스러운 것이다. 그녀는 모험과, 아주 재미있게 쓴 연애 사건의 대명사다. 존스 가족은 매일매일의 평범한 일상의 되풀이다. 그렇다면 이 후자가 거둔 세계적인 히트는 어떻게 설명해야 할까. "너무 어처구니가 없다 보니 웃음이 나는 거죠", 이것이 내가 사람들로부터 대체로 듣게 된 대답이다, 측은한 눈빛과 함께.

나는 걱정스럽다는 생각이 든다. 만화든 아니면 치약 광고에 한정되어 있든, 정신적 나약함을 향한 그러한 애정이 걱정스럽다. 수많은 남자아이나 어른 들이 자신과 동일시하려 애쓰는 슈퍼맨이나 딜린저(John Dillinger)[4]에 대한 열정보다 훨씬 더 걱정스럽다. 그들이 「내 마음의 줄리에트」를 보는 조용한 독자들보다 목표를 달성할 확률이 훨씬 더 적기 때문이다. 순응주의[5]가 결코 실현 불가능한 것이 아니다.

추기—겉보기와는 달리 난 「내 마음의 줄리에트」의 충실한 독자가 아니다. 내가 그 만화에 대한 관심을 가진 건, 그 애독자들이 쓴 몇 개의 논평들일 뿐이다.

이상한 버릇

조금 전 각 분야의 전문가들과 작가, 의사 등이 주도하는 설문조사에 나도 한몫 끼기 위해 『라 팜 에 라무르(La Femme et l'Amour)』의 자매지 『라 네프(La Nef)』[1]의 최근 호를 보았다. 그런데 난 너무 깜짝 놀랐다. 내가 읽은 내용 때문만이 아니라 거기에 어떤 질문도 덧붙일 수 없는 나의 무능함 때문이었다. 마찬가지로 요즘 나는 넘쳐나는 잡지나 신문에 수록된, '오늘날의 젊은이' '1960년대 소녀들' '프랑스의 부부' '누벨바그' '누보로망' 등에 나오는 열두 문항의 설문에 단 한 개의 질문도 덧붙일 수가 없었을 것이다. 정확히 말하자면, 일반화에 대한 취향과 서랍 깊숙이 넣어 놓고 잊어버린 것들에 대한 집착, 지금 이 순간 프랑스를 사랑하는 것처럼 보이는 자기 자신에게만 집중된 그런 탐욕스러운 시선과 같은 통계표와 개인적인 소견의 그런 끔찍한 혼합물에 나는 그만 질려 버렸다.

『프랑스 디망슈(France Dimanche)』[2]에서 캐리 그랜트(Cary Grant)나 제인 맨스필드(Jayne Mansfield)에게 물어보는 것이 사

랑에 대한 그들의 생각이라는 건 이해할 수 있다. 대중들에게는 그런 것이 재밋거리다. 그렇지만 바양(R. Vailland)[3]이나 푸아로 델페쉬(B. Poirot-Delpech)[4]에게도 그런 것을 바라는 건 이해할 수가 없다. 마치 일에 지친 가엾은 작가들이 자신이 만들어내는 것과 다른 것을 알 수 있었고, 자신들의 창작품과는 다른 것에 대한 지식을 갖출 수가 있었던 것처럼 말이다. "그럼 프랑스 여자와 사랑에 대한 이야기군요…. 그렇죠? 거기에 대해 어떻게 생각하세요?" 사람들이 한 작가에게 이렇게 말할 때 난 그가 어떤 생각을 할 수 있을지 상상이 된다, 아니 보다 정확하게는 상상이 안 된다. 시선은 허공에 둔 채 그는 자신의 마음을 마지막으로 아프게 했던 사람을 떠올릴까. 아니면 오래전 친구들과 밤새도록 나누었던 이런저런 이야기들을 참조할까. 아니면 자신의 생각을 밝히고 싶어 입이 근질근질할 정도로 요즘 여자들에 대한 명확한 생각을 갖고 있을까. 내 생각에 마지막은 신빙성이 없는 것 같다. 어쨌든 알아서 좋을 결과는 아니다. 설문 조사나 통계표와 같은 일만 하며 대답하는 편이 훨씬 적격인 사람들은 따로 있다.(아닌 게 아니라 『라 네프』의 설문에 내가 체크 표시를 한 건 두어 개다) 하지만 훌륭한 작가들에게 소견을 묻는 원초적인 사회학,[5] 혹은 소위 독창적이라는 의견을 향한 그런 노력은 정말로 절망적이다.

절망적이지만 도처에서 나타나는 그것은 바로 '다른 사람과 같아지고 싶어 하는' 취향이다. 그런 이유로 사람들은 '누벨바그'파인 샤브롤이나 트뤼포나 카스트(P. Kast)와는 완전히 다른 감독들 중 한 사람에게 그런 취향을 상으로 수여한다. 그렇게 해서 사람들은 로브 그리예(A. Robbe-Grillet)나 사로트(N. Sarraute)[6]와 같은 작가들과 반대되는 작가들을 '누보로망'[7]이라는 바구니 속에 넣어 버리는 것이다. 그렇게 해서 나 자신도 어느 날 『마리 클레르(Maire Claire)』에서, 어디까지나 내 생각이지만 위안이 되는 기사를 보게 되었다. "안심하세요, 어머님들. 따님들은 절대로 프랑수아즈 사강과 닮지 않았으니까요." 그렇게 해서 몇 달 후면, 미국 인기 연예인들의 신경쇠약증에 대한 생각을 모리악(F. Mauriac)[8]에게 묻게 될 것이다, 아직 그런 적이 없었다면 말이다. 그렇게 해서 우린 대중화라는 이름의 저속함에 휩쓸리고 있는 것이며, 사람들은 일반적인 개념과 일반화를 혼동하고 있는 것이다.

어쨌든 요즘은 그런 것이 인기가 있는 것 같다. 다들 문학지(文學誌)는 돈만 날리는 것이라고 알고 있다. 그렇게 해서 편집장들은 돈을 벌어 잘된 일이지만. 그런데 그건 어디서 기인하는 것일까. 신이든 인간이든 더 이상 대단한 건 없다고 믿는 사람들은, 존재와 비판력이 없는 자신들의 논리를 안심시켜 주는, 여자와 문학 등의 변화와 같은 일련의 현상을 혼동하는 일종의 축소된 마르크스주의 속으로 도피해 있는 것처럼 보인다. 플로베르가 오늘날 작품 활동을 한다면 도처에서 그의 책을 출판할 것 같다.(그가 호평을 받았다고 가정하면) "마담 보바리[9]가 1961년도의 프랑스 여자인가요?" 그는 여전히 주장할 수 있을 것이다. "마담 보바리는 접니다." 아, 가엾은 사람. 사람들은 그가 당시의 상처를 명확히 이해했고 그는 작가가 아니라 대변인임을 증명해 줄 것이며, 자기만족에 빠진 중증환자처럼 여론은 그의 새로운 병원균에 대해 이야기할 것인데,

그건 바로 보바리즘[10]이다.

프랑스에서는 『리더스 다이제스트(Reader's Digest)』나 『콩스텔라시옹(Constellation)』[11]에 대해 상당히 냉소적이었다. 사람들은 직진한다. 개인적으로 난 그런 점이 유감스럽다. 사실 그건 일종의 자기도취와 자신의 문제를 스스로 분석하기 위한 진정한 시간의 부재를 대중에게 증명해 보여 주고 있는 것 외에도, 불안하고 고독한 이 늙은 동물, 바로 개인에 대한 애착의 완벽한 상실을 증명하고 있기 때문이다. 하지만 오늘날엔 더 이상 개인은 없다. 지금 그런 개인이 되기 위해서는, 보다 정확하게는 그런 개인을 표현하기 위해서는, 쓰레기 같은 글 속에 낱낱이 해부되어 있는 그의 사생활을 살펴보아야 한다. 당신이 누구와 함께 자고, 많은 돈을 벌고, 호화찬란한 바보짓*을 하는지 사람들이 알고 있다면, 그래서 사람들이 당신의 이름을 알게 되면, 당신은 파도 속에 머물러 있는 대신 파도의 정점에 서 있게 될 것이기 때문이다. 뒤퐁(J. Dupont)[12]이 앞에서 말한 그러한 바구니의 대표 주자다. 그건 열광이 아니다. 단지 당신에게 당신이 모르는 먼 여자 친척들이 생기는 대신, 당신은 당신도 알아보지 못하는 작은 괴물로 변하게 될 뿐이다. 개개인에 대한 존중은 아주 요원한 곳에 있으며, 계속해서 그곳에 머물러 있을 가능성이 다분하다. 그럴 바에야 차라리 서랍 한가운데에 머무는 편이 낫다. '누벨바그'의 한가운데 있는 영화인으로, 아니면 '오늘날의 젊은이'의 한가운데에 있는 청년으로 말이다. 그 한가운데에

* 다른 데 신경을 쓰지 않으려면 나는 내가 이야기하는 것을 알아야 하며, 그 부분에 대해 내가 어쩌고저쩌고 불평하는 건 볼썽사나운 일이라는 이야기를 서둘러 덧붙인다.

서, 그 따뜻한 곳에서 편안히 있는 것이다. 불행한 작가들이 지겨워서 몸을 후들후들 떨 지경이 되어 장장 다섯 페이지에 걸쳐 당신에 대한 정의를 내리는 동안에 말이다.

눈 속에서 글을 쓰다

자, 이젠 끝났다. 시간을 낭비하고 쓸데없이 불안해 하며 보낸 날들과 하얗게 지새운 파리의 숱한 밤은, 이젠 그만하면 됐다. 겨울은 지나갔고, 아무 일도 일어나지 않았다. 그 어떤 것이 일어나야만 했다. 글로 쓰인 어떤 것이. 이런 잃어버린 낙원이길 그만두고, 주인공들이 전설이길 그만둔 책이. 물론 생각만 그랬다. 무엇보다 동이 틀 무렵, 가장 먼저 일어난 자동차의 바퀴 굴러가는 소리에 잠에서 깨어 피곤함이 밀려오면서 뚜렷하게 의식이 돌아올 때면, 썰물이 빠져나간 자리에는 어김없이 잠에서 깨어난 장면들이 오버랩되어 펼쳐지곤 했다. 아니면 누군가가 "요즘 뭐하세요?"라고 물었을 때, 그리고 어깨 위로 그런 계획이라는 부드러운 중압감이 내려와 앉았을 때. 메모를 하기도 하고 아무것도 하지 않기도 했지만, 아무것도 무르익지 않았다는 걸 난 잘 알고 있었다.(진부한 표현) 일단 하얀 종이와 맞붙어 싸우기 전에는, 그 어떤 것도 무르익지 않을 것이다. 그래서 중대한 결정을 내렸다. 떠나는 것이다. 눈 속에 고립된

산장으로. 전시 내각을 구성한다. 전화에 넌더리들이 난, 나와 마찬가지로 열심히 일하기로 결심한 친한 친구들이다. 여행을 하는 동안에 유능하고 단순한 『엘르』파 조직이 결성된다. 정말 하늘로 날아갈 것 같은 기분이 이럴까. 파리에서는 서로 자주 만나지도 못했는데, 이젠 서로 자신과 닮은 점을 찾고 서로의 일에 대해 진득하게 이야기할 수 있을 것이다. 게다가 휴양지에서 스키로 지친 사람들과 조그만 화강암 조각으로 게임도 할 것이다. 모든 계획이 다 서 있다. 열시(이 정도면 아주 충분하다, 소설을 쓰지 말자)에 일어난 다음 일광욕, 오후에는 스키, 그리고 다섯시에는 모자 달린 방한용 점퍼와 벙어리장갑 같은 유니폼은 벗어던지고 혼자 별나게 튀어 보는 거다. 낡은 거위깃털 펜을 다시 쥐고, 내가 제일 좋아하는 낡고 다 늘어진 스웨터를 입고, 웃기고 별나고 괴상한 행동을 하는 것이다. 현대적이고 쾌적한 분위기의 그 스위스 산장에서는 작가들마다 데려온, '가랑눈'보다 훨씬 더 미세해서 눈에 보이지 않을 정도로 제정신이 아닌 성향의 사람들도 받아 주기 때문이다. 당연히 술은 종류를 불문하고 갖고 들어가지 못한다. 위스키와 몽테스키외 와인을 빼놓고 나면, 우리한테 남은 음료라곤 들척지근한 사과주스와 해들리 체이스(J. Hadley Chase)[1]의 책뿐이다. 점심 식사는 더 이상 약속의 기회는 못 되지만 칼로리 공급원은 된다. 이제 모두의 얼굴은 황금색으로 그을고, 장딴지는 나무토막처럼 딱딱해지고, 생각의 페이지는 헤아릴 수 없을 정도로 빼곡하게 채워지는 것이다. 저녁이면 몸은 녹초가 되겠지만, 의식만은 찰랑찰랑 채워진 채 우린 우리의 오리털 이불 위로 쓰러진다.

이 모든 이야기는 플로리앙(J.-P. C. de Florian)[2]의 우화나 다름없다. 마법의 등[3]을 훔친 원숭이가 친구들을 위해 굉장한 슬라이드 영화회를 준비했다. 영사 스크린이 갖추어지고 친구들이 환호하는 중에, 아뿔싸! 원숭이는 그만 불빛을 잊어버리고 있었던 것이다. 원숭이처럼 우리도 우리들의 빛나는 자유와 빛나는 게으름을 잊어버리고 있었다. 이럴 수가!… 시간은 더 이상 두 개의 시곗바늘 사이의 예각에 걸려 있는 것이 아니었다. 우리들의 계획에 따라, 짓누르는 듯하고 뭐가 뭔지 분간이 안 되는 시간이 마치 눈처럼 다시 우리 위로 내리고 있었다. 몇 시였고, 우린 무얼 하고 있었지? 졸음이 우리를 너무 늦게 놓아주었고, 추리소설이 우리의 오후를 침범했고, 여섯시면 흥미진진한 파리의 신문들이 마을에 들어왔다. 때론 일껏 노력했건만 우리 중 하나가 자신의 방에 틀어박혀 있을 때도 있었다. 창 너머로 보이는 눈은 아름다웠고, 스위스에서 다람쥐를 보는 건 예사였다. 새하얀 바깥 풍경과 비교되면서 하얀 종이는 때가 탄 칙칙한 하얀색으로 변했으며, 우리가 종이에 그어 놓은 표시는 눈앞 언덕을 오르고 있는 스키 타는 사람들의 까맣고 어수선한 실루엣을 닮아 있었다. 청명한 하늘, 바다로 흘러 들어가는 눈이 시리도록 푸른 라인 강, 소박한 호텔, 여러 상황들이 우리가 마치 신혼여행을 하고 있는 것만 같았다. 하지만 젊은 신부—우리들의 문학—는 불만에 가득 차서 웃음거리가 되어 있었다. 우린 행복에, 시간의 공허함에, 중앙난방의 스팀에, 지독한 농담에 겨워 비틀거렸다. 더 이상 우리가 할 만한 것은 없었다, 카드놀이 외에는.

타고난 체력이 무척이나 끔찍하게 우리 뒤통수를 치고 속인 게,

이번이 처음은 아니다. 그 사실을 우린 진작 알았어야 했다. 이제 우리의 체력은 한계를 드러내고 있었다. 분명 극도로 과민해 있고 매질을 원하는 노예가 되어 있었을 것이다. 우린 도시와 우리의 하찮은 작품에서 시간을 빼내어 와서 무용지물이 되어 버린 우리의 시간표 속에 감추어 두었어야 했다. 그 시간으로 싱거워져 버린 남해산(産)의 이 망고 대신, 한 입 베어 물면 단물이 흐르는 아주 값지고 새콤한 열매를 맺으려면 말이다. 이건 공상하기에 좋은 은둔과는 거리가 멀다. 그때 우리가 부러워한 사람은 이젠 플로베르가 아니라 발자크였다. 그가 하얗게 지새운 밤들과 그가 쉬지 않고 마시던 커피였다. 더 이상 조용한 생활도 똑 부러지는 계획도 없고, 누에고치가 돼 버린 눈이 지겨워 미칠 지경이다. 발레리에게 이 세상에서 가장 간절히 소망하는 것이 무언지 물었다. "잠에서 깨어나는 것이죠." 우린 언제 우리의 불면증에서 깨어나게 될까.

대화 그리고 그 밖의 이야기

사강과 유행

프랑수아즈 사강, 수석 모델이 되다! 『팜』을 위해 그녀가 애용하는 페기 로슈 디자인의 옷을 입고 포즈를 취했다. 작가는 장 클로드 라미(Jean-Claude Lamy)[1]에게 어린 시절부터 겪어 온 유행에 대해 이야기한다.

다섯 살인가 여섯 살 때였어요. 어머니께서 모자를 하나 사 주셨습니다. 전쟁 중에 우린 리옹의 아파트에 살았는데, 난 테트-도르 공원으로 산책 나갈 때 그 모자를 쓰고 싶었죠. "있잖니, 하늘이 금방이라도 비를 내릴 것 같으니까 그보단 전에 쓰던 모자를 쓰자꾸나" 어머니께서 말씀하셨어요. "안 해, 싫어, 난 새 모자 쓰고 싶다구." 그리고 집으로 돌아오는 길에 우연히 유리창에 비친 내 모습을 보게 되었죠. 너무도 놀랍게도, 어머니는 말도 하지 않고 나한테 쓰던 모자를 씌워 놓은 겁니다. 그 일로 내 안에 있는 어른들에 대한 심연의 골이 깊어졌어요. 어른들은 나를 속였고, 한술 더 떠 나는 새

모자를 썼다고 생각하고 괜히 뽐내고 다녔던 것이죠.

소녀 시절의 이야긴데요, 내 기억 속에 깊이 각인되어 있는 또 다른 이야깁니다. 그 무렵 나는 머리를 세 갈래로 땋아 늘어뜨리고 무릎까지 올라오는 양말을 신고 다녔죠. 그런데 우리 반에는 머리를 짧게 잘라서 동글동글하게 말고 다니는 친구들이 몇 명 있었어요. 하루는 그 친구들이 내 머리를 보고 놀려댔고, 난 아파트 현관을 들어서기가 무섭게 머리를 잘라야 한다고 성화를 부렸습니다. 어찌나 졸랐는지 어머니는 바로 다음 날 나를 미장원에 데려갔죠. 그것만 봐도 그 나이 때 내가 얼마나 외모에 신경을 썼는지 짐작이 가실 거예요.

나는 응석받이 막내여서 어머니는 양장점에서 내 옷을 맞춰 입혀 주셨는데, 십대가 되면서는 옷차림에 대한 관심이 좀 시들해졌어요. 그맘때 또래 여자아이들과 비슷했죠. 되는 대로 대충 입고 다녔어요. 그중에서 기억나는 건 옆트임이 있던, 기장이 긴 듯한 검정색 스커트였어요. 『슬픔이여 안녕(Bonjour tristesse)』이 성공한 후였는데, 표범 무늬 코트 하나를 샀어요. 극장에서 어떤 광고를 보다가 갑자기 사고 싶어졌던 거죠. 마티뇽 거리에 있던 막스 르루아와 모피가게로 어머니를 끌고 가다시피 했어요. 그 자리에서 바로 어머니에게 반강제로 밍크코트를 떠안겼죠. 해가 지남에 따라 내 표범은 점점 형태가 변해 갔어요. 우선 소매를 까만 천으로 바꾸어 달았는데, 아주 예뻤어요. 그다음 해엔 아랫부분을 잘라내고, 마지막에는 다 잘라내고 남아 있는 부분으로 챙 없는 모자를 만들어서 누군가에게 주고 끝이 났습니다.

1955년 봄, 처음으로 미국 여행을 떠날 때였는데, 디자이너들이 트렁크에 다 들어가지도 않을 정도로 많은 드레스를 빌려주었습니다. 난 가급적 파티 자리에 나가지 않아서 그 드레스들을 거의 입지 않았어요. 내가 정말로 옷차림에 신경을 쓰기 시작한 때는 세련된 기 쉘레(Guy Schoeller)와 결혼하면서였죠. 기 라로슈(Guy Laroche)의 매장으로 먼저 갔습니다. 영화감독 아나톨 리트박의 아내인 소피 리트박이 소개해 준 곳이었어요. 그런데 그녀는 나를 대단한 상류층 귀부인으로 여겼나 봐요. 그쪽 옷은 나한테는 그다지 잘 어울리지가 않았습니다. 라로슈 메종의 한 상냥한 가봉사가 나한테 "마담, 리트박이 오셨으니 알고 계세요"라고 귀띔해 주었어요. 그래서 자리를 피한 우리는 아무런 방해도 받지 않고 편안하게 옷을 고를 수가 있었죠. 만일 소피가 대단한 집착을 보인 옷이 있었더라면 난 그 옷을 샀다가 바로 벽장 속에 넣어 두었을 겁니다. 샤넬 사무실에도 한번 갔는데요, 거긴 엘렌 라자레프(Hélène Lazareff)[2]가 가 보라고 한 곳이죠. (…) 다른 오트 쿠튀르 쪽 사람들과도 친분이 있었습니다. 이브 생 로랑이 피에르 베르제와 함께 자주 노르망디로 찾아왔어요. 에크모빌[3]의 우리 집 정원에서 휴식을 취하면서 앞으로의 디자인에 대한 구상을 했죠. 장 루이 셰레(Jean-Louis Scherrer)와 기 라로슈도 와서 보름씩 머물면서 컬렉션 준비를 하곤 했어요.

사람들은 말하길, 여자는 주변 사람들과 남자와 친구들에게 보여 주기 위해 옷을 입는다고 하는데, 사실 여자는 자신을 위해 옷을 입습니다. 자신의 모습을 제대로 찾아서 매혹적으로 보이려는, 결국엔 좋은 인상을 주기 위함이죠. 하지만 며칠째 계속해서 기분이 나쁘다 보면 뭘 입더라도 영 아닐 때가 있습니다. 그럴 때는 오래된 스웨터나 스커트를 고르는 편이 낫죠. 그런 오래된 단짝들과 함께 있으면 다른 사람들로부터 다소 주목은 받지 못하겠지만 마음은 편해질 테니까요.

지금까지 내가 유행과 아름다움에 관해 알고 있는 것은 거의 모두 페기 로슈한테서 배운 것입니다. 그 친구는 상상을 초월하는 세련미가 있고, 멋에 대한 그녀의 감각은 정말 놀라워요. 난 무조건 그 친구가 만든 옷만 입습니다. 좋아하는 색은 검정과 빨강, 파랑과 베이지인데, 거기에 약간 다른 색이 섞인 색도 좋아해요. 향수는 샤넬을 선호하죠, 특히 '브와 데 질'과 'N° 5 오 드 투알레트'[4]예요. 파티에 나갈 때마다 늘 가면을 쓰고 나가던 시기가 있었는데요. 그때는 그런 게 정말 좋았어요. 가면을 벗는 순간 젊어진 기분이 들면서 그렇게 매력적으로 보일 수가 없거든요. 하지만 방탕한 생활을 할 때는 그런 것들까지도 중요하게 생각되지 않았어요. 아침이면 다시 내 생활로 돌아가기 위해 즐거운 기분으로 화장을 했다가 시간이 날 때만 지우곤 했죠. 요즘은 집에 있을 때도 내 모습에 대단히 신경을 씁니다.

내가 시골 여자를 택한 이유

『마음의 파수꾼(Le Garde du Coeur)』에 이어 프랑수아즈 사강이 출판한 책은 『차가운 물속에 비친 한 줄기 햇살(Un peu de soleil dans l'eau froide)』[1]이다. 여기서 사강은 파리에서 흔히 볼 수 있는, 나이가 들어 가는 여자와 원숙한 남자와 몽상적이고 다정한 젊은 남자 사이의 삼각관계와 같은, 자신이 좋아하는 모든 주제들을 다시 회생시켰다. 왜 갑자기 그녀는 출판사 플라마리옹에서의 첫 소설 속에 처음으로 시골 출신의 대단히 순진무구한 여주인공을 등장시킨 것일까.

왜 시골에서 막 상경한 여주인공이냐구요?… 그러실 거예요. 모두들 늘 똑같은 인물을 답습한다고 저를 비난했으니까요. 그렇지만 제가 모르는 사람들에 대해 제가 어떤 이야기를 하겠어요…. 전 제 어깨에 기대어 울기 위해 오는 사람들에게 둘러싸여 지냈어요…. 뿐만 아니라 제가 만나는 모든 남자들은 결국에는 자신들이 가진 온갖 문제들을 저한테 털어놓죠. 그러면서 조금씩 조금씩 제 안에 질과 같은 인물이 만들어진 겁니다. 그는 서른다섯 살의 파리 토박

이인 저널리스트인데요, 겉으로는 더할 나위 없이 행복한 것 같아 보이지만 속으로는 신경쇠약에 걸린 우울한 성격의 소유자예요.

분주한 자신의 생활과 일과 친구들 그리고 매력적인 애인 엘로이즈에게 권태를 느낀 질은, 그들에게 진 마음의 빚은 뒷전으로 밀어내면서 그동안 그러려니 하고 받아들였던 농담이나 비비 꼬는 말투며 성공해야 한다는 생각이 갑자기 예전 같을 수 없게 됩니다.

아시다시피 제가 남자들에게 집중하는 부분은, 카우보이 놀이에서 자신이 가장 교활한 자이고 싶어 하지만 아무도 안 보는 데서는 눈물을 흘리고 앓는 소리를 하고 걱정을 하는… 그러한 남자들의 거드름 피우는 모습이에요. 그들은 대단히 상처를 잘 받습니다. 그런 그들이 나오는 카우보이 영화나 서부영화를 보면 허망한 백일몽으로 가득하죠. 그들에게 우리는 상냥한 젊은 아가씨이자 무력을 써서 정복해야 하는 보안관의 딸, 아니면 마음이 호수같이 넓은 매춘부인 거예요….

그리고 갑자기, 전 리무쟁 지방으로 누이를 만나러 떠난 질과 함께 그곳에 가 있었습니다. 낡은 시트로앵을 타고, 그가 어린 시절을 보낸 집의 우거진 나무 그늘 아래 놓인 기다란 침대의자에 드러누워, 포르토 플립[2]을 마시면서 금빛 물부리에 달린 고약한 맛이 나는 담배를 피웁니다…. 그리고 그곳에는 '그를 보며 미소 짓는 키가 크고 아름다운 한 여자'가 있었죠. 자유분방한 녹색 눈동자와 적갈색의 머리카락을 가진 그녀의 얼굴에는 거만한 동시에 고귀한 그 무엇… 불꽃을 닮은 데가 있어요. 전 그때 혼자 조용히 있기 위해 아일랜드로 도망가서 이 모든 이야기를 쓰고 있던 중이었죠. 거의 육십 페이지 정도 되는 분량을 맞춰 놓았는데요… 나탈리에 대한 묘사로(그때 쓰고 있던 이야기가 그녀의 이야기였으니까요) "그녀는 그를 처음 본 순간부터 사랑했다"라고 썼는데, 제 여자 주인공이 타고나길 타협이란 모르는 고집불통이라는 느낌이 드는, 따로 설명할 필요가 없는 그 문장에 저는 제가 써 놓고도 무척 놀랐죠.

나탈리는 실제 인물을 모델로 한 인물이 아닙니다. 전적으로 가공의 인물이죠. 아이가 없고, 서른여섯 살의 교양있는, 정말로 착하고 다른 사람의 요구를 들어줄 시간적 여유가 많은 여자예요. 그녀는 자선사업과 누군가에게 도움이 되는 일이라면 두 팔 걷고 나서며 진실만을 이야기합니다. 한마디로 그녀는 완전무결하고 정직해요. 질이 그녀를 사랑하게 된 점이 바로 그런 정직함이죠. 열띤 목소리로 발자크에 대해 이야기하고 사계절에 대해 이야기하고 이웃 사람들과 작물 수확에 대해 이야기 나누는, 약간은 시대에 뒤떨어진 젊은 여자… 남의 말에 귀를 기울일 줄 아는 여자이기도 하죠….

참, 맞아요! 서정적이에요!(프랑수아즈 사강이 조소가 어린 동시에 부끄럽고 놀란 듯한 표정으로 말한다)… 갑자기 생각이 났어요.

왜 리무쟁 지방이냐구요? 그곳은 로트 도(道)의 우리 집에 가는 길에 제가 자주 지나다니는 곳이에요. 늘 저녁 여섯시 정도에 도착하게 되는데, 그때가 하루 중 세상에서 가장 예쁜 때죠. 햇빛이 정말 놀라운 장밋빛으로 마을을 물들이거든요. 그러다 보니 조금씩,

그 리무쟁 지방이 제가 사랑에 빠지게 된 세상에서 가장 감미로운 곳처럼 생각되었던 거죠. 나탈리와 관련해 놀라운 점이 있는데요, 제 친구들은 『샤마드(La Chamade)』[3] 등 저의 다른 모든 소설에 대해서는 하나같이 전화해서 말했었죠. “아 있잖니, 너는 알 수 없겠지만 말이야, 그건 내 얘기야. 완전히 나라구. 말도 안 돼….” 아 그리고 그 시모어 부인(아시다시피 『마음의 파수꾼』[4]에 등장했던 인물인데요, 아무리 그래도 그녀는 나이가 마흔일곱 살인걸요!)까지도 친구들은 계속해서 전화로 말했어요. “맞아, 정말 그렇다니까, 지금 내 상황과 어쩜 이렇게 똑같을 수가 있니.” 그런데 이번에는 나탈리와 닮은 점을 찾은 친구가 한 명도 없었어요. 희한하죠, 아닌가요?

서른, 청춘은 끝났다

앙드레 바르사크(André Barsacq)가 최근 테아트르 드 라틀리에에서(리허설은 9월 15일이다) 프랑수아즈 사강의 신작 연극을 무대에 올린다.[1] 사강이 그녀의 첫번째 희곡인 「스웨덴의 성(Château en Suède)」을 탄생시킨 지 십 년이란 세월이 흘렀다.
프랑수아즈 크리스토프(Françoise Christophe)와 르네 클레르몽(René Clermont), 다니엘 이베르넬(Daniel Ivernel), 도미니크 파튀렐(Dominique Paturel)이 출연하는 「풀밭 위의 피아노(Un piano dans l'herbe)」에는, 젊음이 대세인 시대에 자신들의 스무 살을 되찾으려 애쓰는 한 무리의 성인들이 등장한다.

"프랑수아즈 사강 씨, 이런 풍조는 어디서 유래한 건가요?"

"68년 5월[2]부터였죠. 사람들은 갑자기 스스로가 자신이 생각하고 있던 것보다 훨씬 더 늙었다고 느낀 거예요. 갑자기 말이죠. 무언가로 딱 하고 뒤통수를 맞은 것처럼 잠에서 깨어난 겁니다."

정치적 논리로는 프랑수아즈 사강의 편견을 이해하지 못한다.

그녀가 사물을 보는 관점은 여전히 감정에 치우쳐 있기 때문이다. 68년 5월 그녀에게 충격을 준 것은, 누군가에게 발언할 수 있었으며 더 이상 자신들이 혼자라는 기분이 들지 않았던 당시의 그 모든 사람들, 그 자리에 모인 당시의 그 모든 젊은이들이었다.

"우리 때는 그런 단결이라는 개념에 대해서는 모르고 살았죠. 그저 우리한테는 나름의 열정과 우리 반대편에 선 적들만 있었지, 정말로 내 편은 없었거든요. 다들 그냥 친구들이었죠, 정말 그랬어요. 더구나 우리 같았으면 와이트 섬[3]에서 이십만 명이 다 함께 만날 수도 없었을 거예요. 그럴 돈도 없었고, 부모님들이 우릴 거기까지 가도록 내버려 두지 않았을 테니까요."

'중산층의 생활 방식이 급성장한 지 오랜 시간이 지났음'에도 불구하고, 그리고 그에 대한 결말을 알고 있었음에도 불구하고 그녀는 사람들 사이의 관계에서, 더 정확하게 말하자면 애정관계에서 그녀가 획득해야만 했던 자율성이라든가 느긋함 같은 것이 이미 주어진 그런 젊은이들이 조금 부럽다.

십오 년 전, 열여덟의 나이에 『슬픔이여 안녕』을 썼다는 건 놀라운 정도가 아닌, 거의 언어도단에 가까운 행위로 여겨진다. 여하튼 프랑수아즈 사강의 주변인의 면모에 스포트라이트를 비추는 실태와 그러한 조명이 그녀의 행동을 구속하는 건 자명한 일이다. 따라서 그녀는 '정상' 범위 내에서 처신하도록 노력하고 있다.

"어떠한 정치적 야심이라곤 없던 열여덟 살에, 전 그냥 동물과 같은 자유를 누리고 싶었습니다. 십대 때는 다들 자신의 머리에 스쳐 지나가는 것들을 행동으로 옮기고 싶어 하잖아요. 저는 앞 사람들이 파 놓은 수레바퀴 자국에서 벗어나려고 했어요. 글을 쓰는 모든 사람들과 같은 개인적이고 이기적인 방식이었죠."

5월 이전…

누구나처럼 되고 싶지 않은 그녀는 누구나가 자신처럼 되는 것을 더 좋아할 것이며, 고독을 끔찍하게 싫어한다.

"그곳의 모든 젊은이들은 5월 이전에는 사막에서 울부짖고 있었어요. 이후 그들은 함께 울부짖고 있습니다. 그들은 눈을 떴고, '왜곡되지' 않은 것에 도달하기 위해 자신들이 어디까지 위험을 감수해야 할지를 보았던 거예요. 눈앞에서 벌어지는 무시무시한 전투와 주말마다 도로 위에서 바리케이드를 치고 한 줄로 늘어선 광경들이 펼쳐졌죠. 그들은 폭동을 일으켰습니다. 그때가 그들이 유일하게 의견을 같이했던 때예요."

대중 현상이 가진 중요성을 조금이라도 그냥 지나치는 법이 없는 그녀인데도 불구하고, 프랑수아즈 사강은 고독과 권태와 습관에 근거한 개개인의 다양한 반응들에 민감했다.

"전 습관의 힘을 굳게 믿고 있습니다. 그것이 제가 가장 가능성이 없는 습관을 들이려고 노력하는 이유예요. 습관이 생기면 겁이 나지 않거든요, 제가 좋아하지 않는 건…. 전 타성에 젖으면 완전히 끝이라고 생각해요. 그래서 전 매년 이사를 합니다. 변화를 느끼고 싶어서가 아니라 제 자신에게 새로운 생각을 심어 주기 위해서죠…. 제 안에 있는 역마살이 끔찍한 발작을 일으키거든요. 글을 쓸 때를 제외하고 말이에요. 글을 쓰는 일이 제 마음을 안정시켜 줍니다. 그런데요, 저는 쉴 새 없이 자신이 하는 일에 대해 떠들어대는 사람들이 정말 싫어요, 미칠 지경이에요. 전 글을 굉장히 빨리 씁니다. 그러니까 결국 제게 글을 쓰는 일이란 강박의 개념이 아니란 거예요."

그러면서도 그녀는 배우가 가진, 너무 모호한 경우가 많은 여러 문제점과 관련하여, 자신의 희곡과 자신이 쓰는 생략적 문체를 놓고 겪는 어려움에 대해 토로한다. 자기 작품의 이해를 돕기 위해, 그녀는 등장인물들의 심리 분석 대신 그들이 살아온 인생 여정에 근거를 둔다.

그녀의 인물들은 십대 소년들이 아니다. 지금의 젊은이들이 갖고 있는 문제점에 관심을 갖고 있음에도 불구하고 그녀는 자신이 거기에 속해 있다고는 생각하지 않는다.

"전 더 이상 열여덟 살이 아니니까요." 그렇다고 그녀는 아직 마흔 살도 아니다. 그러면서도 1944년에 스무 살이었던 그 세대에 관심을 보였다.

"1968년에 그들은 아는 게 아무것도 없다는 느낌이 들었던 겁니다. 하지만 그건 그들 잘못이 아니에요. 전쟁이 끝나자 그들은 어쩔 수 없이 참고 견뎠다는 생각에, 지극히 정상적인 삶에 대한 강렬한 애착에 사로잡혀 있었던 거죠. 부모들은 책임이 없을까요? 아니죠, 그들은 아이들을 무분별하게 낳고, 그 아이들을 마치 양배추에서 태어난 아이들처럼 키웠어요. 제 희곡의 교훈은, 어떤 대가를 치르고서라도 젊어지려 애써서는 안 되며, 자신의 나이를 있는 그대로 받아들여야 한다는 겁니다. 다시 말해 그런 생각은 하지 말고, 서른 살이 지나면 청춘은 끝났다는 사실을 깨달아야 한다는 거예요. 그런 걸로 부질없이 공상에 잠기는 건 아무 도움이 안 돼요. 그런다고 무슨 소용이 있을까요!

처음 제 생각은 삶은 계란이나 먹고 자전거나 타고 싶어 하는 사십대들의 소풍을 소재로 한 웃음극을 쓰는 것이었습니다. 그러다가 상황이 조금씩 점점 더 심각한 문제를 만들어 가고 있다는 걸 깨달았던 거죠…. 대단히 심각한 문제예요!"

심각하고 과격하고 자극적인 문제들에 대해 신중하고 익숙한 표현으로 말하는 그녀의 이야기가 훌륭한 교육 같다는 생각이 든다, 되는 대로 살아가지 않는 법과 고통을 스쳐 지나가는 법을 가르쳐 주는 교육 같은.

프랑수아즈 사강은 폭력의 풍조에 찬동하지 않는다.

콜레트 고다르(Colette Godard)와의 대화를 실은 1978년의 기사다.

정말 좋은 책을 쓰고 싶다

1957년 교통사고를 겪은 후,[1] 이제 막 『한 달 후, 일 년 후(Dans un mois, dans un an)』의 출판을 마친 프랑수아즈 사강이 마들렌 샵살(Madeleine Chapsal)[2]을 맞이했다.

9월의 햇살 아래 기분 좋게 포근한 남프랑스의 집에서, 자신의 세번째 소설이 프랑스에서 유례가 없는 속도로 팔리는 동안 프랑수아즈 사강은 건강을 완전히 회복하고 있었다. 무척 가녀리며 갈색의 맑은 눈동자를 한, 초췌한 빛이 미처 가시지 않은 얼굴의 그녀에게서 여전히 자신만의 세계에 틀어박혀 있는 느낌이 고스란히 전해진다. 그녀는 상냥하지만 자기방어적이며 지쳐 보이기도 한다.

"언제 마음껏 속도를 내서 운전하게 되시는지, 위험한 모험을 하는 것 같으신가요?"

"전 절대 위험한 모험은 하지 않아요. 대단히 빠르긴 해도 조심해서 운전하니까요. 그건 어처구니없는 사고였어요. 같은 장소에서 다섯 대의 차가 전복되었다고 하니까요. 정말이에요. 그리고 바로 그 부분이 제 변호사가 변론할 논지가 될 거예요. 르노 CV 모델 석 대와 심카의 아롱드 두 대였죠. 제 차는 기어를 넣지 않아서 그렇게 빨리 달릴 수가 없었어요."

"사고가 얼마나 심각했는지 실감하신 건… 사고가 난 후였나요? 그 일로 변한 게 있으신지요?"

"사고 후에는… 전 의식불명에 빠져 있었어요. 계속해서 몸에 문제가 생기면서 사고의 심각성을 실감했죠. 그런 것이 두 달, 석 달로 이어졌어요. 당연하죠, 그건, 그 일로 많은 것이 변했어요. 하지만 저는 많은 시련을 겪는다고 해서 대단한 걸 터득하게 된다고는 생각하지 않아요."

"상식에 어긋날 우려가 있는 발언인데요…."

"제 말은 어떤 행복에 대한 갈망과 불행에 몸을 내맡겨 버리는 것, 이 두 가지 심층적 성향을 시련만으로 완전히 고갈시키는 경우는 굉장히 드문 일이기 때문에 아무런 도움도 되지 않는다는 거예요. 그런 정신적인 안정 혹은 불안정이란, 한 사람에게서는 거의 변하지 않는 거죠."

"그렇다면 사람은 절대로 변하지 않는다고 생각하시나요?"

"변하죠, 하지만 그 정도까지는 아니라고 생각해요. 여하튼 살다 보면 변화라는 것이 겉모습뿐이거나, 아니면 전략상의 변화에만 그치고 마는 경우가 허다하니까요. 오로지 '다른 사람들'만이, 그 다른 사람들과의 만남이 그런 변화를 초래할 수가 있는 거죠. 아닌 게 아니라, 스탕달(Stendhal)이 이런 말을 했어요, '고독은 모든 것을 변화시킨다, 성격을 제외하고.'"

"언론에서는 점점 더 선생님을 인기스타로 대우하고 있는데요. 그런 것이 자신에게 어떤 효과가 있다고 생각하시나요?"

"제가 보기에는 좀 별스럽고 이상한 것 같아요, 하지만 어떻게 하겠어요? 제가 그런 불필요한 비용이 안 들게 할 수 있다면, 전 그렇게 할 거예요. 하지만 제가 할 수 있는 건 아무것도 없어요."

"아무런 도움도 안 된다는 말씀이신가요?"

"그렇습니다. 거울로 삼을 수 있는 건 제가 쓴 글밖에 없으니까요." (···)

"항간에선 선생님이 싫증을 잘 내는 사람이라 생각하는데요."

"그렇지 않아요, 전 전혀 싫증을 내지 않습니다, 전혀요. 그럴 시간이 없는걸요. 칵테일파티나 저녁 만찬 자리에 몇 차례 나갔는데요. 그럴 때는 아주 귀찮다는 표정을 하고 있었을 거예요, 지루해서 죽을 지경이었으니까요. 그런데 전 그런 성격의 모임에 가면 늘 지루해서 싫증이 나요. 아닌 게 아니라, 그래서 더 이상 가지를 않죠."

"예전에는 좌익단체에 가입하셨다죠?"

"맞습니다, 지금도 그래요."

"정치에 관심이 있으신가요?"

"그렇습니다, 신문도 그와 관련된 신문들을 보죠. 전 큰일은 할 수가 없어요. 제가 누리는 명성의 유형도 제가 그런 일을 하는 데 방해가 되니까요. 다만, 두 번 읽어 보고 아니라고 생각되는 일부 신문들이 제안해 오는 인터뷰나 기사는 모두 다 거절하겠죠."

"언제 글을 써야겠다는 생각을 하셨나요?"

"꽤 일찍부터였어요, 열두세 살 때였으니까요. 진지하게 책을 읽기 시작하고부터였습니다."

"글을 써야겠다고 생각하면서도 신중하게 다른 계획도 구상하는 사람들이 무척 많습니다."

"다른 일을 한다는 생각은, 저는 꿈에도 해 본 적이 없어요. 이를테면 제가 생활환경 조사원이 될 수 있을 거라는 건 상상조차 하지 못했죠. 대학입학자격시험을 친 후 저에게 유일한 탈출구가 책을 쓰는 것이었으니까요. 그게 아니었으면 누군가와 결혼을 하거나 동거하는 거였겠죠."

"남자가 아니라 여자라는 사실이 족쇄라고 느끼시는지요?"

"아니요. 전 여자보다 남자들에게 애로 사항이 훨씬 더 많다고 생각하는데요. 우선 남자들은 여자들을 돌봐야 하잖아요…."

"작가들에게 바라는 것이 있으신가요?"

"제가 작가들에게 바라는 건요, 바로 '목소리'예요. 작가들 중에는 문장 첫 줄부터, 마치 누군가의 목소리 같은, 소리가 들리는 작가들이 있습니다. 그것이 저한테는 중요해요. 목소리, 혹은 어조 둘 중 어느 쪽이라도 상관없어요."

"문학적인 이야기를 하자면, 선생님께선 무엇보다도 감성과 사랑에 관련된 소재에 관심이 많으신 것 같은데요, 맞습니까?"

"맞아요, 무엇보다도 전 사랑에 관심이 많습니다. 하지만 어디까지나 고독과 직결된 일부 사랑에 대해서죠. 전 사람들 사이의, 그런 사랑이 느껴지는 반응이 좋아요. 그러면서 나쁜 일은 잊어버리잖아요. 하지만 무엇보다 제가 관심 있는 건 고독입니다. 베르나르는 푸아티에에서 고독하고, 조제는 자동차 안에서 고독하고,[3] 그런 거죠."

"고독이란 무엇이라고 생각하십니까?"

"고독이란 불변의, 회복 가망이 없는 동시에 단절된 자신에 대한 자각입니다. 요컨대 거의 무공해 상태에 가까운 거라고 할까요."

"야심이 많은 편이신가요?"

"전 정말 좋은 책을 쓰고 싶습니다. 맞아요, 그것이 진짜 야심이네요." (…)

"돈에 대해 어떻게 생각하십니까?"

"대단히 편리한 것이죠."

"만일 돈이 지금보다 훨씬 더 많다고 한다면, 큰 차이가 있을까요?"

"그렇죠. 훨씬 더 많이 편리할 테죠. 더구나 지금 저한텐 돈을 요구하는 편지가 매일같이 몇 통씩 옵니다. 일일이 대처할 수가 없을 정도죠."

"선생님께서 이룬 성공의 밑거름이 무엇이라고 생각하십니까?"

"글쎄, 그걸 정말 모르겠어요!"

"성공이 당연하다고 생각하시는 건가요?"

"판매 부수가 어마어마한 것에 대해선 어떻게 설명할 수가 없네요. 그건 사회학적 차원의 현상인데, 이유요? 모르겠어요, 저는."

"선생님과 보다 밀접한 관계가 있는 문제가 아닐까요?"

"그래요, 물론이죠. 누구나 자신이 성공해서 마음 놓고 안주하고자 하는 성향이 강하죠. 무슨 일을 했다면 인생도 그와 같아지니까요."

"만일 그 일이 잘되지 않았다면 어떤 심적인 동요를 느끼셨을까요?"

"늘 저한테는 일이 아주 잘될 거라는 직감이 있었어요, 첫번째 책을 마치고 나서부터 지금까지요. 잘될 거라는 확신이 있었죠. 책이 출판되면 잘될 줄 알고 있었어요. 어떠세요, 좋은 것 같으세요, 제 책들이?" (…)

"누구나 비난을 자초할 때가 있습니다. 선생님의 책 출판과 동시에 결혼 소식[4]이 알려졌는데요, 시기가 공교로운 건 아닐까요?"

"그 부분에 대해서는 전 책임이 없습니다. 그건 제가 한 일이 아니에요. 한 영국 신문에서 맨 처음 보도했는데요. 전 부인했습니다. 기(Guy S.) 역시 케냐에서 전화로 재차 부인했구요."

"그럼 사진들은요?"

"그런 일이 어떻게 진행되는지 아시잖아요. 예를 들어 『마치(Match)』 기자들이라고 하죠. 전화가 와요. 제가 잘 아는 사람들이고, 모두가 친구들이죠. 제가 어떻게 해야 될까요? 전 그 친구들을 너무 좋아합니다. 그 사실이 그들에게 도움이 된다면, 전 괜찮아요."

"그러니까, 곤란하지 않다는 말씀이신가요?"

"곤란하죠, 목적에 비해 너무 증폭되었으니까요. 사실 저라는 사람은 글을 쓰는 사람이지 신문지상에서 논할 대상은 아니잖아요. 사람들이 제 책을 읽어 주기만 해도 될 겁니다. 아무리 그래도 제 사생활이며 제 자동차들을 알아내고 하는 건 아니죠."

"그것이 판매 부수에 영향을 미칠 수도 있지 않을까요?"

"맞습니다, 판매 부수에 영향이 있죠. 광고가 되니까요. 어떻게 보면 제 출판사가 상황이 그렇게 되도록 만들고 있다고도 할 수 있겠죠. 아닌 게 아니라 그게 그들의 일이니까요."

"그 사실이 선생님께서 집필하시는 데 어떤 영향을 미치나요?"

"아뇨, 전혀요. 절대로 그렇지 않아요. 글을 쓴다는 건 그 정도로 혼자여야만 하는 고독한 일이죠…."

프랑수아즈 사강과 함께한 일주일

행복이 가면과 두려움을 틈틈이 지워 버릴 이 『짙은 화장을 한 여자』[1]의 얼굴 뒤에는, 머지않아 삼십 년이 되는, 1954년 여름[2]…에 프랑수아즈 사강이 몰고 왔던 돌풍을 연상시키는 그 유명한 매력과 경쾌한 멋이 있다. 이후 지금까지도 언제까지나 청춘인 그녀의 작품에 대해 그녀는 가느다란 목소리로 아주 조심스럽게 자신의 의견을 피력했다. 가는 길에 엘뤼아르(P. Éluard)로부터 신기한 구름[3] 몇 조각을 훔치고 풀밭에 피아노를 세워 놓고,[4] 그 풀밭에서 발랑틴의 연보랏빛 드레스[5]를 입은 그녀가 빙글빙글 돌고 있었다….

그녀의 집 현관문에는 '가출벽 있는 개 조심'이라는 의외의 문구가 적혀 있고, 창문 너머로 바로크풍의 작은 정원이 보인다. 실내로 들어서니 나무 화분 하나와 레코드와 책 들이 가득하다. 그녀에 관한 너무도 많은 기사 덕분에, 우리를 바라보는 밤색 머리카락 아래의 얼굴이 너무도 친숙한 나머지 그녀가 그곳에 있다는 사실이, 파리에 있다는 사실이, 우리가 알고 있던 그녀와 너무도 똑같다는 사실이 거의 충격으로 다가올 지경이다, 너무도… 사강과 똑같다….

그녀는 친절하게 대답하고 미소를 짓고 재미있어 하는 얼굴로 뮤직 크루즈 여행을 하면서 함께 배에 탔던 열두 명의 사람들과 지낸 밤들에 관해 이야기한다. "그러면서 그녀는 자신도 모르게 차츰차츰 변해 갔던 거죠. '에드마는 처음에는 호감이 가지 않았지만 나중에는 내가 가장 좋아하는 여자 친구 중 하나가 되었으니까요. 그 친구가 나는 정말 좋아요, 당신이 아니라구요!'"[6] 이번 달 서점에는 『짙은 화장을 한 여자』 외에 신간 단편집 『테마 뮤직(Musiques de scènes)』이 나와 있다. 그녀는 '출판의 운명'[7]에서 미소에 관해 언급하고 있는데, 거기에 대해서는 넘어가기로 하겠다…. 사강이 출판사 플라마리옹과의 분쟁으로 결별하게 된 일과 검은 변호사 법복에 대한 기억들[8]도 넘어가겠다….

조금 전엔 그녀가 턴테이블에 올려놓은 「돈 카를로」[9]에 초대되었다가, 지금은 베토벤 소나타 제4번 중 3악장의 두번째 부분에 들어섰다. "뭐랄까, 악기들 사이에 감상적인 관계들이 생기는 어떤 어렴풋한 이야기 같은 것이 있어요. 그래서 세 종류의 악기가 모이는 순간부터는 마치 각자가 맡을 역할이 생기는 것 같은 거죠…." 이것이 우리한테 늘 사강이 이야기하는 말투다…. "다시 한번 더 영원한 '소곡(小曲)'에 대해 이야기해 볼까요?" 하지만 이건 그 유명하고 억지 기교를 부리는 한스 헬무트 크로이츠[10]의 음역이 전혀 아니며, 오백 군데의 대목에 걸쳐 등장하는 그녀의 신작 소설의 무대가 되는 선상(船上) 뮤지컬을 제압하는 콜로라투라 디바[11]의 음역도 아니다….

11일 토요일

잔디 경기장—오스트레일리아 대 프랑스의 두번째 15인제 럭비 국제 테스트 매치.

우리 집 식구 중 남자들은 모두 열렬한 럭비 광팬들일 뿐만 아니라,

당연히 나는 남서부 지방 출신이다![12] 나한테는 —이 말은 날이면 날마다, 그리고 거짓말로 둘러대기 좋아하는, 대화 상대에 따라 달라지는 말이다— 상대국의 득점을 막아내어 프랑스 팀을 구했거나 또는 케르시 골든컵을 지켜낸 삼촌도 있는데, 난 전혀 몰랐던 사실이다. 그래도 그렇지!

향수 —「시네마 쇼: 조연들」. 1960년 전후의 영화와 당시의 관심사와 당시 활동하던 가수들 이야기. 14일까지.(에스퀴리알 극장, 전화번호 336-32-30)

이들을 보면 세상의 종말을 믿게 될 것이다…. 사람들은 1930년대를 모방하고 40년대, 50년대, 60년대를 모방했다. 70년대도 그럴 것이다…. 우리가 우리 다음에 올 세대에게 추월당할 때, 그 충격은 얼마나 클까!

12일 일요일

눈물 바람—제라르 토마 연출, 데너리와 코르몽의 「두 고아 소녀」[13] (채널 A2, 15시).

지방 순회공연에서 한 여배우가 백작 부인과 프로샤르 할멈의 일인이역을 했는데, 할멈은 허구한 날 술만 마시고 아이들을 때렸다. 그러니까 백작 부인과 정반대의 여자였다. 당시 다섯 살 아니면 여섯 살이었던 나는, 그 드라마에 완전히 심취해 있었다. 그런데 나중에 그 두 사람이 같은 배우라는 사실을 알게 된 순간, 그동안 내가 품고 있던 연극과 관련된 모든 신화는 송두리째 내팽개쳐졌다!

사제복—"국립 기록 보관소 길", 사제에 관한 국립영상원 방송. 조랑스 신부, 이브 밀리아르 출연. 이브 코박스 연출.(채널 FR3, 20시 30분)

난 항상 일반론에 대해서 경기를 일으킨다. 그가 속한 집단과 나이 혹은 시대를 통해 그 사람을 이해하려 드는 것, 그건 오류를 거듭할 위험을 감행하는 일이다. 신부들 중에는 분명 좋은 신부와 나쁜 신부, 재미있는 신부와 지루한 신부가 있는 것 같다, 아닌가.

스릴러영화—〈죽음의 교차로〉.[14] 헨리 해서웨이 감독, 빅터 머추어, 콜린 그레이, 리처드 위드마크 주연. '한밤의 영화'.(채널 FR3, 22시 30분)

예전에 '마크 마옹' 극장에서 상영했던 모든 영화들…. 퐁티외 가(街)의 학교에 다녔던 난 그 나이 때에 하는 것처럼 극장에서 영화를 보며 시간을 보내곤 했다. 그 시절의 머추어와 위드마크, 그리고 그레이! 요즘 짜증스러운 건, 항상 "참 맞아, 그것 봐야겠네" 생각하고 비디오테이프 녹화기로 모든 것을 녹화하는 일인데…, 그래 놓고 보는 건 하나도 없다. 티브이 중독자라면, 그리고 거기서 벗어나고 싶어 하는 사람이라면, 그건 아주 기막힌 방법이다. 처음엔 비디오테이프 녹화기는 오로지 우리 아들만 애용하던 것이었으며, 일 년이 되도록 나는 럭비나 축구 경기 외에는 보는 일이 없었다. 그 후로 나도 사용하는 법을 익혔다…. 하지만 보지 않는 건 여전하다.

13일 월요일

여가수—마리아 다파레시다[15] 콘서트. 13, 14일 양일간, 22시. (롱 프윙 극장, 전화번호 256-70-80)

그녀의 음반 중에서 아주 멋진 「칸타 오 브라질」이라는 제목의 음

반이 생각난다. 지금으로부터 아주 오래전의 것이다…. 이십 년도 더 된… 여기서도 그 노랫소리가 들려온다.

시—「프레베르[16]를 이야기하고 노래하다」. 테아트르 드 레튀브, 리에주 주.(스타벌로, 22시 30분, 전화번호, 88-27-99)

사람들이 시에 대해 이야기하는 걸 듣는 일이 나한테는 정말로 고역이다. 언제 들어도 거북하기만 하다. 시란 뭐랄까, 혼자 읽는 것이 아닐까. 모두들 알고 있는 사실인지는 모르지만, 사교 모임에 가서 "난 베를렌이나… 랭보를 좋아한답니다"[17]라고 말하는 것이, 자신의 생활 습관에 대해 자세한 이야기를 늘어놓거나 "난 아무개 집으로 달려갑니다"라는 말을 하는 것보다 언제나 훨씬 더 어려운 일인데, 다들 그렇지 않을까. 살다 보면 아주 힘들게 인정하는 일들이 있다.

14일 화요일

무선통신장치—〈스모키 밴디트〉.[18] 버트 레이놀즈, 샐리 필드 주연. 프로그램 '영화에 관한 기록'에서 시비(CB)[19]에 대해 토론.(채널 A2, 20시 40분)

무선 공공주파수대를 이용하는 사람들은 분명 상호간의 커뮤니케이션에 대한 욕구가 대단할 것이다. 안타깝게도 우린 식구들끼리 이야기하는 사람들과 무선으로 이야기하는 사람들, 장소를 불문하고 어디서나 이야기하는 사람들처럼 이야기하는 사람은 늘 정해져 있다는 느낌을 받는다. 현대에 와서는 너무도 간단하게, 말이 없는 다수가 단순히 마이크가 없는 사람들 무리로 전락하고 말았다.

15일 수요일

미술관—몽파르나스, 피에르 술라주[20]와 비에이라 다 실바[21]와 함께 마이발트[22]의 사진 전시회.(보부르,[23] 전화번호 277-12-33)

모든 것이 조금 살짝 뒤섞여 있다. 난 미술관에 가서 그림 보는 것을 무척 좋아한다. 하지만 궁극적으로 예술과 나는, 상당히 고독한 관계를 맺고 있다는 생각이 든다.

콜로라투라—몽세라 카바예[24]와 호세 카레라스[25] 공연.(베종 라 로멘 축제, 전화번호 90/36-06-25)

난 카바예의 열성팬인데, 소리를 내는 게 아니라 끌어당기는 그녀의 목소리는 감탄스러우리만치 관능적이다.

사진—「스무 살의 청춘」 사진전.(퐁피두 센터 내 공공정보도서관, 전화번호 277-12-33)

쓸데없는 군소리다… 가엾은 청춘들, 계속해서 사람들이 자신들에 대해 이야기하는 것이 지겨울 게 분명하니까! 사람들은 젊음을 찬양하고 그들에게 구매력을 제공해 주면서 그들을 봉으로 만들어 버렸다. 그들은 주로 방송 매체 등 중간매체에 대해 이야기하는데, 비지스(Bee Gees)보다도 그룬디히 단파라디오를 더 잘 들을 것 같다. 가는 곳마다 '어떻게'가 '왜'를 대신했고, 거기엔 도덕 분야도 포함되어 있었다. 그것이 미테랑의 출현이 구원이라는 이유다.[26] 사람들은 더 이상 이렇게 말하지 않는다. "노동자들에게 임금을 지급하기 위해서 어떻게 하실 생각이시죠?" 대신 이렇게 말한다. "왜라니요? 그래야 하니까 그런 거죠."

16일 목요일

창작—'문학과 텔레비전' 제8회 샤르트뢰즈 드 빌뇌브-레-자비뇽의 하계 국제 심포지엄.

난 텔레비전 영화 시나리오로 「보르지아 가(家)의 사람들」[27]을 썼다. 결국 이런 식의 암거래가 생겨나게 되었다. "배와 전쟁 장면을 뺀다면 말 세 마리를 드리겠소!" 그 사람들이 작가와 배우들에게 줄 개런티를 주기로 결정할 날인데, 아주 간단하다. 아주 좋은 텔레비전 프로그램이 되거나, 그렇지 않으면 개밥 신세가 되는 것이다.

서부영화—〈내일을 향해 쏴라〉.[28] 로이 힐 감독, 로버트 레드포드와 폴 뉴먼 주연. 파리의 재상영관.

어느 날 저녁 멜빌[29]의 집에서 시뇨레(S. Signoret)와 함께 볼 뻔했다. 다 함께 모여 영사기를 돌렸는데, 그때 나는 삼사 일 동안 잠을 자지 못했다. 내 기억에 밤색 빛이 나던 짙은 세피아 필름이었는데, 정말 아름다웠다. 난 첫 세피아에서 잠들었다가 마지막 세피아에서 눈을 떴다. 눈을 떠 보니 난 시몬의 어깨 위에 쓰러져 있었다, 그런데, 버치 캐시디를 못 봤다!

17일 금요일

로트—제6회 수이야크 재즈 페스티벌.(65/37-81-56)

우리 마을이다! 카자르크가 내 고향으로, 그곳과는 아주 가깝다….
하지만 난 헛기침을 하고 자꾸 몸을 꼼지락거리는 사람들과 함께 있는 것보다는, 오히려 혼자서 조용히 레코드를 듣는 게 더 좋다.

다들 목덜미에 여드름이 있는 누군가에게 매료되어 있다, 아니 뭐라 형용할 수 없지만 모두들 완전히 넋이 나갔다.

아비뇽—셰익스피어의 「리어 왕」. 다니엘 메기슈[30] 연출.(A2, 22시)

메기슈의 재능은 끝이 보이지 않는다…. 그런데 아비뇽이라니? 빌라르[31]가 수년간 그곳에서 일한 덕분에 그 도시가 성공 보증서가 되었다는 핑계로, 고된 운명의 시작…. 왜 사람들은 같은 셰익스피어 작품 중 「카이사르와 클레오파트라」는 무대에 올리지 않을까. 로베르 오셍(Robert Hossein)과 같은 누군가에게 자신의 비밀을 털어놓게 되는 연극 말이다, 거대한 극장에서 갤리선[32]이 등장하는….

대화

막 『지루한 전쟁(De guerre lasse)』[1]의 출판을 마친 프랑수아즈 사강은 어느덧 곧 쉰이 된다. 하지만 그녀의 최근 소설의 제목은 어떤 고백이 아니다. 제목과 달리 사강은 전혀 지루하지 않다. 그녀는 예전과 다름없이 삶에 대한 열정을 느끼며, 예전과 다름없이 쓰는 일에 몰두하고 있다고 말한다. 다음 글은 조지안 사비뇨(Josyane Savigneau)[2]와 프랑수아 보트(François Bott)[3]와의 대담이다.

"다음 달이면 쉰이 된다는 걸 굳이 숨기려 하지 않으시는데요. 이번 주 출판되는 책 제목이 『지루한 전쟁』입니다. 상징적인 건가요, 일종의 고백인가요?"

"전혀 그렇지 않아요. 저는 저의 첫번째 책과 그동안의 여러 사건들로 유명해진 느낌이 드는데요. 그건 모두 십 년 전의 일입니다. 그런데 전 제가 서른 살이 되는 것만 같아요… 내년이면 말이죠."

"서른 해면, 그건 사강 문학 현상의 지속 기간인데요, 거기에 대해선 어떻게 생각하십니까?"

"언론이나 사람들이 아마도 그것을 하나의 현상으로 여겼던 건지 모르겠네요. 전 작가예요, 그리고 사람들은 제 책을 읽습니다. 거기엔 현상이랄 건 전혀 없죠. 낭만적이고 약간 과장이 심한 사람들이라면 그것을 운명이라 부를 수 있을 것이고, 시니컬하고 현실적인 사람들이라면 하나의 경력일 것이며, 제 책을 좋아하지 않는 사람들이라면 일종의 사고처럼 우연한 일일 테고, 제 책을 좋아하는 사람들에겐 그냥 좋은 일, 그리고 인기라는 관점으로 보는 사람에겐 성공인 셈이겠죠…."

"그것도 몇 세대를 아우르는 인기죠."

"과장이신데요, 전 열아홉 살에 제 책을 출판하기 시작했어요. 당연히 그때 스무 살이었던 사람들은 지금의 제 나이가 되었을 겁니다. 그러니까 거의 한 세대도 안 되는 거죠. 하지만 전 위고가 아니에요. 제가 작가가 된 지 삼십 년이 되었지만, 스무 살에 글을 쓰기 시작해서 칠십의 나이에도 여전히 그 자리에 건재하는 작가들이 있습니다. 제가 특별히 문학적 수명이 긴 본보기는 아닌 거죠."

"『슬픔이여 안녕』부터 『지루한 전쟁』까지 호기심 어린 반향을 많이 불러일으키고 있습니다. 그 두 소설 사이에 『어떤 미소(Un certain sourire)』가 있었고, 『영혼의 푸른 멍(Des bleus à l'âme)』과 『흐트러진 침대(le Lit défait)』를 지나 『고통과 환희의 순간들(Avec mon meilleur souvenir)』에 이르기까지 스물다섯 권의 다른 책들이 나왔습니다. 이 책들을 통해 일종의 개인적인 인생 여정 같은 것을 그릴 수 있을까요?"

"해 볼 만할 것 같은데요. 그런데 실은 제 작품에는 차용한 제목이 많아요…. 폴 엘뤼아르에게서 『슬픔이여 안녕』과 『차가운 물속에 비친 한 줄기 햇살』을, 『한 달 후 일 년 후(Dans un mois, dans an)』는 물론 라신에게서, 보들레르에게서는 『신기한 구름(Ces merveilleux nuages)』이죠…. 그래요. 하지만 『영혼의 푸른 멍』과 『흐트러진 침대』는 제가 지은 제목이에요. 『샤마드(la Chamade)』도 그렇구요."

"많은 책에서 아주 변화무쌍하고 무척 덧없는 것에 대한 취향이 나타나 있습니다만…."

"하루살이 같다는 느낌이 들게 하죠, 맞아요. 하지만 그것이 바로 우리의 모습인데, 그런 것 같지 않으세요? 모든 것이 하루를 사는 하루살이의 덧없는 사건들인 거죠."

"선생님께선 『클레브 공녀(La Princesse de Clèves)』에서 『아돌프(Adolphe)』를 지나 『육체의 악마(le Diable au corps)』까지의 문학의 전통을 계승하고 계신 듯 보입니다.[4] 대개의 경우처럼 간단히 츠바이크(S. Zweig)[5]식으로 바꿔 말하자면, 일종의 감정의 혼란을 지향하고 극도의 다정함과 극도의 잔인함을 결합하길 좋아하는 프랑스 소설의 한 유형이지요."

"세 주인공이 등장하는 모든 사랑의 이야기 속에는, 『지루한 전쟁』도 그런 경우인데요, 그중에서 밀려나는 한 사람이 있습니다. 그것이 잔인함의 한 형태인 거죠. 하지만 그렇다고 해서 제가 그런 전통을 잇고 있는지는 모르겠어요. 대신 저를 어떤 프랑스 문학의 전통과 묶어 주고 있는 것이 있다면, 그건 문체에 집중하는 제 주의력입니다. 매끄럽게 잘 씌어진 책이 전 좋아요. 그래서 전 제 책에서도 문체에 집착합니다."

"선생님께서는 자신의 책들의 장르조차 정해 놓지 않으셨는데요. 프루스트류의 소설도 아니고 가판대에서 파는 대중소설도 아닙니다…. 그렇다면 선생님의 '문학 장르'를 무엇이라 생각하시나요?"

"콕 집어 하나의 '문학 장르'라고 할 건 없어요. 그저 저만의 문학이죠. 그리고 제가 정직하다고 생각하는 문학이죠, 무리한 주장을 하지 않으니까요. 전 메시지를 전달하려 애쓸 뿐, 글 쓰는 것 이외의 다른 것을 하려고 애쓰지 않습니다. 말은 이렇게 했지만, 냉철함이 지나친 겸손함을 의미하는 건 아니잖아요. 저는 제가 재능이 있다고 생각해요. 많은 사람들이 하는 말보다 훨씬 더 많이요. 그리고 어쩌면 일부 사람들이 수긍하지 않는 것보다 훨씬 더 재능이 없을지도 모르구요."

"그렇지만 실제로는 선생님께서 출판하신 책들은 모두 베스트셀러였습니다. 선생님에 대한 과거의 평판과 지금의 평판이 있는데요. 선배 작가들은 선생님을 마치 일종의 앙팡 테리블[6]처럼 보았습니다. 그런데 선생님 세대의 사람들에게는 어떻습니까? 그들로선 감히 맞설 엄두도 못 내는 자유의 상징 같은 걸까요?"

"지금은, 잘 모르겠네요. 그런데 『슬픔이여 안녕』을 발표했을 땐 세대와 관련된 문제는 제기되지 않았어요. 나이의 고하를 떠나 격분하는 일부 사람들은 있었죠. 우리 반에도 이런 말을 했던 친구들이 있었으니까요, "부끄러운 일이야." 부모님은 몹시 당황하셨어요. 그리고 나머지 사람들은 비교적 재미있게 생각했습니다. 많은 제-또래의 친구들은 안도의 숨을 내쉬었죠. "휴우, 이제야 사람들이 우리가 존재한다는 사실을 인식한 거라구."

"그 후 선생님께서 사회관습 해방, 혹은 성 해방이라 부르는 운동의 시발점이 되었다고 생각하시는지요?"

"그건 저 혼자만이 아니었어요. 아마도 어떤 면에서는 바르도가 저만큼 일조를 했을 겁니다. 그리고 그건 피임약에 비하면 대단한 것도 아니에요. 아닌 게 아니라 우리가 그 정도로 뭔가 대단히 훌륭한 일을 시작했는지는 분명하지 않아요. 이십 년 내지 삼십 년 전에는 금기시되던 육체적 사랑이, 지금은 거의 의무 수준이 되었으니까요. 그것이 더 나은 거라고 말하기는 어렵죠. 원하는 것들을 하지 않는 것, 그것도 부득이한 경우라면 어느 정도 참을 수 있는 일입니다. 하지만 하고 싶지 않은 것을 해야 하는 것, 그건 솔직히 말해 지겨운 일이죠. 요즘 성관계를 갖지 않는 열여덟 살의 여자아이들이 웃음거리가 되는 게 흔한 현상인데요. 의무가 따르는 성 문제야말로 지루하기 짝이 없는 거라고 생각해요."

"『슬픔이여 안녕』이 선생님의 나머지 작품의 증거로서 혁명, 아니면 적어도 변화를 예고했다는 것에 대해서는 어떻게 생각하세요?"

"『슬픔이여 안녕』이 자극이 되었던 것에 대해서는 부인하지 않겠습니다. 거기까지 생각을 했는지에 대해서는 부인하고 싶은데요. 전 그냥 문학 책을 쓰고 싶었어요. 그다음으로 계속 든 생각은, 서로 엇비슷한 인물들과 분위기 속의 진짜 소설을 만들어 보고 싶다는 것이었죠. 전 문학 외에 다른 것에는 단 한 번도 마음이 끌린

적이 없어요."

"그러면 선생님의 최신 작품의 제목인 『지루한 전쟁』은 선생님의 현재 생활 태도를 나타내는 어떤 상징적인 표현이 아닐까요?"

"절대 그렇지 않습니다. 제 마음을 사로잡은 건 이상한 우리말 표현법이에요. '전쟁에 싫증나서'라고 해야 할 텐데 말이에요.[7] 명사인 '싸움'을 형용사와 일치시키는 역할을 하는 의고주의(擬古主義)인 거죠. '지루한 싸움'이야말로 '맞서 싸우다 지친' 표현이죠. 제 소설에서 주인공 샤를은 저항하다 싫증나서 레지스탕스에 들어가죠. 이런 말장난이 전 재미있었어요. 물론 책에서는 다른 의미로 쓰이지만요. 어떻게 초연함이며 '자유로운' 삶이 누가 봐도 명백히 지긋지긋한 것들과 직면해서 산산조각이 날 수가 있겠어요? 저는요, 그 어떤 것에 대해서도 지루하다고 느끼지 않아요. 삶에 대해서는 특히 그래요."

"여전히 열정적이고, 도박, 스피드, 파티 취미도 여전하신지요."

"분명한 건, 스무 살 때가 지금보다 덜 열정적이었습니다. 어떻게 보면 열정이란 말이 적절하지 않은데요. 다만 스무 살 무렵이 그 이후보다 훨씬 더 많이 자기 자신에 대해 혼란스러운 시기였다는 말을 하고 싶을 뿐이에요. 니장(P. Nizan)이 그랬죠. '내가 스무 살이라면 그때가 인생에서 가장 아름다운 나이라는 말을 그 누구도 하지 못하게 할 것이다.'* 이제 이 말은 모두가 다 아는 이야기가 되

* 폴 니장(Paul Nizan)의 『아덴 아라비(Aden Arabie)』(1932)이다. 1960년 장 폴 사르트르의 서문과 함께 출판사 마스페로에서 재판했다.

었지만, 전 그 말이 맞다고 생각해요. 저한테는 스무 살보다는 인생이 훨씬 더 받아들이기 쉬운 것 같거든요."

"그러니까 어떠한 향수도 느끼지 않으시나요?"

"과거에 대해서 말인가요? 전혀요. 하지만 그리운 것들은 있습니다. 춤을 출 때요. 지금처럼 혼자서가 아니라 둘이서 춤을 추던 순간들이죠. 요즘처럼 무엇이든 혼자서 하는 형태나 방식 같은 것들이 전 마음에 들지 않아요. 길거리에서 이어폰을 끼고 혼자서 음악을 듣는다거나 하는 것처럼요. 그런 걸 보면 슬프다는 생각이 들어요. 자동차로 속도를 내서 달릴 수 있었던, 차 없던 시절의 도로도 그립고, 해수욕을 하던 사람 없는 해변들도 그리워요. 전 장소와 시간에 대해 그리워합니다. 그렇다고 감상적인 향수는 아니에요. 지나고 보니 행복했다는 것과는 다른 이야기에요. 전혀 아니에요."

"작년에 출판된 책은 모든 것이 허구였던 지금까지와는 다른 책이었습니다. 『고통과 환희의 순간들』[8]이었죠. 사실 그건 회고록은 아닌데요, 그렇지만 추억하실 때가 된 건가요?"

"전혀 그렇지 않아요. 갈리마르 출판사에 제 소설을 받으러 갔다가 기다리는 동안 전에 썼던 기사 묶음을 출판하고 싶다는 생각이 들었어요. 이런저런 신문에 썼던 제 기사들을 생각했죠. 그런데 마음에 드는 게 아무것도 없는 겁니다. 시대에 맞지 않거나 재미가 없었어요. 그래서 서랍 속 깊숙이 넣어 두고 잊어버리고 있었던 그 원고들을 차마 갈리마르에 내밀 수가 없었던 거죠. 그래서 전 제가 정말 좋아하는 사람들과 정말 마음에 드는 주제를 골랐어요. 책에 이미 고인(故人)이 된 몇몇 사람들에 대한 이야기가 나오기는 하지만, 주로 현재의 이야기들입니다. 지금도 변함없이 제가 즐기는 도박과 스피드, 연극에 대한 이야기도 나오죠."

"그렇다면 그다지 추억이라고 볼 수는 없는 것 같은데요…."

"아, 그렇죠. 그리고 그 책이 호평을 받는 것에 대해서는 기쁘기는 했지만 너무 쉽게 쓴 글이어서 저로서도 마음이 편치 않았어요. 늘 생각하고 있는 것을 글로 쓰는 건 쉬운 일이죠. 머리로 상상해내는 것, 그게 훨씬 더 어려운 일입니다. 저 혼자 하던 생각인데요, 천재나 아니면 적어도 재능이 있다는 소리를 들으려면, 늘 생각하고 있는 것들만 글로 쓰면 되지 않을까 하구요, 정상이라고 할 수 없죠."

"글을 쓰지 않을 때도 있으시죠. 어떤 때가 그렇고, 그 이유는 뭔가요?"

"제가 글을 쓰지 않는 건, 제가 무척 게으른 사람이라 그래요. 아무것도 하지 않고 있을 때가 전 너무 좋거든요. 계속 침대에 드러누워서 구름이 지나가는 것도 보고, 아니면 추리소설을 보거나, 아니면 산책하러 나가거나, 친구들을 만나러 가거나 하는 것들이죠…. 그러다가 어떤 주제들이 제 머릿속을 계속해서 맴돌거나, 아니면 막연하게 어떤 생각들이 막 떠오르기 시작하면서 어렴풋하게 윤곽이 드러나는 순간이 있어요. 그런 순간엔 마구 흥분이 되죠. 그리고 또 외부적 요인으로 인한 압박감이 표면화되는 순간이 있는데요…. 바로 돈이 필요한 경우죠. 세금 문제 같은…. 그런 모든 것들이 하나로 결합되어 결국 거대한 덩어리가 되어 다가오는 걸 견디는 방법이라곤, 글을 쓰는 것 외엔 없어요. 대개의 경우 외적인 필요성과 내적인 욕구가 거의 한순간에 서로 만나는 때인 거죠. 그런데 외적 영향력이 내적인 욕구보다 앞서면, 그때 저는 제 머리카락을 쥐어뜯으며 혼잣말을 해요. '난 끝장이야, 이젠 영감이 떠오르질 않아, 그게 바로 하늘이 준 선물이었던 건데 다 써 버렸어' 하구요. 그럴 땐 글을 쓰면 쓸수록 자꾸 더 나빠지기만 하죠. 그리고 이젠 끝이라고 확신합니다. 그러면서 또 글을 쓰는 겁니다.

저로 하여금 어쩔 수 없이 행동으로 옮기도록 만드는 건 외부의 압박들이에요. 어떻게 보면 그것이 제가 사는 방식이자 들어오는 족족 물 쓰듯 써 버리는 제가 돈을 쓰는 방식이고, 이 때문에 사람들로부터 자주 비난을 들었지만, 사실은 그것이 저를 구해 준 셈입니다. 제가 마음 편하게 살았을지, 앞으로 평생 쓸 돈을 그동안 제가 벌어 놓았는지, 제 삶이 어떤 결말로 끝날지는 하느님만이 아시겠죠. 바로 그런 이유로 저는 이 년 내지 삼 년마다 정신 바짝 차리고 뼈 빠지게 일을 해야 해요. 한 권의 책이란, 특히 처음에는, 굴욕스럽고 죽을 만큼 고생스러운 것입니다."

"결국, 매번 시작이 되는 셈이군요. 그럼에도 불구하고 바로 거기에 반세기 동안 걸어오신 역정이 있습니다. 지난 반세기를 돌아보면 어떤 생각이 드시나요?"

"우린 너무 운이 좋은 사람들이라 있는 그대로 말씀드리기는 어렵네요. 세상이 끔찍해졌고, 생활 방식도 그래요. 사람들 자체는 더 끔찍해진 것 같진 않은데요, 말이 변질됐어요. 모두들 '왜' 대신, '어떻게'라고 합니다. 이젠 아무도 '왜 사세요?'라고 하지 않고, '어떻게 사세요?'라고 하죠."

"'우린 너무 운이 좋은 사람들'이라는 말씀은 무슨 의미인가요?"

"사실 살다 보면 무서워서 비명을 지를 수밖에 없는 상황이 있다는 걸 전 알고 있는데요, 하지만 개인적으로 제 삶은요… 사람은 자신이 좋아하는 일을 할 때, 그리고 바라던 삶을 살고 있을 때면, 선생님과 저처럼 말이죠, 그 모든 것에 대해… 한 세기나 반세기가 지난 일 등에 대해 느긋하게 이야기할 수밖에 없고, 그렇다는 건 그 정도로 운이 좋다는 것이죠…. 이 지구에 사는 열 명의 사람을 예로 들자면, 우린 그중 운이 좋은 사람들에 속하는 거예요. 나머지 여덟 명의 사람들은 아마도 끔찍한 삶을 살고 있을지도 모르고, 많은 경우 끔찍한 죽음을 맞이하고 있을지도 모르는 일이니까요."

"그 말씀은, 선생님께선 선생님의 인생에 대해 만족하신다는 거군요."

"전적으로 그래요."

"바라던 자유도 누리셨지요."

"네, 분명 그랬죠. 제가 누리던 자유는 제가 누군가와 사랑에 빠졌을 때, 그리고 제가 누군가에게 집착하고 그가 저한테 집착하면 줄어들었어요. 그렇지만 늘 사랑에 빠져 있을 순 없는 법이죠. 그래서 다행이에요. 달리 말하면 사랑도 하고 병치레가 잦았음에도 불구하고 —그래서 그 둘에 대해서는 제가 좀 알죠— 전 행복했어요. 이루어지지 못한 몇 번의 열렬한 사랑과 몇 차례의 교통사고와 몇 군데 신체적 장애를 제외하면, 전 이보다 더 좋은 삶에 대해서는 알지 못해요. 게다가 전 자유로워요. 저는요, 책을 읽기 시작했을 때부터 글이 쓰고 싶었어요. 누구나 그렇겠지만 열두 살, 열세 살 때에는 훌륭한 사람이 되고 유명해지고 싶었죠. 유치하면서도 지극히 정상적인 거죠. 나중에 명성이란 것이 개선식(凱旋式)을 위한 장미와 활에 불과하다는 것을 깨달으면서, 저는 회피했고, 생각하지 않으려 했고, 단념했어요. 그리고 전 글을 썼고, 사람들이 제 문학을 좋아하게 되었고, 다른 일을 하거나 나를 먹여 살려 줄 누군가의 요구 사항에 복종할 일 없이 글 쓰는 일로 먹고살 수 있게 됐죠."

"세상의 평판들에 순응하지 않으시는지요?"

"저에 대한 사람들의 수년간의 평판이 반드시 제가 원했던 평판일 수는 없겠죠. 하지만 결과적으로 보면, 때에 따라 그것이 다른 것보다 더 기분 좋을 때는 있었습니다. 결국 위스키와 페라리와 도박이 뜨개질과 집안 살림과 저축보다는 더 빠져드는 재미가 있다는 말이죠…. 어쨌든 저로서는 그런 것들을 받아들이기는 어려웠을 겁니다."

마르셀 프루스트의 질문

1월 20일 새로워진 사강이 온다! 그만큼 많이 기다려 온 소설(『수채화 같은 피(Un sang d'aquarelle)』,[1] 갈리마르)의 출판기념회에서, 『팜』은 그녀가 좋아하는 작가 프루스트의 질문지를 소설가에게 건넸다. 아닌 게 아니라 프랑수아즈 사강은 사강이란 자신의 필명을 『잃어버린 시간을 찾아서』에 나오는 한 인물의 이름에서 빌려 왔을 정도다.

1987년

1. 당신에게 고통의 극치는 무엇입니까.
   병, 다른 사람의 죽음, 자신에 대해 싫증나는 것.
2. 당신은 어디에서 살고 싶습니까.
   파리에서.
3. 당신이 생각하는 이 세상에서의 이상적인 행복은 어떤 것입니까.

너무 많다.

4. 당신은 어떤 실수에 대해 가장 관대하십니까.

무절제.

5. 좋아하는 영화감독은 누구입니까.

존 슐레진저, 펠리니, 트뤼포.

6. 좋아하는 화가는 누구입니까.

피사로, 시슬레, 호퍼.

7. 좋아하는 음악가는 누구입니까.

베토벤, 베르디, 패츠 월러.

8. 가장 우선해서 보는 남성의 자질은 무엇입니까.

상상력.

9. 가장 우선해서 보는 여성의 자질은 무엇입니까.

상상력.

10. 어떤 운동을 하십니까.

예전에, 야외 운동.

11. 누군가를 죽일 수 있습니까.

그러지 않길 바란다. 하지만 그럴까 두렵다.

12. 선호하는 직업은 무엇입니까.

아무것도 하지 않는 것.

13. 어떤 사람이 되고 싶습니까.

너무 많다.

14. 당신의 성격 중 두드러진 특징은 무엇입니까.

어느 정도의 유머, 아마도.

15. 당신의 친구들에게서 가장 높이 평가하는 부분은 무엇입니까.

    같은 부분.

16. 당신의 가장 큰 결점은 무엇입니까.

    어느 정도의 유머, 확실히.

17. 당신이 남성에게 가장 먼저 끌리는 부분은 무엇입니까.

    따뜻한 마음씨, 성격, 능력.

18. 좋아하는 색깔은 무엇입니까.

    빨강.

19. 좋아하는 꽃은 무엇입니까.

    장미.

20. 산문 부문에서 좋아하는 작가는 누구입니까.

    프루스트… 그리고 그 밖의 많은 작가들.

21. 좋아하는 시인은 누구입니까.

    보들레르, 아폴리네르, 엘뤼아르, 휘트먼, 라신.

22. 실생활에서 당신의 주인공은 누구입니까.

    주의가 산만한 사람들.

23. 좋아하는 이름은 무엇입니까.

    발파레이소, 시라퀴즈, 산티아고.

24. 특히 싫어하는 것은 무엇입니까.

    자신감, 냉혹함, 거만함.

25. 천부의 재능이라면 어떤 재능을 받고 싶습니까.
    피아노 치는 것.
26. 사후에도 영혼이 존속한다고 믿습니까.
    아니오.
27. 어떤 죽음을 맞이하고 싶습니까.
    순식간에, 그리고 기분 좋게.
28. 현재 당신의 정신 상태는?
    이 질문지 때문에 지치고 정신이 없다.

평론가로서도 대중의 사랑을 받는 프랑수아즈 사강은 전성기 때의 콜레트(S.-G. Colette)[2] 같은 전설이 될 수 있을까. 단 몇 마디로(프루스트의 질문지에 대한 그녀의 대답), 그녀는 자신의 최신 소설〔『끈(La laisse)』,[3] 에디시옹 쥘리아르〕을 위해 작곡한 것과 같은 소곡을 『팜』을 위해서도 작곡해 줄 것이다.

사강 공작부인

그녀가 좋아하는 작가 마르셀 프루스트의 『잃어버린 시간을 찾아서』의 등장인물인 사강 공작부인으로, 프랑수아즈 쿠아레는 『슬픔이여 안녕』으로 문학에 입문하기 위해 이 이름을 필명으로 차용했다.

1989년

1. 당신에게 고통의 극치는 무엇입니까.
   병, 강요된 고독.
2. 당신은 어디에서 살고 싶습니까.

여기.

3. 당신이 생각하는 이 세상에서의 이상적인 행복은 어떤 것입니까.

여기, 지금.

4. 당신은 어떤 실수에 대해 가장 관대하십니까.

경솔.

5. 좋아하는 영화감독은 누구입니까.

트뤼포, 오슨 웰스, 맨키위츠.

6. 좋아하는 화가는 누구입니까.

피사로, 시슬레, 피카소, 보나르.

7. 좋아하는 음악가는 누구입니까.

베토벤.

8. 가장 우선해서 보는 남성의 자질은 무엇입니까.

관용.

9. 가장 우선해서 보는 여성의 자질은 무엇입니까.

관용.

10. 어떤 운동을 하십니까.

승마.

11. 누군가를 죽일 수 있습니까.

그러지 않길 바라지만 그럴까 두렵다.

12. 선호하는 직업은 무엇입니까.

아무것도 하지 않는 것.

13. 어떤 사람이 되고 싶습니까.

(무응답)

14. 당신의 성격 중 두드러진 특징은 무엇입니까.

게으름.

15. 당신의 친구들에게서 가장 높이 평가하는 부분은 무엇입니까.

같은 부분.

16. 당신의 가장 큰 결점은 무엇입니까.

유머.

17. 당신이 남성에게 가장 먼저 끌리는 부분은 무엇입니까.

따뜻한 마음씨.

18. 좋아하는 색깔은 무엇입니까.

빨강.

19. 좋아하는 꽃은 무엇입니까.

장미.

20. 산문 부문에서 좋아하는 작가는 누구입니까.

프루스트.

21. 좋아하는 시인은 누구입니까.

랭보.

22. 실생활에서 당신의 주인공은 누구입니까.

프루스트, 랭보.

23. 좋아하는 이름은 무엇입니까.

(무응답)

24. 특히 싫어하는 것은 무엇입니까.

    호기심, 거만함.

25. 천부의 재능이라면 어떤 재능을 받고 싶습니까.

    신출귀몰함.

26. 사후에도 영혼이 존속한다고 믿습니까.

    아니오.

27. 어떤 죽음을 맞이하고 싶습니까.

    순식간에.

28. 현재 당신의 정신 상태는?

    좋다, 하지만 이 질문지 때문에 지친다.

옮긴이의 주

리틀 블랙 드레스

젤다 피츠제럴드

1. 1960년대 프랑스의 디자이너로, 활동하기에 편한 안감 없는 옷과 풍성하게 떨어지는 디자인, 베이지와 화이트, 브라운 색을 선호했다. 영국의 메리 퀀트(Mary Quant)가 탄생시킨 미니스커트를 1963년 프랑스에 처음으로 알렸지만 시기상조였다.
2. 1896-1940. 로스트 제너레이션(Lost Generation)을 대표하는 미국의 소설가이다. 불확실한 미래로 인해 약혼녀 젤다로부터 파혼당했으나, 이후 『낙원의 이쪽(This Side of Paradise)』(1920)이 성공하면서 젤다와 결혼하여 호화로운 생활에 빠져들었다. 20세기 미국 소설을 대표하는 걸작으로 평가되는 『위대한 개츠비(The Great Gatsby)』(1925)를 발표했으나, 당시에는 『낙원의 이쪽』의 절반도 팔리지 않는 정도였다. 연이은 작품의 실패와 젤다의 신경쇠약증으로 절망에 빠져 알코올 중독자가 되었고, 빚을 갚기 위해 할리우드에서 시나리오 작가로 활동하면서 『마지막 거물(The Last Tycoon)』을 집필하던 중 심장마비로 사망했다.
3. 1900-1948. 스콧 피츠제럴드가 평생 사랑했던 그의 아내이다. 1931년 정신분열증 진단을 받았고, 1932년 정신병원에 입원해 있는 동안 자신의 유일한 저서인 『왈츠는 나와 함께(Save Me the Waltz)』를 출간했다. 스콧의 사망 후 자택과 정

신병원을 오가던 중 1948년 노스캐롤라이나의 하이랜드 정신병원에서 화재로 사망했다.

4. grand cru. 최고급 포도원에서 생산된 프랑스의 'AOC'(원산지 명칭 통제)급 와인 중 최고등급 와인을 말한다.
5. Côte d'Azur. 피츠제럴드가 코트다쥐르를 다니던 때만 하더라도, 크고 작은 어촌 마을들이 모여 있는 해안 지역에 불과했다. 피츠제럴드는 코트다쥐르를 지금과 같은 휴양지로 만든 최초의 사람들 중 한 사람이다.

이브 생 로랑

1. 1936-2008. 프랑스의 패션 디자이너로, 1957년 스물한 살의 나이에 파리 최대 오트 쿠튀르 메종인 크리스티앙 디오르의 수석 디자이너로 패션계에 등장한 이래, 2002년 예순다섯의 나이로 은퇴할 때까지, 혁신적이고 독창적인 작품으로 20세기 후반 세계의 패션을 주도했다. 디자이너로서 너무 빠른 성장과 바쁜 생활 탓에 평생 우울증과 약물 중독, 알코올 중독에 시달렸던 연약한 사람이기도 했다. 그의 시대를 읽어내는 눈과 놀라운 창조력은 사후에도 큰 영향을 끼쳤다.
2. 1930-2017. 프랑스의 사업가이자 예술가·학자·문인 들의 후원자로, 이브 생 로랑의 연인이었다. 그의 뛰어난 경영 능력과 이브 생 로랑의 뛰어난 디자인 능력이 만나 1962년 '이브 생 로랑 메종'이 탄생했다. 2010년 이브 생 로랑을 추억하는 『이브에게 보내는 편지(Lettres à Yves)』를 출간했다.
3. haute couture. 소수의 상류층을 위한, 예술성을 가장 중요시한 고급 맞춤복을 말한다.
4. prêt-à-porter. '기성복'이라는 뜻으로, 제이차세계대전 이후 프랑스에서 사용되기 시작한 말이다. 품질이 떨어지고 밋밋한 디자인의 기존 기성복을 거부하면서 개성을 강조하는 동시에 고급스러운 옷에 대한 당시의 요구에 부응하여 탄생한 것으로, 지나치게 비싼 오트 쿠튀르보다는 다소 저렴한 고급 기성복을 말한다. 파리 프레타 포르테 컬렉션은 매년 오트 쿠튀르 컬렉션이 끝난 후인 3월과 8월에 열린다.
5. 파리 16구에 있는 스퐁티니 가 30의 2번지로, 이곳에서 이브는 피에르 베르제와 함께 자신의 메종을 만들고 1962년 1월 29일 첫 컬렉션을 발표했다.
6. 1971년 1월 29일 스퐁티니 가에서 생 로랑은 1940년대 패션을 현대적 감각에 맞

게 재해석하여 미니스커트와 핫팬츠 등으로 여성의 관능미를 부각한 컬렉션을 발표해, 망측한 디자인으로 고상한 취향을 유린한다는 비판과 함께 당시 상당한 센세이션을 불러일으켰다.

7. grande couture. 오트 쿠튀르의 전신. 산업혁명 이후 산업화와 분업화가 이루어지면서 공장에서 기성복이 만들어졌고, 다양한 수요를 충족시키고자 1858년 파리 뤼 드 라 페 7번지에 영국인 찰스 워스(Charles F. Worth)가 기존의 기성복과 차별되는 고급 소재와 디자인의 의상실을 차리면서 시작되었다.
8. droit fil. 옷감 결의 방향.
9. biais. 옷감 결의 대각선 방향.
10. 이탈리아의 영화감독 루키노 비스콘티(Luchino Visconti)가 1954년 제작한 영화로, 우리나라에서는 〈애증〉 혹은 〈여름의 폭풍〉으로 알려져 있다. 베네치아의 '라 페니체' 극장에서 베르디의 「일 트로바토레」가 공연되는 장면으로 영화는 시작된다.

빨간 머리의 배후 조종자, 내 친구 베티나

1. 프랑스 고전주의 작가 장 라신(Jean Racine, 1639-1699)의 비극 「페드르(Phèdre)」에 대한 이야기다. 아테네의 왕비 페드르는 테세우스 왕의 전실 자식인 이폴리트를 향한 자신의 사랑을 유모인 오이노네에게 고백하지만, 아리시를 사랑하는 이폴리트는 이를 매정하게 무시한다. 이때, 죽었다는 오보에도 불구하고 살아서 돌아온 테세우스에게, 오이노네는 페드르를 구하기 위해 이폴리트가 왕비를 유혹하려 했다고 거짓을 고하고, 격노한 왕은 아들 이폴리트를 추방하여 죽음에 이르게 한다. 죄책감에 시달리던 페드르는 독약을 마시고 테세우스에게 이폴리트의 결백을 밝힌 후 숨을 거둔다.
2. 페드르는 오랜 세월 지켜 온 마음속 비밀을 오이노네에게 털어놓았을 뿐이지, 이폴리트에게 고백하라고 권한 것도, 왕이 살아 돌아오자 이폴리트에게 오명을 뒤집어씌운 것도 모두 오이노네가 한 짓이었다. 페드르 스스로 행동한 것은 자신의 사랑을 매정하게 거부하는 이폴리트의 칼을 뽑아 든 것과 독약을 마신 것 밖에 없었다.
3. 프랑스의 패션 디자이너이자 모델로, 미국의 영화감독 아나톨 리트박(Anatole Litvak)의 아내이다.

4. 1925-2015. 1940-1950년대 프랑스에서 활동했던 세기의 모델이자 패션 디자이너, 시인, 작곡가이다. 지방시와 크리스티앙 디오르, 피에르 발망 등의 뮤즈로 활동했다. 지방시에서 내놓은 '베티나 블라우스'는 1950년대 패션 아이콘이 되었다. 사강의 첫번째 남편인 기 쉴레(Guy Schoeller)의 첫사랑이 베티나였다.
5. 태피터(taffetas). 일본식 발음인 '다후다(タフタ)'로 알려진 말로, 광택이 있고 빳빳하며 사락거리는 특징이 있는 견직물이다. 드레스의 맵시를 살려 준다.
6. 1933년생. 프랑스의 디자이너로, 미래 지향의 테일러드 코트나 수트로 '젊은 패션 테러리스트'라 불렸다.

패션에 정신을 잃은 두 연인, 헬무트 뉴튼과 페기 로슈

1. 1920-2004. 20세기 패션 사진과 누드 사진의 거장으로 손꼽히는 독일계 오스트레일리아의 사진작가이다. 1961년 파리로 와서 카트린 드뇌브 등 많은 유명인들과 더불어 『보그』『엘르』『마리 클레르』 등의 패션 잡지와 함께 작업하면서 세계적인 명성을 떨쳤다.
2. 1929-1991. 프랑스의 패션 디자이너로, 모델, 『엘르』의 편집장으로도 활동했다. 간암으로 사망할 때까지 십오 년 이상 사강과 고락을 나누었던 친구이자 연인, 수호천사이자 보호자, 의상 담당자였고, 사강의 메이크업은 물론이고 그녀의 아들의 훈육 등 집안에서 일어나는 모든 일들을 도맡아 해 주었다.

이자벨 아자니의 새로운 스타일

1. 1955년생. 천사와 악마, 성녀와 창녀의 이미지를 동시에 가진 프랑스의 여배우이다. 어려서부터 배우라는 직업에 끌려 열두 살 때 아마추어 극단에서 연기를 했으며, 열다섯 살 때 〈꼬마 숯장수〉(1970)로 처음 영화에 출연한 것을 시작으로 〈아델의 사랑 이야기〉(1975), 〈살의에 찬 여름〉(1983), 〈카미유 클로델〉(1988), 〈여왕 마고〉(1994) 등으로 절정에 이르렀다.
2. 아름다움과 신비로움의 아이콘이었던 스웨덴 출신의 미국 여배우 그레타 가르보(Greta Garbo, 1905-1990), 이탈리아의 가장 위대한 여배우 중 한 사람인 안나 마냐니(Anna Magnani, 1908-1973), 프랑스 누벨바그의 뮤즈이자 아이콘으로, 오슨 웰스가 "세계에서 가장 훌륭한 여배우"라고 했던 잔 모로(Jeanne Moreau, 1928-2017), 히틀러에게 협력을 거부하고 미국으로 망명하여 독일인

으로서는 처음으로 할리우드에서 성공한 영화배우이자 가수인 마를렌 디트리히(Marlene Dietrich, 1901-1992), 세기의 미녀, 은막의 여왕으로 불렸던 할리우드의 전설적 여배우 엘리자베스 테일러(Elizabeth Taylor, 1931-2011), 프랑스의 영화배우이자 가수인 브리지트 바르도(Brigitte Bardot, 1934년생)를 가리킨다.

3. 사르트르에 의하면 '실존은 본질에 선행'하며, 그의 실존철학은 본질보다 실존의 우위성을 강조하고 보편보다 개체를 중요시한다.

무대 뒤의 고독

애바 가드너

1. 1922-1990. 미국의 영화배우로, 할리우드에서 가장 아름다운 스타 여배우 중 한 사람으로 꼽힌다. 〈살인자들(The Killers)〉(1946)에서 버트 랭커스터(Burt Lancaster)의 상대역을 맡아 단숨에 스타덤에 올랐다.
2. 1932-2015. 이집트의 영화배우로, 데이비드 린 감독의 영화 〈닥터 지바고〉(1965)로 주연배우로서의 확고한 자리매김을 했다.
3. 오스트리아-헝가리 제국의 황태자 루돌프(Rudolf)의 인생을 그린 1968년 영화이다. 루돌프 황태자는 교황의 불허로 십칠 세의 연인 마리 베체라(Mary Vetsera)와 결혼을 못 하게 되자, 1889년 1월 30일 새벽 오스트리아 빈 근교에 있는 마이얼링의 별장에서 연인 베체라를 죽이고 자신도 권총으로 자살했다. 이 영화에서 오마 샤리프는 루돌프 황태자로, 애바 가드너는 오늘날 '시씨(Sissi)'라는 애칭으로 기억되고 있는 그의 어머니 엘리자베스 황후로 출연했다.
4. 1934년생. 프랑스의 여배우이자 가수로, 1960년대 섹스 심벌이었다. 은퇴 이후 동물권익보호 운동가로 활동하면서, 프랑스 사회에서 반이민, 반이슬람, 반동성애 등 인종차별적 언행으로 사회적 논란을 야기했다.
5. 1926-1962. 미국의 여배우로, 아름다운 금발의 매력과 함께 세계적인 섹스 심벌이었다. 세 번의 결혼 실패와 약물중독 등의 불행한 사생활을 보내다 의문의 자살로 삶을 마감했다.
6. 1905-1990. 스웨덴 출신의 미국 여배우로, 우수를 머금은 듯한 신비스러운 아름다움과 관능적인 매력으로 오랫동안 할리우드 인기 스타로 군림했다. 1941년

돌연 다른 삶을 살고 싶다며 은퇴를 선언한 후 맨해튼 이스트 52번가의 한 아파트에서 독신으로 조용히 남은 삶을 보냈다. 모르는 사람을 극도로 두려워하고 과묵한 성격 때문에 그녀를 '스웨덴의 스핑크스'라 부르기도 했다.

7. 1920-2014. 왜소한 체구의 전설적인 미국 영화배우로, 영화감독으로도 활동했다. 가드너는 세 번의 결혼과 세 번의 이혼을 했는데, 그 첫번째가 스무 살 때 한 미키 루니와의 결혼이었다.
8. 1926-1996. 스페인의 유명한 투우사로, 헤밍웨이의 소설 『위험한 여름(The Dangerous Summer)』(1959)의 주인공으로 등장한다. 1954년 헤밍웨이를 통해 가드너와 알게 된 그는, 세번째 남편인 프랭크 시나트라(Frank Sinatra)와 이혼한 후에도 결혼해 주지 않았던 그녀를 후일 '가장 예쁘고 가장 사나운 늑대'라고 말했다.
9. 1954년 작. 가정폭력과 어린 시절의 아픈 상처를 지닌 카페 댄서 마리아는 여배우가 되고 다시 백작부인이 되었지만, 결국 남편인 백작의 손에 죽음을 맞이한다.

카트린 드뇌브, 금발의 상흔

1. 1943년생. 프랑스의 미녀 배우로, 얼음처럼 냉정한 여자의 원형으로 지금까지도 세계 영화와 패션계의 아이콘으로 남아 있다.
2. percale. 올이 곱고 섬세한 면직물로, 우리나라의 옥양목에 해당한다.
3. 1928-2000. 프랑스의 영화감독으로, 칭기즈칸의 직계 후손이자 러시아 귀족 가문 출신이다. 자신이 연출한 작품보다 자신과 함께 작업했던 여배우들과의 염문으로 더욱 유명했다. 그는 여러 차례 결혼을 했는데, 카트린 드뇌브와는 드뇌브의 청혼 거절로 동거로 관계가 끝났으며, 그녀와의 사이에 아들 크리스티앙이 있다.
4. 1924-1996. 이탈리아의 배우이다. 바딤과 결별한 드뇌브는 영국의 패션사진 작가 데이비드 베일리와 이혼 후, 마르첼로 마스트로얀니와 동거하며 딸 치아라를 낳았다.
5. 샤토브리앙 자작(1768-1848)은 자신의 명성과 문학적 천재성이 가진 영향력 외에는 아무것에도 신세 지기를 원치 않았는데, 그의 자서전 『무덤 저 너머의 회고록(Mémoires d'outre tombe)』에서, "왜 최대의 범죄와 최고의 명성은 한 사람

의 피를 흘려야만 하는가"라고 말했다.

6. 1927-2017. 프랑스의 여성 정치가이다. 프랑스 보건부 장관으로서 1974년 11월 26일 국회에서 낙태 허용의 필요성을 역설하여, 새벽 세시가 넘도록 이어진 열띤 찬반논쟁 끝에 찬성 이백팔십사 표, 반대 백팔십구 표로 낙태 허용 법안이 가결되었고, 1975년 1월 17일 '시몬 베유 법안'으로 입법화되었다. 시몬 보부아르와 마르그리트 뒤라스, 카트린 드뇌브, 프랑수아즈 사강 등 삼백사십삼 명이 이 법안 입법을 촉구하는 서명을 했다.

조지프 로지

1. 1909-1984. 하버드대학교에서 의학과 연극을 공부하고, 1935년 소련을 방문하여 그곳의 연극계를 경험하고 미국으로 돌아온 후, '의식있는' 감독으로 인종과 계급 차별에 적극적으로 맞선 미국의 영화감독이다. 1950년대 미국의 전 예술계에 휘몰아친 매카시즘(McCarthyism)으로 이미 블랙리스트에 올라 있던 그는, 의회 증언을 거부한 후 1953년 영국으로 망명했다. 이후 국외자가 되어 빅터 핸버리(Victor Hanbury) 등 네 개의 가명으로 감독 활동을 했던 그는 1984년 6월 22일 런던에서 사망했는데, 그가 끝내 이루지 못한 꿈은 자신을 버린 조국으로 돌아가 마음껏 영화를 찍어 보는 것이었다.
2. 조지프 로지는 1966년, 1967년, 1971년, 1976년 네 차례에 걸쳐 칸 영화제에 참가했는데, 5월 19일이란 이 중 〈메신저〉(1970)로 황금종려상을 받았던 1971년의 영화제를 가리키는 듯하다.
3. 조지프 매카시(Joseph McCarthy, 1908-1957)는 미국의 정치가로, 공화당 상원의 미국 내 파시스트와 공산주의자 활동을 조사하는 비미활동위원회(Committee on Un-American Activities) 위원장으로서 '매카시즘'으로 알려진 미국 역사상 유례가 없는 극단적인 반공 선풍을 일으켰다. 고위 관료와 지식인, 영화제작자, 예술가 등 각계 인사들에 대하여 물증보다는 심증에 편중된 편집증적 자세로 공산주의자 사냥을 했다. 1950년대 이 시기의 미국 사회를 '매카시 시대'라 부른다.
4. 사랑하는 사람을 두고 부모가 맺어 주는 귀족과 결혼해야 하는 친구 누나의 이야기가, 당시 두 사람의 연애편지를 전해 주던 열세 살 소년 레오의 회상으로 전개된다. 로지 자신의 유년기에 대한 회상은 언제나 변호사와 정치가로 성공한 친할아버지 조지프 월튼 로지 1세의 친가와 외가의 문화적 경제적 격차 언저리

를 맴돌고 있다.

5. 로지는 세 번의 결혼과 두 번의 이혼을 했다. 첫번째는 미국의 패션 디자이너 엘리자베스(Elizabeth Hawes), 두번째는 영국의 영화배우 도로시(Dorothy Bromiley), 마지막은 시나리오 작가인 파트리시아(Patricia Mohan)였다. 파트리시아와는, 마지막 영화 〈열기(Steaming)〉(1985)의 촬영을 마치고 병을 앓다가 사 주 후 사망할 때까지 함께했다.
6. 17세기 프랑스의 동화 작가 샤를 페로(Charles Perrault)의 『푸른 수염(La Barbe bleue)』(1697)의 주인공 이름에서 유래한 것으로, 여섯 명의 아내를 죽이고 일곱번째 아내를 살해하려다 피살되면서 '잔인한 남편'의 대명사가 되었다.

제임스 코번

1. 1928-2002. 미국의 액션영화 배우로, 타고난 카리스마와 매력으로 〈황야의 7인〉에서 강렬한 연기를 선보여 할리우드의 대표적 성격파 배우로 부상했다.
2. 16세기의 방앗간 자리에 1969년 스타 셰프 로제 베르제(Roger Vergé)가 세운 프랑스 식당을 말하는 것으로, 위층엔 객실도 마련되어 있다.
3. 코번은 '레밍턴 프로덕트'의 면도칼 광고 모델이었다.

페데리코 펠리니, 이탈리아의 러시아 황제

1. 1920-1993. 이탈리아의 영화감독이자 시나리오 작가로, 이탈리아 문화계의 우상이자 살아 있는 기념비로 칭송받았던 인물이다. 대표작 〈길(La Strada)〉(1954)로 아카데미 상을 수상하며 최고의 명성을 얻었다. 이후 〈사기꾼들(Il bidone)〉(1955), 〈카비리아의 밤(Le Notti Di Cabiria)〉(1956), 〈달콤한 인생(La Dolce vita)〉(1960) 등 많은 작품으로 각종 영화제에서 수상했다.
2. cinecittà. '영화 도시'라는 뜻으로, 1937년 무솔리니(B. Mussolini)가 침체된 이탈리아 영화산업 중흥을 위해 이탈리아 로마에 설립한 영화 촬영 스튜디오이다.
3. 장 콕토의 「평가(平歌, Plain-chant)」 중 한 구절이다.
4. 뒤 벨레의 시집 『후회(Les regrets)』(1558) 중 「율리시스 같은 사람은 행복할지니…(Heureux qui, comme Ulysse…)」의 한 구절로, 정확한 내용은 "팔라티노 언덕보다 내 작은 리레가 더 좋고, 바닷바람보다 앙주의 온화함이 더 좋나니"이다.
5. 비스콘티(Luchino Visconti, 1906-1976)는 〈강박관념(Ossessione)〉을 연출하여

초현실주의의 기초를 닦았으며, 주로 이탈리아가 당면한 현실적 문제를 다루었고, 안토니오니(Michelangelo Antonioni, 1912-2007)는 인간의 정신적 교류의 불확실성과 고독감 등을 주제로 한 작품을 만들었으며, 볼로니니(Mauro Bolognini, 1922-2001)는 뛰어난 문학적 감성을 가진 시대물의 거장이었다.

6. 제5스튜디오(Studio 5)는 치네치타에서 가장 넓은 촬영장으로, 펠리니가 가장 많이 사용한 스튜디오다. 그의 〈달콤한 인생(La Dolce Vita)〉(1960), 〈나는 기억한다(Amarcord)〉(1973), 〈인터뷰(Intervista)〉(1987)를 촬영한 곳이자, 윌리엄 와일러(William Wyler)의 〈벤허〉(1958)를 촬영한 곳이기도 하다.
7. 로마 제일의 정치가이자 전쟁 영웅으로, 전장에서도 집필을 멈추지 않았던 문사(文士) 가이우스 율리우스 카이사르(Gaius Julius Caesar, BC 100-BC 44)를 가리킨다. 프랑스어로는 세자르(César), 영어로는 시저(Caesar), 독일어로는 카이저(Kaiser)이다.
8. 1987년 작. 카프카(F. Kafka)의 첫번째 장편소설이자 미완성 작품인 『아메리카(America)』(1927)를 영화로 각색해 촬영하고 있는 펠리니를 네 명의 일본인 기자들이 인터뷰하기 위해 찾아오는 시놉시스로, 인터뷰 형식으로 된 펠리니의 자전적인 회고 작품이다.
9. 1969년 작. 로마 네로 황제 시대의 타락한 생활상에 관해 묘사한 페트로니우스(G. Petronius A., BC 22-AD 66)의 동명 소설을 펠리니가 영화로 옮긴 대작이다.
10. 프랑스어에서 반과거 시제란 계속되는 상태나 동작, 습관이나 반복적인 행동 등을 표현할 때 사용한다. 예를 들면 '책을 읽었다'가 아니라 '책을 읽고 있었다'처럼 과거의 계속적인 동작, '책을 읽곤 했다'처럼 과거의 반복되는 습관을 나타낸다.
11. terroir. 사전적 의미는 포도 산지로, 포도가 자라는 데 영향을 주는 지리적인 요소, 기후적인 요소와 같은 자연환경과 포도 재배법 등을 모두 포괄하는 용어이다.
12. Gaule. 고대 로마인이 갈리아인이라고 부르던 켈트족이 기원전 6세기부터 살던 지역이다.

제라르 드파르디외

1. 1948년생. 프랑스의 국민 배우이자 영화 제작자로, 레지옹 도뇌르 훈장과 세자

르 남우주연상, 골든 글로브 남우주연상 등을 수상했다.

2. 1914-1996. 프랑스의 소설가, 시나리오 작가, 극작가로, 『연인』(1984)은 베트남이라는 낯선 환경에서 어린 시절을 보낸 경험을 바탕으로 쓴 그의 자전적 소설이다. 이 작품으로 1984년 공쿠르상과 1986년 리츠 파리 헤밍웨이 문학상을 수상했다. 1993년 장 자크 아노(Jean-Jacques Annaud) 감독에 의해 영화로도 제작되었다.
3. 1986년 작. 프랑스의 가수이자 작곡가인 바르바라(Barbara, 1930-1997)가 프로듀서인 뤼크 플라몽동(Luc Plamondon, 1942년생)과 공동집필하고 작곡한 오페라 작품으로, 한 살인자의 사랑 이야기를 담았다.
4. 가난한 주물공장 노동자의 아들로 태어난 드파르디외는 어린 시절 학교보다는 길거리에서 더 많은 시간을 보냈으며, 그나마도 열세 살에 학교를 그만두고 가출하면서 문맹에 반 말더듬이로, 도둑질과 술·담배 밀수, 매춘부들의 기둥서방 노릇을 하며 불우한 청소년기를 보냈다. 그런 그에게 병적으로 과도한 감성을 원인으로 병역면제 진단을 내린 한 정신과 의사의 권유로 그는 1965년 그 의사의 아들과 함께 파리로 상경했다. 국립민중극장의 연극학교에 들어간 것을 계기로 1971년 사강의 소설을 영화화한 〈차가운 물속에 비친 한 줄기 햇살(Un peu de soleil dans l'eau froide)〉에서 단역을 맡았으며, 1976년 베르나르도 베르톨루치(Bernardo Bertolucci) 감독의 〈1900년(Novecento)〉으로 배우로서의 명성을 얻기 시작했다.
5. 드파르디외는 1970년 영화배우 엘리자베스 기뇨(Élisabeth Guignot)와 결혼하여 두 자녀를 낳은 후 십사 년간의 기나긴 소송 끝에 이혼했고, 1992년 모델이자 영화배우인 카린 실라(Karine Silla)와의 사이에 딸을 낳았다. 1996년부터 2005년까지 모델이자 영화배우인 카롤 부케(Carole Bouquet)와 함께 지냈으며, 2001년에서 2006년까지 함께 지낸 연극배우 엘렌 비조(Hélène Bizot)와의 사이에 아들을 두었다.
6. 1987년 작. 실재하는 사탄과 성성(聖性)과의 싸움을 그린 조르주 베르나노스(Georges Bernanos)의 동명 소설을 영화화한 드파르디외 주연의 영화로, 칸 영화제에서 황금종려상을 수상했다.
7. 1981년 작. 프로방스의 아주 작은 마을을 배경으로 한 드파르디외 주연의 영화로, 탁월한 심리 묘사로 빗나간 사랑의 끔찍한 종말을 그렸다.
8. 실존 인물인 프랑스의 작가 시라노 드 베라주라크(Cyrano de Bergerac, 1619-

1655)의 일생을 모티브로 에드몽 로스탕(Edmond Rostand, 1868-1918)이 쓴 동명의 희곡 시극을 영화화한 〈시라노 드 베르주라크〉(1990)에서, 드파르디외는 자신의 아름다운 사촌 여동생 록산을 사랑하는 마음을 숨기고 그녀가 사랑하는 크리스티앙을 대신해 사랑의 편지를 써 주는 시라노 역을 맡았다.

로베르 오셍

1. 1927년생. 프랑스의 영화배우, 연출가, 감독으로, 빅토르 위고의 동명 소설을 바탕으로 한 뮤지컬 〈노트르담 드 파리〉(1978)와 〈레 미제라블〉(1980)을 제작했다.
2. 1975년 작. 1925년에 제작된 러시아의 무성영화를 스펙터클한 뮤지컬로 각색한 작품이다. 러시아 혁명의 도화선이 된 1905년 6월 27일 전함 포템킨호 선상 반란 사건, 즉 구더기가 든 식사를 거부한 수병들에게 형벌을 적용하려는 데에 반발하여 일어난 사건을 모티프로 삼았다.
3. 1964년 작. 베르사유 궁에서 일어나는 치열한 암투를 그린, 프랑스·이탈리아·독일 세 나라의 합작 영화이다. 이 작품에서 오셍은 앙젤리크의 첫 남편인 툴루즈 백작 역을 맡았다.
4. 빅토르 위고의 5막 희곡「뤼 블라스(Ruy Blas)」(1838)의 주인공으로, 로베르 오셍을 뤼 블라스에 빗댄 것이다. 17세기 말 스페인을 배경으로 돈 살루스테는 자신을 추방한 여왕에게 복수를 계획하는데, 그것은 바로 자신의 하인인 뤼 블라스를 이용한 것이었다. 이야기는 여왕과 서로 사랑하게 된 뤼 블라스가 여왕의 명예를 위해 목숨을 바치는 것으로 끝을 맺는다.
5. 오셍의 세 번의 결혼 외에 사귀었던 두 명의 여성 중 배우 미셸 바트린(Michèle Watrin)의 이야기로, 1974년 7월 31일 프랑스 발랑스 인근의 7번 고속도로에서 발생한 교통사고로 바트린은 사망했고 동승한 오셍은 가까스로 살아남았다.
6. 1830년에 씌어진 빅토르 위고의 5막 운문극이다.
7. 오셍은 이란 출신 작곡가인 아버지와 우크라이나 출신 배우인 어머니 사이에서 태어났다.

비비(BB)의 어머니인 것처럼

1. 브리지트 바르도의 이니셜이다.

2. 보들레르의 시집 『악의 꽃(Les Fleurs du mal)』 중 「아름다움」의 첫 구절이다.
3. 그리스 신화의 인물로, 눈부신 외모와 고운 목소리로 노래를 부르며 인간을 유혹하여 동물로 바꾸는 마법을 부리는 마녀이다. 그리스어로는 '키르케(Circe, 매)'라고 한다.

오슨 웰스

1. 1915-1985. 미국의 영화배우이자 영화감독으로, 그가 제작하고 출연한 〈시민 케인(Citizen Kane)〉(1941)은 영화사상 가장 위대한 영화 중 하나로 남아 있다. 이 외에 그는 〈제3의 사나이(The Third Man)〉 등에서도 깊은 인상을 남긴 배우였다.
2. 1958년 출판인 기 쉴레와 결혼한 사강은 이 년 만인 1960년 이혼했다. 이후 로버트 베스토프(Robert Westhoff)와 결혼하여 1962년 외동아들 드니가 태어났다.
3. 1959년 작. 오슨 웰스 주연의 리처드 플라이셔 감독의 영화이다. 1924년 한 동성애자 커플이 어린 아이를 무참하게 살해했던 실제 사건을 영화화한 것으로, 웰스는 희대의 살인마를 변호하는 피고 측 변호사 역을 맡았다.
4. 영화 〈시민 케인〉에 빗댄 것이다. 이 영화는, 케인이 금광을 물려받아 벼락부자가 되고 신문사 등을 사들여 언론 재벌이 되지만 결국 모든 것을 잃게 되는 과정을 통해 행복은 돈으로 살 수 없다는, 전형적인 미국인의 시각을 대변한다.
5. 1942년 작. 〈시민 케인〉에 이어 웰스가 두번째로 제작한 영화이다.
6. 1958년 작. 상상력과 대담함으로 이루어진, 가장 독특한 1950년대 누아르 영화이다.
7. 〈미스터 아카딘(Mr. Arkadin)〉(1955)은 재력가 아카딘이 한 청년을 고용하여 자신의 과거를 알고 있는 사람들을 찾아 달라는 임무를 맡기면서 사건이 시작된다.
8. 〈오셀로(The Tragedy of Othello)〉(1952)는 윌리엄 셰익스피어의 작품 「오셀로」를 오슨 웰스가 영화화한 것이다. 무대가 된 베네치아에서 갤리선은 전시(戰時)에는 무장하여 병선(兵船)으로 쓰였으며, 1850년대까지 해군의 무기체계 중 하나로 운용되었다.
9. 1947년에 제작된 웰스의 스릴러영화이다.
10. 1930년에 제작된, 요셉 폰 스테른베르크(Josef von Sternberg) 감독, 마를렌 디

트리히 주연의 영화이다.

11. 석유, 천연가스, 석유화학제품 등의 다국적 브랜드이다.

누레예프, 늑대의 얼굴 그리고 러시아인의 웃음

1. 1938-1993. 구소련 출신으로, 파리 오페라발레단의 프리모 발레리노에 해당하는 '당쇠르 에투알(danseur etoile, 남성 제1무용수)'이었다. 레닌그라드의 키로프발레단에서 솔리스트로 활동하다가 오스트리아로 망명하여, 그 후 미국과 영국에서 활동하면서 러시아 고전발레를 서유럽에 전했다. 영국의 로열발레단에서 세기의 발레리나 마고 폰테인(Margot Fonteyn)의 상대역으로 명성을 떨쳤으며, 파리 국립오페라단 단장이자 안무가로서도 파리 오페라발레에 지워지지 않을 족적을 남겼다.
2. 위도 48도 이상의 고위도 지방에서 여름철 일몰과 일출 사이에 박명현상(薄明現象)이 계속되어 밤새도록 어두워지지 않는 현상으로, 북위 52도에 위치한 네덜란드에도 백야가 일어난다.
3. 1904-1983. 러시아 출신으로, 20세기 최고의 안무가이자 발레계의 거장으로 손꼽히는 인물이다. 미국 발레의 개척자로서 뉴욕시티발레단을 세계 최고의 발레단으로 만든 예술감독이었으며, 차이코프스키의 「호두까기 인형」을 전 세계에 알린 주인공이다.
4. 구소련 국가안보위원회 케이지비(KGB)는, 1961년 6월 16일 파리 공연의 성공을 뒤로하고 런던 공연을 위해 출국 준비를 하던 발레단원 중 누레예프에게만 본국 송환을 지시한다. 이미 그는 정부의 블랙리스트에 올라 있었으며, 모스크바행 이후의 그의 삶은 누구도 알 수 없었다. 생명의 위협을 느낀 그는 프랑스 친구 클라라에게 도움을 청했다. 출국 오 분 전 초조하게 파리 부르제 공항 바에 앉아 있는 누레예프를 클라라가 찾아왔고, 자신을 저지하는 케이지비에게 친구에게 작별 인사를 하기 위해 왔다고 안심시킨 후 누레예프와 영어로 다급한 몇 마디를 나눈다. 위층에 있던 두 명의 프랑스 경찰관에게 이 사실을 알리고 뛰어 내려온 클라라는 케이지비에게 누레예프한테 마지막 작별 키스를 하러 다시 왔다고 말했고, 누레예프는 자신을 잡으려는 케이지비의 손을 뿌리치고 대기하고 있던 프랑스 경찰관들을 향해 필사적으로 몸을 날려, 그녀가 알려 준 대로 자신은 자유를 원한다고 외쳤다. 그때의 숨 막혔던 순간이 클로드 를루슈(Claude

Lelouch) 감독의 〈사랑과 슬픔의 볼레로(Les Uns et les Autres)〉(1981)에서, 극중의 세르게이가 망명하는 장면으로 재현되었다.
5. 한쪽 다리로 서서 다른 쪽 다리를 뒤로 직각이 되도록 곧게 뻗는 발레의 기본 자세를 말한다.

극장에서

〈나의 사랑에 눈물 흘리다〉

1. 1958년 작. 루이스 앨런(Lewis Allen) 감독의 영화로, 원제는 〈다른 시간 다른 장소(Another Time, Another Place)〉이다. 제이차세계대전이 발발한 유럽으로 특파된 미국인 특파원 사라 스콧(터너 분)과 영국인 특파원 마크 트레버(코네리 분)의 이야기다.
2. 1921-1995. 1940-1950년대 인기를 누렸던 미국의 여배우로, 인형처럼 아름답고 우아한 여배우의 전형으로 꼽힌다.
3. 1930년생. 스코틀랜드 출신의 영화배우로, '007 시리즈'의 제임스 본드 역으로 세계적인 인기를 끌었다.
4. 제이차세계대전 중 나치 독일의 베르너 폰 브라운(Wernher von Braun)이 개발한 로켓으로, 런던을 공포에 떨게 했던 인류 최초의 탄도미사일이었다.

〈착한 여자들〉

1. 1930-2010. 프랑스의 누벨바그 감독으로, 1959년 첫 장편 〈미남 세르주(Le Beau Serge)〉로 인정받은 이후 히치콕식의 스릴러 서스펜스를 프랑스적 감성으로 해석한 영화를 제작했다.
2. 1960년 작. 한 작은 가전제품 가게에서 일하는 네 명의 판매원을 통해 평범한 여성들의 소박한 꿈과 허영, 관습적 사고에 순종하는 무지의 폐해를 유머를 동반하여 그려낸 영화이다. 개봉 당시 완벽한 흥행 실패를 기록했지만 이후 재평가받으며 샤브롤 감독의 주요 초기작으로 손꼽히게 되었는데, 어쩌면 그 계기가 사강의 이 한 편의 글이었는지도 모른다.
3. 1959년 작.

4. nouvelle vague. '새로운 물결'이란 뜻으로, 1957년경부터 프랑스 영화계에서 일어난 새로운 풍조를 말한다. 장 뤼크 고다르, 클로드 샤브롤 등의 신예 영화감독들이 주도한 이 운동은 프랑스뿐 아니라 전 세계 영화에도 큰 영향을 주었으며, 침체해 있던 프랑스 영화계에 신선한 발상과 표현양식을 제시하고 기성영화에 대한 거침없는 비평으로 관습을 타파하면서 새로운 변화를 주도하였다.
5. 1923-2005. 모나코 공국의 원수로, 1956년에 결혼한 미국의 여배우 그레이스 켈리(Grace Kelly)와의 사이에 카롤린 공주와 알베르 왕자, 스테파니 공주를 두었다.
6. 프랑스의 문인으로, 라 파예트 백작부인이다. 그녀의 『클레브 공녀(La Princesse de Cléves)』(1678)는 기품과 절도가 있는 문체로 섬세한 심리 묘사와 이성과 양식, 자기 성찰로 이루어진 17세기 프랑스 최고의 소설인 동시에 프랑스 심리소설의 전통을 창시한 걸작으로 여겨진다.
7. 1890-1976. 오스트리아계 독일의 표현주의 영화감독으로, 무성영화 〈메트로폴리스(Metropolis)〉(1927)로 세계적 명성을 얻었다.
8. 「파니(Fanny)」(1932)의 주인공으로, 「파니」는 마르셀 파뇰(Marcel Pagnol, 1895-1974)의 「마르세유 삼부작」 중 두번째 희곡이다. 파니는 마리위스를 사랑하지만 그는 마도로스의 꿈을 위해 떠나고, 뒤늦게 그의 아이를 임신한 사실을 알게 된 파니는 자신보다 서른 살 많은 오노레와 결혼한다. 그 후 파니에 대한 자신의 사랑을 깨달은 마리위스는 돌아와 모든 것을 제자리로 돌려놓으려 하지만 눈앞의 현실은 돌이킬 수가 없다.

〈더 게임즈 오브 러브〉

1. 1960년 작. 필리프 드 브로카(Philippe de Broca, 1933-2004)의 영화로, 베를린 영화제 은곰 특별심사위원상을 수상했다.
2. 1960년 작. 피터 브룩(Peter Brook) 감독의 영화로, 마르그리트 뒤라스의 동명소설을 영화화했다.
3. 샤브롤은 센 강의 유람선 승객으로 등장한다.
4. 친구 프랑수아 역을 맡았다.

〈모데라토 칸타빌레〉

1. 1959년 작. 마르그리트 뒤라스의 시나리오로 제작된, 알랭 레네(Alain Resnais, 1922-2014) 감독의 영화이다.
2. 1960년 작. 잔 모로(Jeanne Moreau, 1928-2017)가 여자 주인공 안 데바레드로로, 벨몽도(J.-P. Belmondo, 1933년생)가 남자 주인공 쇼벵으로 출연했다.
3. 이오네스코의 부조리극 「수업(La leçon)」(1951)의 등장인물인 교수와 하녀를 말한다.

〈코 후비기〉

1. 1959년 작. 마르셀 에메(Marcel Aymé, 1902-1967)의 동명 소설을 영화화한 클로드 오탕 라라(Claude Autant-Lara) 감독의 코미디영화이다.
2. déterminisme. 이 세상의 모든 일은 일정한 인과관계에 따른 법칙에 의해 결정되는 것으로, 우연이나 선택의 자유에 의한 것이 아니라는 철학 이론이다.
3. 1880-1960. 캐나다 출신의 미국 영화 제작자이자 배우로, 코미디영화의 전통적 형식인 슬랩스틱 코미디를 완성했다.
4. 1895-1967. 오스트리아 출신의 독일 영화감독이다.
5. 1884-1951. 미국의 영화감독으로, 기록영화의 아버지로 불린다.
6. 베를린 국제영화제 은곰 심사위원대상을 풍자한 표현이다.

"나는 오스테를리츠에 갔었소"

1. 1920-1967. 나폴레옹의 오스테를리츠 전투를 다룬 영화 〈오스테를리츠(Austerlitz)〉(1960)에서 마르틴 카롤이 황후 조제핀 드 보아르네로 출연했다.
2. '홀쭉이와 뚱뚱이'로 기억되는 스탠 로렐(Stan Laurel)과 올리버 하디(Oliver Hardy)를 말한다. 무성영화 말기에서 유성영화 초기에 걸쳐 활약한, 미국은 물론 전 시대를 통틀어 가장 사랑받았던 코미디언 명콤비이다.
3. 외무부장관으로서 나폴레옹의 조언자였던 탈레랑(Charles Maurice de Talleyrand Périgord)과 경시총감 조제프 푸셰(Joseph Fouché)를 말한다. 이들은 나폴레옹의 유능한 신하들이기도 했지만 그를 몰락시켰던 배신자들이기도 했다.
4. 프랑스의 만화가 조르주 아미(Georges Ami)의 「악동 조조의 방학(LES Vacances

DE L'Affreux Jojo)」(1961)의 주인공 조조를 말한다.

5. 나폴레옹의 휘하에서 육군장관, 내무장관을 지냈던 라자르 카르노 역을 장 마레가 연기했다.
6. 비토리오 데 시카(1901-1974)가 나폴레옹의 대관식을 지켜보았던 교황 비오 7세(Pie VII, 1742-1823) 역을 연기했다. 비오 7세는 1801년 프랑스와 종교협약을 체결하고, 1804년 나폴레옹 1세의 대관식을 주관했다. 하지만 계속되는 나폴레옹의 교회권 유린으로 1809년 6월 나폴레옹을 파문하는 교서를 작성하자, 7월 교황청을 점령한 나폴레옹은 1814년까지 교황을 퐁텐블로 등지에 감금했다. 본문의 대사는 1813년 1월 25일 새로운 협약을 제시하는 자리에서 나폴레옹이 자신을 을렀다가 달랬다가 하는 모습을 보고 교황이 했던 말이다.
7. 1805년 12월 2일 나폴레옹 1세는 오스테를리츠에서 오스트리아와 러시아 동맹군을 격파했다. 나폴레옹의 영국 상륙의 야망을 저지하기 위해 영국, 오스트리아, 러시아가 동맹을 결성하자 나폴레옹은 어쩔 수 없이 대륙 정책에 전념하여 독일로 진출해서 빈을 점령했고, 달아난 오스트리아 황제는 오스테를리츠 부근에서 러시아 황제와 합류하여 나폴레옹군과 대치했지만 나폴레옹은 동맹군의 중앙을 돌파하여 대승을 거두었다. 나폴레옹의 전성기를 대표하는 전투로, 오스테를리츠(Austerlitz)는 현재 슬로바키아의 슬라프코프(Slavkov)다.
8. 1796년 첫 이탈리아 원정 당시 나폴레옹군은 아르콜레 다리만 건너면 북쪽으로 뻗은 오스트리아군의 연락선을 차단할 수 있었다. 그러나 다리 전방에서 날아오는 포화에 겁을 먹은 군사들은 그를 따르지 않았다. 이때 나폴레옹은 직접 군기(軍旗)를 들고 척탄병을 이끌고 돌격하여 오스트리아군을 격파했는데, 이 장면을 직접 목격한 장 그로(Antoine-Jean Gros) 남작의 그림이 〈아르콜레 다리 위의 나폴레옹〉(1801)이다.

〈라벤투라〉

1. 1960년 작. 이탈리아어로 '모험' 또는 '뜻밖의 사건'이란 뜻이지만 국내에서는 〈정사〉로 소개된 미켈란젤로 안토니오니 감독의 영화이다. 부유한 안나와 그녀의 친구 클라우디아, 그리고 안나의 애인 산드로가 요트를 타고 한 바위섬에 도착하는데, 안나가 갑자기 실종된다. 그녀를 찾는 과정에서 산드로와 클라우디아는 서로에게 끌리지만 산드로에게 클라우디아는 안나의 대체물일 뿐이며, 모든

여자는 다 똑같다. 그러면서도 둘은 강하게 서로에게 매달린다. 사랑의 정체를 못 찾아 안타까워하는 현대인의 가슴을 잘 표현하고 있는, 상징성이 큰 영화로 평가받는다.
2. 각각 1957년 작과 1955년 작이다.
3. 1960년에 제작된 페데리코 펠리니 감독의 영화이다.

존 오스본은 분명 셰익스피어를 좋아했을 것이다

1. 존 오스본(John Osborne, 1929-1994)의 동명 희곡을 토니 리처드슨(Tony Richardson) 감독이 영화화한 〈성난 얼굴로 돌아보라〉(1958)의 프랑스판 제목이다. 이른바 영국의 앵그리 영맨(Angry Young Man) 영화의 효시가 되었다.
2. 인도의 카스트제도에 못 드는 최하층 천민을 말한다.

〈테라스 위에서〉

1. From the Terrace(1960). 미국의 소설가 존 오하라(John O'Hara)의 동명 소설을 영화화한 마크 롭슨(Mark Robson) 감독의 영화로, 우리나라에는 〈고독한 관계〉라는 제목으로 소개되었다.

〈사이코〉

1. Psycho(1960). 1957년 위스콘신의 연쇄살인범 에드 긴(Ed Gein)을 모델로 한 영화로, 알프레드 히치콕의 대표작이자 영화사를 통틀어 가장 유명한 영화 중 하나이다. 앤서니 퍼킨스(Anthony Perkins) 주연으로, 공포영화의 불멸의 걸작이라 불린다.
2. 1959년 작. 억울한 살인 누명을 뒤집어쓰고 쫓기는 사람의 이야기를 다룬 히치콕의 스릴러영화이다.
3. Grand-Guignol. 19세기 말 파리에 세워진 무시무시하고 엽기적인 연극만을 하던 극장이다.
4. 마더 콤플렉스에 시달리는 다중인격자인 주인공 노먼 베이츠(앤서니 퍼킨스 분)는 자신이 살해한 어머니의 시체를 파내어 함께 생활하면서, 어머니로 분장하여 살인을 저지른다.

5. 1897-1982. 프랑스의 시인이자 소설가로, 『리테라튀르(Littérature)』 창간으로 다다이즘 운동에 참가했고 쉬르레알리슴에 가담했다.
6. 1960년 작. 서로 성적으로 만족하지 못하는 결혼 삼 년 차인 안과 피에르의 이야기다.

정말 좋은 책에 대하여

사랑의 편지, 권태의 편지

1. 1804-1876. 프랑스의 여류 소설가로, 남장(男裝)을 즐겼다. 뮈세, 쇼팽과의 연애로 유명하며, 오늘날 선각적인 여성해방운동의 투사로 재평가되고 있다.
2. 1810-1857. 시인이자 극작가로, '프랑스의 바이런'이라 불린다.
3. 1802-1885. 프랑스 역사상 가장 유명하고 가장 대중적인 작가이자 정치인으로, 만인의 연인으로 장수하면서 방대한 문학작품을 써낸 기상천외한 인물이었다.
4. 1797-1863. 프랑스의 낭만주의 시인이자 소설가이다.
5. 비니가 경멸하는, 군중들의 동요가 없는 곳이자, 시어(詩語)를 평온히 다듬을 수 있는 곳이다. 즉 예술가가 상아를 섬세하게 깎을 수 있는 곳이라는 의미로, 생트 뵈브(C.-A. Sainte-Beuve)가 그런 비니의 태도를 비평하며 쓴 데서 유래했다.
6. 1799-1850. 프랑스의 소설가로, 사실주의의 선구자이다.
7. 저주받은 천재 시인이라 불리는 보들레르의 '검은 비너스'였던 흑백 혼혈의 잔 뒤발(Jeanne Duval)에 대한 이야기다.
8. 『악의 꽃(Les Fleurs du mal)』은 1957년 풍기문란을 이유로 경범재판소에 고발되었다.
9. 1783-1842. 발자크와 더불어 프랑스 소설의 거장으로 평가되는 소설가이다. 1830년 그는 이탈리아의 트리에스테 주재 영사로 임명되었다.
10. 1622-1673. 프랑스 고전 희극의 거장으로, 왕의 침실 실내장식 가구를 책임지던 시종원에 속한 조신(朝臣)이었으며, 마흔 살에 스무 살 연하인 아르망드(Armande B.)와 결혼했다. 그가 근친상간 혐의로 고발당한 이유는 아르망드가 자신의 정부(情婦) 마들렌 베자르(Madeleine Béjart)와의 사이에 태어난 딸일 가능성이 대단히 높았기 때문이었다.

11. 1639-1699. 몰리에르와 더불어 프랑스 고전주의를 대표하는 작가이다. 라신은 1679년에서 1682년 사이에 일어난 연쇄 독극물 사건에 대한 혐의로 고발되었는데, 진상은 사건의 피해자가 임신중절로 인해 사망한 라신의 정부인 '뒤 파르크(Du Parc)'와 성이 같은 데서 연유된 혼선이었다. 그녀 외에도 그에게는 다른 많은 정부들이 있었다.
12. 1533-1592. 프랑스의 르네상스기를 대표하는 철학자로, 『수상록(Essais)』의 저자이다.
13. 파리에서 태어난 상드는 다섯 살에 아버지를 여읜 후, 열여덟 살에 뒤드방 남작(C. Dudevant)과 결혼할 때까지 상트르 지방의 노앙-빅에 있는 친할머니의 손에서 자랐다.
14. 각각 1849년 작과 1846년 작으로, 일련의 휴머니즘적 전원소설이다.
15. 1940년생. 2008년 노벨문학상을 수상한 프랑스의 소설가로, '살아 있는 가장 위대한 프랑스 작가'로 꼽힌다.
16. Cape Cod. 미국 매사추세츠 주 남동부에 있는 반도로, 사주(沙柱)와 작은 호수가 많다.
17. 1922-2001. 남아프리카 공화국의 심장외과의로, 1967년 세계 최초로 심장이식 수술을 시행하여 의료 역사에 새로운 장을 열었다.
18. 1832년 작. 학대하는 남편과 자신을 옭아매는 인습에 저항하여 도망친 아내의 이야기다.
19. 1831년 작. 이상적인 연애를 추구하는 순진한 엽색가(獵色家) '동 쥐앙'을 그리고 있는 시집이다.
20. 406년경-453. 중앙아시아의 투르크계 유목 기마민족인 훈족 최후의 왕이다. 유럽 훈족 가운데 가장 강력한 왕으로, 서구인에게 그는 공포의 대명사였다.
21. Gè 혹은 Gé 혹은 Gê. 그리스신화에 나오는 대지의 여신으로 가이아(Gaia)라고도 한다.
22. 『상드와 뮈세: 사랑의 편지(Sand et Musset: Lettres d'amour)』를 말한다.

위대한 피츠제럴드

1. 쿠페(coupé)는 천장의 높이가 뒷자리로 갈수록 낮아지는, 도어가 두 개인 이인승 승용차이다. 피츠제럴드의 「위대한 개츠비」에서 개츠비를 죽음으로 이끈 것

이 바로 노란색 쿠페였다.

장 폴 사르트르에게 보내는 편지

1. 1905-1980. 실존주의 철학의 거장이자 프랑스의 위대한 작가로, 그는 철학·문학·정치·연극·언론 등 많은 영역에 발자취를 남긴 20세기 최고의 지성인이었다.
2. 1955년생. 프랑스 축구의 전설로 불리는 축구선수이다. 사르트르는 1905년 6월 21일, 사강은 1935년 6월 21일, 플라티니는 1955년 6월 21일에 태어났다.
3. 1951년생. 1977년 창간되어 한정판으로 출판되던 사진 잡지 『에고이스트』의 편집장으로, 2012년 문예 분야의 레지옹도뇌르 5등 수훈자로 임명되었다.
4. 1908-1986. 프랑스의 작가이자 철학자로, 1929년 스물한 살의 나이에 최연소로 철학 교수 자격시험에 차석으로 합격했다. 당시 공식적인 수석은 사르트르였지만, 심사위원들은 실제로는 보부아르가 더 뛰어나다는 데 동의했던 것으로 알려져 있다. 사르트르와의 계약 결혼으로 수많은 화제를 낳았던 연인이자 지적 동반자로, 평생을 그와 함께했다.
5. 시몬 드 보부아르와 함께 사르트르가 잠들어 있는 파리의 몽파르나스 묘지 앞길이 에드가 키네 대로로, 사르트르는 1969년부터 이곳 29번지의 십일층에서 살았다.
6. 1847년 몽파르나스 대로 171번지 모퉁이에 세워진 식당으로, 파리가 예술가들의 본거지였던 시절 헤밍웨이, 피츠제럴드, 졸라 등 당대 문인들과 화가들이 사랑했던 곳이다.
7. 1909년부터 1998년까지 만화주간지 『피에트(Fillette)』에 연재된, 시나리오 작가 조 발(Jo Valle)과 만화가 앙드레 발레(André Vallet)가 만들어낸 만화 속 주인공이다. 사르트르가 사강의 별명으로 붙여 준 것이기도 한데, 이 외에도 작가 프랑수아 모리악(François Mauriac)은 그녀를 '매혹적인 꼬마 악동'으로 불렀다.
8. 앙드레 지드(André Gide, 1869-1951)를 가리키는 듯하다. 그는 강박적 금욕주의자로, 아내를 지극히 사랑하지만 다른 여자에게서 딸을 낳고 동성애에 빠져들기도 했다. 관습적인 도덕으로부터 벗어나 자유로운 영혼과 육체를 갈망했던 지드는 광활한 북아프리카의 사막에서 방황하며 작열하는 태양과 사막을 보면서, 야생적인 삶을 경험하고 강렬한 생명력을 향유하는 것이 삶의 새로운 길임을 깨

달았다고 고백했다.

9. 사르트르는 죽기 얼마 전에 베니 레비(Benny Lévy)를 서기로 고용했고, 1980년 3월 폐기종으로 입원하기 직전 시사주간지 『르 누벨 옵세르바퇴르(Le Nouvel Observateur)』에 삼 회에 걸쳐 레비를 대담 상대로 「지금이 희망(L'Espoir maintenant)」을 게재했다. 양심적인 사람이라고 볼 수 없는 레비가 대담을 마친 후 사르트르가 실존주의를 거부하고 유신론을 지지한다고 하자, 보부아르를 포함한 사르트르의 추종자들은 격분하며 늙어서 망령 든 사르트르를 그가 세뇌시켰다고 비난했다.

독서 대가족

1. 랭보의 마지막 시집이라고 간주되는 『일뤼미나시옹(Les Illuminations)』 중 「대홍수 후(Après le Déluge)」의 중간 부분.
2. 마르셀 프루스트의 대하소설 『잃어버린 시간을 찾아서』 중 제3권 『게르망트가(Le Côté de Guermantes)』에 나오는 구절이다.
3. 1906-1985. 영국의 소설가이자 시나리오 작가이다.

고별의 편지

1. '팔렐레 팔랄라(Palélé palala)'가 반복적으로 나오는 앙리코 마시아스(Enrico Macias)의 댄스곡 「옹파레레(Oumparere)」(1975)인 듯하다.

스위스에서 쓴 편지

웃음에 대하여

1. 프랑수아 라블레(François Rabelais)가 풍자소설 『가르강튀아』(1534)에서 한 말인데, 앙리 베르크손(Henri Bergson)이 에세이집 『웃음(Le Rire)』(1900)에서 이 말을 언급했다.
2. 프로이트의 정신분석이론에 의하면, 정신은 쾌락 원리가 무제한적으로 세력을 떨치는 '이드(id)'와 현실 원칙에 입각하여 이드의 본능과 외부 현실세계를 중재

하는 조정 역할을 담당하는 '자아(ego)', 그리고 자아와 대립해 있는 내적 세계의 대리자로서 도덕원칙을 따지는 '초자아(superego)'로 분화된다. 다시 초자아는 처벌적 측면인 죄의식과 열등감을 의미하는 '양심(conscience)', 잘한 행동에 대한 칭찬이나 수용을 통한 심리적 보상인 자존심과 자기애를 의미하는 '자아이상(ego ideal)'으로 나뉜다.

3. 1906년 3월 10일 프랑스 북부 지방의 쿠리에르에서 일어난 유럽 최대의 광산 폭발 참사로, 백십 킬로미터에 이르는 갱도에서 메탄가스와 결합한 석탄가루가 폭발하여 천구십구 명의 인명 피해를 가져왔다.
4. 사강은 집안의 성이 드러나는 걸 원하지 않는 아버지로 인해 프랑수아즈 쿠아레(Françoise Quoirez)라는 이름 대신, 그녀가 좋아하던 마르셀 프루스트의 대하소설 『잃어버린 시간을 찾아서』의 등장인물인 사강 공작부인에게서 따온 프랑수아즈 사강(Françoise Sagan)이란 이름으로 1954년 『슬픔이여 안녕』을 발표했다.
5. 1928-1993. 프랑스의 사교계 인사로, 무용수, 안무가, 가수, 희극배우, 콩트 작가로 활동했다.
6. 1960년에 발표된 사강의 첫번째 희곡작품으로, 연극인에게 주어지는 제1회 브리가디에 상(Prix du Brigadier)을 수상했다.
7. 1966년에 발표한 사강의 희곡작품으로, 미묘한 통속희극인 동시에 보드빌(vaudeville)의 요소가 있다.

이지적인 젊은이

1. ?-1784. 모험가이자 연금술사, 발명가, 협잡꾼이었던 18세기의 전설적 인물로, 이천 년 이상을 살았다고 자칭하여 '불사조'라 불렸으며, 그의 존재에 대해 세계 역사상 전대미문의 수수께끼로 남아 있다.
2. apéritif. 식욕을 돋우기 위해 식전에 마시는 술.
3. 쥘리에트 그레코는 프랑스의 가수이고, 피 위 헌트와 시드니 베쳇은 미국의 재즈 연주자이다. 「돈(Le Grisbi)」은 미국의 팝 밴드 스리 선스(The Three Suns)의 1957년 곡이다.
4. 프랑스 갈리마르 출판사의 설립자 가스통 갈리마르(Gaston Gallimard, 1881-1975)를 가리킨다.
5. 1901-1976. 프랑스의 소설가이자 정치가이다.

6. 1862-1923. 프랑스의 열렬한 민족주의자로, 작가이자 정치가로 활동했다.
7. 당시 사교계의 명사였던 쥘리에트 레카미에(1777-1849)를 가리킨다. 아름다운 외모로 평생 동안 수많은 남자들의 마음을 사로잡았다고 하며, 그녀를 화가 자크 루이 다비드(Jacques-Louise David)가 〈레카미에 부인〉으로 남겼다.
8. '아름다운 시절'이라는 뜻으로, 혁명과 정치적인 격동기를 치른 후 프랑스 제3공화국의 출범과 함께 시작되어 평화와 번영을 구가하던 1871년부터 제일차세계대전이 일어나기 전인 1914년까지의 기간을 말한다.
9. 스페인의 전설적인 호색한으로, 몰리에르와 모차르트 등에 의해 재해석되었다.
10. 1955년 작. 아다모프의 가장 유명한 희곡으로, 핀볼 게임 기계 주변에서 끝없이 게임에 몰두하는 일곱 명의 주인공들이 재미있는 상황들을 이끌어내는 이야기이다.
11. 1945년에 창간된 『레 탕 모데른』은 실존주의와 마르크스주의를 표방하는 프랑스의 월간지이고, 1944년에 창간된 『라 파리지엔』은 프랑스의 일간지 『르 파리지앵(Le Parisien)』의 여성 독자들을 위한 부록으로 월간으로 발행되었다.

스위스에서 쓴 편지

1. 독일어로 각각 치즈를 뜻하는 '캐제(Käse)', 얇게 채 썰어 구운 감자전인 '뢰스티(Rösti)'를 말한다.
2. 1929-2006. 프랑스의 소설가이자 저널리스트로, 사강에게 '문학계의 마드무아젤 샤넬'이라는 별명을 지어 주었다.
3. 1888-1976. 프랑스의 작가이자 외교관으로, 1948년 망명하여 스위스 브베의 레만 호숫가에 있는 샤토 드 렐(샤토 드 브베)에서 사망할 때까지 살았다.
4. Gasthaus. 여관, 숙소, 호텔이라는 뜻의 독일어이다.
5. 1927년 작. 원제는 '흰 코끼리 같은 언덕(Hills Like White Elephants)'이다.
6. 콩스탕의 연인 제르멘 드 스타엘(Germaine de Staël, 1766-1817)을 일컫는 것으로, 미네트 혹은 비옹데타(Biondetta)로 불렸던 제네바 출신의 프랑스 소설가이자 수필가이다. 나폴레옹을 비난하는 글을 썼다는 이유로 콩스탕과 함께 추방되어 제네바 근처 코페에 있는 자신의 아버지의 성, 샤토 드 코페에서 지냈다.

신문을 읽으며

1. 영어 원제는 'The Heart of Juliet Jones'로, 스탠 드레이크(Stan Drake)가 그림을 그리고 엘리엇 캐플린(Elliot Caplin)이 글을 쓴 미국의 신문연재 만화이다. 1953년 시작되어 2000년 1월 1일까지 연재되었다.
2. 프로이트의 접근 방식으로, 특히 성적인 것과 관련된 사람의 말과 행동이 무의식적으로 본심을 드러낸다고 한다.
3. 「앙젤리크(Angélique)」는 프랑스의 작가 안 골롱(Anne Golon)이 '안과 세르주 골롱(Anne & Serge Golon)'이라는 필명으로 1952년 집필을 시작하여 1986년까지 총 열세 편의 시리즈로 발표한 소설이다. 앙젤리크는 시골 귀족의 딸임에도 불구하고 가난한 탓에 다른 소작인들과 다름없는 생활을 하며 어린 시절을 보낸다. 자신보다 열두 살이 많은 부유한 백작과 결혼하고, 백작은 어떤 음모로 인해 화형당하는 등 대단히 파란만장한 삶을 그리고 있다.
4. 1902-1934. 미국의 유명한 은행 강도이자 살인범이다.
5. 자기가 놓여 있는 처지에 대해 아무런 의심을 품지 않고 주위의 관습대로 틀에 박힌 사고방식과 태도로 일관하는 일을 말한다.

이상한 버릇

1. La Nouvelle Equipe Française. 프랑스의 작가 로베르 아롱(Robert Aron)과 뤼시 포르(Lucie Faure)가 창간한 문학잡지이다.
2. 1946년부터 발행된 프랑스의 연예 주간지이다.
3. 1907-1965. 프랑스의 작가로, 제이차세계대전 때 레지스탕스에 참가했으며, '자아 중심의 반항에서 혁명적 행동으로의 전환'이라는 주제를 다루었다.
4. 1929-2006. 프랑스의 소설가, 수필가, 저널리스트로, 『르 몽드(Le Monde)』에 연재소설을 썼다.
5. 사회구성원의 출생에 따라 소속이 결정되는 사회의 근본 원리를 탐구하는 사회학을 말한다.
6. 로브 그리예와 나탈리 사로트는 누보로망의 대표 주자로 꼽힌다.
7. Nouveau roman. 일반적으로 1950년대부터 프랑스에서 발표되기 시작한 전위적인 소설들을 가리킨다.
8. 1885-1970. 전형적인 가톨릭 가정에서 성장한 프랑스의 작가로, 전통과 인습에

사로잡힌 갈등의 주제와 고전적인 문체로 1952년 노벨문학상을 수상했다.

9. 『마담 보바리(Madame Bovary)』(1857)는 귀스타브 플로베르(Gustave Flaubert)의 장편소설로, 프랑스 사실주의 소설의 걸작으로 꼽힌다. 시골 의사 보바리의 아내 엠마가 결혼생활에 따분함을 느끼고 계속해서 새로운 애인을 만들어 즐기다 결국 늘어난 빚과 절망으로 자살에 이르는 내용을 담고 있다.
10. 마담 보바리처럼 자신의 현실을 자기 이상으로 착각하는 일종의 자기 환상이나 과대망상적 기질을 말한다.
11. 1948년 『리더스 다이제스트』와 경쟁할 목적으로 프랑스 자연과학의 대중화를 위해 발행된 월간지로, 1971년까지 발행되었다.
12. 1921-2013. 정치적 성향이 불분명했던 프랑스의 영화감독으로, 전형적인 누벨바그 영화의 진정한 픽션이라 할 〈소일거리(Les Distractions)〉(1960)가 고다르(J.-L. Godard)의 〈네 멋대로 해라(À bout de souffle)〉와 비교되면서 혹평을 받았지만 오늘날에는 재평가되고 있다.

눈 속에서 글을 쓰다

1. 1906-1985. 여러 개의 필명을 사용한 영국 작가 르네 레이몽(René L. B. Raymond)으로, 범죄소설을 주로 썼다.
2. 1755-1794. 프랑스의 극작가이자 소설가, 우화 작가이다.
3. 환등기를 말한다. 강한 불빛을 그림, 사진 등에 대어 그 반사빛을 렌즈에 의해 확대하여 영사하는 장치로, 슬라이드 프로젝터의 전신에 해당한다.

대화 그리고 그 밖의 이야기

사강과 유행

1. 1941년생. 프랑스의 작가, 저널리스트, 편집자로, 장 클로드 라미는 이때의 이야기로 『프랑수아즈 사강, 하나의 전설(Françoise Sagan, une légende)』(1988)을 출판했다.
2. 1909-1988. 프랑스의 저널리스트로, 프랑스 주요 석간지 『프랑스 수아르(France Soir)』의 경영주인 피에르 라자레프(Pierre Lazareff)의 부인이다. 1954년

『엘르』의 편집장으로 있을 때 사강은 그녀의 청탁으로 이탈리아에 관한 여행 에세이 「봉주르 나폴리」「봉주르 카프리」「봉주르 베니스」를 썼다.

3. 1958년 8월 8일 도빌의 카지노에서 룰렛 게임의 숫자 '8' 덕분에 밤새 팔만 프랑을 딴 사강은, 날이 새자 아침 8시에 바스 노르망디의 옹플뢰르에서 가까운 에크모빌(Équemauville)의 르 브뢰유 숲 자락에 있는 르 브뢰유 저택을 사들였다.
4. 샤넬의 파트너인 전설의 조향사 에르네스트 보(Ernest Beaux)가 각각 1926년과 1921년에 탄생시킨 향수이다.

내가 시골 여자를 택한 이유

1. 1969년에 발표한 소설로, 프랑스의 소도시 리모주를 배경으로 펼쳐지는, 우울증에 빠진 명석한 파리의 저널리스트 질 랑티에와 유부녀 나탈리 실브네와의 지독한 사랑을 그린 이야기다.
2. porto-flip. 계란 노른자와 포르투갈산 와인을 섞어 만든 칵테일이다.
3. 1965년에 발표한 소설이다.
4. 1968년에 발표한 소설로, 주인공 도로시 시모어는 마흔다섯 살로 나온다. 이때 사강은 서른네 살이었다.

서른, 청춘은 끝났다

1. 앙드레 바르사크(1909-1973)는 1970년 테아트르 드 라틀리에에서 사강의 희곡「풀밭 위의 피아노」를 연출했다.
2. 1968년 5월 프랑스에서 학생과 근로자 들이 일으킨 사회변혁운동인 6·8 혁명을 말하는 것으로, 5월 혁명이라고도 한다. 1968년 3월 미국의 베트남 침공에 항의해 '아메리칸 익스프레스'의 파리 사무실을 습격한 대학생 여덟 명이 체포된 것이 발단이었는데, 5월 이들의 석방을 요구하는 학생들의 대규모 시위를 시작으로, 프랑스 사회의 전반적인 문제로 확산되어 미국, 일본, 독일 등 국제적으로 번져 나갔다.
3. 영국의 여왕 엘리자베스 2세의 휴양지로 유명한, 영국 남부의 섬이다. 1968년 8월부터 평화와 반전을 외치는 젊은 히피족들이 중심이 되어, 기성세대에 대한 반항정신을 음악으로 표출한 문화운동이라 할 수 있는 와이트 섬 음악페스티벌이 시작되었다.

정말 좋은 책을 쓰고 싶다

1. 1957년 4월 13일 오후 2시 15분, 자신의 스포츠카 애스턴 마틴을 운전하던 사강은 미이-라-포레로 가는 도로에서 자동차가 전복되어 들판으로 추락하는 대형 사고를 당했다.
2. 1925년생. 프랑스의 작가이자 저널리스트이다.
3. 『한 달 후, 일 년 후』(1957)의 내용이다. 소설가 지망생 베르나르는 아내 니콜을 두고 조제를 사랑하고, 조제에겐 자크가 있다. 베르나르가 글을 쓰기 위해, 그리고 조제의 존재를 떨쳐 버리기 위해 여행을 떠나고, 니콜을 위로하러 갔던 조제는 임신한 그녀에게 연민을 느끼고 그 사실을 알리기 위해 푸아티에로 베르나르를 찾아간다. 하지만 원래의 목적과는 달리 조제는 침묵하게 되고, 그와 함께 이틀을 보내지만 그들의 사랑은 그것으로 끝이 난다. 베르나르는 니콜에게로, 조제는 자크에게로 돌아간다.
4. 1958년 3월 13일 사강은 자신보다 스무 살 연상의 출판인 기 쉴레(1915-2001)와 결혼했다.

프랑수아즈 사강과 함께한 일주일

1. 호화 유람선 나르시스 호에서 다양한 커플들이 함께 여행하는 중 겪는 감정의 변화를 다룬 사강의 소설이 『짙은 화장을 한 여자(La Femme fardée)』(1981)이다.
2. 1953년 여름 열여덟 살의 사강은 엘뤼아르의 시 「눈앞의 삶」의 한 구절에서 제목을 따온 『슬픔이여 안녕』을 집필하여, 이듬해인 1954년 3월 출판했다.
3. 『신기한 구름(Ces merveilleux nuages)』(1961)은 엘뤼아르가 아니라 보들레르의 시 「이방인(L'étranger)」(1869, 유작)에서 제목을 따온 사강의 소설이다. 사강은 이를 이 책에 수록된 「만남」이라는 글에서도 언급하고 있다.
4. 사강의 희곡 「풀밭 위의 피아노(Un piano dans l'herbe)」(1970)를 말한다.
5. 사강의 희곡 「발랑틴의 연보랏빛 드레스(La Robe mauve de Valentine)」(1963)를 말한다. 1969년 텔레비전용 영화로 제작되었다.
6. 『짙은 화장을 한 여자』의 한 구절이다.
7. 프랑스 문필가협회에서 선정한 주제이다.
8. 1957년 4월 13일 사강은 자신의 스포츠카 애스턴 마틴을 운전하던 중 교통사고

를 당해 중상을 입고 그 통증을 이기기 위해 모르핀을 맞으면서 마약에 중독되었는데, 그 사실을 그녀의 변호사와 의사가 폭로했다.

9. Don Carlo. 19세기 이탈리아 작곡가 베르디(G. Verdi)의 오페라 작품이다.
10. 『짙은 화장을 한 여자』에 등장하는 음악가이다.
11. 콜로라투라(colorature)는 높고 가벼운 음성과 빠른 템포로 이루어져 꾸밈음이나 화려한 악구가 기악처럼 펼쳐지는 선율양식을 말하는데, 여기서는 『짙은 화장을 한 여자』의 등장인물인 오페라 디바, 도리아 도리아치를 가리킨다.
12. 프랑스에서는 럭비 월드컵이 축구만큼이나 인기가 있는데, 특히 남서부 지방에서는 럭비 선수로 삼십육만여 명이 등록되어 있을 정도로 인기가 대단하다.
13. Les Deux Orphelines. 아돌프 데너리(Adolphe d'Ennery)와 외젠 코르몽(Eugène Cormon)에 의해 1874년에 초연된 5막극.
14. 1947년 미국에서 제작된 영화로 영어 원제는 '죽음의 키스(Kiss of Death)'이다.
15. Maria d'Apparecida. 브라질의 유명한 오페라 가수로, 1970년대에 재즈 가수로 활동하던 중 자동차 사고를 당한 이후 노래를 부를 수 없게 되었다.
16. Jacques Prevert(1900-1977). 프랑스의 시인이자 시나리오 작가로, 「고엽(Les feuilles mortes)」의 작사가이다.
17. 프랑스의 상징주의 시인 폴 베를렌(Paul Verlaine)과 아르튀르 랭보(Arthur Rimbaud)에게는 남자들끼리 사랑하며 살림을 꾸리고 시인으로서 함께 살아가는 꿈이 있었다. 1873년 브뤼셀의 호텔에서 떠나겠다는 랭보를 가로막던 술에 취한 베를렌이 랭보를 향해 권총을 쏘았다. 랭보가 고소를 취하했음에도 불구하고 베를렌은 이 년 징역형에 이백 프랑의 벌금형을 받고 복역해야 했다.
18. Cours après moi, shérif. 1977년에 제작된 미국 코미디영화로, 3탄까지 제작되었다. 영어 원제는 '스모키 밴디트(Smokey and the Bandit)'이다.
19. Citizen's Band. 다양한 무선통신을 위한 시민 주파수대이다.
20. Pierre Soulages(1919년생). 프랑스의 추상파 화가이자 조각가이다.
21. Maria Elena Vieira da Silva(1908-1992). 포르투갈 태생의 프랑스 여류화가이다.
22. Willy Maywald(1907-1985). 독일의 패션사진 작가이다.
23. 파리의 삼대 미술관 중 하나인 퐁피두 센터(Centre Pompidou)를 말한다. 파리 4구 생 메리 성당 주변에 형성되었던 상업지대가 우범지대로 변해 버린 '보부르' 지역을 재개발한 곳에 세워졌다.

24. Montserrat Caballé(1933년생). 스페인 바르셀로나 출생의 소프라노 가수이다. 마리아 칼라스(Maria Callas)가 인정한 그녀의 계승자로, 벨칸토 기법의 정수를 보여 준다.
25. José Carreras(1946년생). 스페인 바르셀로나 출생으로, 루치아노 파바로티(Luciano Pavarotti), 플라시도 도밍고(Placido Domingo)와 함께 세계 삼대 테너 가수로 손꼽힌다.
26. 1981년 5월 10일 프랑스 최초의 사회당 대통령이 된 미테랑(F. Mitterrand, 1916-1996)은 보혁공존(cohabitation)의 길을 모색하면서 에어프랑스 등 국가 기간산업의 대대적인 국유화와 1982년 이른바 오루법(Lois Auroux)을 통과시켰다. 노동자에게 막대한 혜택을 부여하기 위해 부유세와 고용주의 세율을 증가시켰다. 프랑스 국민들에게는 나폴레옹, 드골과 더불어 가장 위대한 삼인의 지도자로 남아 있다.
27. Les Borgia(Le sang doré des Borgia)(1971). 작가인 몽페자(É. de Monpezat, 1942년생)의 이야기를 바탕으로 사강과 그녀의 오빠 자크가 함께 쓴 시나리오이다.
28. Butch Cassidy and the Sundance Kid(1969).
29. Jean-Pierre Melville(1917-1973). 프랑스의 독립영화를 대표하는 영화감독이다.
30. Daniel Mesguich(1952년생). 프랑스의 배우, 연출가, 교수이다.
31. Jean Vilar(1912-1971). 프랑스의 배우 겸 연출가로, 순회극단 '룰로트'를 조직하고 아비뇽 연극제를 연출했다.
32. 양쪽 뱃전에 아래위 두 줄로 많은 노가 달린, 고대와 중세 시대에 지중해에서 사용하던 배이다.

대화

1. 1985년 작. 1942년 제이차세계대전 중 레지스탕스에 참여한 제롬 그리고 그의 친구 샤를과 아름다운 이혼녀 알리스 사이의 사랑과 갈등을 그리고 있다. 정신과 육체가 솔직하게 결합되는 것이야말로 보편적이며 완전한 사랑이며, 그러한 사랑만이 인간성의 파괴와 폭력을 이길 수 있는 진정한 힘임을 말하고 있다.
2. 1951년생. 프랑스의 작가이자 저널리스트이다.

3. 1935년생. 프랑스의 작가이자, 저널리스트이다.
4. 라파예트 백작부인(Madame de La Fayette)의 『클레브 공녀』(1678), 뱅자맹 콩스탕(Benjamin Constant)의 『아돌프』(1816), 레몽 라디게(Raymond Radiguet)의 『육체의 악마』(1923)를 말한다. 사강은 라파예트 부인, 라클로(P. C. de Laclos), 스탕달 등과 함께 프랑스 심리분석 소설의 계보를 이루고 있다.
5. 1881-1942. 오스트리아의 유대계 작가이다. 『로맹 롤랑』의 저자로, 20세기의 삼대 전기 작가로 불린다.
6. enfant terrible. 장 콕토(Jean Cocteau)의 소설 제목에서 유래한 말로, '무서운 아이'라는 뜻이다. 행동이 영악하고 세상 사람들을 놀라게 하는 깜찍한 아이들을 말한다.
7. 『지루한 전쟁』의 원제는 'de guerre lasse'로 '전쟁에 싫증나서'라는 뜻인데, 따라서 사강은 이 의미를 그대로 표현해서 'las de la guerre'라고 해야 한다고 주장하는 것이다.
8. 원제는 'Avec mon meilleur souvenir'로, '나의 가장 좋았던 추억과 함께'라는 뜻이다.

마르셀 프루스트의 질문

1. 1987년 작. 제이차세계대전 당시 독일 점령지의 프랑스가 배경으로, 본의 아니게 대독 협력자가 된 주인공의 갈등과 고뇌, 아내와 집시 소년과의 기묘한 삼각관계, 주인공과 집시 소년과의 동성애를 그린 다소 난해한 소설로 평가받는다.
2. 1873-1954. 프랑스의 여류 소설가로, 명료하고 정확한 언어를 구사했던 당대의 가장 훌륭한 문장가들 중 하나였다.
3. 1989년 작. 야망도 재능도 없는 피아니스트 뱅상과 부유하고 아름답지만 매력과 애정이 없는 그의 아내 로랑스 사이의 갈등을 그리고 있다.

수록문 출처

원서에 밝혀진 출처만 실었다.

오손 웰스 'Orson Welles', *L'Express*, 19 janvier 1961.

"나는 오스테를리츠에 갔었소" 'De nouveau il suffira de dire : « j'ai été à Austerlitz » pour qu'on vous réponde : « voilà un brave »', *L'Express*, 23 juin 1960.

〈라벤투라〉 '*L'Avventura* : tant pis pour ceux qui aiment les bandes dessinées', *L'Express*, 15 septembre 1960.

존 오스본은 분명 셰익스피어를 좋아했을 것이다 'John Osborne a dû aimer Shakespeare', *L'Express*, 13 octobre 1960.

〈테라스 위에서〉 '*Du haut de la terrase* : ne vous y penchez surtout pas', *L'Express*, 27 octobre 1960.

〈사이코〉 '*Psychose* : pas une seconde de trop', *L'Express*, 3 novembre 1960.

이지적인 젊은이 'Le jeune intellectuel', *Le Nouveau Fémina*, septembre 1955.

성공한 젊은 작가에게 보내는 조언 'Conseils au jeune écrivain qui a réussi', *L'Express*, 26 octobre 1956.

어떤 콘서트 'Un concert', *La Parisienne*, octobre 1956.

스위스에서 쓴 편지 'Lettre de Suisse', *Les Cahiers de Saisons*, hiver 1960.

신문을 읽으며 'En lisant le journal', *L'Express*, 9 février 1961.

이상한 버릇 'Drôle de manie', *L'Express*, 23 février 1961.

눈 속에서 글을 쓰다 'J'écris dans la neige', *L'Express*, 9 mars 1961.

옮긴이의 말

이 책은 프랑수아즈 사강이 1950년대 후반에서 1980년대 후반까지 약 삼십 년에 걸쳐 『보그』『엘르』『팜』『에고이스트』『르 몽드』『르 누벨 옵세르바퇴르』『렉스프레스』 등의 잡지에 발표했던 마흔여덟 편의 글을, 그녀의 사후 레르느 출판사에서 한데 모아 발행한 에세이집이다. 사강의 에세이를 일부 중복되어 출판된 것을 감안하여 정리해 보면 다음과 같다. 생전에 출간된 것으로는 1957년 교통사고 직후에 쓴 병상일기 『독소(Toxique)』(1964), 『고통과 환희의 순간들(Avec mon meilleur souvenir)』(1984), 『…그리고 심심한 애도의 마음을 표하며(…Et toute ma sympathie)』(1993), 『어떤 미소』『한 달 후, 일 년 후』『브람스를 좋아하세요?』『신기한 구름』『샤마드』『마음의 파수꾼』 등 발표했던 작품들을 회고하면서 자신의 지나온 삶의 흐름을 발견하고 있는 『어깨 너머로(Derriere l'epaule)』(1998)가 있다. 사후에 출간된 것으로는 『슬픔이여 안녕』(1954) 발표 직후 『엘르』의 편집장 엘렌 라자레프의 청탁으로 쓴 나폴리·

카프리·베니스 등 이탈리아 여행 에세이와 피델 카스트로의 취재 기사가 실린 쿠바와 뉴욕 이야기를 묶은 『봉주르 뉴욕(Bonjour New York)』(2007), 그리고 『리틀 블랙 드레스』(2009)가 있다.

이 책의 원제는 '리틀 블랙 드레스와 그 밖의 글들(La Petite Robe noire et autres textes)'로, 이는 주로 패션 잡지에 실렸던 탓에 샤넬의 불멸의 패션 아이콘인 '리틀 블랙 드레스'를 제목으로 한 제1부의 제목을 책 제목으로 가져온 것이다. 이 책에 수록된 글들은 『고통과 환희의 순간들』에 중복 수록된 두 편을 제외하면 우리나라에는 처음 소개되는 것들로, 사강과 동시대에 활동했던 다양한 문화예술계 인사들에 대한 애정 어린 기록이자 그녀의 개인적인 취향, 지극히 내밀한 사적인 이야기들이 오롯이 녹아들어 있는 사강 평생의 삶의 기록이라고도 할 수 있다.

프랑수아즈 사강, 본명이 프랑수아즈 쿠아레(Françoise Quoirez)인 그녀는, 1935년 프랑스 로트 주의 작은 마을 카자르크의 부유한 가정에서 태어나 파리에서 성장했다. '사강'은 필명으로, 자신이 좋아하던 마르셀 프루스트의 대하소설 『잃어버린 시간을 찾아서』에 나오는 사강 공작부인에서 따온 것이다. 소르본 대학교에 재학 중이던 1954년 3월 출간된, 단 육 주 만에 완성한 『슬픔이여 안녕(Bonjour tristesse)』이 세계적인 베스트셀러가 되어 문단에 커다란 반향을 불러일으켰고, 사강은 이 작품으로 그해 프랑스 문학비평상을 받았다. 그녀의 나이 열아홉 살 때의 일이었다. 통속적인 연애소설이라는 비난 어린 시선도 있었는데, 그녀는 이 년 뒤 두번째 소설 『어떤 미소(Un certain sourire)』를 발표하면서 첫 소설 못지않은 수작이라는 평과 함께 세간의 혹평을 일축하고 진정한 작가로 거듭나기 시작했다. 이후 사강은 소설가뿐만 아니라 극작가, 시나리오 작가 등으로도 두각을 나타냈다.

1958년 『슬픔이여 안녕』의 홍보차 떠났던 뉴욕에서 출판인 기 쇨레를 만나 결혼했고, 이 무렵부터 영화계, 패션계 등 문화예술계의 다양한 사람들과 교류하기 시작했다. 그녀와 평생을 함께한 친구로는 파리 국립오페라단의 프리모 발레리노이자 희가극(喜歌劇) 배우였던 자크 샤조, 가수 쥘리에트 그레코, 패션모델 베티나 그라지아니, 스타일리스트 페기 로슈, 소설가 베르나르 프랑크 등을 꼽을 수 있다. 이들 중 베르나르 프랑크는 사강을 '문학계의 마드모와젤 샤넬(Mademoiselle Chanel de la littérature)'이라 불렀고, 소설가 프랑수아 모리악은 프랑스 문단의 '매혹적인 악동(Le charmant petit monstre)'이라 칭했다.

스피드광이기도 했던 사강은 1957년 4월 14일 베르나르 프랑크 등과 함께 자신의 스포츠카 애스턴 마틴을 운전하던 중 교통사고를 당해 중상을 입었고, 그 후유증으로 인한 통증을 이기기 위해 모르핀을 맞으면서 마약에 중독되었다. 이후 신경쇠약과 노이로제에 시달리며 수면제 과용 등으로 정신병원에 입원하기도 하고, 폭음과 도박에 탐닉하기도 했다. 1995년 코카인 복용에 대한 혐의로 재판을 받는 법정에서 그녀는 그 유명한 "난 내가 그 누구에게도 해를 끼치지 않는다는 것을 알고 있고, 그와 마찬가지로 나한테는 나를 망칠 권리가 있다고 생각한다(J'estime avoir le droit de me détruire comme je l'entends du moment que je ne nuis à personne)"

는 말을 하여 세간에 파문을 일으키기도 했다.

기 쉴레와 이혼 후 결혼한 미국인 모델 로버트 베스토프와의 사이에 아들 하나를 두었는데, 외아들 드니 베스토프가 바라본 어머니 사강은, 아침이면 혼다 시빅을 타고 방브 벼룩시장에 가서 보물찾기처럼 19세기 풍경화들을 찾아내고, 저녁이면 권위에 저항하는 이야기를 늘어놓는 조용하고 평범한 사람이었다. 그리고 아들에게 자유의지와 너그러움, 친절에 대해 가르치고, 경찰이 되지 말라는 것을 제외하고는 그 어떤 것도 하지 말라는 말을 하지 않는 엄마였다. 그런 사강으로부터 올바르다는 것의 진정한 의미와 조심성과 소심함, 그리고 약간의 미소를 물려받은 그는 이렇게 말한다. “나의 어머니에 대해 ‘스스로에 대한 믿음보다는 영감에 훨씬 더 가깝게 있었다’고 했던 프랑수아 모리악처럼, 나는 어머니가 성녀(聖女)였다는 생각이 들어요. 당신의 취향과 선택권, 자유의지를 있는 그대로의 모습으로 수용했고, 마음 깊은 곳으로부터 타인을 존중하고 사랑하면서 타인에게 폐를 끼치지 않으려고 끊임없이 배려하는 현대적 의미의 성녀였다는 생각입니다.”

이 책에서 사강은 패션디자이너, 영화배우, 영화감독, 무용가, 작가 등 자신과 교유하며 동시대를 살았던 문화예술계 및 문단을 빛낸 지식인들과의 만남과 추억을 이야기한다. 얼음처럼 차갑고 완벽한 외모 뒤에 숨겨진 카트린 드뇌브의 상처, 고독을 몰랐던 애바 가드너의 고독, 이브 생 로랑을 향한 친구와 같은 연민, 분노한 황소의 노란 눈동자를 가진 오슨 웰스에 대한 무한한 애정, 누레예프라는 이름의 신화가 의미하는 것들, 미래의 제라르 드파르디외에 대한 애정과 예언과도 같은 우려, 그리고 그녀가 무엇보다도 세상에 알리고 싶어 했던, 자신이 곁에서 지켜본 있는 그대로의 장 폴 사르트르의 마지막 초상 등…. 너무도 익숙한 그 이름 하나하나가 상징하는 의미, 그리고 그들의 삶과 생각, 숨겨진 이야기 들이 친근한 감동으로 다가오면서, 우리는 그들에 대한 그동안의 인식과 평가를 새삼 뒤돌아보게 된다. 그리하여 사강은 이 글들에서 그들에 대한 더없이 아름다운 초상화를 그려내고 있는 것이다.

또한 이 책은 소설 작품에서는 느끼지 못하는 사강 특유의 애매함과 모호함으로 냉소적인 듯 열정적이고, 권태로운 듯 고독하고, 도회적인 듯 소박하며, 초월한 듯 섬세한 내면과 삶이 고스란히 드러나 있는 에세이집으로, '도저히 바닥을 알 수 없다'고들 하는 사강에 대해, 그녀 자신이 내놓은 해석서라고 할 수도 있다. 내가 그랬던 것처럼, 독자들도 이 책을 읽는 동안 어느새 그녀의 변덕스러움에 가려진 예리함을 발견하고 이해하게 되리라 생각한다.

파리의 학교 앞 한 서점에서 처음 이 책을 발견했던 때의 두근거림이 떠오른다. 앞서 내가 출간한 『봉주르 뉴욕』과 함께 눈에 꽂히듯 내 안에 이 책이 들어왔던 그때 나는, 지금까지 사강의 소설 속에서는 보이지 않던, 그녀 자신이 말하는 그녀를 만나고 말았다. 발갛게 얼굴이 상기된 채 나는 마치 숲속에 남몰래 숨겨 놓은 옹달샘이라도 발견한 듯, 행여 다른 사람들한테 들키기라도 할세라 파란 차양이 드리운 서점의 구석진 창가에 웅크리고 앉아 바깥에는 땅거미가 드리운 줄도 모르고 책 속으로 빨려 들어갔었다. 이 책 『리틀 블랙 드레스』가 사강이 사랑한 사람들에 대한 이야기라면, 『봉주르 뉴욕』은 그녀가 사랑한 장소에 대한 이야기라고 볼 수 있다. 그런데 나로서는 이 두 권의 책이 하나의 책으로만 느껴지는 이유는, 두 권의 책이 내게 동시에 다가왔다는 사실도 있지만, 무엇보다도 두 권 모두 사강이 자신에 대해 이야기하고 있다는 사실 때문이다. 그로부터 다른 듯 같은 이 두 권의 책을 번역하여 출판하기까지 많은 시간이 흘렀고, 그런 시간과 함께 나의 생각도 흘러 그때 나를 마구 뒤흔들어 놓았던 폭풍 같던 두근거림은 이젠 마치 오랜 세월을 함께 한 친구라도 되듯 따뜻한 눈빛으로 그녀를 마주보게 한다.

어쩌면 사강이 이야기하는 모습이나 인터뷰 영상을 본 사람이라면 이 에세이들이 더욱 친근하게 다가올지도 모르겠다. 손가락 사이에 담배를 끼운 채 연신 연기를 내뿜고 담뱃재를 떨면서 이따금씩 어눌한 말투로 "음, 그러니까요… 제 말은, 음, 물론 그렇기는 하겠죠, 하지만요, 그게 아니라기보다는 말이에요…"라고 이야기하는 그녀가 바로 눈앞에 있는 듯할 것이기 때문이다. 문장 곳곳에 삽입구가 난무하고 주어나 술어가 생략되어 있으며, 곳곳에 순간순간의 감정에 충실하고자 애쓴 노력들이 드러나 있는, 그래서 그것을 우리말로 옮겨야 할 나로서는 대단히 난감한 사강 특유의 문체가 이 책 도처에 도사리고 있기 때문이다. 그 난해함을 극복하기 위한 답은 오로지 하나밖에 없었다. 내가 그녀 자신이 되어 세상을 바라보고 생각하는 것, 그 외엔 아무것도 없었다. 한마디로 말해 정말로 까다롭고 힘든 작업이었다. 하지만 분명 그건, 온갖 스캔들이 끊일 줄 몰랐던 사강의 삶과 고집스러운 열정에 대한 편견이 그녀에 대한 이해와 연민으로 바뀌는 순간, 마치 일기를 쓰고 있는 것처럼 꾸밈없는 민낯으로 다가오는 자신의 대책 없는 솔직함 덕분에 그녀가 느껴야 했을 고독이 더욱더 가슴 아프게 다가오는 시간이기도 했다. 지금 나는 그녀의 오랜 친구처럼, 그녀에 대해 많은 것을 이해하고 있다는 생각이 든다.

그 정도로 이 에세이들은 사강을 닮아 있다, 그것도 많이 닮아 있다.

2018년 봄
김보경

프랑수아즈 사강(Françoise Sagan, 1935-2004)은 담담한 시선과 자유로운 감성으로 인간의 고독과 사랑의 본질을 그려낸 프랑스의 소설가이자 극작가다. 1935년 프랑스 로트 주의 카자르크에서 태어나 파리에서 성장한 그는, 소르본 대학교 재학 중에 쓴 첫 소설 『슬픔이여 안녕』(1954)이 성공을 거두면서 문단에 큰 반향을 일으켰다. 평생 동안 『브람스를 좋아하세요…』를 비롯한 스물다섯 편의 소설, 몇 편의 희곡과 시나리오 작품을 남겼다. 1985년 한 작가의 작품 전체에 수여하는 '프랭스 피에르 드 모나코 상'을 수상했다. 1957년 대형 교통사고의 후유증으로 약물 과다와 알코올 중독에 빠지기도 했으며, 파산과 건강 악화가 겹치면서 2004년 생을 마감했다.

김보경은 이화여자대학교 경영학과를 졸업하고 홍익대학교 전시기획 과정과 전시 큐레이터를 거쳐 프랑스 소르본(파리 4대학) 프랑스문학 과정(Cours de Littérature Française)을 수료했다. 일본어 · 영어 · 프랑스어 번역가로 활동하고 있으며, 역서로 『곰과 인간의 역사』 『생텍쥐페리, 내 어머니에게 보내는 편지』 『봉주르 뉴욕』 『헤밍웨이 내가 사랑한 파리』가 있다.

리틀 블랙 드레스

프랑수아즈 사강이 만난 사람들

김보경 옮김

초판1쇄 발행일 2018년 7월 1일
초판3쇄 발행일 2022년 4월 15일
발행인 李起雄 **발행처** 悅話堂
전화 031-955-7000 팩스 031-955-7010
경기도 파주시 광인사길 25 파주출판도시
www.youlhwadang.co.kr yhdp@youlhwadang.co.kr
등록번호 제10-74호 **등록일자** 1971년 7월 2일
편집 조윤형 박미 김성호 **디자인** 박소영
인쇄 제책 (주)상지사피앤비

ISBN 978-89-301-0613-9 03860